赶路

武歆 / 著

作家出版社

第一章

一

纪洪寿始终没回头。哪怕停下来勒一勒裤腰带，整理一下铺盖卷，他都有可能改变主意；要是回头跟妹子对上眼神，说上几句告别话，那就彻底松垮了，一屁股坐下来，再也离不开纪家庄了。

半个月前，吹牛皮吹了一辈子的爹，一声不吭地在大狱中伸了腿、咽了气；胆子小、爱面子的娘，在四更天跳了深井，尸首捞上来后，头部像是包粽子，缠了三层白布，揭开白布后发现面容仿佛熟睡的女婴，生前的满脸皱纹荡然无存。纪氏族人站在两具尸体前，板着脸孔告诉纪洪寿，你不满十六，没娶媳妇没成家，没有资格析产，你爹的房子、几亩薄地、两挂大车，还有地里的几十株枣树，就是告到衙门也归不到你名下。纪洪寿没有表情，他知道这不是纪家庄的规矩，可他嘴唇上只有黄色的髭须，还没有反驳的底气。纪氏族人看他虽然嘴巴没讲，眼神儿却不服气，又撂下一句狠话，你爹惹下的这场官司，为了打点官面，他借遍了四乡八镇，欠下了一屁股的债，你和你妹子一辈子也还不上！纪洪寿不说话，始终不说话，他知道自己的话没人听，讲了也是白讲。十岁的妹妹纪德贵更不知说啥了，跟在亲哥的屁股后面，不时地拽一拽亲哥的衣襟。

纪洪寿的爹绰号纪三麻子，他要是睁眼喘气的话，村上的族人哪敢这样放肆？一个响屁就能让众人闭嘴！如今没有了天天拍胸脯的纪三麻子的撑腰，纪洪寿纵使有一千张嘴，也抵不上族人的一句话。又过了几天，纪氏族人中辈分最高的老者，把纪洪寿喊到家中，问他下一步咋个打算。纪洪寿说，种地。老者七十多岁了，长着一个硕大的红鼻头，用亲切的语调说出轻蔑的话语，你家的地没了，你去哪儿种？你给人家扛活，谁人家用你？你妹子呢？你扛活儿能养活你妹子？纪洪寿被问住了，眼圈突然红了，他咬牙，不眨眼。纪洪寿的白孝袍子已经脱下十几天了，养活自己和妹妹的事还没想过。

爹娘死时，纪洪寿始终没掉泪，族人骂他不孝，骂他是臭粪坑里的石块子，他觉得冤枉，孝不孝跟流泪有啥关系？红鼻头老者掏出一个皱巴巴的信封，让他去找在天津卫做买卖的叔伯兄弟，叔伯三兄弟在天津卫开了两家竹货铺子，生意红火得很，到了天津卫，在铺子上学徒，白天能有口饱饭，晚上能有个睡觉的床板。红鼻头老者说，已经去信了，你就放心大胆去吧，你妹子纪德贵，大伙会帮她找个好人家，吃饭生娃。女人有能生娃的肚子在，死不了，女人的肚子就是立世不败的金饭碗。纪洪寿从小不会说软话，牙一咬，接过信封，揣在怀里。他看也没看信封上的门牌号码，看也没用，看个字比挑个担子还吃劲儿。纪洪寿还没走出两步，听到红鼻头老者在他身后声音颤抖地喊道，以后别学你爹，要学手艺长本事，知道不？纪洪寿没有回头，可是这句话就像是飞离了锹杆的铁锹，死命追着他，重重地拍在他后背上，接着又落下来砸在他的脚后跟上，让他趔趄了一下，差点摔了个嘴啃泥。

纪洪寿跟随一个马车队去天津卫。车队有十辆木轮子大马车，十个车把式。领头的车把式是个粗墩子，黑脸，豹眼，手掌发白，比用碱面洗过还白。十辆大车，前面七辆坐人，老头子老婆子、中年妇女小孩子，也有几个呆头呆脑的成年男子，每辆大车平均坐上四五个人。后面三辆大车，装着三个木柜子，用黑布捂得严严实实。正是天寒地冻时节，鼻子嘴巴耳朵冻得生疼，想要借用棉袄领子和棉帽子把挨冻的部位暖和起来，没办法，那就只有一个不好看的姿态，弯腰杆缩脖子，皮糙肉厚的狗熊过冬也是这个熊样子，那狗熊肉皮不知比人皮厚了多少呢，人这样子算是不难看。

领头的豹眼车把式，前后瞅了瞅，利落地甩响了一鞭子，车队浩荡出发了。车队一行人中，纪洪寿只认识伍庄的徐老蔫。徐老蔫三十多岁，老光棍儿。他从哪儿来的伍庄，纪洪寿

"知不道"。徐老蔫是外姓人，在伍庄被姓伍的欺负，平日走路顺着墙根走，像是夹紧尾巴的流浪狗。纪洪寿蜷在第三辆大车上，徐老蔫在第四辆大车上。纪洪寿扭过脸，看向后面，想跟徐老蔫点点头、说说话，徐老蔫把下巴颏抵在胸膛上，对谁都不理不睬。

大马车队走得缓慢，中午牲口需要吃料，人也就随着牲口一起休息，下大车，撒尿，歇腿，啃口干粮。纪洪寿随身物品除了铺盖卷，还拎着一个小布口袋，里面装着十几个窝头，才一天时间，就已经冻得梆硬梆硬的，只能用牙一点一点地磨，磨下一点末子，拌着唾沫，咽进肚子里。没有热水，只能喝大马车上带的凉水。晚上，大马车队宿在官道旁的树林子里。来之前，红鼻头跟纪洪寿讲三天的路程。纪洪寿心里说，再多几天也成，只要有期限就不怕。纪洪寿蜷缩在大车上，在马蹄声中半睡半醒。

转过天来，纪洪寿依旧半睡半醒，这样的状态能省粮食，眼睛闭上，胃口也会紧缩。也不知走了多长时间，他被一声清脆的鞭声惊醒，睁开眼，眼前依旧是望不到头的土路。纪洪寿又闭上眼，可是没过一会儿，大马车停下了，紧接着周围响起惊叫声，纪洪寿睁开眼，发现前后左右的人，全都伸长脖子看前面。他也赶紧向前看，发现前方站着十几个高高矮矮的大汉，有的手里拿着闪光的大刀，有的手里拎着能打死野狗的大棒子。

领头的豹眼车把式，走到最前面的一个大汉面前，双腿叉开，双手抱拳问，好汉有何事？大汉戴着皮帽子，敞着怀，露出腰间巴掌宽的牛皮带，把手中大刀举起来，"噗"戳在地上，冻得结实的地面上，闪过一道火星子。他大喊一声，此道是我开，要想从此过，拿来买路钱。没有见过大世面的纪洪寿，也明白这句通俗易懂的戏文，这是遇上劫道的了。豹眼车把式双腿向里靠了靠，弯下腰，央求大汉，行个方便。大汉啥也不讲，挥手打了豹眼车把式一个大耳光。豹眼车把式身子骨壮实，但在劫道大汉面前，像个弱不禁风的小力巴，只是这一巴掌就扑倒在地上，可能是磕了骨头，"哎哟哟"喊起来。

　　领头车把式被打倒，其他车把式没人敢言语。劫道的几个汉子走过来，每人手里拿着一个脏兮兮的灰色布口袋，也不说话，用眼睛瞪着车上的每个人，大人小孩男女老幼，一个不落，全都要挨个自己掏腰包，把值钱的东西往布袋子里扔。男人掏出几张钞票，女人从头上摘下银簪子，手拿布袋子的汉子不动地儿，继续用眼睛瞪着，直到拿出满意的东西。"灰色布口袋"在有的人面前停留时间长，有的停留时间短，劫道汉子们目光锐利，扫一眼，再盯上一眼，就知道对方身上有没有硬货，还能猜到值钱东西藏在哪儿。轮到纪洪寿时，他怀里仅有一双布鞋，身上一分钱都没有，他老老实实地把布鞋扔进布口袋里。劫道的汉子拎着布口袋，转身走向下一个，再也不看纪洪寿。

不大一会儿，那几个灰色布口袋子全都鼓鼓囊囊的了，随后劫道汉子们消失在路边的树林子里。后面的车把式走上前，问候领头的豹眼车把式。豹眼车把式摆了摆手心发白的大手掌，委屈地嘟囔道，为了大家伙挨巴掌没啥，只要大家伙皮肉没受罪就是大喜事。随后，豹眼车把式鞭子一甩，大马车队继续上路。大马车上的人们呼出一口大气，小声议论起来，庆幸躲过一场灾难。

　　转过天来，纪洪寿继续在大马车上半睡半醒，再次听到三声清脆的鞭子声，很快又是一伙儿人马立在车队前面。这伙劫道人马跟上次劫道人马大体相似，只不过领头汉子的大刀，变成了手柄更长的大刀，大刀跟手柄连接处，还多了一条鲜艳的红绸穗，在北风呼啸的寒风中，温暖的红绸穗竟发出吓人的声响。这伙强人的敛钱办法，跟上一拨汉子差不多，也是几个人拎着布口袋，面对大车上的每个人。纪洪寿啥都没有了，敛钱的汉子盯着他倚在车帮上的铺盖卷。纪洪寿告诉强人，这个铺盖卷要是没有了，他晚上会被冻死。站在纪洪寿眼前的汉子，没戴帽子，光头，脸上有一道长长的刀疤。他不讲话，目光继续盯着铺盖卷，纪洪寿只好双手抖索着，解开捆着铺盖卷的麻绳子，已经解开了，正要准备打开，刀疤汉子却转过身，走向下一辆大马车。敛完钱和财物，这伙强人同样迅疾散开，消失在路边的树林子里。这一次可不比上一次，这次强人走后，大车上的人们号哭起来，好多人身上已经一分钱都没了。

徐老蔫从大车上下来，踉跄地走了几步，"扑通"一声响，跪在领头的豹眼车把式前面，不哭不闹，只是一句话乞求，再路过树林子，您老不要再甩鞭子了。黑脸豹眼的领头车把式，双目圆睁，立刻反问徐老蔫此话何意。徐老蔫说道，劫道的强人藏在树林子里，听见鞭子声，不就知道有大车来了吗？豹眼车把式道，谁知道他们藏在哪儿？跟甩鞭子赶牲口有啥子关系？徐老蔫还是央求豹眼车把式路过树林子，不甩鞭子就成。紧接着又强调，你一甩鞭子，强人就来了。豹眼车把式被徐老蔫的反话正说气得嘴唇抖动，一把揪住徐老蔫脖领子，大声喝道，你说啥子话，难道是老子串通了劫道的强人？老子一拳打死你这个龟儿子！纪洪寿想要过去劝阻，不知道被谁拽了拽衣袖，他这才下意识站住。

两个人的对话，把所有人都吸引到队伍的前边，徐老蔫的几句话让众人吃惊不小，齐刷刷地看着豹眼车把式。豹眼车把式让徐老蔫现在就可以走，接下来的路他还是会甩鞭子的，车把式哪有不甩鞭子的？你现在就走吧，免得下次再被强人劫财，你个龟儿子快走！

徐老蔫来了火气，没有了刚才跪时的样子，像是变了一个人，嗓门挺大地说他交了车钱的，要走也成，把车钱退给他。徐老蔫话一出，纪洪寿蒙了，稀里糊涂才知道坐大马车是要交车钱的，他可是没交车钱的，大概车把式忘了，这要是让领头的豹眼车把式知道了，那可不得了。收了钱的都可以赶走，他这个没交钱的说不定一脚就被踹下大车……纪洪寿越想越后怕，赶紧把嘴巴闭严实了，害怕哪句话没讲好可是要出大事的，赶紧躲在人家身后。

徐老蔫与豹眼车把式继续僵持着。纪洪寿没想到，那么软绵的徐老蔫竟然用一脚踹不出一个屁的办法，在人生地不熟的外乡，跟膀大腰圆的车把式较起劲儿来。乘坐大马车的人们不言声，直直地看着豹眼车把式，看看到底怎么了结。纪洪寿认定，豹眼车把式一定会把徐老蔫推倒在地，然后抬起他那结实有力的大脚丫子，使劲儿踹徐老蔫的肚子，一直把肠子踹出来才会罢休。豹眼车把式穿着一双厚厚的棉毡子鞋，像是半截粗笨的树桩，能想象出来车把式脚丫子有多大，这一脚踹上去，即使肠子踹不出来，也会踹出肚子里的汤汤水水来。

谁都没有想到，豹眼车把式没有抬脚踹人，而是从怀里拽出来几张钞票，表情奇怪地递给徐老蔫，让他马上离开。徐老蔫接过钞票，看了看，不走，继续看着豹眼车把式。豹眼车把式冷笑道，真没见过你这样的癞皮狗，说着又抽出来一张钞票。徐老蔫接过去，掖在怀里，转身走了，铺盖卷在他后背上一起一伏的。纪洪寿完全看傻了，周边的人也看傻了，谁都没想到会是这样的结局。

大马车队继续前行。

西北风又发疯一样地刮了起来，把天上的太阳刮成了瘆人的白色。纪洪寿赶紧闭上眼，重新恢复到半睡半醒的状态，不过感觉跟之前不一样了，心里琢磨，怎么越睡越冷呀。这会儿肚子也不争气，"咕咕咕"地叫唤起来，纪洪寿浑身使劲儿，十个脚指头都绷起来了，感觉马上要断了，他想把肚子里的叫唤声压下去，可是一点都不管用，肚子还是不停歇地叫唤。

纪洪寿被人推醒了，这才发现所有人都在默默地整理铺盖卷，有的已经下了大马车，有的站在大马车旁边茫然地东张西望。

纪洪寿下了车，跺了跺发麻的双脚，四下里看着。无论到哪儿纪洪寿都有一个习惯，先要把道路、地形记得牢固，他发现这个陌生的地方跟纪家庄差不多，唯一的区别是不远处有一座小石桥。顺着小石桥再往远处看，有好多人朝这边走过来，看不清那群人的装束，更听不清那群人说啥，只是远远听见杂乱的吵嚷声。

到天津卫了？纪洪寿不敢问豹眼车把式，悄悄问身边一位穿着黑色棉衣棉裤的老者。

小子，睡傻了？这哪是天津卫。

那……是哪儿呀？纪洪寿蒙了。

芦台。豹眼车把式走过来，硬邦邦地来了一句。

去天津卫，不去芦台。纪洪寿说。

豹眼车把式习惯性地瞪起眼睛，吼道，你小子白坐车，还要去天津卫？快滚。滚晚了，老子把你铺盖卷扣下来，冻死你个龟孙子！

小石桥那边的一大群人越来越近了，纪洪寿这才看清，那群人穿着白色的孝袍子，高高的白幡混杂在队伍中；那些杂乱的声音，他也终于听清楚了，有尖锐刺耳的喇叭声，还有高高低低、粗粗细细的哭喊声，以及夹杂在哭喊声中的拉长了调子的说辞。

豹眼车把式大吼着最后三辆车的车把式，快快快，苫布揭下来，把香点上。纪洪寿回头一看，张大嘴巴，最后三辆大马车上，赫然躺着三口漆黑闪亮的棺材。纪洪寿想要凑上前，不知道是谁拉住他胳膊，硬是把他拽走了。纪洪寿已经走远了，还能听到豹眼车把式骂骂咧咧，纪三麻子的崽子，真是盏不省油的灯，还想到天津卫？嘿！这他还是沾了死人的光哩。兔崽子！龟孙子！

纪洪寿裆下一紧，身子发热随后又发冷起来，心里想着一定要赶紧逃离这个是非之地。

纪洪寿在陌生的街道上走，哪里是走呀，是"摇"，是"晃"，后来他就啥都知不道了。醒来后，发现自己在一间四面漏风的破屋里，房顶露着天，大风吹得房顶上的野草纷纷落下。他躺在铺着稻草的地上，旁边是风干了的狐狸屎、狗屎、耗子屎，再往旁边看，还有风干的人粪。

没有大门的门口坐着一个人，原来是中途离开车队的徐老蔫。

纪洪寿想坐起来，感觉骨头跟肉已经分开了，根本动不了。他想问徐老蔫他咋在这里，心里这么想着却没力气张开嘴。

徐老蔫明白他的意思，告诉他，再晚发现他，他就被几条野狗拖走了，又指了指他的右小腿，脸上露出无奈的神情。

纪洪寿拼命要坐起来，徐老蔫走过来，扶了他一把。这么一坐一起，竟然把他累得呼呼喘大气，右手抖抖索索地挽起裤腿，才发现自己的小腿红肿，表皮闪闪发光，钻心地疼，轻轻碰一下，感觉里面的水就会立刻喷出来。

徐老蔫看了，说，你这是脓疮，很快就会流脓水；又拍了拍自己口袋，意思是没钱救他，只能看他自己造化了。徐老蔫还告诉纪洪寿，他在芦台只待上几天。纪洪寿问，去哪儿？这里离天津卫还有多远？徐老蔫叹口气说，离天津卫远着呢。纪洪寿又问徐老蔫去哪儿。徐老蔫沉默着，过了一会儿，像是答非所问，又像是自言自语，早年纪三麻子帮助过我，我记着纪三爷的好呢。纪洪寿这才明白过来，徐老蔫现在帮他，人家这是在报答呢，徐老蔫看来也不蔫，把话说明白再离开。但是刚走，又回来了，纪洪寿以为要救他呢，没想到徐老蔫站在门口，给他撂下一句话。

人要有手艺，要学手艺，有了手艺就可以喂饱肚子，就可以仰着脑袋走路。徐老蔫絮叨着。

纪洪寿又有些迷糊起来，上气不接下气道，学啥手艺呀？知不道呀？

徐老蔫叹口气，话一下子就讲远了，说道，过去打仗呀，一国攻破一国城池，胜利的一方是要屠城的，见人杀人见佛杀佛，一定要杀个片甲不留。完了还要掳走两种人。

掳走……两种人？纪洪寿不明白。

一种是手艺人，一种是大奶子大屁股的年轻女人。徐老蔫用手掌抹了一下嘴角，艰难地咽了口唾沫，接着说下去，掳走手艺人，是用来造财富的；掳走大奶子大屁股的女人，是用来生孩子的。

纪洪寿直勾勾地看着徐老蔫，没想到这个老蔫竟然跟他说了那么多的话。

徐老蔫最后又用叮嘱的语气，再说了一遍刚才的话，多大的灾荒也饿不死手艺人。

徐老蔫终于走了，只剩下纪洪寿一个人。慢慢地，疲惫的他，终于闭上眼睛。

纪洪寿再次醒来已是晚上。他把带来的絮着老棉花的被服盖在身上，可是根本抵挡不住寒冷。他感觉腿部好像炸裂，使尽力气用手一摸，皮肤破了，流出黏稠的水，臭味也随即散发出来。他全身紧紧地团缩在一起，似乎只有睡觉才能躲避寒冷和饥饿，才能消减腿上的疼痛。

纪洪寿又眩晕起来，闭上眼睛……没有想到，这一闭眼竟又昏睡起来。再次醒来的时候，感觉身上没那么冷了。他使出全身力气，从破被子上撕下一块布；又使出全身力气，把流脓水的小腿紧紧地包住；休息了一会儿，抱着梆硬的窝头啃起来。

终于熬到了天亮，他感觉身子有点劲儿了，摇晃着身子站了起来，一瘸一拐地走出破屋子。他倒是没有烧糊涂，脑子还算清楚，现在只想着要尽快吃顿饱饭，肚子里有食，身上才有劲儿；还要找点活儿干，口袋里有点钱，才能去天津卫找叔伯兄弟。

二

一座小石桥的两边，蹲着不少等活儿干的乡下人。纪洪寿也在边上坐下来，他知道自己啥都干不了，十根手指头就像十根夏天里的柳树枝子。刮了几天的大风，这会儿也终于停下来了；太阳也终于露脸了，阳光照在后背上，暖和了不少；阳光也是吃食，照了一会儿，感觉胃口不那么疼了，里面好像有了撑起肚皮的东西。

这时有人用膝盖碰了碰纪洪寿的肩膀，他抬起脑袋，发现一个穿着灰色棉袍的中年男人站在他旁边。纪洪寿慢腾腾地站起来，那人朝他勾勾手，把他引到旁边一棵枯死的大槐树下。

中年男人长相和蔼，穿戴和姿态还算体面，左眉上有一根长长的白色的毛，在微风中不住地抖。男人低低地说了一句话，想不想吃肉包子？这话像是一个钉耙子，一下子就把纪洪寿给耙住了，口水迅速流出来，依依不舍地挂在嘴角边，胃里像是有个不老实的小小子，止不住地乱蹦乱跳。

纪洪寿吃过肉包子，要么也不会有这么强烈的反应。那肉包子是爹从县上带回来的，宁津有名的长官包子，羊肉馅，外加新鲜的大葱，包肉包子的油纸，被肉包子浸得油汪汪的，光是那油纸就惹人爱不够。爹对长官包子不屑，说天津卫的"狗不理"包子还要好吃，猪肉的，一咬一嘴油，以后长大有本事了你小子去天津卫吃，要给纪家人争光。那年头，纪三麻子经常去县上，回来跟庄上人吹嘘，今儿吃了这个明儿吃了那个，除了吃过长官包子，还吃过金丝缠碗的大柳面，纪三麻子比画着长长的面条，所有人的眼睛跟着他上下翻飞的手臂来来回回转圈儿。庄上人向往纪三麻子的日子，可也知道赶不上他，人家有两挂大车呢！那是吃长官包子的本钱。可啥事都怕时间长，庄上人的向往慢慢变成嫉妒，又由嫉妒忽然变成不满，最后又由不满变成咬牙根的憎恨。天天喝酒吹牛皮的纪三麻子，对于庄上人的心理变化全然不知。

穿灰色棉袍的中年男人也不说话，"吃肉包子"这话说一遍就管用，用不着说两遍，说一遍那香味就缠着人不放哩。他带着纪洪寿往前走，七拐八绕，来到一条路面稍微平坦的小街上。离老远就闻到饭菜香，纪洪寿的心"扑扑"地跳，都快要蹦出来了，那一刻他竟然忘记了小腿钻心的疼痛。

终于停在了一家包子铺前，中年男人再次问道，真想吃肉包子？纪洪寿看着男人眉毛上那根颤动的白毛，犹豫了一下，还是用力点点头。中年男人又问，吃完肉包子，听我话？纪洪寿顾不上许多了，继续"嗯嗯嗯"地点头。中年男人嘴角抽起一丝笑纹，掀起油腻腻的棉门帘子，纪洪寿正要跟着迈进去，此时空气中已经满是肉包子的香味了，诱人的香味变成了一双蛮不讲理的大手，不由分说地要把他向里面搡。但他又马上发现，走向包子铺的力量被后面突然出现的力量止住了，他的胳膊被人在后面抓住，因为两边用力都很大，把饿得迷迷糊糊的纪洪寿拽得"哎哟"喊了一嗓子。

纪洪寿扭头一看，身后站着一个年岁不大的女子，梳着两条粗黑的大辫子，胖胖的脸蛋上闪着干净的亮光，让他想到冷风中的晴朗天空。女子穿着花棉袄，黑棉裤裤腿扎起来，一双"骆驼鞍"的黑棉鞋崭新崭新的，看出来上脚还没几天。这女子手劲儿真大，好几天啃冷窝头的纪洪寿，根本没有力气挣脱。

臭尿桶，你又要骗人？女子大喝一声。

中年男子从包子铺出来了，向铺子后面走了几步，对着花棉袄女子说，杨菊子，你咋就跟我过不去呢？咋得罪你了？

被唤作"杨菊子"的女子喊道，再骗人，你就马上死了，变成进不了你家祖坟的野鬼。

中年男子不想跟杨菊子争执，伸出焦黄的手，还要拉纪洪寿进店。杨菊子再次攥住纪洪寿胳膊，强把纪洪寿拽回来了。中年男子再不敢言语，站在棉门帘子的前面，不紧不慢卷起纸烟来，眼睛还是不离纪洪寿。纪洪寿看见中年男子焦黄的一双手上，留着长长的黄色指甲，指甲里面带着黑色的泥垢。

纪洪寿被杨菊子拉到无人处，她告诉纪洪寿，那是个一肚子坏水的家伙，街上人都叫他"臭尿桶"，专门坑骗外乡人，用吃肉包子的方式，引诱外乡人上当受骗，找机会再把外乡人骗走，送到日本国做劳工，最后连骨灰都回不来。杨菊子告诉纪洪寿，前些日子她从"臭尿桶"手里救过一个外乡人，教训过这个可恶的家伙，没想到他狗改不了吃屎，还在骗人，真是不得好死呀。

纪洪寿本来想问杨菊子，前些天她救下那个人叫啥名字，长啥样子。他忽然想到了徐老蔫，担心同样走投无路的徐老蔫遭遇不幸。可能是因为肚子太饿的缘故，这个想法从脑子里迅速转到了嘴巴里，还没有问出来，竟然稀里糊涂地滑过去了。想要快点吃饭的念头，把所有事都给硬生生地划走了。再不吃点东西，感觉自己皮肉都要被骨头扎破了。

杨菊子说她也能让他吃饱饭，还能给他找个活儿干。纪洪寿转脸再找中年男人"臭尿桶"，已经不见了，这会儿啥话也不讲了，只能跟着这个叫杨菊子的女子走。纪洪寿心想，一个女子还能把自己咋样？

走了一段坑洼不平的路，来到一个门脸房前，纪洪寿透过玻璃窗子，看见里面摆放着各种各样的鞋，铺子里还有几个男人，一人一个小马扎，谁也不看谁，都在低头绱鞋。

杨菊子对纪洪寿说，到家了，肉包子吃个够。说着话，领着迷迷糊糊、踉踉跄跄的纪洪寿进了屋。一股汗味和热气搅和的气味，差点把纪洪寿撞了个大跟头。杨菊子又推开一个门，是个不大的庭院，三面都有热气弥漫的屋子。

杨菊子吆喝了一声，出来一个戴着蓝色围裙的老女人。杨菊子指挥老女人立刻蒸包子，小米饭兑上水，放大灶上热一热，再到大缸里捞点萝卜条。满脸皱褶的老女人看了看纪洪寿，对杨菊子说，吃不饱肚子的人太多了，救不过来呀。杨菊子说，那也不能让"臭尿桶"坑蒙拐骗。老女人听了，赶紧应声道"那是那是，这个挨千刀的臭尿桶"。

杨菊子把纪洪寿安置在厨房，扭着大屁股走了。老女人是个碎嘴子，嘴巴里像是时刻在嚼着碎纸片，发出窸窸窣窣的声响，但是手脚特别麻利，嘴巴里的声音丝毫不影响手脚的动作。纪洪寿从老女人嘴里知道，这个叫杨菊子的女子，是鞋铺掌柜的掌上明珠，从小性子刚烈，这条街上男人女人都不敢惹她，她曾经拿着绱鞋的锥子，把后街一个小地痞的胳膊扎伤了，扎完第一锥还要扎第二锥，吓得那个小地痞捂着流血的胳膊，小碎步捯得比鼓点还要快。

老女人出来进去说着话，纪洪寿知道了那个"臭尿桶"叫卢贵宝，出生时脐带缠头，已经没气了；又因为是小婆生的，被大奶奶按进床头边上的尿桶子里，正要盖上马桶盖子的时候，小婆哭起来央求大奶奶，手忙脚乱地又从尿桶子里把孩子拽出来，幸好大奶奶按下的时候，小脑袋是朝上按下去的，要是脑袋朝下的话早就淹死了。经过一番折腾，孩子命大，竟然又给折腾活了，从此这孩子在街上落下一个"臭尿桶"的名声，从小喊起来至今，已经被人喊了三十多年。

纪洪寿坐在大灶前，恨不得立刻钻进笼屉里，把所有包子都给抱住。不长时间，老女人就把一笼屉肉包子放在纪洪寿面前。纪洪寿抓起一个肉包子就往嘴里塞，老女人让他慢点吃，说着话又把萝卜条和小米粥放在灶台上。

院子里有说话声，老女人出去了。原来是杨菊子来了。纪洪寿隐约听见老女人跟杨菊子讲，外乡人好几天没下食，一下子吃进去油水要闹肚子，肉包子里面没放肉，沾了一点肉汤。纪洪寿又听见杨菊子说，回头再吃肉包子也成，先让他饱肚子。

纪洪寿吃饱喝足，小腿又开始疼起来。这时，棉门帘子掀起来，杨菊子进来了。她上下看着纪洪寿，眼睛又盯在他的伤腿上。纪洪寿刚想解释，杨菊子却不看他的腿，说起别的话题。

杨菊子说，吃了老杨家的肉包子，留下来吗？纪洪寿实话实讲道，不干活，吃你家的饭，癞子的事做不来。杨菊子笑了，笑起的杨菊子倒是好看，一口白牙让人喜欢，纪洪寿倒是不讨厌她。杨菊子说，谁让你白吃饭了，你要做活儿。纪洪寿问做啥活。杨菊子说，绱鞋。纪洪寿听了，一个劲儿摇脑袋。杨菊子像男人一样背着手，说，绱鞋不高贵，可也不低贱。纪洪寿听不明白。杨菊子说，三百六十行，坐着的行当没几个。纪洪寿睁大眼睛。

　　杨菊子接着说，出苦力的都是站着的都是走着的。又说，绱鞋和修脚可是坐着的，剃头的倒是风光，谁的脑袋都能摸，可那也是站着的营生。纪洪寿终于明白杨菊子的意思，可是心里还是认定绱鞋没出息，他要干出大汗有手艺的营生，出大汗才能配得上挣大钱，有手艺才能长久，挣钱要挣得亮堂，要喊过三条大街都没人笑话才成。杨菊子问，你爹做啥的？纪洪寿不想说爹是种地的，因为纪三麻子没种过地，想说纪三麻子有两挂大车，靠车轮子养活他和妹子，可也不是实事，纪三麻子有时也靠吹嘘挣钱，虽说依靠吹嘘挣了些钱，可最后也把自己给"挣死了"。纪洪寿怎么讲都不实诚，干脆闭了嘴巴。杨菊子止住话头，偏着脑袋，看着纪洪寿散发着臭味的伤腿，说，你走也走不了，治腿去吧，哦，还忘问了，你叫啥名字？多大了？纪洪寿如实讲了。杨菊子怔了怔，笑起来，笑得纪洪寿蒙了头，眼前这个年岁不大的胖姑娘，比那个甩鞭子"约"强人的豹眼车把式还要厉害，就是天不怕地不怕的纪三麻子来了，面对这个芦台胖姑娘也未必能占到上风。纪洪寿心里琢磨着，杨菊子都这么厉害，她那掌柜的爹一定比她更厉害。

纪洪寿拗不过杨菊子，歇了一天之后，跟着她去找芦台镇上的大夫。大夫看了看纪洪寿露出骨头、流着脓水的伤腿，坚定地摇了摇脑袋，说是想要治好，没有大破费肯定不成。杨菊子问多大的破费。大夫"嗯啊"着，上下看了看纪洪寿，欲言又止。纪洪寿忽然对杨菊子说，不耽误吃喝，治它干啥子？说完，"噌"地站起来，挺直身子，一步迈出窄小的诊室。杨菊子急忙跟出来，问他咋不治了呢，光是这臭味谁能受得了？纪洪寿摇摇头，撂下一句狠话"死不了"，说完，身子高高低低、左左右右地向前走去。

三

纪洪寿果真是"死不了"，流着脓水、露着白骨的小腿，没吃药没打针，自己慢慢地愈合了。杨菊子觍着一张胖脸，夸他"命大福大"。纪洪寿哭里带笑道，命大倒是，福大哪有？杨菊子下巴扬了一下，说，在杨家住下来，你就有福了。纪洪寿讪笑了一下，借机上茅厕，逃过杨菊子扎人的目光。

纪洪寿想要离开"杨记鞋铺"，可杨掌柜拴上死扣儿了，死命要留下他。杨掌柜想要留下纪洪寿，是因为没人敢惹的杨菊子，跟纪洪寿在一起就像个小乖猫，要是能留下这个外乡小子，等于留下一个管得住杨菊子的人，省下多大的烦心事呀。杨菊子也要留下纪洪寿，是看中了这个青皮小子做人处事的豪气，更是看中了他的俊朗和英气，说到底，她就是一见钟情了，不管晴天还是阴天，只要瞅他一眼，她就会脸红心跳，就会觉得自己还是女儿身。纪洪寿破破烂烂的时候，她都一眼相中他，那天纪洪寿洗完身子，换上干净的黑布裤褂，给了杨菊子天大的惊喜，这小子原来这么白呀，从脖子后头就开始白，接着耳朵白，腮帮子白，一直白到瘦削的脸蛋，这可是乡下人少见的白！还有他的胳膊和胸脯子，不用摸，看着就是硬邦邦地结实，她想把脸贴在他胸脯上，更是恨不得钻进他怀里撒个欢儿，还想用拳头使劲儿捶他的胸。

纪洪寿在杨家养伤，身上像是裹了芨芨草，坐立不安。他不想坐吃闲饭，可又干不了重活儿，他就抢着做些闲杂活儿。杨菊子笑容松弛地告诉他，好的鞋匠要从打下手开始，打夹纸、纳鞋底子，还要会搓鞋线。说着，就要手把手教他怎么做。纪洪寿连忙摆手止住，随后拿个小马扎，坐在铺子里看。纪洪寿不愿听人讲，愿意自己看，只要想学，他就会下力气用心去看，不管多难的事他都能看得清楚明白，时间不长就能照猫画虎地做出来。

看铺子里的师傅和伙计干活儿，躲在旁边瞄了两天，纪洪寿就会打夹纸了。把破烂布头洗干净，太阳晒透了，端上大碗水，喝一口，"噗"一声喷上去；再喝一口，再"噗"一声，立刻用平面光实的重物压上去，压上个一天一夜，平实了，再涂抹糨糊；第一层糨糊干透了，再接着涂第二遍糨糊，再接着阴干。接下来就可以按照纸样子剪裁了。

杨菊子见纪洪寿夹纸打得好，马上提醒他还要学纳鞋底子。纪洪寿摇头不做，说那是女人做的活儿。杨菊子笑了笑，乖顺地依了他。马上又讲，搓鞋线你得学，女人做，男人也要会做。纪洪寿见铺子里的师傅的确做过，点头答应做。他仅用半天时间就做得顺手了，把三股细线搓在一起，然后打上白蜡，再缠成小球状，鞋线就算是完成了。

杨菊子掩饰不住脸上的笑，脆生生地跟爹说，这小子贼聪明，这点活儿那几个徒弟学了多长时间？他才几天呀……就成了。

杨掌柜疼爱地看着闺女，心里七上八下的。杨掌柜面丑，谢顶，大眼袋，背还驼。因为老来得女，他对这个闺女欢喜得不得了。娘生下杨菊子，得了产后风，没过一年就死了。杨掌柜用面糊把闺女养活了。因为宠爱过了头，杨菊子生成了一个天不怕地不怕的性格。看着闺女鞋子尺码越来越大，性格越发泼辣，杨掌柜开始发愁，哪个婆家敢要哩？眨眼间杨菊子快十六岁了，一个提亲的媒人都没上过他家门。杨掌柜知道闺女喜欢纪洪寿，他也看中了纪洪寿，父女俩心思倒是一致，想办法把他留在鞋店里，让他学到绱鞋的本事，等到他口袋里有了钱，再得了闺女杨菊子的身子，到那时他肯定哪都不想去了，想不趴窝都不成。

纪洪寿一时半会儿也走不了，去天津卫的盘缠都没有，也不知道开铺子的叔伯兄弟在哪儿，也只能在鞋铺暂时栖身。他原本以为杨掌柜比他闺女杨菊子厉害，整日脸上没有笑模样，看着那张脸就吓人，可是真正接触下来，杨掌柜倒是温和的人。

杨掌柜知道闺女的心思，也从闺女那里知道纪洪寿的心思。但他有自己的想法，外乡小子纪洪寿的心思，跟闺女讲得可不一样。杨掌柜把纪洪寿叫到跟前，当面锣鼓当面对账，问他个心服口服。

纪洪寿实话实讲道，我不想干低头弯腰的活儿，男子汉大丈夫，要干出大力流大汗又要有手艺的汉子活儿。

杨掌柜闭上眼，马上又睁开，沉吟片刻道，胆子肥，说得好！

纪洪寿看着杨掌柜沉重的大眼袋，听着杨掌柜掏心窝子的解释，绱鞋这行当是能养老的，它是个手艺活儿，也是出汗出力的活儿；最要紧的是，它还是坐着挣钱的手艺，将来老了，绱不了啦，还可以开个铺子。

纪洪寿静静听着。

杨掌柜用手摸了一下头顶，继续讲解人生道理，世上再穷的人，可以光膀子走路，不可以赤脚行，不管做啥活儿的人，脚上都要穿鞋，即使去阴间，路上也不能赤脚。灾荒年饿不死手艺人，你要是学会了绱鞋这门手艺，保准你这辈子饿不死，有饭吃。

纪洪寿见杨掌柜说得动情，也不好做个冰冷的大石块，又出于礼貌，对着杨掌柜点点头。杨掌柜见纪洪寿答应了，嘴角不自主地向上翘了翘，虽说是费了这么多唾沫才答应的，心里难免有些懊恼，但毕竟是答应了，杨掌柜心中已经大喜，但他脸上没有太多表现，照旧还像平日里的样子。

杨掌柜打发纪洪寿干活去了，转身回屋，见闺女等着消息，于是拿着爹的架势，轻描淡写地告诉杨菊子，洪寿答应留下来学徒了。杨菊子像是站立起来的狗熊，一把抱住爹，"唪"的一声，在爹的脸上狠狠地亲了一口。杨掌柜早就领教过闺女的疯扯，依旧随意说道，谁都得按照学徒规矩走。杨菊子一百个应声，好像在替家中男人道谢老丈人。

日子比石碾子转得快，天气热了起来。

纪洪寿在"杨记鞋铺"半年了，手艺大有长进，男鞋女鞋孩鞋都能绱了，只有小脚鞋还绱不好。这已经了不得啦，学徒出师需要三年，纪洪寿仅用了半年时间，绱鞋的手艺就比上了别人三年的。最高兴的就是杨菊子，她比她爹还要高兴，出来进去嘴巴不闲着，哼着戏文"恰便是呖呖莺声花外啭，行一步可人怜"，或是"花落流水红，闲愁万种，无语怨东风"。肥硕的屁股在铺子里的伙计们面前扭来扭去，眼睛却是不离纪洪寿，就快要变成纪洪寿身上的一个零件了。

铺子里有三个绱鞋师傅，比纪洪寿大不了几岁。自打纪洪寿来了之后，他们就开始心生闷气。在纪洪寿没来之前，杨菊子还跟他们逗趣几句，他们有时还能蹭一下杨菊子的屁股，杨菊子也不恼，还会给他们哼唱几句戏文。可自从纪洪寿来了之后，一切都变了，杨菊子再不看他们，谁要是稍微碰她一下，她就会怒目而视，更别说哼唱戏文了。他们都知道杨菊子把心思放在这个小子身上了，但不敢明面表露出来，也就把所有的怒气，全都记在纪洪寿身上，再想到这小子将来还有可能入赘杨家，更是怨气变火气，火气变怒气。

三个绱鞋师傅原本住在一间屋子，纪洪寿来了，不仅是多了一张床，还多了一张呼气的嘴巴和一个放屁的屁眼，屋子也就显得拥挤起来。那三个人白天不睬纪洪寿，晚上也不睬，只要肚子"咕咕"要放臭屁，不管纪洪寿在屋里哪个角落，都会跑到他跟前，撅起屁股，对着纪洪寿"噗噗噗"。纪洪寿不跟他们争长短，把脑袋掉过去，当作没事人一样。他没想长期在这里，只是觉得杨菊子和她爹救了他，他想报答，想用干些活来报答。他是这样想的，也是这样做的，一个人干着两个人的活儿，有时还是三个人的活儿。可他心里永远有个不灭的方向，就是要离开芦台，要去天津卫学习真正的手艺。他从心眼里喜欢流汗出力的手艺，但具体是啥手艺，他又"知不道"。

就在这时，出大事了。

铺子里的三个师傅突然都不在铺子里。一个娘死了，回胜芳老家奔丧；另一个跟着骡马大车去霸州送货，两天后才能回来；还剩下最后一个，跟着杨掌柜去青州办一件急事。

杨记鞋铺静下来，剩下纪洪寿、杨菊子，还有灶房做饭的老婆子、打下手的小妮子。

天黑下来，杨记鞋铺前后两个院子寂静无声。寂静让杨菊子坐立不安，大半天了，身子都是火烧火燎的，原本以为夜幕降临，身子会冷下来，哪承想变得更热了，心里像是放了个火盆，搞得她根本无法睡眠。

到了后半夜，穿着单裤单褂的杨菊子，推开了绱鞋师傅住的屋子。她站在炕头，看着发出轻微鼾声的纪洪寿。看着看着，杨菊子动作麻利地把自己脱得光光的，胖泥鳅一样钻进了纪洪寿的被单里，狠狠地抱住了心爱的人，用自己一对肥硕的乳房，在纪洪寿紧绷绷的胸脯上、后背上蹭来蹭去，还把胳膊伸到纪洪寿脖子下面，紧紧地搂住他。

除了绱鞋还主动干杂物活儿的纪洪寿，每天累得脑袋只要沾上枕头，就会立刻进入酣睡状态。酣睡中，他突然感觉喘不上气来，挣扎了好一会儿才终于醒了，发觉不对劲儿，从炕上蹦起来，光着屁股冲进院子里。不管天冷天热，纪洪寿始终光着屁股睡觉，还要把裤褂卷起来，放进竹篮里，挂在屋顶上，为了远离臭虫和虱子。

看见纪洪寿跑进院子里，杨菊子愣了一下，随后也追出去。纪洪寿要是不出大院，后面的事也不会发生，心慌意乱的他，竟然拉开门闩，跑出了大院，向街上疯跑出去。杨菊子想也没想，也跟着跑出去。

两个赤身裸体的男女在芦台大街上疯跑。大街上有敲梆子的巡更人，有早出卖苦力的人，还有要去远方赶路寻找出路的人……

四

杨掌柜把闺女丑事记在纪洪寿身上，他拖着碗口粗的顶门杠，朝着纪洪寿屁股扫过去。纪洪寿身子踉跄了一下，没躲，一脚在前一脚在后，像是一根立着的顶门杠。杨掌柜手中横着的顶门杠，与纪洪寿这根立着的"顶门杠"，发生了多次强烈的碰撞。

除了回胜芳奔丧的师傅，其余两个师傅都回来了，他们躲在屋门后面看热闹，还嬉皮笑脸地拍巴掌。

一杠子，两杠子，三杠子……杨掌柜扫不动了，一手拄着顶门杠，一手扶着腰，呼呼地喘粗气。纪洪寿啥都不讲，缩着屁股，歪着身子，回屋打好铺盖卷，背起来就走了。幸亏杨掌柜年老没力气，所谓的打其实就是抢，没多大的劲儿，真要是壮小伙子打起来，一杠子下去，纪洪寿恐怕早就没命了。

杨菊子的哭声在院子里跟着乌鸦叫声一起响起来，她大喊着，爹，他可是按了手印的，爹？咋这就让他……走了？

杨掌柜摆摆手，咬着牙撂下一句话，脸面比按手印要紧，让他滚！滚得越远越好。

纪洪寿离开杨记鞋铺，想着马上离开芦台，可是口袋里空荡荡的，去哪儿呀？用一双脚板找生路，又担心出现差头，经验让纪洪寿多了一点思考。就像半年多前落脚这里一样，他又在街上漫无目的地走着，希望双脚走出一些思路。

肩膀被人拍了一下，纪洪寿回头一看，竟然是"臭尿桶"卢贵宝，不知啥时站在他身后，目光友善地望着他。那一刻，纪洪寿忽然感觉眼前的臭尿桶，一点不像杨菊子说的那样，是个浑身流脓水的大坏蛋。

纪洪寿还是赶紧离开，可是卢贵宝挡在他面前，不让他走。纪洪寿问他干啥。卢贵宝说，没事拦你做啥？

卢贵宝穿着一件丝绸褂子，肩膀和下摆处有几个破洞。他敞着怀，胸膛两侧的肋条看得一清二楚。卢贵宝斜着膀子说，被人家赶走了，脸面是顾不上了，可也得顾肚子呀？纪洪寿说，不关你的事。卢贵宝说，你小子脑瓜子灵，学啥都成，给你找个活儿，干不干？纪洪寿不想搭理他，还是转身走。卢贵宝说，织布厂，离这三里地，管吃管住，学徒三年。纪洪寿停下脚，问，要不要短工？卢贵宝嘿嘿一笑，你小子还想着去天津卫呢？找你叔伯哥去？纪洪寿面无表情。卢贵宝说，先饱了肚子，挣俩钱，再去天津卫，不是啥大事，比孙猴子取经省事。纪洪寿看着卢贵宝的眼，看了片刻，喘口大气，决定试一试。他已经不是初来乍到芦台的那个没见过世面的宁津小子了，半年的生活历练，让纪洪寿有了很大的胆量，腿上脓疮差点要了命，杨掌柜那三下子顶门杠，虽说没多大力气，有一下要是抡在腰杆上，也能把他打趴下，啥都扛住了，还能有啥难事呀？天大的事，大不过一条命，有一条命贴着脚下的地，还能咋样？

卢贵宝见纪洪寿心动了，便开了条件，工作介绍成了，我可是要拿牙伶的。纪洪寿听不明白。卢贵宝用指头做了捻钞票的动作，简白了说是不能白替他费口舌，唾沫也是值钱的。纪洪寿知道"臭尿桶"无利不起早，再说帮助联系也要有个报答。纪洪寿点点头，答应下来。

纪洪寿跟着卢贵宝走了三里路，看见一个灰色大院落。门口上方有个铁架子搭起来的大牌子，纪洪寿不认识字。卢贵宝停住脚步，告诉他到了。

进了大院，听见隆隆的声响，纪洪寿探头看了一下发出声响的屋子，里面光线灰暗，只看见好多个赤裸上身的男子，站在木架子前来回走动。那些男子看上去年岁不大，也就是他这个岁数。

卢贵宝拉开门口一间屋子的竹门帘子，吆喝纪洪寿过来，随后把他拽进屋子。屋子里烟草味呛鼻子，纪洪寿忍不住咳嗽起来。一个穿着蓝布褂子、敞着怀的男子，手里端着一个掉了皮的搪瓷缸子，斜了卢贵宝一眼，又瞅了下纪洪寿。

卢贵宝点头哈腰，用手指了指纪洪寿。

男子喝了一大口水，用胳膊抹了一下嘴巴，说，你小子本事大，货一次比一次好。卢贵宝继续赔笑，连声说着，大家发财，一起发财。男子朝卢贵宝摆摆手，卢贵宝满脸笑意，鞠了一躬，转过身，拍着纪洪寿肩膀说，好好干，听姜爷的话。

屋子里只剩下纪洪寿，姜爷再次上下看了看他，又捏了捏他胳膊，满意地点点头。姜爷开始说起规矩，试工期三个月，每天十二个钟头上班，早上六点到下午六点。管饱肚子，窝头随便吃，每个月有一次白馍和炖肉；管睡好觉，八个人一间房。

干啥活呢？纪洪寿问。

织布哩。姜爷不耐烦道，臭尿桶没讲给你？

纪洪寿摇摇头。

姜爷又像想起啥来，大声说道，臭尿桶从账房拿走了两块钱，这笔钱记在你头上。

纪洪寿怔了一下，还是问了一句，这个账是咋算出来的？

不会算呀？姜爷有些不耐烦道，听明白了，从现在开始，你欠了织布厂两块钱。

那咋还账呢？

每天多干一个小时，三个月就还清了。

纪洪寿笑起来，应了。可是转过脸去，感觉心窝子像是被人用绱鞋的鞋锥子捅了一下。他赶紧收腹，再呼气，让自己平静下来。

<h1 style="text-align:center">五</h1>

织布厂有三个大院子，两个院子是工厂，一个院子是工人睡觉的地方。干活的两个大院子，每个院子里面有四间厂房，每个厂房里有两台织布机。只要一台织布机响起来，耳朵里都是"咣当咣当咣当"的响声，两台织布机同时开起来，铺着青砖的地面都在抖动。听着"咣当咣当"声音久了，人就像是晕车一样头昏脑涨；走出屋外，没了"咣当"声音，竟然还是站立不稳，要是不扶着墙壁，感觉马上就要摔倒。

纪洪寿跟着一个老师傅做活儿。老师傅姓周，德州人，言谈话语间知道了纪洪寿的情况，老乡见老乡，对他特别照顾。不像有的师傅，对徒弟非打即骂。纪洪寿也向老周师傅说了他要去天津卫找亲戚的事。老周师傅上心了，只要碰到天津卫的客商，就会主动帮着纪洪寿打听。纪洪寿也有心眼，老周师傅要是忙得忘了问，他就自己凑上前客气地问。织布厂比杨记鞋铺接触外地人多，天津卫的客商谁也不会为了一双鞋子跑这么远的路，可是土布不一样了，城里需求量特别大。夏天把土布铺在炕上，凉快，不粘身子，比南方的凉席要好，冬天也能用得上。天津卫的商铺和城里的中等人家，也都喜欢炕上铺着乡下的老土布，价钱低，比洋布实用，一年四季都能派上用场。

纪洪寿每天累得贼死，屁股不挨凳、双脚不离地，还要比别人每天多干一个小时。不是屁股不想挨凳子，是没有时间挨。他想起杨菊子的话，说得的确有道理，绱鞋是坐着的行当，织布厂还给你预备凳子？到了晚上，脑袋只要挨着东西，甭管是啥，立刻就能睡着。纪洪寿不怕吃苦不怕累，想着三个月后就能有钱挣了，就可以慢慢攒钱，只要凑足去天津卫的盘缠，不管结果咋样，一定要去天津卫，那里毕竟还有姓纪的宁津亲戚，总比人生地不熟的芦台要好，还有啥能比亲戚更亲近呢？纪洪寿尽管在宁津的纪家庄受了亲戚的委屈，可他还是相信沾亲带故的关系，每天只要见到来自天津卫的客商，不管对方年岁大小，立刻就会睁大眼珠子，打听天津卫的竹货铺子，问人家认识纪老大、纪老二吗？天津卫的客商都是热心肠，也爱搭腔，嘴碴子硬，瞪他一眼，有大名吗？老大、老二遍地都是，去哪儿找？纪洪寿赶紧报上大名，纪老大叫纪喜堂，纪老二叫纪喜礼。天津卫的老少爷们嘴巴硬心肠软，见了纪洪寿乖样子，站住了认真想，还是满脸遗憾，无奈摇摇头。再问纪洪寿具体地址，他耷拉下来脑袋，那个信封丢在杨记鞋铺了，他也不敢回去找。回去杨菊子能把他压死，杨掌柜能把他打死。纪洪寿没有办法，只好继续打听，也只有嘴巴打听这条路了。又有一次，一个天津卫的客商听完"纪喜堂、纪喜礼"名字后，眨巴着眼睛问，还有其他线索吗？纪洪寿脑瓜转得快，立刻说，还有一个纪老三，叫纪忠璞，罗锅儿。那个客商"哦"了一声，猛拍了一下自己脑门，知道知道，开竹货铺子的，没错没错，在南门外，那一大片门脸房都是竹货铺子，你说有个罗锅儿的，这就对上号了。纪洪寿一把抓住客商胳膊，用力过猛，那个客商"哎哟"一声。姜爷正好路过，"啪"的一下，打了纪洪寿一个大脖溜儿。客商急忙拦住瞪着眼睛的姜爷，连说没事没事，小孩子，没事。老周师傅赶紧过来，问了情况，又把客商拉到一边，细问客商怎么跟徒弟的亲戚联系。客商讲了自己的名号，姓怀，怀仁鹏。老周师傅心细，又问怀老板能否留下店铺字号，徒弟纪洪寿去了，还得要烦请怀老板指点亲戚的门牌字号。怀老板在一张纸条上写了地址，老周师傅认识几个字，歪着脑袋看了看，自语道"西马路，怀记粗布店"。怀老板"嗯"了一声，又说回去后，找机会就去竹货铺子，跟他们说一声情况，乡下的亲戚来了，总应该要招待的。又问纪洪寿，大兄弟啥时去天津卫呢？纪洪寿倒是实诚，说口袋里有了盘缠马上就去。怀老板欣赏纪洪寿的言行举止，拍了拍他肩膀，意味深长地点点头。已经准备走了，又转过身子，叮嘱道，到了南门外，打听竹货铺子，就能找到；去了西马路，打听我怀某人的店铺，也能找到。纪洪寿有些不相信，那么大的天津卫地界，一个店铺就能找到？老周师傅亲昵地拍了一下纪洪寿的脑袋，找到那条街，店铺就能找到，小力巴，听怀老板的没错。

有了方向有了目标，纪洪寿干得起劲儿，这天给师傅打完洗脚水，还偏要给师傅洗脚。老周师傅比纪洪寿大了七八岁，看上去像是大了二十多岁，脸上的褶子蔓延到脖子上，双手伸出去，像是两个大扳手。老周师傅没有老婆，独自一人在织布厂，已经做工十年，最大的念头是回去给爹娘坟头培土上坟，再给爹娘磕个头。纪洪寿用一块灰布头给师傅擦干脚，还说他将来到了天津卫，发了财，也把师傅接过去，总比在芦台这里挣钱多呀，还能吃一咬一嘴油的"狗不理"。老周师傅眼圈红了，低着头，轻声说了句"有心呀，人有心，有好报"。

转眼间，三个月就过去了。天气早晚凉了下来，晚上睡觉要是盖不好被子，早上起来肩膀和腰都会特别扭巴。老周师傅人好心善，特意带徒弟纪洪寿到街上，寻了一个人少的小馆子，让他吃了香喷喷的大饼卷猪头肉。纪洪寿高兴呀，未来日子有工钱了，马上就能去天津卫了。

好事都是连着的。怀仁鹏又来芦台了。

怀仁鹏告诉纪洪寿，他联系上了。纪洪寿忙问，他们是啥意思？怀老板没言语。老周师傅替问，怀老板想了想，躲着纪洪寿眼神说，纪掌柜说是乡下给他们去信了，知道这孩子要来天津卫，只是一直没见到，还以为……还以为出事了。纪洪寿倒是不在乎，嘿嘿笑道，还以为我死了呢？怀仁鹏没接纪洪寿话茬儿。老周师傅看着怀仁鹏雇来的拉货的大马车，有心开口让徒弟搭大马车去，可是看着大车上小山一样的货物，还有辕马两边的座位，实在张不开口，再说人家怀老板始终也没吐口帮这个忙。纪洪寿和老周师傅千恩万谢了怀老板，老周还掏钱给怀老板揣上了一块猪头肉、两张大饼。师徒二人望着大马车远去，这才心神不定地坐下来。

老周劝徒弟别去天津卫了，在芦台干下去有啥不好，有了绱鞋和织布这两个手艺，不愁成不了家，也不愁肚子没食。再说了，芦台有"三阁八庙"，蓟运河边上还有宝塔寺，跟皇城里的碧云寺一样有名，香火旺着呢，这是个过日子的好地界。纪洪寿心里的话没说出来，他不想让师傅失望，芦台这个好、那个好，那还不是过去的事呀，现在哪里比得上天津卫？他还是要去天津卫，要找到流汗出力又有手艺的活儿。

老周想要跟徒弟讲，"你那做生意的叔伯哥哥，压根就不想你去"，可又说不出口，担心伤了徒弟的心。后又转弯抹角问了他去天津卫的缘由，才明白是村上族人对纪洪寿的财产补偿，老周师傅也明白，这是村上族人把他踢出村外的好办法，你小子有本事就在天津卫活下去，没本事那就自生自灭了。纪洪寿听不进去老周师傅的劝阻，还是一门心思要去天津卫。他想得简单，一个人做事总要有头有尾，不能半途而废。老周拗不过他，想了想，让他等会儿。过了好半天，老周师傅来了，从怀里掏出一个灰布包，告诉他里面有五块钱。

买张火车票，余下的，缝在腰带上，路上用，别丢了。老周师傅咬着嘴唇，眼圈红了。

纪洪寿攥住师傅的手，把灰布包往师傅怀里塞，一边塞一边摇脑袋，嘴里嘟囔道，师傅攒点钱不容易，打死也不能要师傅的钱。纪洪寿说得明白，他要花自己挣的钱，花师傅的钱，心里不踏实，睡不着觉。纪洪寿越是这样讲，老周师傅越是觉得没看错这个徒弟，反而越是想要资助他。到了最后，实在推脱不了，看着老周师傅着急的样子，鼻孔快速地一张一合，纪洪寿终于把灰布包拿下了，立刻就给师傅跪下了，声音颤抖地说，这辈子不忘师傅，有了钱，要接师傅去天津卫，吃一咬一嘴油的"狗不理"。老周师傅赶紧扶起徒弟，劝说道，快走吧，说不定你到了天津卫，还就真有大气魄了。

老周师傅指点纪洪寿，一定要坐火车去天津卫。纪洪寿原本不想坐火车，为了省钱，还想坐大马车。老周师傅担心路上安全，问他，要是赶大马车的车把式半道上再甩响鞭呢？纪洪寿抿着嘴唇，挺着结实的胸脯说，不怕。老周师傅还是担心，手指窗外说，芦台有日本人，你也知道日本人来时，打枪打炮的声音，比大年三十晚上放鞭炮还厉害，噼里啪啦的，多吓人呀。天津卫也有日本人了，他们端着大枪，看谁不顺眼，就把谁肚子给挑了。纪洪寿说，铁路线上也有日本人。老周说，是呀，哪儿都有矮鬼子。纪洪寿不服气，说，日本人在，中国人就不能挪窝了？挨不着他们，该干啥还得干啥。老周师傅有点生气，说，我的意思你还没明白，我是说坐大马车，路上有端大枪的日本人，还有劫道的土匪呢，还有抽冷子就会抹油的流民，哪一伙都是不好惹的，你说呢？纪洪寿眨巴着眼睛，这才轻轻地点点头。老周师傅说，想来想去呀，还是坐火车安全。纪洪寿觉得师傅说得对，一只狼好对付，几头狼对付起来可就麻烦大了，于是咬咬牙答应下来，一定坐火车去天津卫。

在老周师傅协调下，纪洪寿把工钱也结算清了。老周师傅又送他到火车站。

芦台有一座破旧的火车站，是津山线上的三等小站。空旷的站台上没有多少乘客，脸色都是灰不拉几的，眼睛空洞洞的，眼神飘荡，也不知道在看啥，全都是缩着脖子抄着手，抵挡着阵阵冷风。

老周师傅嘱咐纪洪寿，路上小心，不要跟人搭话。纪洪寿双手抱拳，让师傅放心。

就在这时，老周师傅忽然说，你不走，师傅也得让你走。纪洪寿怔了一下。老周师傅告诉纪洪寿，杨菊子疯了，光着屁股在街上跑，谁都拦不住，谁拦她，她就用脑袋撞谁的胸脯，比疯牛还厉害，几个小伙子都拉不住她。纪洪寿听了，下意识地后退了一步，恰巧踩着了身后路过的一个男子的脚，他赶忙转身鞠躬道歉，那个中年男子好像没反应，看也不看纪洪寿，两眼直棍子一样看着前方，径直上了正在"哧哧"作响的火车。

纪洪寿嘴巴张开，又闭上，不知道说啥是好，他想不到天不怕地不怕的杨菊子，咋就那么小心眼了。自己就是一个小力巴，没钱没本事，咋就值得杨菊子放不下？

老周师傅好像下了决心，看着脏兮兮的绿皮火车，又说了更吓人的事。原来杨掌柜准备让人放纪洪寿的血，要给闺女杨菊子冲灾祸驱鬼魂。

老周师傅吓吓地说，你不走都不成呀，杨掌柜说是要白刀子进去红刀子出来，还说是让你站着进来横着出去。

纪洪寿唉了一声，满脸无奈，说，师傅，你也知道我的脾气秉性……我不会碰杨菊子，我哪敢做那没脸皮的事，是杨菊子自己偏要……是她自己光着身子跑出去的……她到底咋回事，我实在知不道呀！

老周师傅推了他一下，让他再不要讲了。纪洪寿落寞地闭了口，转身走向车厢。老周师傅站在站台上，大声对纪洪寿说，到了天津卫，写信来。纪洪寿把脑袋探出车窗，朝着师傅挥舞着双手，挥着挥着，眼泪又禁不住流下来，流得脸上、脖子上都是泪水，凉冰冰的。那一刻，泪水中的纪洪寿也猛然清醒了。

第二章

一

在鞋铺和织布厂的历练，还有宁津到芦台路上的"响鞭"和"劫道大汉"，让乡下小子纪洪寿有了弯弯绕的小心机。他下了火车，背好铺盖卷，只要遇上路口就停下来问路。他选择年岁大的路人，或是面相和善的中年人，一条路多问几个人，几个人说的都是一个方向，他心里就会踏实，不可能所有人都会骗他这个乡下人。

沿着海河边向东走，不多时就到了华界。站在路口，按照路人指点，他知道这一带叫芦庄子。路口左面是一家糕点店，香味扑鼻，出来的人或是提着好看的点心盒子，或是提着一个小纸包，上面绷着一张好看的红纸。

他赶紧扭过头，不看热闹的点心店，不闻闹心的香味，嘴里的馋虫还能消减一些。往马路对面看，前面有两根木柱搭建起来的牌楼，上面的字他不认识，里面街道可是特别热闹。老周师傅在火车站跟他说过，乡下人进城，走人多的地方，不要东张西望。坏人专门盯着东张西望的乡下人，你要是走得顺畅，他也不敢算计你，不敢打你的主意，还以为你经常来城里呢。

过了人来人往的宽马路，当真走上这条街道，才感觉到真是热闹呀，行人、胶皮车、脚踏车紧贴身边走过去；路边小贩叫卖声，一声比一声高亢；飘着饭菜香味的饭馆里，传出来伙计们大嗓门的吆喝声。纪洪寿没见过这么大的阵势，比宁津大集可是热闹多了。这才想起来，快要过年了。纪洪寿牢牢记着方向，他的目的地在南门外，只要到了南马路，只要看见马路上的电车，离叔伯哥哥的竹货铺子就不远了。

纪洪寿走得稳当，感觉后背有人拍他。他心里紧了一下，没回头，继续向前走。从小乡下长辈就讲过，后背有人拍，不回头，那是狼趴在你肩膀上了，你要是回头，狼就会咬住你喉咙，那可就死定了。你不回头，狼嘴够不着喉咙。你就朝前走，走着走着，狼觉得无趣，自己下去跑走了。可这是在天津卫，不是乡下，不会有狼，有的是人。拍他肩膀的手，始终没有收，一直拍。太阳在头顶，身边这么多人，真就是狼，也不怕。纪洪寿站定，转回身。一个年岁不大的年轻人看着他。纪洪寿心里有定数，大街上面对陌生人，不要轻易张嘴。他在杨记鞋铺听杨菊子跟他讲过，天津卫地面，把外乡人叫"侉子"，他们对侉子倒是不欺生，可还是明里暗里地笑话，有时还会学你的腔调说几句话，看你面露窘色，他们就会在一旁呵呵笑。当时杨菊子说，你就是"侉子"，去天津卫有啥好？在芦台待着，想去天津卫赶大集，以后有的是机会。宁津的徐老蔫、"臭尿桶"卢贵宝，跟他或多或少都讲过这样的话。有一阵子，纪洪寿想问天津卫的客商怀老板，天津卫的老少爷们真是笑话侉子吗？想了好几次，见面时又忘了，总是想不起来问一声。

去哪儿？拍纪洪寿肩膀的人问道。

纪洪寿停住脚步，依旧没有转身，听口音那人不像是本地人。

去哪儿，我指给你。年轻人继续在纪洪寿身后说。

纪洪寿转身要走，又听见身后人解释说，天津卫路面曲里拐弯，走着走着就迷了路，要是到了"三不管"还迷路，那可就要崴泥了。

纪洪寿再次停住脚步，紧张地转过身，这才看清站在身后说话的这个人是个年轻小伙子，面相和善，不像坏人。一身蓝布棉袍薄薄的，不用摸，用眼睛瞅，就知道里面没有多少棉絮。他干净清爽，脑袋上没戴帽子，鼻头跟耳朵冻得红红的。

纪洪寿干脆问，南门外咋走？

年轻人听了纪洪寿的口音，忍不住笑道，你就是不张嘴讲话，看你也不是本地的，背着个破铺盖卷在南市走，怎么可能是本地人呢。你去南门外呀，找哪家铺子？

纪洪寿像是偷东西被人抓住掏兜的手，脸上立刻火烧火燎的，赶紧说了三兄弟开的竹货铺子，还特意提了罗锅儿纪忠璞。上次见怀仁鹏怀老板，就是提了罗锅子，怀老板才猛然想起来的。可是这次提了，年轻人摇摇头，说是不认识，却又主动表示，愿意带他去南门外。

纪洪寿眨巴着眼睛，这个年轻人也不是本地人，话一多，露馅了，他是关外的口音。于是问年轻人，你也不是本地的，关外的，咋给我领路？

年轻人笑道，你心眼多，我是关外的，话说多了，口音带出来了，可是我来天津卫三年了，比你熟呀。

纪洪寿抬头望了望日头，再看看身边的车流和人流，心踏实了不少，想要赌一把，也就答应了这个好心的年轻人。

两人边行边说。年轻人说他叫于树南，小日本占了东三省，他就从关外跑进关内，想要找个课桌上学。可是可恨的日本人又追到了天津卫，南开学校迁走了，他也失学了，想着找点儿活做，南市活儿多，就来南市逛一逛。纪洪寿见年轻人说得实诚，也实话实说地讲了自己的情况，两人还说了各自的年岁，原来这个叫于树南的关外青年比他大两岁。

说着话走路，感觉路很近。没多长时间，就到了南马路。纪洪寿第一次看见电车，响着叮当叮当的铃声开过来，纪洪寿赶紧躲在路边。于树南笑着拉住他，告诉他不要害怕，有轨道呢，电车离开轨道开不动了。

站在南马路一侧的边道上，于树南给纪洪寿讲着：这边，你看都是一条条的胡同，有门脸房，胡同里面都是规规矩矩的穷人百姓；又指着马路对面，那片门脸房，做小买卖的店铺，都是卖五金件的，还有卖车子的配件；又指着远处，那边有一条小胡同，穿过去，就是官沟街；紧接着又指着眼前的街道，从那里走下去，看见了吗？这条下坡路就是南门外。

纪洪寿脑子好，从小对风向、道路特别有感情，只要有人讲给他，他就能记得牢固。纪洪寿让于树南回去，说他能找到了，还说了感谢的话。于树南犹豫了一下，有些不放心，坚持送他到家。纪洪寿也就不再坚持。于树南还想替纪洪寿背上铺盖卷，纪洪寿不好意思，坚持自己背。

走上南门外大街没多远，看见街道两边都是灰砖房。于树南询问他家亲戚的铺面名号。纪洪寿拿出折叠整齐的字条，上面有怀老板写好的铺名。于树南接过去，操着关外腔调说，宏福竹货……好，铺名倒是吉利。纪洪寿问他，咋就说了关外腔？于树南笑道，只要放松戒备，家乡话自己就会冒出来。两个年轻人一起笑起来。

有识文断字的于树南领路，很快找到了店铺。纪洪寿走进店铺，忽然就吆喝了一嗓子，宁津的，纪家庄的，纪洪寿。

一个光头罗锅儿从柜台后面站起来。纪洪寿站在门口，背对阳光，里面的人看不清他的脸面。

第二章

· · ·

光头罗锅儿走到纪洪寿近前问他找谁。纪洪寿不喘气地说了三个人的名字，纪喜堂、纪喜礼、纪忠璞。说完了，看了一眼眼前的罗锅子，高兴地喊了一嗓子，你就是纪忠……三哥吧？

罗锅子没有表情变化，轻轻地点了点头。一旁的于树南呼出一口大气，像是卸掉了千斤重担。

这时候，纪忠璞掀起棉门帘子，快步向后院走去。于树南想要跟纪洪寿告别，说你既然到家了，我也就安心了。纪洪寿拉着于树南胳膊，不让他走，怎么也得跟我大哥见个面呀。于树南也就只好暂时留下来。

纪洪寿站定了，才看清屋里的情况：房间不大，左边一溜老榆木柜台，柜台上面放着一个大算盘还有笔墨纸砚。剩下的空地没有一处闲着的，堆放着杵到屋顶的竹竿子，竹竿子有焦黄颜色的，还有跟夏季树叶一样颜色的。每个竹竿子粗细不同，屋子内外弥漫着竹子的气味。

这时候，罗锅子纪忠璞引进一个人，同样也是闪亮的光头。纪洪寿看他年岁还有儿时模糊的印象，猜出此人应是纪喜堂，迎着上前叫了声"大哥"。对方应了，还向他龇了龇牙，因为友善地露出黄黄的牙齿，让人感觉大哥像是含着一个玉米棒子。

对于纪洪寿的到来，纪喜堂显然是知道的，但还是下意识表露出不可思议的神情。纪喜堂又看向于树南，纪洪寿见状，赶紧做了介绍。纪喜堂倒是大气，让纪忠璞给客人倒水，怎么站着呢，快点坐下来喝点水暖暖身子。

于树南客气地摆摆手，说是洪寿兄弟安全到家了，也就放心了。纪洪寿过意不去，热水都没喝一口就要走呀？于树南告诉纪洪寿，后会有期，肯定还会见面的。

站在铺子外面，纪洪寿问将来怎么能找到他。于树南说他住在西南角广仁堂一带，和南开学校隔着一片树林子，还有一大片清亮的水洼子。见纪洪寿眼睛茫然，热情道，将来我看你来。纪洪寿又是一番感谢。

送走于树南，纪洪寿返回店铺。纪老大纪喜堂这才想起来，让他洗把脸，先安置下来。纪洪寿倒是不着急，一路上脖子都没敢转动，眼睛也不敢乱看，现在终于放心了，可以大胆转动脖子了。

纪老大纪喜堂还是觉得惊奇，兵荒马乱的路上，这小子竟然毫发无损地来到天津卫。纪老三纪忠璞也觉得这个比自己大了两个月的叔伯哥哥不可小瞧。

纪洪寿实话实讲一路怎样遭罪。纪喜堂捻着下巴上黄黄的胡须，淡淡说了句，你小子真是吉星高照呀，你这是啥好命呀，一路上咋就到处遇上大贵人呢？纪洪寿直着眼睛，不明白大哥说这话啥意思。再看罗锅子纪忠璞，表情也是怪怪的。

正说着话，纪老二纪喜礼进屋来了，冻得嘴里哈哈的，揣着手，跺着脚，抖着肩膀，通过四肢乱动来驱赶身上的寒气。

老大纪喜堂对老二说，洪寿从乡下来了，这一路走了一年，差点死在半道上。

二哥纪喜礼看了看纪洪寿，表情跟纪忠璞差不多。在纪洪寿特别模糊的印象中，纪喜礼应该是个小短脸，可眼前的二哥却是一张长脸，跟小时候印象完全相反。

纪喜礼的下巴向上翘了翘，眼睛扫了一下，算是跟纪洪寿打了招呼，转脸又对老大说，大哥，遇上麻烦事了。纪喜堂眉头一皱，感觉是要急火火地问话，可是话出来却是缓慢的，问，啥子事呀？纪喜礼低声说，去后院讲吧。纪喜堂"嗯"了一声，又对纪忠璞说，带洪寿洗洗脸，安置一下，我跟老二说事去。说完，两个人掀起棉门帘子走出去，一股冷风立刻闯进来，把纪洪寿刚刚聚拢在身的那点热气又给掠走了。

纪忠璞对纪洪寿说，跟我走。说完，出了店铺。纪洪寿晚了半步，棉门帘子啪地撂下来了，纪忠璞也没有回手客气地挡一下，头也不回地出去了，棉门帘子晃荡荡地砸在纪洪寿的脸上。这一砸，让他心里咯噔了一下，仿佛有个石碾子迎头把他撞倒。街上的寒气一下子逼进来，瞬间通透了他的全身。

纪洪寿出了屋才知道，原来在宏福竹货铺子的对面，也就是马路的另一边，还有一座旧青砖小院。

二

　　竹货铺子没啥手艺学，经营也简单。老大纪喜堂掌管铺子；老二纪喜礼与外面的商铺联络，负责销货渠道；老三纪忠璞负责记账，别看罗锅子不起眼，却写得一手娟秀好看的字，算盘珠子拨得噼啪乱响，看他手指在算盘上肆意飞舞，罗锅子的缺陷瞬间就会让人忘记。竹货铺子余下的活计，就是伙计们流汗干活了。一根竹竿不重，几岁的小孩子也能举起来，可要是十几根、几十根竹竿捆起来变成一大捆，那可是有些分量的，要是几大捆再捆在一起，那分量就更重了。进货需要装卸堆放，出货也需要装卸码放，还有平板车运输，这一切完全依靠人力，没有把子力气可不成。

　　纪老大坐在一张枣红色圈椅上，告诉站在面前的纪洪寿，你先跟着大老郑送货吧。纪洪寿点点头。纪老大又说，早上起来把两个院子打扫干净，把几间屋子里的尿桶子都倒了，别贪睡，起早点。纪洪寿还是点点头。纪老大接着说，每天给两个院子挑满两缸水，早上一趟，晚上一趟。纪洪寿再次点点头。纪老大始终侧脸讲话，过了会儿才转过头，定睛看着纪洪寿，又继续说起来，口气像是爹跟儿子讲话，别惜力气，你这岁数出力长力，睡一觉起来，出去的力全收回来了。这一次，纪洪寿没点头也没应声。

纪老大看着纪洪寿白净的脸，好像是在咬着后槽牙，终于下定决心说，好好干几年，给你找个媳妇，把家成了，也不枉来一趟天津卫。

刚见面纪老大就这样讲，纪洪寿心里一热，还要等待下文。可是纪老大已经起身走了，把纪洪寿一个人晾在客厅中。凉飕飕的风从棉门帘子缝隙中，带着呜呜的哨声吹进来。纪洪寿感到凉风钻进了骨头缝里，在心里说，这天津卫咋比乡下还要冷呢？

初来乍到的纪洪寿，起先还轻视竹货铺子，觉得没有芦台织布厂生意好。但很快就发现自己错了，竹货铺子每天进货出货不断，伙计们挥汗如雨，连唠嗑时间都没有。铺子生意好，纪洪寿心情却不好，除了纪老大跟他偶尔聊上几句家常话，问一问乡下的情况，纪老二和纪老三根本不理他。

来到铺子第三天，纪洪寿跟着铺子里的大老郑送货了。铺子里有三个伙计，年岁最大的伙计就是大老郑，四十多岁，头顶光溜溜的，一脸皱纹。纪洪寿问他家在哪儿。大老郑说他家在老地道外，过了老龙头火车站就到了。大老郑忽然自嘲道，那哪儿是家呀，撒气漏风的窝棚，家里没人了，一年多没回去了，我那窝棚估计早被人占了。

大老郑长得五大三粗，操着一口地道天津话，语速又快又急，像是马上去赶大火车、出大远门。大老郑好多话纪洪寿听不懂，只能把前后话串联起来琢磨，也不过明白个大致意思。这样一来，人就显得木讷。有时大老郑问得急，纪洪寿听不懂，眨巴着一双无辜的眼睛，最后来上一句"知不道呢"，大老郑苦笑着叹口气，有时实在着急了，扒拉一下纪洪寿的胳膊，却从来没有为难过他。

宏福铺子的送货范围在城里城外，很少有"下边"的生意，住在"下边"的洋人们，还认识不到竹竿的妙用。铺子只有一辆送货车，超长的平板车，胶皮轮子，两人一辆，一拉一拽，体力还能承受得住。与心直口快、心眼好的大老郑相处几天下来，纪洪寿长了不少见识，知道了一些铺子的情况。

"宏福竹货"开业三年了，之前铺子主人是一位姓陈的老者，纪老大和纪老二过去是铺子里的伙计，待得年头久一些，具体待了几年，大老郑说不好。罗锅子纪老三来得晚，还不到一年，之前在哪儿谋生，大老郑也不知道。纪洪寿还听大老郑讲，铺子之前的老板也就是那个陈姓老者，死得有些蹊跷。三年前中秋节前夜，陈姓老者暴病，口鼻流血，还没来得及送医，身子就硬了凉了。陈姓老者丧事之后，纪老大和纪老二找了保人，以极低的价格买下了店铺，改成了现在的名号。从大老郑话语之间，纪洪寿猜知暴躁的纪老二和蔫坏损的纪老三，倒是乖乖地尊听纪老大的话。纪老大话不多，却是一句顶两句，有时候顶上好几句。纪老大生意做得好，没两年的工夫，又把马路对面一家竹货铺子盘下来。

大老郑随意地问纪洪寿跟他们啥关系。纪洪寿说，老大、老二亲哥俩，老三跟老大、老二亲叔伯。大老郑笑道，我没说清楚，我是问你跟他们三个啥关系。纪洪寿嘿嘿两声，得意道，要是在宁津乡下，老大和老二得喊我爷爷，老三得喊我太爷爷。大老郑变脸也快，撇了一下嘴巴，讥笑道，净说这没用的话，那是你们乡下，这是天津卫，骡子大、马大值钱，辈分大管个屁用，你不还得给人家做小力巴？纪洪寿没有气恼，反而感觉亲切，大老郑已经不把他当外人了，说话绝不讲半句话，都是直来直去的整话，特别信任他这个总是"知不道"的乡下小子。

遇事喜欢里里外外琢磨的纪洪寿，心中有不解之处也要问大老郑。那天就突然问，怎么卖个竹竿子，就能挣这么多钱？大老郑笑起来，摆开架势道，天津卫遍地都是宝，只要动脑子就能赚大钱。北门外有条胡同叫竹竿巷，路面窄，只能过去一辆大平板车，巷子里的商家都是响当当的银号，还有一家做小麻袋的店铺，你猜怎么着？银号有钱，做麻袋的小店铺也发财了。纪洪寿听糊涂了，瞪大眼睛瞅着大老郑。大老郑梗起脖子道，不信？告诉你吧，装银子要用小麻袋……懂了吧，爷们？守着每天得用小麻袋的银号，做小麻袋的铺子，能不赚钱吗？纪洪寿听明白了，终于呼出一口憋了好长时间的大气。大老郑感慨道，这就跟人一样，要是傍上有大本事的人，自己再稍微动动脑子，就能吃香喝辣的，照样可以享大福。纪洪寿对大老郑后面的论断摇头反对，自语道，干啥要傍上别人家，要靠自己本事挣钱。大老郑怔了一下，赞了一句，你小子，有种！纪洪寿追着要去茅房解手的大老郑说，我不想干取巧的事，就想流大汗出大力，就想找个有手艺的活儿挣钱糊口。大老郑在茅房门口放了个响屁，转身给了纪洪寿一个小脖溜儿，笑道，在天津卫地面，你要是三年过后还这么想，你就是英雄好汉！

纪洪寿跟着大老郑运货几天，全都是顺顺当当的。纪洪寿感觉天津卫没啥，跟宁津乡下的人和事也差不多。

又一天早上，纪洪寿干完三件事——扫院子、倒马桶和挑水缸，刚坐下来想要伸伸腰、喘口气，姓韩的伙计扛着快要奔拉到地的粗麻绳过来了，嘴巴一撇，让纪洪寿跟他出车。

纪洪寿问，老郑师傅呢？韩伙计操着唐山话说，掌柜的让你跟我走。纪洪寿不想跟韩伙计搭班，来的第一天开始，纪洪寿就跟韩伙计脾气不合，怎么看他怎么不顺眼。

纪洪寿找到纪老大，问大老郑哪去了，他不想跟姓韩的出车。纪老大没发火，带着亲切的笑容说，大老郑有事出去了。纪洪寿仰仗着亲戚关系，着急说话就有些冲，没过脑子便把话硬邦邦地讲出来，想跟另一个姓马的伙计送货。

戴着皮帽子的纪喜礼刚进来，想起啥事又要出去，已经走到门口了，听见纪洪寿这么讲话，立刻转过身子，怒声呵斥道，你一个小力巴，咋跟掌柜的这样讲话，一棍子打死你！

第二章

纪洪寿知道纪喜礼脾气倔，从他走进竹货铺子那天起，纪喜礼就没正眼瞧过他。纪洪寿嘴巴没有讲，但是眼睛会说话，他不眨眼地看着纪喜礼。纪老二怒了，上前几步，扬起巴掌就要抽纪洪寿大嘴巴，立刻被纪老大伸手拦下，说，喜礼你快忙去吧，路上小心。纪老二狠狠地瞪了纪洪寿一眼，气哼哼地走了，双脚踏在砖地上，发出"砰砰砰"的声音，砖缝之间的尘土都被震出来了。

纪老大语调柔和道，学徒就是学徒，掌柜的就是爹，徒弟就是仔，让你做啥就做啥，手脚要勤快。纪洪寿见纪老大笑着讲，也不好再说啥，起身跟着韩伙计去送货。

纪洪寿跟韩伙计拉着装满竹竿犹如小山一样的平板车，从南门外出来，走上南马路，他们准备到东马路去送货。在南马路上，在路口执勤的警察拦住他们，让他们把平板车停在路边上。

纪洪寿把车停靠在路边上，一路都在旁边推车的韩伙计，忽然用手扶着膝盖，龇牙咧嘴，说是膝盖扭了，然后上气不接下气地让纪洪寿去问问警察大老爷，为啥要拦"宏福"的车。纪洪寿甩下肩膀上的套绳，去了，问了。警察不理他，他接着问。警察依旧背着身，还是不理他。纪洪寿着急，在背后用手拽了一下警察的衣袖，警察猛地回身，挂在屁股后面的警棍甩了一下，紧接着反手给了纪洪寿一个大耳光。这一巴掌拍得特别迅疾，还特别响亮，路边的韩伙计都听见了，想笑又怕纪洪寿看见，赶紧用手捂住嘴，假装咳嗽。纪洪寿这才想起韩伙计讲给他的话，让他讲是"宏福"的车，于是赶紧讲了。警察瞪起眼睛，"宏福"的车咋了？还让我烧香拜一拜？纪洪寿傻了眼，他跟着大老郑路过南门外与南马路这个交口好多次了，只要去城里，这是一条最近的必经之路。之前警察没拦宏福竹货的车，今儿个为何拦了？纪洪寿看向路边扶着膝盖的韩伙计，韩伙计向他摆手，纪洪寿倒是明白，意思是让他接着说好话。纪洪寿不敢伸手了，距离两步远，围着警察说好话。警察梗着脖子，看也不看纪洪寿，右手不时地摸着屁股后面的黑白两色警棍，继续巡视着路面。纪洪寿再次看向韩伙计，韩伙计给他做出鞠躬的姿势，纪洪寿只好围着警察，连着鞠躬十几个，腰都给鞠疼了，警察照旧不看他一眼。过了约莫一袋烟的工夫，警察转过身，才对纪洪寿说，今天这一嘴巴子，是给你长长记性，下次再让我碰见你……说着，把屁股后面的警棍摘下来，纪洪寿赶紧退后两步，警察把警棍举在空中，利落地画了一个圈，说，它可是不长眼，见你一次，打你一次，打瞎你的狗眼，打断你的狗腿！

纪洪寿千恩万谢，一溜小跑到路边，催促韩伙计快走，说完再次主动把套绳挎在肩膀上，奋力拉起车来，韩伙计在旁边继续象征性地推着。这一路，因为韩伙计膝盖受伤，根本使不上劲儿，扶着车把在旁边走，实际上是纪洪寿一个人拉车，因为全身用力，他都能听见身上关节发出"咔咔"的响声，双

第二章

053

脚使足力气蹬着地，感觉已经把地面踩出一溜儿坑来了。这时候，忽然刮起来强劲的西北风，纪洪寿看见自己脑袋上冒着腾腾的热气，眨眼工夫热气就在眼前消失了。

回来的路上，纪洪寿问韩伙计，以前警察不拦车，今天为啥拦车还打人？韩伙计皱起眉毛，想了又想，似乎也找不着答案。纪洪寿偶然扭头，发现韩伙计正在抿嘴笑，他觉得这里面一定有事。

晚上见到大老郑，纪洪寿把警察拦车、自己挨打的事讲了，问大老郑师傅到底是咋回事。大老郑哼了一声，说，崴泥了，盯上你了，你要是不给警察老爷上点供，恐怕过不去这一关。

纪洪寿糊涂了，自己没惹警察大老爷生气，咋就过不去这一关呢？

大老郑说，之前你跟着我走，警察不拦大车，那是我上过供，这一次我不在身边，警察找麻烦了。姓韩的坏，他应该上前说和，不该让你去。纪洪寿说了韩伙计膝盖扭伤的事。大老郑笑道，你被姓韩的算计了。纪洪寿想着刚才看见韩伙计正常走路的姿态，再加上警察打他时，韩伙计在路边偷笑，也觉得姓韩的是故意的。纪洪寿顾不上委屈，央求大老郑，自己能不能还跟着他送货。大老郑苦笑起来，我能做主吗？这是大掌柜安排的，他是故意的，算是给你下马威。纪洪寿性子倔，立即来了牛脾气，想要去找纪老大，把警察要求上供的事讲给他，让纪老大想办法。大老郑一把拉住他，直言道，你是聪明还是傻呀？掌柜的哪管这些芝麻事，都是伙计自己想办法，隔三岔五地上供，冬天给警察塞包烟，夏天抱过去一个西瓜，春秋天包过去两个烫牙的火烧，火烧还得是南关老街"杜称奇"铺子的火烧，你做了这些，他就不找麻烦了。纪洪寿原本耿直僵挺的身子，慢慢软下来，他不言语了，他口袋里哪有钱呀，纪老大只是管吃管住，工钱是没有的，还说这已经是看在乡里乡亲的面子上。

大老郑看着软塌下来的纪洪寿，从口袋里掏出两毛钱，掖进他口袋里，让他下次路过路口时，给警察大老爷买包好烟，老刀牌的，哈德门的，拿得出手的烟卷。纪洪寿不要师傅的钱，死活不要，脸都变成放了好多天的窝头颜色。又问，没好法子了？大老郑摇摇头，又说，我又不是地道外的黑旗队。纪洪寿问，啥……黑旗队？大老郑说，地道外没有正经人家，正经人也少，流民、地痞、二癞子凑在一起，打出"黑旗队"的旗号，他们在老龙头火车站扒火车，天不怕地不怕，日本人的货也照样扒，老龙头就是你下火车的地方，知道吧？纪洪寿睁大眼睛听。大老郑话题一转，说，下次大掌柜还让你跟韩伙计去送货，你就问姓韩的，看他怎么说，人好人坏，不用太多的事，一件事就能敲定。

三天以后，纪洪寿又要跟韩伙计去送货。纪洪寿问了韩伙计，有没有打发警察的好办法。韩伙计脱口而出，花钱免灾。纪洪寿摇脑袋。韩伙计说，要是不花钱，倒也有办法。纪洪寿以为韩伙计要出头，他在铺子年头比纪洪寿时间长，也是见多识广。可是韩伙计不想出头，而且自有理由，他给警察上过供，新来的伙计也要上供过关。韩伙计见纪洪寿还是摇脑袋，既然不认头花钱，就又讲了不花钱的办法。纪洪寿睁大眼睛，心想大老郑咋没告诉我？原来，韩伙计给的办法，是让他戴上日本帽。韩伙计说，警察看见戴日本帽的人都客气。纪洪寿问为啥客气。韩伙计不耐烦了，说，现在天津卫是日本人的天下，戴上日本帽，那就是给日本人做事的，给警察一万个胆子，他也不敢拦给日本人做事的。纪洪寿这才恍然大悟，也猛然记起街上确有戴日本帽的中国人，有骑自行车的，也有押平板车的，道路口执勤的警察看见了，早就把头扭过去了，从来不对眼。纪洪寿心中大喜，觉得之前自己冤枉了韩伙计，这么好的主意，大老郑怎么没想起来？大老郑应该知道呀？纪洪寿摸了摸大老郑掖给自己的两毛钱，心里有些糊里糊涂。

　　韩伙计不知从哪儿搞来一顶日本帽，按在纪洪寿脑袋上，拉着车上路了。果然奏效，过原先那个路口时，路口的警察还真把脑袋扭过去了。回来的路上，纪洪寿作揖感谢韩伙计。韩伙计龇牙一笑，说，这是我租来的，两毛钱。纪洪寿赶紧掏口袋，把大老郑给他的两毛钱拿出来，说着感谢的话给了韩伙计。韩伙计也不客气，把两毛钱拽过来，放进贴胸的口袋里，忽然又笑起来，笑得纪洪寿莫名其妙。当天晚上，纪洪寿讲给大老郑，大老郑来了一句，姓韩的这小子还是不地道，咋就改不了呢？纪洪寿想要再问，大老郑来了句，再往下看看吧，啥时你屁股被打疼了，你脑子就知道咋转轴了。纪洪寿又迷糊起来。

过了几天，又要送货。宏福竹货生意是真好，快过年了，商家啥都需要，生意好得不得了，都要飞上天去了。也真是应验了大老郑那句话，天津卫遍地是宝，做啥买卖都能赚大钱。

这一天，纪洪寿戴着日本帽，拉着车，韩伙计在旁边拽着车帮，平板车又上路了。走到路口时，离老远，警察朝纪洪寿招手。纪洪寿把车停在路边，让韩伙计看好了，他屁颠屁颠跑过去，猜测警察是想凑近了，看看日本帽是真是假。韩伙计告诉过他，日本帽是从南马路做轴承生意的老板那里买来的，那个老板跟日本人做生意，从日商店铺进口废旧汽车，拆卸后，把有用的汽车零件转手，卖到坝上的张家口一带，利润大，风险小，闭着眼睛都能赚大钱，生意红火得很，比做轴承生意要好上几倍。与日本人做生意，那就要戴上日本帽，那个老板店铺里有不少日本帽，有纯正的，也有仿冒的，光是帽子这项不起眼的小生意，出借或是卖掉，也能赚个不错的好价钱，都是对半的利润。

纪洪寿跑到警察面前，才发现就是上次扇他耳光的警察。这次还没等纪洪寿开口，警察又是一巴掌，下手比上次还要狠，纪洪寿当即眼冒金星，觉得半边脸都肿起来了。因为警察用力过大，纪洪寿脑袋上的日本帽被打飞了，风一吹，帽子向前跑，他赶紧猫下腰追帽子，捡起帽子，又跑过来对警察说，这个日本帽可是真的，不是假的。说完又庄重地戴上。警察怒了，又是一个大耳刮子，再次把日本帽打飞了，瞪着纪洪寿，恶狠狠说道，打的就是你这个帽子！

纪洪寿傻眼了，捡起帽子，不敢戴了，揣在怀里，捂着脸，回到路边，看着韩伙计。韩伙计一句话不说，纪洪寿问急了，韩伙计却让他回去找大掌柜的，看看大掌柜怎么办。纪洪寿不能找纪老大，他在竹货铺子两个多月了，早就清楚铺子的规矩，要是把这事推给大掌柜的，那就等着挨骂吧，不得把祖宗八辈都骂到了。纪洪寿没有办法，只能眼巴巴瞅着韩伙计。韩伙计还是不动劲儿，纪洪寿只好张开嘴，央求韩伙计，他没钱给警察买烟，只能作揖央求。韩伙计抬头看了看阴沉如地的天空，没好气地对纪洪寿嘟囔起来，帮你试试，帮你试试，不成的话，你还得去求大掌柜的。

韩伙计走到警察旁边，也不知说了啥话，刚才凶狠的警察还跟韩伙计笑起来，摆手让他走。韩伙计回来，说，走吧，误了送货时间，大掌柜的又得骂人了。纪洪寿问韩伙计，刚才你说了啥，警察咋还跟你笑哩？韩伙计摆摆手，看着纪洪寿红肿的半边脸，叹口气道，看你岁数小，不跟你较真了，走吧。纪洪寿心里藏不住事，还想要问个究竟。韩伙计苦笑道，你去问大老郑吧，你不是跟他好嘛，他会告诉你。纪洪寿又谢了韩伙计，恭敬地叫了一声"大哥"，然后卖力地拉起车，身子挺成一条笔直的线，脑袋都要抵到地面上了。

三

　　纪洪寿回到铺子里，动作小心翼翼，始终低着脑袋，看谁都把眼睛错开。还好，没人提他挨耳刮子的事，他心里稍微舒缓一些。左边脸的肿还没消下去，他又用热水焐了焐，夜里更肿了，嘴里像是含了一块大方糖。

　　转天早上，他去纪老大屋子里倒尿桶子，两口子还没起，屋子尿骚味厉害，呛鼻子。纪老大的老婆能吃贪睡，啥时见她，她肥厚的嘴巴里都在嚼东西，屁股又肥又大，身旁要是有桌椅板凳的话，她走过去就会发出"刺啦刺啦"的碰撞声。只要看见她，纪洪寿总会想起芦台的杨菊子，也不知道杨菊子病好了没有。纪老二和纪老三还没成家，纪洪寿去倒尿桶子时，两人睡得死，不知道有人进来。纪洪寿倒是尊敬纪老大，因为纪老大说了一句话，"要帮你把家成了"这句话，让他心里始终都是暖乎乎的，也不知道这样的话，纪老大跟纪老二和纪老三说过没有，纪洪寿猜想肯定也说过，他们之间的关系更亲近。

　　纪洪寿用一根弯成弧状的绳子，套住尿桶子两个抓手，正要提起来往外走，纪老大对着空气"哼唧"了一声，慢悠悠说，脸肿别用热水焐，越焐越肿，用毛巾蘸上凉水敷，乡下来的，这点事咋不懂呢？纪老大老婆用被子蒙住脑袋，在被窝里嘟囔道，叽咕啥了，再眯会儿。纪洪寿应了声，出了屋，心里依旧憋屈，想要抓住自己的心肝肺狠狠地拧一把。

下次再送货，纪老大又把纪洪寿安排给了大老郑。纪洪寿明白过来，纪老大已经"婉转"地教训了他，让他明白了"锅是铁打的"这句老话。纪洪寿愿意跟大老郑在一起，能敞开心说话，干活儿不累。平日里到处都是眼睛，茅房外面都是耳朵，跟大老郑一起送货，可以放心大胆地说话。

大老郑一边拉车，一边吃"三合面"烙的饼，丝毫不怕迎来的寒风。单身独居的大老郑，做饭可是一把好手，"三合面"原本一团散沙，蒸窝头都难，哪里烙得了饼？大老郑有办法，先把大葱切成指头长短，再切成一小条、一小条，插进"三合面"中，起到固定作用；烙熟后再抹上大酱，吃得跟享用桂顺斋"小八件"一样高兴。大老郑还把他的"三合面"大饼称作"煎饼果子"，搞得铺子里难得一笑的纪老二那天听了都咧嘴笑起来，纪老二的大黄牙，在阴暗的铺子里闪闪发光。

纪洪寿心疼师傅，劝师傅歇下来再吃。大老郑用下巴指了指手里的"煎饼果子"说，这东西就是边走边吃的，凡是卷起来的吃食都是给卖苦力人吃的。纪洪寿"嗯嗯"了两声，觉得师傅说得对，乡下人也是边吃边干活儿，这样能省下时间去干其他活计，没想到拥有"狗不理"的天津卫也是这个样子。大老郑又说，能吃上"煎饼果子"也不容易呀，等着吧，这好东西也不一定吃长久，日本人坏心眼子，他们成心要把中国人饿死，让中国人饿得浑身没劲儿打不过他们。

纪洪寿听着大老郑的絮叨，觉得国家大事离自己太远了，他心里还是自己那点事，打不起精神来，他不想在竹货铺子干了。要技术没技术，喘气还要横着喘，越想心里越别扭。之前跟大老郑讲挨打的事，心里这个坎儿至今过不去。大老郑说，我早前就讲过，你的叔伯哥哥不帮你，就是想给你个下马威，告诉你学徒的就是学徒的，掌柜的就是掌柜的，你用脚指头想想，他怎么搞不定一个小警察呢？他就是故意的！纪洪寿点头认同，他见识过"宏福竹货"过年时的热闹劲儿。来拜年的客人当中，有穿皮袍子戴礼帽的，有穿长筒高靿皮靴挎大刀的，也有大冷天敞着怀的练家子……见了纪老大全都客气地抱拳拜年。

大老郑语气怪异地说，没点本事，能把两个院子揽过来？能把别人的铺子盘过来？之前铺子那个姓陈的老板也不是吃素的，人死后，姓陈的亲戚全都过来了，吵嚷着要把纪家三兄弟送到监牢吃牢饭。最后咋样了？硬是让外来的纪老大给摆平了，姓陈的那帮人灰溜溜跑了。你看他总是笑，其实里面全是刀子。纪洪寿听了，吓得心颤，浑身发冷，忽然明白了纪家庄的人把他"踹"到天津卫，让他落脚竹货铺子的缘由。

纪洪寿想要离开竹货铺子的决心越来越强烈。大老郑暗地告诉他，找到下家再走也不迟，街面上乱，你冬天没有棉袍、夏天没有长衫，穿着小短袄在街上找活儿，说话又是"侉子"调儿，说不定就给你抓了装上船，漂洋过海到日本人的煤窑里干活儿，想活着回来？做梦吧，这辈子都别想吃"狗不理"了。

纪洪寿把话糙心热的大老郑当成亲人，处了几件事，相信大老郑不会害他，就悄悄告诉大老郑，他在天津卫还认识两个人，一个是住在"广仁堂"附近来自关外的学生于树南；一个是做土布生意、铺子在西马路的怀老板，找到这两个好心人，说不定能帮他找到绱鞋和织布的活儿。虽说这两个营生纪洪寿也不满意，可总比每天拉板车送货有技术呀！纪洪寿心里已经想通了，真是如杨菊子讲的，绱鞋是个坐着挣钱的活计，还不用跟警察打交道。

大老郑追问，你跟这两人啥关系？要是点头之交，找不找没啥用。纪洪寿忽然问，要是师傅帮我找绱鞋铺子还有织布厂子呢？大老郑连忙摆手说，不成不成，我要是帮了你，纪老大会找人收拾我的。纪洪寿不解，咱俩私下的事，纪老大能知道？大老郑肯定道，能。纪洪寿耷拉下来脑袋，一声不吭了。大老郑反过来安慰说，你命好，肯定能成。纪洪寿哭丧着脸说，师傅，你这是给我宽心丸吃。大老郑说，你小腿上的脓疮都能自己好，高烧都能自己退烧，还不是命大命好吗？纪洪寿开心地笑起来。大老郑说，脸白的人笑，比脸黑的人笑好看。纪洪寿不好意思地摸着自己的脖子。

纪洪寿想着去哪儿找于树南，没想到几天后的一个傍晚时分，骑着脚踏车的于树南突然出现在竹货铺子外面的边道上。纪洪寿被招呼出来，看见于树南从脚踏车的车筐里提起一个小纸包，冲着他，不住地摇着小纸包。纪洪寿愣怔了一下，急忙跑过去，兴奋地说，想你你就来了，咋还带东西呀？于树南笑说，点心渣子，给你解馋哩。纪洪寿接过去，果然油大，把灰色的点心纸都给浸透了，香香的味道散发出来，纪洪寿把鼻子凑近纸包，一口气连吸了好几口。纪洪寿高兴地拽着于树南的胳膊，上下看不够，问他现在做啥。于树南说做家庭教师，手头宽裕点了，才敢买点心渣子了。

纪洪寿拉着于树南胳膊，往东走了几步，有一家黑白铁铺子，黑白铁铺子旁边有个拐角，纪洪寿站定了，着急地把想要离开竹货铺子的想法讲了。于树南眼睛一亮，立刻安静下来，问他想做啥工，纪洪寿说自己有手艺，男鞋女鞋都会绱。

于树南听后，眼睛里的亮光黯淡了一下，忽然说起日本人在南京杀人，撂下枪的军人杀，没有枪的百姓杀，吃奶的孩子、怀孕的妇女也要杀。

纪洪寿听了，目光茫然。于树南继续说，血债血还。纪洪寿看着于树南，见他嘴唇咬出了血，双眼冒着吓人的光，一时心中慌乱，不知道怎么接他的话，突然说他自从来到天津卫，除了在火车站见过拿着大枪的日本兵，在大街上还真没见过。于树南眉毛皱起来，手指不远的地方说，就在这条街上，向南走，再走不到两里地，就是海光寺，知道吧？纪洪寿抬头看着于树南手指的方向，虽说那个叫"海光寺"的地方离这不远，可是那头没有商家，所以他没去过，但还是实诚地点点头。于树南说，过去那是日本人的兵营，现在是宪兵队，每天都有中国人被拉进去，活着进去连尸体都出不来。纪洪寿不解，尸首去哪儿了？于树南声音低沉道，日本人把中国人绞成肉馅，变成碎末，顺着下水道冲走了。于树南说着说着，声音哆嗦起来，眼睛里含着泪。纪洪寿问，那些被日本人杀死的中国人，都是啥人？于树南声音低下来，目光中透着赞许，说，都是打日本的好汉。纪洪寿舒了一口大气，重复着于树南的话，好汉，好汉。于树南说，日本人出兵营不穿军服，全都换成中国人的长袍长衫，他们就是想要造成太平盛世的假象，掩盖他们杀人的罪恶。纪洪寿睁大眼睛听着，眼睛不眨一下。

黑白铁铺子生意还算好，"叮叮当当"的声音始终没有停歇。穿着油渍麻花上衣的光头老者，下身是脏兮兮的围裙，早已看不出围裙的颜色，说黑不黑，说蓝不蓝，还打着许多大大小小的补丁。老者正在打一截烟筒，形状已经有了，老者还在做最后的完善。"叮当"声稍微弱了些。

于树南慢慢恢复了平静状态，也转换话题，告诉纪洪寿，他一定帮着打听鞋铺的事。说完了，想起来他曾经去西马路，在一家鞋铺做过鞋。说着，抬起脚，让纪洪寿看他脚上的棉鞋。纪洪寿半蹲下身子，看了看，觉得手艺不错，针脚细密结实。他直起身子，又问了一遍，是西马路吗？于树南点点头，又说，那天去南门西一家药房买药，买完药，又往前走了一段，看见一家鞋铺，生意还不错，进去了，定了一双棉鞋。

纪洪寿又想起说话友善、做土布生意的怀仁鹏老板，好像铺子也在西马路一带。于树南说，我明天去西马路一带帮你问问，说不定能成呢，再帮你打听一下怀老板，有名有姓又有铺子名号，不难找。纪洪寿羞涩道，那敢情好呀。

于树南说话算数，没几天又来了，高兴地告诉纪洪寿，西马路那家有名的鞋铺，店主也姓纪，也是宁津人，问了女老板，说是他们庄子离你们纪家庄不远，说不定你们见面，好好说说还能攀上亲戚呢。纪洪寿向前探了一下脖子，赶紧问哪个庄的。于树南食指放在太阳穴上，想了想说大概与纪家庄隔着一条河，七八里路吧。纪洪寿一拍脑门，兴奋道，伍庄的，肯定是伍庄的。于树南纳闷，都姓纪，咋还不是一个庄的？纪洪寿一时说不清，心里乱得很，想要快点去找同样姓纪的鞋铺掌柜，早点离开这个没有手艺、不讲亲戚关系的竹货铺子。纪洪寿一门心思要离开，挣钱多少不想，干活儿累也没啥，别天天生气就成。

纪洪寿在大老郑的指点下，没跟纪老大说要走，还借着送货机会偷偷去了西马路，与掌柜的匆匆见个面。掌柜的是个女子，年岁比纪洪寿大，细看也大不了多少，却是显得非常老成。女子留着短发，布衣布鞋，仔细辨听，口音存着宁津调子。纪洪寿喊着"大姐"聊了起来。大姐倒是实诚，简单说了鞋铺的由来，原来是兄妹俩开的鞋铺子，兄妹俩七八岁时跟着爹和娘闯荡天津卫，爹和娘得病死得早，兄妹俩没有慌乱，也没有把铺子盘出去，选择自己干，如今已经十年了，仰仗着爹娘生前打下的好基础，如今生意红火得很。纪洪寿在店铺里站了一小会儿，遇上两个前来做鞋的客人。大姐说她平常看管铺子，哥哥在外联络，还负责送货、取货。纪洪寿奇怪铺子咋没有绱鞋的师傅。大姐告诉他有绱鞋师傅，现在快要打烊了，已经提前回去了。另外还有不住店铺的师傅，隔上个两三天来铺子拿鞋样子和材料，绱好鞋后再给送过来。大姐说得实在，绱鞋在哪儿都能干，不是个大事。纪洪寿也把自己在芦台鞋铺待过的情况讲了，废布打夹纸、搓绳打蜡的事也会，还讲自己也能绱鞋，不敢说手艺多好，一般客户也能应对。鞋铺大姐见他讲得有模有样，也有了收留他的兴趣，只不过留了活话儿，还要跟亲哥商量一下。见纪洪寿有些犹豫，又赶紧把话拢回来，其实也不用商量，来吧，啥时来都成，你脑袋瓜聪明，用不了一年半载就能独当一面。

纪洪寿从西马路回来，把鞋铺情况讲给大老郑。迟了一会儿，又说为了稳妥点，过几天再去西马路问问。

大老郑安慰他道，你跟"宏福"没签合同，离开就离开，没啥大不了的，只是不要吵起来，好聚好散，毕竟沾亲带故。纪洪寿想得开、看得透，跟纪老大他们的亲戚关系，他们不看重，自己可是当回事，绝对不会吵闹起来。

大老郑看着纪洪寿，叹口气说，也不知大掌柜咋想的，多好的孩子，咋就不能留住呢？

纪洪寿听着大老郑的感叹，低着头，一言不发。

过了几天，纪洪寿抽空又去了趟西马路。鞋铺大姐说，你这个孩子，人小心思重，把心放在胸口上，跟我亲哥说了，来吧。

纪洪寿赶回"宏福"，立刻告诉大老郑，说是今天晚上就跟大掌柜讲。大老郑把几天前的叮嘱又讲了一遍。

天黑了，快要吃晚饭了，纪洪寿找到纪老大，把要离开铺子的事讲了。纪洪寿以为纪老大会吃惊，哪承想纪老大出奇地平静，好像早知道这件事，他啥都不问，让纪洪寿晚饭到厨房去吃。

纪洪寿收着步子，到了后院厨房，掀开棉门帘子，热气扑脸。灶台师傅已经把饭给他摆到灶台上了。纪洪寿吃了一惊，一碗红扑扑的肉，肥瘦鲜明，肉香扑鼻；一碟咸萝卜条，还有一大碗小米粥。

灶台师傅是老天津卫人，他瞅着纪洪寿闪亮的眼睛说，你小子给铺子做嘛好事了，大掌柜说了，白馒头随便吃，小米粥随便喝。我看你美得都要长翅膀了，变成燕巴虎飞起来了。

纪洪寿顾不上其他事，小板凳不坐，立刻蹲下身子，呼出一口大气，甩开腮帮子吃起来，吃得急，呛着了，剧烈地咳嗽起来。灶台师傅在一边说，傻小子，着嘛急呀，没人跟你抢，慢慢吃。

纪洪寿吃得肚皮都要爆裂了才站起来，一转身，不知道啥时候纪老大站在他身后，心里一热，忙不迭地鞠躬致谢。纪老大拍着纪洪寿肩膀，告诉他明天早上走吧，晚上收拾收拾，早点睡觉，早点歇息。纪洪寿摇头，实话实讲道，扫完地倒完桶挑完水再走。纪老大点头赞道，有心，将来长本事了，发大财了，可别忘了老亲戚呀。纪洪寿感激得就差跪下磕头了，又鞠了三个躬，向纪老大保证，将来竹货铺子有事，只要招呼一声，就是天大的事，他也要过来帮忙。纪老大笑起来，说，没看错人，宁津有能人。又特别叮嘱他，将来娶媳妇的话，一定要到铺子来告诉大家一声，也要让外面的人知道，纪家亲戚都是重情重义的人。

这时，厨房外面，隔着门帘子，响起一个恼怒的声音，还娶媳妇？娶大风吧。话到人到，门帘子掀起来了，原来是纪老二。

只要面对纪老二，纪洪寿心里就会慌乱，不知道该说啥。要离开铺子，他纪洪寿好像大逆不道，做了理亏的事情，所以干脆选择不搭腔，也不看纪老二。纪老二狠狠瞪着纪洪寿，仿佛要把他一口给吞下去，再看灶台上的碟子碗，全都沾满了油腥，纪老二气不打一处来，胳膊举起来了，一步上前，就要对纪洪寿动武。

纪老大语气很重地说，要做啥？要做啥？

纪老二这才极不情愿地停下来，腮帮子一鼓一鼓的，胸脯剧烈起伏着，好像一肚子的气话马上就要冲出来。纪老大站在旁边，纪老二不好发作，只得气哼哼地走了。

纪洪寿看着纪老大，不知道该讲些啥。纪老大像个掌舵的人，稳重地说，回去收拾收拾，啥都别想，好好睡觉，记住我那句话，娶媳妇时来趟铺子，打声招呼。

纪洪寿没想到自己走了，纪老大还是这样讲，眼泪都快要流出来了，他抿住嘴，一个劲儿点头。

四

西马路鞋铺的兄妹俩，离家时年岁小，纪洪寿跟他们提起开竹货铺子的纪老大，他们摇头说不认识。又跟他们说起宁津乡下的杂事，说起四乡八庄无人不识的纪三麻子，他们也不认识。纪洪寿自语道，酒量再大，没个手艺在手，管个啥用？纪青玉问，你爹酒量大？纪洪寿点头，又摇头，不说了，不说了。来到天津卫半年多，攀亲带故这件事，没给纪洪寿带来多大的好处，有时候带来的还是一大堆的麻烦。"宏福竹货"纪老大还算不错，虽说给过他下马威，可面子上还算说得过去。纪老二和纪老三则是没有半点沾亲带故的做法，纪洪寿心里发寒，比那个跟劫道汉子勾连的豹眼车把式目光还要寒冷，纪洪寿不想再跟鞋铺兄妹俩攀亲，虽说都姓纪，纪家庄跟伍庄离得也近，可他们连大名鼎鼎的纪三麻子都不认识，不可能，肯定认识，只不过他们不想拉近关系，纪洪寿琢磨着，要是再提乡下的亲戚关系，真是没啥意思了。

鞋铺兄妹俩，兄叫纪青玉，长得也是白净面皮，比纪洪寿大三岁，虽说尾音里还浸泡着宁津的腔调，但已经弱了很多；妹妹不知大名，来店铺的客人都叫她纪老妹或是老妹子。纪洪寿认识早，不改口了，还像第一次见面时一样叫她大姐。纪老妹跟纪洪寿同年，生日大他两个月。兄妹俩长得一模一样，五官、肤色、身子骨，就连眉毛都一样，要是纪老妹也留一个男子的发型，说他们是兄弟俩，绝对没人怀疑。

兄妹俩倒是省事，把鞋铺直接取名"纪家鞋铺"。纪洪寿问为啥不取个响亮的名字呢。纪喜堂的竹货铺子取名"宏福"，生意托名字的福气，果然做得好。说话慢条斯理的纪青玉，样子慵懒地笑了笑，好像懒得回答这个问题，但还是来了句"酒香不怕巷子深"。纪老妹也随着哥哥的调子，犹如一个文化人的腔调说，货真价实，比虚名好。纪洪寿过后一想，倒是赞赏纪家兄妹的踏实做法，对他们的好感又悄悄增加了一些。

纪家兄妹的鞋铺没有长工，所有活计全都包给外面的短工。店铺负责揽活儿，给顾客量尺寸、做鞋样子。铺子有几个固定的鞋匠，手艺不赖，他们定时来店里取活儿，顺便带走绱鞋所需的材料，白蜡、线绳子、绷鞋帮子用的大帽小钉子，有时也会带走纳好的鞋底子。当然喽，这些材料和鞋底子不是白送的，是要计算在工钱里的。有时鞋匠也需要带走鞋楦，"纪家鞋铺"的鞋楦多得很，什么形状的脚都有相应的鞋楦匹配，比几个鞋铺加起来的鞋楦都要多，这也是"纪家鞋铺"胜过一般鞋铺的根基。有时时间充足，鞋匠也会在鞋铺绱鞋，出来进去的客人也可以蹲在旁边，或是隔着玻璃窗细看，算是招揽客人的一种办法。

纪青玉负责画鞋样子，这是一个技术活，鞋子是不是合适，关键在于鞋样子画得准不准。做好的鞋子，有自己来取的，也有要送上门的。送上门的鞋子，需要配上讲究的鞋盒子，金黄色的纸夹板，上面还有一个大大的烫金的"福"字，不能提着鞋盒子去，得用一个送饭一样的大提盒送。送上门的客户，大都是有些银两的阔主。纪青玉除了画鞋样子、送鞋上门，他有时还要上门画鞋样子。整天在外忙碌，打扮也要有面子，要是不提鞋盒子，纪青玉像个做大生意的买卖人。纪老妹呢，则是负责日常照看铺子。

如今纪洪寿来了，兄妹俩早有盘算，可以让纪洪寿承担一个半的工。平日让他在铺子里绱鞋，绱不了价格高的鞋子，可以绱价钱便宜的鞋，再把技术提高上去，剩下的时间分成两部分：一是跟随纪青玉上大户人家量尺寸、画鞋样子；二是给大户人家送成品。那天纪青玉跟纪洪寿聊过绱鞋的事，见他说的都是行话，还看了他的手，鞋匠的手跟一般人不一样，小拇指会有深深的凹印，那是线绳子勒的，凹印深浅，就像大树的年轮，看一看小手指，就知道干了多少年的鞋匠。所以纪洪寿来了之后，纪青玉直接让纪洪寿开工。内行看门道，不消多看，只看一眼架势，就知道咋回事。纪青玉和纪老妹坐在旁边，看纪洪寿绱第一双鞋，算是考试了。他的工钱也取决于这第一双鞋的质量，还有绱一双鞋所用的时间。

纪洪寿不慌张，坐在小马扎上，双膝并拢，膝盖上铺一块白色毡子，把鞋底子和鞋帮，用大针带线复合上，他把大帽小黑钉子含在嘴上，钉一个，再从嘴唇上拿下来一个，每个钉子都带着唾沫钉上去，整套动作行云流水。随后他又伸伸腰，开始正式绱鞋了。他右手持一把弯锥子，弯锥子前端有一个弯钩，扎进鞋帮和鞋底连接处，在另一边把打了白蜡的线绳子钩过来，然后两边的绳子使劲儿一拽，算是完成了一个连接；然后再用弯锥子底部，敲击一下连接处，再接着下面同样的动作。

纪青玉和纪老妹对视了一眼，流露出来相当满意的眼神儿，随后又再次交换眼神，这次眼神兄妹俩都明白，一会儿尽可能压低工钱。反正你已经带着铺盖卷来了，总不会不合适就马上离开吧？

一双普通的男子布鞋，纪洪寿用一个小时绱完了，要是搁在半年前，时间还会少一些，半年多没绱了，手有些生了。纪洪寿把绱好的布鞋翻过来，喷上水，放好鞋楦，又加了两个片状的木楔子，布鞋立时绷得紧紧的，这才放到一边，等着阴干了。阴干后，鞋的尺寸还要缩一下，好的鞋匠在排楦的时候，会把缩的尺寸算进去。

纪老妹让纪洪寿歇会儿，喝口水。纪青玉跟纪洪寿拉家常，过了一会儿，纪老妹跟他说起工钱。纪洪寿倒是爽快，大哥、大姐，你们定吧，多少都成。因为只有一方提要求，另一方随着走，事情就会特别简单，很快就笑呵呵地谈下来。一双布鞋，一毛五，男鞋女鞋一个价。纪洪寿晚上住在铺子里，不收钱，算是守夜了。吃饭可是要收钱的，两天的饭钱，折合成绱双布鞋的钱。

收货送货的跑腿钱那就免了，纪青玉笑呵呵地开起了玩笑，说，就算是帮洪寿老弟开眼界了，来咱家铺子做鞋的客户哪都有，多去几个地方，也是长见识呀。

纪洪寿心里高兴，再也用不着害怕路面上打人的警察大老爷了，心里愿意留下来，脸上也就绽出舒心的笑容，回答得干脆利落，一点不打奔地应下来。全都谈好了，眼睛一时不知道放哪儿，一眼又扫见了门口台子上的那个小铡刀，两尺多长，无论刀口还是木把，全都闪闪发光。第一次来时，纪洪寿就看见了，不明白鞋铺门口为何要放一个小铡刀，想要问，又没问出口。

这时，铺子里的电匣子不知被谁给打开了，传出来一个粗粗的女声道：学徒荷花女，给您唱一段太平歌词，名字叫《馃馃阵》，各样的点心名，闲话不必再说，赶紧打板就唱。随后，就是打鼓声，接着荷花女唱道：那烧卖出征丧残生，有肉饼回营地他恭来了救兵，那锅盔挂了这元帅的印，那发面的火烧为那前部的先锋……

纪洪寿听得入了迷。

五

西马路上热闹，周边也是火爆，除了西马路两端的西南角和西北角，还有更热闹的北马路和南马路，"纪家鞋铺"离这些热闹的地方不远，拉胶皮车的汉子即使是在夏天里，使把子力气就能到这些热闹的地方，到了，身上的汗还没出来呢。可是西马路周边也有荒僻的地方，往西南方向走，越走越吓人，远远地能看见一座孤零零的白色砖塔。饭后聊闲天的时候，纪青玉告诉纪洪寿，那座白塔当地百姓叫白骨塔。塔的周边都是乱葬岗子，抽大烟死的，冻死、饿死在街边的，只要没有家人抬走，最后全都拉到这片荒地来。尸体越来越多，埋得浅，饥饿的野狗用爪子三刨两刨就把尸首刨出来了，吃死人的野狗，眼睛都是红红的，看见活人，狗眼睛照样直勾勾地盯着，胆子大的壮汉都会被狗眼看得脊背流冷汗。后来有头有脸的大善人们集体出资，成立了一个慈善组织，名叫"掩骨会"，名字起得直白，掩埋尸骨的民间组织。再后来，为了镇压游荡在活人中的孤魂野鬼，大善人们又集资盖起了镇妖驱魂的白色砖塔。

纪洪寿晚上在鞋铺守夜，能听到奇怪的叫声。转天说了，纪青玉笑笑，乡下来的，还怕这个？活人住在村东，死人埋在村西，也没人怕呀？纪洪寿害羞道，是呀，是呀。纪青玉轻描淡写道，过去没盖白骨塔的时候，晚上怪声说不清，现在好多了，有白塔镇着呢。纪老妹不当回事，怕啥呀，过了白骨塔，还有一大片坟地呢，哥，是啥家子的坟地？纪青玉说，卞家坟地。纪老妹说，对对，是卞家的坟地。纪青玉接过来话头说，卞家是天津卫的大富豪大盐商。纪老妹说，那么有钱的人家，祖坟离白骨塔都不远，你还怕个啥哩？纪洪寿没想到，自己当作新奇事讲的话，却招来兄妹俩这么多解释，听着都是闲话的口气，可是细细琢磨他俩的口气，似乎又是在警告他不要没事找事。纪洪寿忽然感觉到，纪青玉兄妹绝对不是善茬儿，也是，话又说回来，善茬儿能开铺子吗？又是人来人往、天天跟人打交道的鞋铺。

这一天，铺子来了一个姓顾的本地人，一口纯正的天津腔，纪洪寿听过去比大老郑还要纯正。看得出来，这个特别爱说话的老顾跟纪青玉、纪老妹很熟悉。纪老妹问他怎么好久没见了，老顾摆手说，家里的病了。纪老妹问，大嫂子啥病呀，看大夫了吗？老顾无所谓地说，胸口疼，看了大夫，好了好了。

纪老妹把一张纸夹板拿过来，放在地上，又把一张废报纸放在纸夹板上。坐在凳子上的老顾，把鞋脱了，双脚踩在报纸上，纪青玉围着他双脚，身子一会儿朝前，一会儿朝后，画鞋样子。

老顾顺势看了一眼脚下的报纸，嘴里嘟囔着说，这是哪天的《益世报》？好么，吓人呀。纪老妹说，昨天的。老顾说，国军跟日本人在台儿庄打起来了，几十万人呀，打得厉害。纪老妹用一块灰布擦着桌椅，问，谁死的人多？纪青玉接过来问，是不是国军？老顾说，不，这次可不是，这次日本人死得多。纪青玉小声道，好了，莫谈国事。老顾笑了一声，也是呀，关咱小民屁事。

画鞋样子可是不折不扣的技术活儿，没几年的操练画不好。纪青玉征求老顾的意见，稍大点？老顾说，半个指头。纪青玉一边用炭条在《益世报》上勾勒边缘，一边不忘赞叹，穿大不穿小，顾爷主意正。老顾摸下嘴巴说，做生意都像你俩这么做，这么和气还不发财，那就天理不容了。纪青玉把话题向里拢了拢，说，布鞋也不能太大，走起来不舒服。老顾说，是呀，棉鞋还可以垫个鞋垫，布鞋没法垫。

纪青玉跟老顾说着闲话，鞋样子画好了，纪青玉再用一张报纸把鞋样子卷起来。老顾也穿好鞋了，桌边上放着纪老妹刚沏好的花茶，老顾说了句"香呀"，端起蓝花小碗喝了一小口。

门帘子从外面掀起来，老顾转脸看过去，进来的是纪洪寿。

这是谁？老顾问。

纪青玉说，老家的兄弟。

老顾上下打量着纪洪寿，说，这哪像乡下来的呀？白小伙儿，够俊的呀。

纪青玉说，不光是俊，手艺还好呢。

老顾来了兴头，声音也大起来，好么，又俊又有手艺，这是怎么说的，青玉呀，你是捡到宝了，也没见你回老家，这宝是咋捡来的？

纪老妹眼见着老顾又要刨根问底，悄悄用眼睛扫了一下哥，赶忙把话题收回来，说，顾大哥呀，鞋子哪天要？

老顾说，不着急，天热穿。

纪青玉话又多起来，恭维道，顾大哥这日子过得舒坦，离着天热还有好几个月，先把脚上的事了结了。

老顾喜欢被人捧，听了纪青玉的话，又喝了一口花茶，说，这么好的茶，不喝可惜了，再喝一杯。

纪老妹背过身，瞥了一眼，只得续水。

"纪家鞋铺"除了面朝街道上的铺面，后面还搭了三间小房子。一间茅房，一间厨房，还有一间用来堆放杂物。三间小房子连同店铺，围起来一个窄小的院落。院墙外面是另一条热闹的街道。

纪洪寿肚子不舒服，跟老顾笑了笑，去茅房拉了屎，用煤铲抖了几下煤灰，盖住梆硬的屎橛子。走出茅房，抄起扫帚，扫起小院子。

过了一会儿，听见纪青玉送客的声音，纪洪寿赶紧从小院子里走进门铺，拿过小马扎，坐下来准备绱鞋。纪洪寿闲不住，手闲了，觉得浑身不自在。只有双手忙乎起来，他才能心安下来。

纪青玉回屋来，见纪洪寿准备绱鞋，赶紧拦住他，让他绱老顾的布鞋，见他有些犹豫，摸着他的肩膀，笑道，别看老顾人咋呼，以为家里有挎刀的，其实没啥子背景，是个经不住两句好话的人，你要是把他鞋绱好了，他会拿着小喇叭到处给你吹，你就声名在外了。他爱吹大梨，吹他自己，也爱吹他喜欢的人。

纪青玉来天津卫时间长，又是年少时来的，说话做事已经非常"卫嘴子"了，说话的腔调也带有三岔口一带南来北往的风格。见纪洪寿不明白"吹大梨"啥意思，解释说就是乡下的"吹牛皮"呀。纪老妹的高兴已经明显挂在脸上，说是哪天不忙了，要带洪寿去逛一逛"三不管"，看看那些耍玩意儿的，再去海河边上的"娘娘宫"，遛遛宫北大街、宫南大街，看看真正的"吹大梨"。这会儿纪老妹去了后院，纪青玉说得高兴，声音压低了，把话题又给扯开了，说"娘娘宫"有意思，尤其大年三十晚上可是热闹了，"满街跑苏三"。接着，问纪洪寿，知道这话啥意思吗？见纪洪寿摇脑袋，笑道，这苏三就是窑姐儿，本地人讲话喜欢吃字，就叫一个字，姐儿。年三十晚上没客人，姐儿们全都到"娘娘宫"上香，穿着红袄红裤红鞋，坐上胶皮车去了，满大街都是红呀，起先还有赖皮小子们上前讨巧取乐，这不就是断了人家"娘娘宫"的香火钱了吗？后来找到官面，警察上街维持秩序了，这才算安静下来。那一晚上，"娘娘宫"香火钱可是大了。

纪青玉兄妹俩的话，把纪洪寿听得一愣一愣的，心里充满了好奇。好奇过后，就又觉得有趣。纪家兄妹俩的友好，让纪洪寿心里温暖舒服，比在纪老大的竹货铺子好，只要想到那个纪老二，纪洪寿心里就会憋气不舒服，纪老二出来进去的凶样子，哪有一点亲戚的情分？

也就是七八天时间，老顾又来了，取新布鞋。

果然如纪青玉所讲，老顾穿上新布鞋，在铺着报纸的地面上踩了踩，又使劲张开五个脚指头，在布鞋里撒一下欢，连说"绱得好，舒服呀"。听他夸完了，纪青玉才问他，知道这双鞋谁绱的吗？老顾绝对是个机灵人，听纪青玉这样问，立刻嗅出不同的味道，马上转脸看向纪洪寿。纪青玉笑起来。老顾当即明白了，立刻对着纪洪寿一个劲儿夸，还说自己要是有闺女，立刻就把闺女许给他。接下来，还真如纪青玉讲的那样，老顾真是个"小喇叭"，几天以后，西马路一带的住户，全都知道"纪家鞋铺"来了一个乡下俊小伙，绱鞋的手艺了不得。接下来的日子里，来铺子的顾客，进门就问，那个俊小伙呢？搞得纪洪寿天天脸红心跳。要是遇上上年岁的大姑大姨，还会在他脸蛋上突然摸一把，看着他慌张的模样，大姑大姨们笑得眼泪都出来了。纪老妹高兴坏了，一个手艺不错的俊小伙，还捎带脚地给鞋铺打了广告，比花钱上《大公报》《益世报》做广告还管用。

见老顾的次数多了，老顾的家底在他吹大梨中，也向纪洪寿完全敞开了。老顾叫顾大江，二十五岁了，娶媳妇已经一年多了，可是来自保定的媳妇的肚子，至今还没鼓起来，瘪塌塌的像是溮籽后的小白条银鱼。老顾倒是不着急，不过就是早一天晚一天的事，媳妇的肚子肯定能鼓起来。老顾在一家帆布厂谋生，离他西马路的家不远，过了大红桥就到了。老顾识字，报纸上的字他全都认识，再加上能说会道，没干几天体力活，就给经理做了助手，负责待人接物。

老顾常在外面给"纪家鞋铺"吹大梨，再来鞋铺聊天时，纪青玉不好意思拒绝他，外表随意实则厉害的纪老妹，也不好意思把他推出门，只能任他在铺子里张牙舞爪地指点江山。纪家兄妹不知道，老顾最近常来，是因为纪洪寿的缘故。纪洪寿一张朴实的脸，让吹大梨的老顾有了十足的动力。纪青玉和纪老妹在铺子里，纪洪寿不好意思跟他说长话，都是一言半句的短话。这一天纪家兄妹恰好都没在，纪青玉去东楼送鞋，见一个开酱货园子掌柜的，那是鞋铺的老客户。纪老妹去大悲院上香。老顾又正好来，纪洪寿也就跟他说了好半天的长话。

纪洪寿不明白，顾大哥咋认识这么多的字。老顾愿意讲自己的家事，说他小时候时，邻居中有个教私塾的老头特别喜欢他，说他将来能成大气候。闲来无事就教他识字，今天认一个，明天认一个，时间久了，没上过学的顾大江，竟成了一个识文断字的文化人。

要识字，一定要识字。老顾叮嘱。

纪洪寿指了指手里的活儿，他正在按照纪青玉画的样子，用一把方形刀子，抖着腕子，拉牛皮底子。

老顾说，认字多了，明白的事也就多了，就说天津卫吧，为嘛叫天津卫？过去有天津卫，还有左卫和右卫，一座城有三个卫，厉害吧？

老顾看见纪洪寿直了眼，兴头更大了，继续讲，去过鼓楼了吗？还没去？哪天一定要去一趟，到了鼓楼你就知道当年天津卫多厉害了，四通八达。站在鼓楼底下向西，一直走，别回头，能走到太行山；向北走，别回头，能走到老佛爷的皇城根。

纪洪寿傻傻地问道，向南走到哪儿？向东走，又到哪儿？

嗯嗯……老顾一时说不出来，马上转移话题，我教你识字，你小子聪明，跟着我学，保你学会。

纪洪寿点点头，谢了，您哩。

老顾笑起来，指着他脑瓜说，你小子聪明呀，把天津卫的口头禅"您哩"都学会了，就这两个字"您哩"，不在天津卫住上几年，可是学不会呀。你这才来多久呀？嘿，好小子！

老顾的表扬，搞得纪洪寿红了脸。老顾看着红脸的纪洪寿，又补了一句，我将来要是生了闺女，一定把她嫁给你，我还要多多陪送嫁妆。

第三章

一

　　天津卫的鞋铺里啥人都能遇上，这天纪洪寿遇见了一个宁津老乡。这个跟他年岁相同的人自报大名刘子昌，来天津卫比纪洪寿时间久，却还带着浓烈的家乡口音，还没有学会开口"您哩"的口头语。刘子昌在北马路一家杂货庄学徒，穿得干干净净，比在租界地餐厅里的侍应生还要体面。刘子昌拿着鞋样子来"纪家鞋铺"定做布鞋，来了好几次了，因为老乡的缘故，纪洪寿很快便跟他熟了。刘子昌每次来鞋铺，手不空着，除了鞋样子，总会带点东西。这次提一兜好吃的酱菜，下次提一袋纪洪寿没吃过的甜蒜。有一次纪洪寿出去送鞋了，没在铺子里，纪青玉拦住了刘子昌。

　　你做嘛的？纪青玉单刀直入，故意用天津卫腔调。

　　杂货庄。刘子昌表情坦然。

纪老妹坐在凳子上，一边纳鞋底子，一边用耳朵摸着话。纪青玉围着刘子昌转了两圈，问他铺子的名号。刘子昌说了"晋泰昌"。纪青玉听说过，点点头，又问刘子昌，那可是山西人开的铺子，你个宁津人咋去了山西人的铺子？刘子昌说一个学徒的小力巴，有人要就不错哩，还管掌柜的是哪的人？纪青玉觉得也能说得过去，又转口问是宁津哪的人。刘子昌说，王菜园子村，跟纪家庄不远。纪青玉突然问，县城去过吗？刘子昌点点头。纪青玉仿佛想起啥，突然问，南马号旁边有个大水坑，叫啥来着……狗屎湾？刘子昌立刻摆手说，掌柜的您记错了，南马号旁边是警察局和孔夫子庙，狗屎湾在南街的东边。纪青玉"哦哦"了两声，不好意思地说，记错了记错了，出来年头久了。随后讲了，自己也是宁津人。

刘子昌走后，纪青玉说这小子还真是老乡。纪老妹说，这个小力巴说得倒是溜乎，可还是觉得哪里不对劲儿。纪青玉问妹妹，咋个不对劲儿？纪老妹说，他像是背书，太溜乎了。纪青玉偏着头，咂摸着老妹的话，又回忆刘子昌所有讲话表情，还有宁津的口音，觉得不会有错。纪老妹说，我倒不是说他不是宁津人，就是觉得……怎么讲呢，说不好。

这时，有顾客进来，兄妹俩的话题也就断了。

过了好几天，刘子昌来取鞋，纪洪寿送他出来，两个小老乡见面热乎，没啥不对劲儿，闲话中纪洪寿才知道他上次来时的情况。刘子昌把纪青玉盘问他的事，从头到尾讲给了纪洪寿，让小老乡长个心眼，这兄妹俩可不是简单的生意人。纪洪寿倒是没往心里去，心想问仔细点又有啥了，这世道乱得很，小心驶得万年船没错呀。

纪洪寿每天忙个不停，精气神倒是十足，只要睡不着，就会想起帮助过他的那些大好人，想着将来如何报答他们的恩情。他的绱鞋手艺也比过去大有长进，要是芦台的杨掌柜和杨菊子看见他现在的手艺活，肯定会惊得张大嘴巴，下巴都会掉下来。他觉得自己离开纪老大的竹货铺子，这一步走得太对了，现在过得比那会儿痛快多了。竹货铺子要是只有纪老大，他也认头干下去了，可是还有纪老二和纪老三，那两人根本没把他当成亲戚看，比没亲没故的大老郑差远去了，远到了关外去。

睡不着的纪洪寿，又听见夜里大街上有奇怪的声音飘来飘去，天气快热了，不管啥东西都苏醒了，都走出来溜达了，白骨塔又能镇住多少稀奇古怪的事？不去想那些死人的事了。

纪洪寿想着要见见熟人了。他想回竹货铺子见大老郑，给大老郑做双布鞋，让好心人大老郑也能穿上他亲手做的布鞋；也想去找找在西马路做土布生意的怀老板，向他道声谢，离得这么近，不去看看不好吧；鞋铺离西南角也不远，去看看与他情投意合的于树南；新认识的刘子昌倒是好，两人总能在鞋铺见上面，就是觉得与他年龄相仿的刘子昌，好像心里有事一样，到底有啥事，纪洪寿又猜不出来，哪天一定问问他。纪洪寿想着这些人和事，已经后半夜了，他实在太困了，慢慢睡着了。

纪洪寿没有想到，过了没两天，怀仁鹏老板来了，他走进铺子，四下里扫了一眼，一眼看见坐在屋角绱鞋的纪洪寿，几步走过去，蹲下来，偏着头，仔细看他干活儿。纪洪寿吓一跳，见是怀老板，愣了愣，赶紧把绱了半截的鞋放在手边上，又把膝盖上的白毡子甩到一边，站起来刚伸出手，紧接着又缩回去，高兴地喊着"怀老板，怀老板"。

纪青玉没在，纪老妹在。怀老板的土布生意做得旺，铺子又是在西马路一带，纪老妹当然知道"怀记粗布店"的招牌，"纪家鞋铺"也进过"怀记粗布店"的"十斤白"，打夹纸能进多大的布量？所以也就是认识，来往并不多。眼下，见着他跟纪洪寿这个小力巴这么熟，实在是想不明白。纪老妹表面上没有把心思带出来，场面上照旧是热情接待，又是让座又是沏茶。过了一会儿，实在忍不住好奇心，干脆直接问了，怀老板咋就认识洪寿兄弟呢？

怀老板是走南闯北的生意人，知道要是不讲出个子丑寅卯，小力巴纪洪寿肯定没有好果子吃。怀老板也清楚，讲讲认识这个小力巴的过程没关系，说不准还能提高纪洪寿在鞋铺里的地位。一个人从乡下来到人生地不熟的天津卫，就像树苗子换了新地方，得有个适应水土的过程。上次他路过"宏福竹货"顺脚捎信，看见纪老二和纪老三一点不像生意人的做派，还有纪老大怪异的神情，料到这个乡下小子在天津卫混口饭吃不容易。眼下看见纪老妹这样打听，大好人怀老板做好事做到底，把他了解的情况掐头去尾地讲了，竖起大拇指夸赞山东小子好，还有乡下人少有的聪明劲儿，将来肯定能成大器。纪老妹听到怀老板这么赏识纪洪寿，这才带着疑惑放下心来。可是纪老妹觉得一个铺子老板特地找时间来看一个乡下小子，再说两人也不过是萍水相逢的关系，莫非这个怀老板想要……于是巧妙地试探，夸赞乡里乡亲的洪寿兄弟聪明，谁见了谁喜欢，我和我哥也是这样想的，不管哪个老板只要对洪寿兄弟好，他想去哪儿就去哪儿绝对不拦着。

怀老板也是聪明人，知道纪老妹话里有话，可他不接纪老妹的话茬儿，反而顺着她的话讲，依旧坦坦荡荡的神情，又像是开玩笑说，可不是呢，这小子聪明得很，干活儿还不惜力气，可是了不得。要是肚子里有点墨水，搁在过去呦，搞不好还能中个举人秀才啥的。

纪洪寿听着怀老板的夸赞，不好意思，借着上茅厕的由头，也让自己缓缓神儿。哪想到，出了铺子，竟然发现不远处站着刘子昌。纪洪寿吃了一惊，赶忙迎过去，问他怎么不进去。刘子昌说，看见铺子里面有人，有说有笑的，就想着等等再进去。纪洪寿问他还是做布鞋吗，怎么没带鞋样子来。刘子昌说，今天从这路过，顺便看看他，不做鞋子。纪洪寿看刘子昌眼神，感觉他有事，主动问他需要帮助吗。只要做鞋子，啥事都好讲。刘子昌想了想，好像下了决心，终于讲了，原来他想让纪洪寿帮他做一双特殊的鞋子。纪洪寿笑起来，鞋子就是鞋子，有啥特殊的，难道鞋子还能是方的圆的？刘子昌四周看了看，压低声音说，能不能做一双鞋底子有夹层的鞋？纪洪寿重复道，鞋底子有夹层？为啥？刘子昌说，有用，你就说能不能做？纪洪寿说，能做。刘子昌抓住纪洪寿胳膊，摇晃了一下。又马上补充道，最好能在夹层之间再费点功夫，鞋子掉进水里，夹层里进不去水。纪洪寿终于明白了，你这是要求夹层里面能放东西，对吧？刘子昌点点头，马上又说，鞋子除了铺子要求的费用，他还另外加补。纪洪寿没有表态。刘子昌说，就按照他的脚形做，他很快就会把鞋样子拿过来。

刘子昌走后，纪洪寿感觉有些奇怪。他倒不是不敢做，顾客有啥要求，铺子都要满足，又不是帮着杀人放火，没啥不敢的。可转念一想，还是好奇，刘子昌为啥要做这样的鞋呢？

纪洪寿回到铺子，这会儿怀老板也要走了，于是纪洪寿学着生意人的样子，一边说着"您慢走"，一边看着纪老妹的动作，他不能走在前面送怀老板，要跟在后面送。

送走怀老板，纪洪寿心神不定，他又去了一趟茅厕，让自己脑袋瓜子清醒清醒。他想去找于树南，想要问问他，刘子昌做夹层鞋这件事奇怪不。刚才也想过去问怀老板，琢磨来琢磨去，还是不问怀老板。又想去问大老郑，也觉得不方便，还得去"宏福竹货",又能见到纪老二和纪老三,越不想见到的人就越会见到,他有一百个理由不想见他们,见上一面,心里就会堵上好几天。最后又转回来,还是想到了于树南,好长时间没见到于树南了。

跟纪青玉请了假,说是去看于树南。纪青玉愣了一下,最后也是痛快,摆手让他去。

从西马路到西南角的"广仁堂",纪洪寿没想到这么近,找到"广仁堂"后,按照于树南说的"怀仁里",径直向里面走。遇见一个挎着竹篮子的老婆子,小脚,走路颤巍巍的。纪洪寿想问老婆子12号在哪儿,话还没出口,眼前就出现了蓝底白字的"12号"。低矮的平房,木框窗户,窗户上贴着破旧的窗纸,看不清屋里是否有人。门也是破旧的,一脚上去,能把门踹开。

纪洪寿上前敲门。一声,两声,三声……屋门开了,于树南站在屋门口,双手发蓝,沾着刺鼻的油墨。见是纪洪寿,不敢相信自己的眼睛,怔了片刻,立刻闪身,让他快点进屋。

屋子特别窄,一张床,一张桌子,一把椅子,还有一个洗脸的铜盆放在地上。你这是干啥了?纪洪寿问他,看向桌子,上面摆着一个木板,一张发蓝的薄纸放在木板上面,木板旁边是一支奇形怪状的笔,笔尖好像很硬的样子,像是一支能扎破人肚皮的铁笔。

纪洪寿问他这是在做啥呀。于树南不想过多解释,让他坐下来，问他有啥事，需要帮忙吗。纪洪寿讲了刘子昌要做鞋底子有夹层的布鞋，想跟于树南念叨念叨。

你想帮他吗？于树南问。

帮呀，帮。纪洪寿实话实讲。

听纪洪寿这样讲，于树南显得很高兴，说他帮得对。纪洪寿皱着眉头说，不明白刘子昌为何要做这样的鞋子，是不是要去做掉脑袋的事？于树南这才明白，纪洪寿是在替刘子昌担心，于是赶紧告诉他，不要问这问那，你觉得他人好，是个好人，你就去帮他。

你认识他？纪洪寿咂摸着于树南的话。

于树南也是爽快，说他认识刘子昌，比认识纪洪寿稍早点。这让纪洪寿很高兴，他自己是个实话实讲的人，也愿意跟实话实讲的人在一起，这下可好了，一个是老乡，一个是帮助过自己的人。

纪洪寿抓住于树南手臂，想要一起去找刘子昌。于树南尴尬地笑起来，摊开沾满油墨的双手，说，正忙着呢，找个时间再去，有段时间没见他了，北马路热闹着呢，有不少好玩的地方。

纪洪寿不再打扰于树南，临走时于树南拉住他，像是随意又像是叮嘱，刘子昌做夹层鞋底的事，不要再跟旁人讲了，随后又像打哈哈，这件事跟旁人没关系，讲也没啥用，是吧？

纪洪寿让于树南放心，自己这辈子最大的本事就是嘴巴严。

二

纪洪寿按照刘子昌的想法，做了一双有夹层的布鞋，他想送过去，借机看看刘子昌做工的"晋泰昌"是个啥样子。刘子昌描述得再多，也不如自己去走走看看。

纪洪寿从鞋铺出来，到了西北城角，迈开大步向东走去。到了北马路上，眼睛马上就不够使了。北马路比西马路热闹多了，店铺一家挨着一家，顾客出出进进，店铺伙计离着老远热情招呼。之前，刘子昌讲过"晋泰昌"杂货庄的方位，纪洪寿记得牢，他对风向和方位从小就特别敏感，没去过的地方，只要知道大致方位，就会在心里无数次画着地图，到时候怎么走心里有了数。之前，刘子昌还告诉过他，从"晋泰昌"出来，往海河方向走，就是赫赫有名的"官银号"；再往前走一点，就是纪老妹说过的"娘娘宫"，不远处还有大名鼎鼎的"估衣街"；还是在北马路上，要是往反方向走就到了北运河，距离纪青玉跟他讲的被称作"铁厂街"的三条石也不远了；到了夏秋两季，海河上还能看见放排的汉子。纪青玉也跟他讲过多少次了，你不是总想着要找有手艺的重活儿干吗？三条石一带有好多的打铁、铸铁的小作坊，不成的话你就去那学打铁学铸造吧，不把你累趴下，算你是英雄好汉。纪青玉咬牙讲的话没有吓倒纪洪寿，城里的活儿再累还能累过庄稼地里的活儿？他在心里说等着吧等着吧，要是将来有机会，说不定我会去试试，看看大工厂里是啥样子，试试又有技术又能出汗出力的活计到底是个啥感觉。

这时候，有一辆白牌电车开过去了，"丁零零"的铃声比庄子上敲梆子声要传得远，纪洪寿转动着脖子，直到看不见了车影儿，目光才依依不舍地收回来；又看见一帮人，在街边上打洋鼓、吹洋号，穿着洋人一样的制服，他们这是做啥呢？知不道呀！不远处，还有一家很是招摇的大当铺，招徕生意的大幌子钉牢在当铺牌匾的旁边，风把幌子吹得来回摆动着，像是一个人在热情招呼来来往往的顾客。

纪洪寿继续往前走，看见了一个娃娃铺子，一个大娃娃的头像立在铺子前面，纪洪寿新奇地停下来，看了一会儿大娃娃，心里畅快了不少。扭过脸，又看见一家大药铺，他端详着牌匾，上面三个字他认识，大药铺叫"万年青"。药铺大门前面的地面特别干净，好像刚刚撒完水扫过地，一尘不染，比庄上的家里还要干净。从药铺里面传出来清脆的声音，比电车铃声还要脆响还要好听，那是铜质捣锤与铜圆碗撞击发出的响声。过了大药铺是一家大金店，牌匾金光耀眼，晃得人睁不开眼睛，出来进去的人扬着脑袋瓜儿，要饭花子们追着他们的背影可怜巴巴地乞讨，有的人扔在地上几个铜板，有的人看也不看要饭花子们，昂首阔步向前走去。

纪洪寿一路看风景找到了"晋泰昌"。杂货庄真是气派，三大间青砖门脸房。正中间房子的门楣处，挂着写有"晋泰昌"黑底白字的大牌匾，看上去别说有多气派了。

刘子昌讲过铺子名号，老顾兴致高时教他识过字，老顾教纪洪寿识字特别严厉，就差打手板了。老顾说，我教你一个字，你就得在脑子里留下一个字，不能狗熊掰棒子，不能今天认了明天忘了，说完恶狠狠地盯着纪洪寿眼睛呵斥道，听见了没？纪洪寿一迭声地答应着。要说纪洪寿也没让心高气傲的老顾失望，不长的时间，纪洪寿囫囵吞枣地识了不少字。这"晋泰昌"三个字，他认识"昌"字，这会儿他在心里顺了一遍，等于新学了两个字，他忽然觉得识字可是真好呀，不管去哪儿心里都有底数，遇事不慌张，见陌生人不怯场。他琢磨着妹妹要是在身边多好呀，也会让她知道识字这个理儿。

纪洪寿站在杂货庄门前，看见棉门帘子已经撤掉，四月了，天气已经转暖。再过两个来月，又该换成竹门帘子了。

一个秃头小子小跑过来，客爷您找谁哩？纪洪寿大气地举了举手里的鞋盒子，说是给刘子昌送鞋来的。秃头小子"哦"了一声，自言自语道，"还给一个小伙计送货上门，真是的"，说着话，把纪洪寿引进铺子，让他等一会儿，说是刘子昌在后院码货呢，马上喊出来。

纪洪寿坐在木条长椅子上，眼睛闲着也是闲着，装作不经意地看着屋里的布局。以顶上房梁作为隔断，看得出来这里原是"连三间"，可能是为了做生意方便，拆除了隔断，把三间房子打通了，看上去显得宽敞明亮。屋子中间是一个黑色柜台，柜台后面坐着眼皮不抬地打着算盘珠子的账房；柜台两旁，左面堆着码放整齐的麻袋，右面是隔成好多个方格子的黑漆大柜子，大柜子顶天立地，从地面一直到房屋的顶部；好几个方格子上面挂着小木牌子，木牌子上面用烧红的铁条烫印上漂亮的字体。纪洪寿眯着眼睛看了看，没有认识的字，心里莫名地着急，其实这段日子老顾教他识字的热情减了，总是拍着肚子，话里话外地自言自语，说是好久没吃"杜称奇"火烧了。纪洪寿知道，自己得去趟鱼市了，鱼市一点都不远，在南马路与南门外交口处，穿过路面都是鱼鳞和积水的热闹的鱼市，就是南关老街，"卫嘴子"爱吃的蒸饼、火烧，就在那家称作"杜称奇"的小铺子里，日久天长，人们把铺名叫成了商标，蒸饼和火烧不叫了，改叫了"杜称奇"。

这时，刘子昌满脸大汗地从后院走进来。纪洪寿把鞋盒子举过来，刘子昌急不可待地拿过布鞋，先看鞋底子，左看右看，找不到夹层，他抬起头，茫然地看着纪洪寿。纪洪寿不着急，用手指点着，让他看鞋子里面，让他接着找，刘子昌摸摸这摸摸那，依然不得要领。

纪洪寿拿过鞋子，用手势让他用手从里面捏鞋底。刘子昌照做了，眼睛亮了一下，但是嘴巴没讲话。纪洪寿为夹层鞋设计了一个隐秘"开关"，要是不告诉"开关"在哪儿，匆匆一看的话，绝对打不开夹层。为了避免进水，纪洪寿还在夹层之间包上了一层油布。这样一双带有"机关"的鞋子，刘子昌穿上感觉不到别扭。纪洪寿又让刘子昌到院子里踩踩鞋子，刘子昌来到院子里，带夹层的鞋底子没有一点声响。

纪洪寿又着腰，得意道，你把鞋子扔进水里，一天一夜，夹层里面都不会进水；接着又打趣道，往里面放进钞票，穿着这双鞋走远路，不怕强人搜身。刘子昌满心高兴，马上给鞋钱，纪洪寿不要，刘子昌讲不但要给鞋钱，还要给双份的，纪洪寿实诚地推让，可刘子昌比他还实诚，非要给双份鞋钱。纪洪寿要急眼了，刘子昌也就不再客气。

刘子昌带着纪洪寿又去杂货庄后面庭院看看。后院比前院还要忙碌。进货出货的平板车，还有车轮上带着黄土的汽车。纪洪寿在后院走了一大圈，虽说时间不长，可是看见装货卸货的伙计们始终没停手，装卸的伙计们都是一溜小跑着干活。

纪洪寿对刘子昌就像亲兄弟，有啥说啥，不知道哪个闲话中，说他还认识关外好汉于树南，没想到刘子昌也是特别敞亮，也把他当作亲密的人，表情自然地说于树南前段时间跟他讲过。纪洪寿用手摸着脖颈，似乎联想到了啥事，可又说不清是啥事。但是夹层布鞋这件事，让纪洪寿跟刘子昌之间的信任关系，结结实实地向前迈了一大步。两人从彼此的眼神中，都有了相同的感觉。

实话实讲但又小聪明的纪洪寿，始终有着自己的小算盘，他清楚眼前这个长相普通的刘子昌，还有那个落魄的关外学生于树南，他俩绝对不是等闲之辈，他们都是干大事的人。他已经猜测出来他们的身份，大概跟被抓进海光寺宪兵司令部、跟日本人对着干的那些人一样，都是敢和日本人硬对硬的英雄好汉。纪洪寿心里又紧张又佩服，担忧他俩的性命，爹娘给的身子要珍惜，咋就不管不顾地要舍出去呢？纪洪寿知道自己做不到，也就愈发佩服他们。

三

从见到纪洪寿那天起，纪青玉就认定这个比自己小几岁的小老乡，是个聪明伶俐的人，无论大事小事都是琢磨透了去做，琢磨时间还不长，想得也比较周全。有的事讲给他一遍，他就牢牢记住了；有的事复杂一些，他一时记不住，就悄悄躲在边上看，最后也能记得牢固。就说给客户送鞋吧，纪青玉带他去过几个地方，天津卫弯弯绕的路面他竟能记得准确，下一次他就能自己去了，保证不迷路，绝不会耽搁在寻路上。等到纪青玉再见到那些客户，都对他竖起大拇指，说，你纪掌柜呀好福气呀，得了一个好伙计，懂事聪明，说话做事全都做到刀刃上，用天津卫的话讲那叫一个"熨帖"。纪青玉暗自得意，天上掉下来一个花钱不多的"宝"。心情大悦的纪青玉跟老妹子坐下来商量，准备拿出这些年的积蓄再盘下一个鞋铺，按照现在经营情况保证赔不了。兄妹俩的想法完全一样，纪老妹也这样想，只是选哪儿的铺子，兄妹俩还没有准确方向。纪老妹认为选址是关键，同样的铺面只有选对位置才能生意兴隆、广进财源。

纪青玉兄妹忙着扩大生意，认定纪洪寿是个实诚人，是个可以放心的伙计，聪明是聪明但是不要心眼子。好多事情纪青玉直接告诉他，让他独自去办。纪洪寿感谢掌柜的，尽心尽力去做，铺子上下一团和气。

纪洪寿心里有谱儿，要想扎根天津卫，除了手艺还得多识字，买了"杜称奇"去看望老顾，规规矩矩说好话，跟着老顾继续学习识字。晚上黑着灯，他躺在大炕上用手在空中比画着字，一遍一遍在心里写字。随着认识的字越来越多，原本骨子里自带的眼力见，一下子提高了一大截儿，待人接物让人痛快得不得了。

纪洪寿的日子过得好，纪老大纪喜堂拐弯抹角知道了，他让大老郑来纪家鞋铺，给纪洪寿传个话，有时间来"宏福竹货"看看，都是亲戚，不要一竿子戳到年底再来。大老郑见到纪洪寿，拍着他的肩膀头说，这次纪老大说的可是真心话，他是真心看得起你了，没想到你能在天津卫扎下根，真是靠了手艺吃饱饭，不然也不会让我来看你这个小力巴。大老郑还说，纪老大要给你说媒。纪洪寿没想到纪老大会让大老郑来鞋铺看他，心里发软，眼圈发红，心里念叨着，还是沾亲带故的，打断骨头连着筋。纪洪寿把大碗茶端到大老郑面前，大老郑一口喝下去，用大巴掌抹了一下嘴巴，笑嘻嘻地看着纪洪寿。

纪洪寿跟大老郑说，等自己把画鞋样子的手艺拿下来，就去给喜堂大哥画个鞋样子，做一双礼服呢的皮底鞋。话一出口，立刻低头看了看大老郑脚下的鞋子，旧了，大脚趾部位的鞋面已经发白，过不去十天半个月，大脚趾就得不顾一切地挑出来。

纪洪寿顺手拽过纸夹板子，放在大老郑的脚前，又把一张旧报纸放上去，让大老郑把鞋子脱了踩在报纸上；然后，又笑呵呵地说，现在就练手艺，画个鞋样子。

大老郑眉毛一挑，你才来天津卫一年多，就有了天津卫爷们的豪爽劲儿，像个九河下梢的汉子了。纪洪寿话也接得快，喝咸水喝的呀。大老郑手指他，故意歪着脑袋说，你讲话的调儿，咋像是撂地说相声的了？纪洪寿忍住笑，压低嗓子说，那天还真去了"三不管"听相声了。

大老郑赤脚踩在旧《大公报》上，不住地眨着眼睛，像是要把眼眶里的泪水快点赶走。纪洪寿看着大老郑粗黑但是干净的脚丫子，五个脚指头分叉得厉害，像是没有任何关系的五兄弟。纪洪寿拿着炭条，在大老郑叽里呱啦的感慨中，不一会儿的工夫就把鞋样子画好了，他用大剪子剪好后，举起来让大老郑看，两个人脑袋凑在一起，看着展开后的鞋样子，跟杨柳青剪纸一样好看。两人又说了会儿竹货铺子的话，纪洪寿这才不舍地把大老郑送走。

纪洪寿在鞋铺如鱼得水，每天活得自在，好像在天津卫生活了很多年。高台阶敢迈，挂着大灯笼的大院子也敢进，去哪儿都不怵头，拔脚就走。也见识了"纪家鞋铺"生意好的缘由，比如打夹纸吧，有的鞋铺用碎布头或是从"估衣街"买来的旧衣服，洗吧洗吧，便用来打夹纸。"纪家鞋铺"不，打夹纸用的都是货真价实的"十斤白"。顾客随便用鞋铺门口的小铡刀测验，只要铡开发现打夹纸用的碎布头或是旧布，以一赔十。纪洪寿也明白了怀老板与纪老妹、纪青卞认识的原因，他们经常从"怀记粗布店"进货。纪老妹曾经骄傲地跟纪洪寿说，门口那个小铡刀只用过一次，一个晃悠着身子走路的小子说是不相信，纪老妹让他用小铡刀测验，铡开后，鞋帮子果然是簇新的白粗布，那小子当即软了身子，当着众人面，臊得恨不得把脸扎进裤裆里。纪老妹自豪道，从那以后，那把小铡刀再没人用过。不过，事情就是这样，只要你欺骗过顾客一次，一个"坏"就会砸烂你一百个"好"，你这店铺再没有人来了，没人信你了。纪洪寿对纪老妹说，我明白大姐的意思，做人要实诚。纪老妹拍着纪洪寿的肩膀，呵呵地笑起来，连说

第三章

"聪明，聪明，痛快"。

这天，纪青玉把两个漂亮的鞋盒子递给他，让他去东楼给朱老板送鞋。纪洪寿跟纪青玉去过朱老板家好几次。东楼离西马路可是不近，朱老板舍近求远来不是大名号的"纪家鞋铺"做鞋，跟怀仁鹏怀老板介绍有关。朱老板脚形怪，一只脚的大脚趾歪得厉害，另外四个脚指头像是受气包，几乎都要叠起来了，像是裹脚的老太婆的脚。东楼周边好几家鞋店做不好他的鞋，在一次酒局中，朱老板结识了做土布生意的怀老板，怀老板得知他的怪脚，当即推荐给了纪青玉，果然"纪家鞋铺"画的鞋样子、做出的鞋，朱老板穿得特别舒服，外面看还看不出来他的怪脚丫子。人的脚丫子舒服了，眼睛看啥也都舒服了。从那开始，朱老板就把自己的脚给了"纪家鞋铺"，布鞋、棉鞋都让纪青玉来画鞋样子，每次做的鞋都不会失望。纪青玉服务周到，上门画鞋样子，鞋做好后还要上门送鞋。时间不长，两个人就成为无话不谈的友人，后来朱老板家里人的鞋，也都在"纪家鞋铺"做。朱老板对纪青玉讲，舍近求远找你家，就是鞋好、服务好。其实，还有一点朱老板没对纪青玉讲，只是在他心里对自个讲了，那就是价廉。有钱的朱老板，财迷得很。

从去年开始，纪青玉为了收货、送货方便，特意为鞋铺备了一辆脚踏车，日本货，富士牌子，从南马路车行买来的时候就是旧车，横梁上的漆皮有剥落的地方，别看旧车，哪哪儿都好，骑起来轻快顺溜。就是这辆旧车，刚开始时纪青玉还不让纪洪寿骑，后来见他聪明利落、行事小心，就让他练骑了。纪洪寿学啥做啥，速度都快，没多长时间骑得溜溜了。日本车跟英国车不一样，脚蹬子踩刹车，往前蹬是往前走；打倒轮，就是踩刹车。一般人不适应，纪洪寿没当回事，骑得比纪青玉还要好，当初纪青玉学骑这辆日本车，可是没少摔，纪青玉宁肯自己摔倒也要保护脚踏车，有段时间，纪青玉胳膊上、腿上都是瘀青。纪洪寿学骑车，一次都没摔倒过，让纪青玉刮目相看，私下里跟纪老妹说，这个小力巴可是不简单，好好干上几年，说不准就能自己开铺子。从那以后，只要是远道收货、送货，纪青玉就让纪洪寿骑脚踏车去，走之前还是多少有些不放心，叮嘱不断，意思只有一个，宁肯自己摔倒，也要保护好脚踏车；还特意转弯抹角叮嘱他，年岁轻真好，骨头不怕摔，即使车子压在身上，骨头也不怕磕。纪洪寿不反驳纪青玉，呵呵笑着，连说好几次放心，纪青玉这才把脚踏车推到他面前，一直看到他稳稳骑走好远，才一步三回头进了铺子。

　　这是纪洪寿第一次单独去东楼送鞋，两双鞋都是女鞋，一双大，一双小。大的鞋子，是朱老板老婆的；小的鞋子，是朱老板小姨子的。朱老板小姨子又瘦又小，纪洪寿见过两次，小姨子脸上没有表情，两次见她时，她都在低头干活儿：一次是她在帮助姐姐带孩子，把一个蓝色长布条，从外甥的腋下穿过去，她在后面拽着布条，她外甥脑后边留着一个小辫子，一岁多一点，双手向上举着，颤着小身子往前扑，她就猫着腰，拽着布带子，小步颠着跟在后面；另一次纪洪寿见她，她正在洗衣服，坐在小板凳上，双腿拢住一个大木盆，大人小孩的衣服浸泡在里面，她抱着一个大搓板，吭哧吭哧地洗着。也不知为啥，纪洪寿自从见了朱老板的小姨子，脑子里总是她的影子，有一次竟然还梦见了她。他知道朱老板老婆姓刘，小姨子肯定也姓刘了，但不知道她大名，上次偶然听见朱老板老婆喊她妹妹"胖子"，纪洪寿还挺纳闷的，这么瘦的女子咋喊成胖子呢？

从西马路去东楼，纪洪寿特意选择一条热闹的路。走南马路、海光寺，再拐到墙子河边上，路过热闹的小白楼，路边上看见黄头发的大老俄，有的穿着破烂，肩膀上披着斗篷一样的深色花布，也不知要去做啥；也有的大老俄阔气得很，戴礼帽、金丝眼镜，手上甩着文明棍。

走过小白楼，就是东楼了。纪洪寿骑着脚踏车，感觉自己像个地道的天津卫的人，不张口讲话，没人知道他是"侉子"，他口音已经改变了一些，尽量说短话，还能把宁津口音隐藏起来，可是只要见到老乡，见到刘子昌还有纪青玉和纪老妹，他的口音就会立刻转回去，转回高亢的宁津腔调。

离老远，纪洪寿就闻到了酱菜园子的气味。这条街虽说离着洋人集聚的小白楼不远，却是另外的老旧景象。街道两边都是独门独院的小平房，墙砖颜色各异，有青砖也有烧坏了的疙瘩砖，还有淡红色的砖。走到近前仔细看，垒墙的砖头大小不一，有整块砖也有半拉砖头。小院子的院门大多简陋，调皮的半大孩子上前踹一脚，都能给踹倒了踹散了。

朱老板生意做得大，好几家铺子连成一片，感觉生意还在扩大中，除了酱菜咸菜还有油盐醋蜡烛纸张，一些扫帚簸箕小板凳鸡毛掸子也都摆在店铺门外；最显眼的还是用来腌菜的大缸，大圆肚子，三四个小孩子进去，在里面都能舒舒服服地坐着；有的大圆缸裂了好几处，锔上了铁钉子，看上去反倒显得特别结实有力。

到了一处最大院落，门楣上方有三个大字，可惜他只是认识两个字，一个"玉"，一个"川"，另一个字的笔画稍微多点，他还不认识，老顾还没教过这个字，只要教过一次，他肯定能记住。

走进敞开的大门，再往里走十几步，是一个大屋子，纪洪寿轻车熟路地迈进去。大屋子没人，正对面是黑色闪亮的条案，条案两边挂着楹联，上面的字纪洪寿不认识，上一次朱老板告诉过他，他脑子好，已经背下来了——"玉振金声大道财源广，川流不息永久以生涯"。

纪洪寿提着两个鞋盒子，站在大堂中央，新鲜地看着楹联。这时身后传来窸窸窣窣的声音，回头一看，竟是左手抓着蓝色抹布、右手举着鸡毛掸子的朱老板小姨子。

纪洪寿面向屋门，正好迎着外面射进来的阳光，看不清朱老板小姨子的脸，但能看清她身体的轮廓，就是一个感觉，个子太矮了，要是跟他站在一起，比他矮上半头。他真不理解，这么单薄瘦小的小人儿，怎么能有那么大力气，整天干那么多的粗活。她姐姐也不心疼她？

朱老板小姨子顺着阳光照射的方向，能够看清纪洪寿鼻子眼睛，大概也能看清他脸上有几颗痦子。之前，朱老板小姨子两次见到纪洪寿和纪青玉，离老远就躲开了，即使躲不开也不会抬眼皮，始终错着目光。这一次小姨子竟然主动向他打招呼，来了？纪洪寿脸热了，赶紧问，朱老板在吗？说着，举起手里的两个鞋盒子，说了一个字，鞋。小姨子说了一句话，声音特别低，纪洪寿听得模糊，好像是"领你去"的意思，纪洪寿赶紧跟在她身后。

院子真是大，有许多排列整齐的大缸，仿佛威武的缸阵，在缸阵间隙处矗立着许多瘦弱的竹竿，竹竿数量跟大缸数量差不多，通过竹竿的挺立，拉起了阻挡阳光的遮晒网。纪洪寿闻着从大缸里散发出来的气味，很容易就能判定这些大缸里腌制着各种咸菜还有各种好吃的酱菜。他也闻到了面酱的气味，天津卫人爱吃炸酱面，宁津人也爱吃，平日做饭炒菜都爱放点面酱。纪洪寿爱吃大葱，更离不开面酱，大葱蘸酱太好吃了，他用鼻子甩一下，不用站定，就能闻出来哪口大缸里是面酱。

有三间青砖大瓦房，瓦房旁边有一棵高耸的大槐树，这里是朱老板跟客商谈生意的地方，也是他白天休息的地方。朱老板有三好：打麻将、喝酒、抽大烟。上午是他做大事的时候，迎来送往谈生意。吃完午饭开始舒缓下来，喝完浓茶，躲进西厢房，美美地抽上两口，然后再睡上一觉，晚上就可以精精神神地喝酒打麻将了。

纪洪寿来到大屋前，朱老板恰好走出来，看他神情，似乎想站在大槐树下喘口气、活动一下胳膊腿儿，见到提着两个鞋盒子的纪洪寿站在面前，小胖脸立刻团起来，对着旁边的小姨子喊道，淑珍，鞋拿走，找你姐，一块试试去。纪洪寿赶紧双手把鞋盒子递过去。

朱老板从见到纪洪寿的那天起，就像大人喜欢小孩子。不过前两次都有纪青玉在旁边，好多话没法讲，这一次好了，只有纪洪寿一个人，朱老板拍着纪洪寿的肩膀，把他领进屋。

朱老板坐在右边的太师椅上，太师椅后面是雕花的木质屏风，屏风前面是红木条案，条案上摆着两个大花瓶，其中一个大花瓶里插着一个黑色的鸡毛掸子，鸡毛闪着暗幽幽的光泽。朱老板没让纪洪寿坐左边的太师椅，让他坐在离他最近的下座上。

纪青玉跟纪老妹闲时念叨过朱老板，纪洪寿知道一点朱老板的简单经历：朱老板三十多岁，他第一个老婆死于肺病，前两年才娶了刘淑珍的姐姐刘淑红；还听纪青玉念叨过，刘淑红嫁给朱老板之后，本来年幼的妹妹淑珍跟着爹过日子，可是心灰意懒的爹染上大烟，家里又没有多少积蓄，嫁大闺女的钱很快花光了，觍着脸找姑爷朱老板要零钱。刚开始时，仰仗着翁婿之间的新鲜劲儿，还能拿走点钱，后来朱老板给得越来越少，仨瓜俩枣哪顶得上"吸两口"呀，后来朱老板就不理老丈人了。有一次老丈人烟瘾发作，一把鼻涕一把眼泪地跪在姑爷面前，双手作揖央求姑爷。刘淑红实在看不下去了，拿出金镯子递过去，告诉爹这是最后一次，以后断道吧！过了一段时间，刘淑红忽然听人说，爹要把妹妹淑珍卖到窑子去。刘淑红听说后吓得手脚冰凉。那时候刘淑红已经生了儿子朱长久，这小家伙像个小狗儿一样调皮，经过丈夫朱老板的同意，紧赶慢赶把妹妹淑珍接过来，跟着姐姐一起照顾儿子朱长久，算是救了妹妹一命。至于爹的后来情况，姐妹俩都不知道了，也再没见过。刘淑珍手脚勤快，虽说朱老板家也有佣工和老妈子，可她照样闲不住，啥活都要抢着干。纪洪寿听刘淑珍的口音，知道她是武清县人，还知道比他小了五岁。

朱老板问纪洪寿到天津卫适应了吗，还说凭着绱鞋的好手艺，留在天津卫没啥大问题。朱老板不知哪根儿神经抖动，显得特别感慨，回忆起来自己的经历，说起他当年从胜芳来天津卫闯荡的辛酸，说他刚开始的时候两眼一抹黑，出门贴着墙根儿溜边走，唯恐碰到城里人，就是一条流浪狗过来，他也要躲在旁边，让城里的流浪狗先过去。他不敢一个人上街，看见一辆脚踏车远远骑过来，他心里都会紧缩一下。

小胖脸朱老板越说越兴奋，他本来就是一副喜庆脸，眉毛短，短胳膊短腿，再配上乌黑闪亮的小眼睛，不说话都自带喜庆劲儿。纪青玉说朱老板长得像说相声的"小蘑菇"，纪洪寿没见过"小蘑菇"，不好进行比对。纪洪寿对朱老板有好感，朱老板没有南门外纪老二的坏习惯。纪老二自己来自乡下，却总是瞧不起乡下人；朱老板也来自乡下，见到乡下人纪洪寿从来没有傲慢架势。

趁着朱老板喝茶的空当，纪洪寿尊敬地问朱老板，您老后来咋就有了这么大的家业，这么多的工人，这么多的铺面？

之前也有同行问自己的发家史，朱老板一句话不讲，滴水不漏，可眼下倒是愿意跟眼前这个与他没有瓜葛、讨人喜欢的小力巴讲，看见纪洪寿像是看见过去的自己。朱老板发大水一样讲起来，说他从老家胜芳来天津卫，在西客站附近的"红钟酱油厂"做小工，做醋、做酱油、做面酱……油盐酱醋的活计都学了。朱老板说到这，忽然停住了，得意地看着纪洪寿，骄傲道，这么讲吧，做饭需要的调料，"红钟酱油厂"都能做。哎哟呀，可不要小瞧这些做饭的调料，大人物要吃小人物也要吃。没人躲得过去！

纪洪寿双手扶膝，腰板挺得直直的，恭敬地问朱老板，您做小工……咋就做成了现在的大老板？

朱老板的粗短眉毛向上挑了一下，感觉心里边奔腾着大江大浪，不过马上就被大坝拦截住了，说起来那可就话长了……不说了不说了，你好好干，早晚也能有这样的铺面。记住了，天津卫是个好地方，遇到多大的难事也不要走。只要有机会就要站出来要一把，要把自己的本事露出来。

朱老板说得兴奋，也不知道又扯到了哪根筋儿，再次点燃了他的爆炸点，忽然扯起了他的老家胜芳，扯起了1936年的天津卫皇会。

嘛叫过大年？天津卫的皇会那才叫过大年哩。阴历三月二十三，娘娘宫里老娘娘的生日，老娘娘不能总是待在家里，也要出来溜达溜达，要给老百姓散福祈福呀。朱老板说起皇会来，突然变成一口天津卫的腔调，有板有眼的，一点儿胜芳口音都没了。

朱老板抹了一下嘴角边上的唾沫，接着说，皇会队伍见不到尾，"千里眼"和"顺风耳"负责开路，后面的队伍是胯鼓的队伍。胯鼓，知道吧？那可是热闹，了不得呀，当年乾隆爷南巡过天津卫，正好赶上皇会，一眼看见了胯鼓队伍，给乾隆爷乐得呀，当场就赏给每人一个黄马褂。胯鼓队伍过后是半副銮驾，为啥要半副？不能超过皇上的銮驾呀。后面才是高跷的队伍，那年真是人山人海呀，早上打头的队伍出来，尾巴的队伍下午三四点钟才走出娘娘宫，你就说这队伍得有多长吧，得有多少人吧。

朱老板话不停歇，继续回忆着，最后怎么着？胜芳也来人了，不是吹大梨，还是胜芳花会好看。胜芳的高跷比天津卫好看，功夫比天津卫玩得深。踩着两尺高的高跷可以翻跟头，了得吗？这些人要是唱戏的话，个个都是杨小楼杨老板。

朱老板正说在兴头上，一个伙计来找他，弯腰说商会的人到了。纪洪寿有眼力见，赶紧站起来告辞。朱老板拍着他肩膀，让他没事的时候来玩，末了还不忘叮嘱一句，千万别离开天津卫，走了可就后悔一辈子，再也找不着这么好的地方了，天津卫养人呀。

朱老板都走出去了，又回头吆喝伙计，给洪寿带上咸菜。伙计立即应着，不一会儿工夫，就递给纪洪寿一个细竹条编织的小篓子，两根红绳子拴在小篓子两边，篓子端口上面压着一张红纸，红纸上面是铺子的商标。伙计告诉他，里面是萝卜条，喝粥就着吃，起码多喝两大碗。纪洪寿道了谢，心里想着吃完了，还可以把小篓子留着，当针线匣子用也蛮好。

纪洪寿把好看的小竹篓子挂在车把上，离开了朱老板的酱菜园子。高兴的同时脑子里却是乱糟糟的，一会儿是朱老板眉飞色舞描述的皇会场景，一会儿又是刘淑珍拿走鞋盒子时的瘦弱背影。

四

经常独立送鞋到客户家的纪洪寿，给"纪家鞋铺"挣足了面子。客户们都说纪洪寿这孩子好，懂事理讨人喜。纪青玉心想，大家这么认可他，那就多让他跑跑颠颠吧。

这一天，纪洪寿绱完一双男鞋，还没喘口气，纪青玉又让他到南市，去给南市车厂的蒋老爷送一双礼服呢面的布鞋。之前，纪洪寿跟纪青玉去过南市车厂好多次，已经路熟人熟。

蒋老爷的南市车厂在华界地赫赫有名。车厂旁边是一家叫上权仙的影院。这家电影院早年在法租界，后来移到南市地区，院名没变。南市这地方热闹，每条短短的街道上，戏院、影院、茶馆、茶楼一家挨着一家。心眼活泛、下身不老实的男人，还可以大模大样走进戏院、茶楼后面的小胡同，看见挂着红灯笼、墙上小木板上写有"五毛随便"字样的院子，一步迈进去，嗅着脂粉气味，撩起污渍斑斑的门帘子，立刻恢复人的原始动物本能。

走在饭菜香味还有脂粉香味搅和在一起的街道上，纪洪寿一边走，一边打着喷嚏，大拇指、食指和中指撮合在一起，捏住鼻子，用力擤一下，再甩一下黏性很好的鼻涕。

蒋老爷的车厂规模很大，傍晚时分大部分车子都交回车厂，上百辆胶皮车整齐地排在一起，在数个大汽灯的照耀下显得很有气势，像是千军万马在集结待命，随时准备出发。放眼望去，车棚子里面看不见旧车子，最差的也是七八成新的车。脚踏板上供客人脚踩的大铜铃铛擦得锃亮，蹲下身子凑近了，能照见脸上有几个瘩子几个黑点，还能看见牙缝里有没有饭菜的残屑。

走进带有月亮门的院落，蒋家客厅里下雨一样，传来"哗啦啦"的声音，纪洪寿知道屋里的人在打麻将。他停住脚步，向着正把大水桶里的水倒进雨厦子下面的大水缸里的老杨招手，紧接着又把手中的鞋盒子向上举了举。老杨明白了，咧开嘴角朝他笑了笑。

老杨是蒋家车厂的帮工，听纪青玉讲，老杨在蒋家干了七八年了。老杨是老实人，讲里讲面，单身，不到三十岁，住在小西关一带。老杨跟大老郑也认识，他曾在"宏福竹货"打过一阵子短工，后来落脚在蒋老爷的车厂。据大老郑讲，当年老杨去车厂面试，穿得干干净净，蓝布裤褂，扎着裤脚，脚上是一双一尘不染的新布鞋。他还挑着一个担子，前后竹篮里一共放了一百个红皮大鸡蛋。老杨把担子放在一边，靠墙边站着，身子板挺得笔直。蒋太太问老杨，为啥提着鸡蛋来？老杨不卑不亢道，第一次上门，手里抓着十个手指头不合适。蒋老爷听了，频频点头赞许。蒋太太欢喜地说了一句"留下吧"，随后告诉老妈子，领老杨到厨房先吃饭。就这样简单，讲里讲面懂规矩的老杨留下来，蒋老爷、蒋太太看好老杨，从来没对老杨呵斥过，老杨做事也是井井有条，大事小事都能张罗起来，每逢"三节"，蒋太太必给老杨一个大红包，还对老杨特别信任，好多私事都交给老杨去悄悄办，不张扬的老杨把每件事都办得利落、漂亮，嘴巴还特别严，不乱说乱道。

老杨进屋通报，"纪家鞋铺"送鞋来了。蒋太太知道又是

第三章

• • •

111

那个干净利落的小伙计，就让老杨把纪洪寿喊进屋来。爱干净的蒋太太，特别喜欢干净利落、身上没有臭味儿的年轻伙计。

纪洪寿进屋后，眼珠不动，用余光发现七八个男男女女坐在麻将桌旁边，一边聊天一边打麻将，纪洪寿放下鞋盒子，目光看向别处，想要退身走。这时有人喊他，扭头一看，原来是东楼酱菜园子的朱老板。纪洪寿正想礼貌问候，这时朱老板抓来一张牌，和了，还是大牌，激动得把胜芳话都给喊出来了，忘了刚打过招呼的他喜欢的伙计纪洪寿。

蒋太太看见客人和了大牌，非常高兴，说一会儿馆子就把饭送来了，先吃饭，饭后接着打。朱老板依旧兴奋，似乎没看见还站在屋门边上的纪洪寿，高兴地说今天晚饭他要请客。朱老板话音未落，屋外有吆喝声，原来饭馆伙计送饭来了。趁此机会，纪洪寿赶紧从客厅里出来。

本以为可以走了，老杨却小声叫住纪洪寿，说是天快热了，想要找他做双鞋。纪洪寿让他哪天去鞋铺，把鞋样子画了。老杨说上次的鞋样子他还留着呢，这把年纪，脚丫子也不会长大了，还是按照上次鞋样子做就成。老杨让纪洪寿在小跨院稍微等会儿，他现在就去拿鞋样子。

小跨院离客厅很近，仅隔着一个月亮门。纪洪寿站在月亮门下面，隔着窗户，能清楚地听见客厅里的说话声。就听见饭馆伙计一边往外拿菜，一边高声报出菜名：牛肉烧卖，牛窝骨，清炒虾仁，鳎目鱼烧牛肉条。

听到蒋老爷高兴道，今儿个全是清真菜，大伙儿换换口味。又听到朱老板说，刚才说好了今儿我做东，谁手气壮谁就得做东。

饭馆伙计把饭菜放好后，麻利地退出来。伙计年龄跟纪洪寿差不多，头发剃得狠，露着青头皮，一身的白色裤褂，从里到外透着干净。手里黑色大漆的提盒，因为已经空了，伙计悠悠地提着，像是个耍把式的手艺人。

这时老杨过来了，他把折叠起来的鞋样子夹在报纸里，双手交给纪洪寿，红着脸说了客气话。纪洪寿让老杨放心，保证让他满意，说着推起脚踏车，跟老杨告辞。

已经进了七月，天气一下子热起来。街面上干苦力的人，有的已经脱了上衣，把上衣系在腰间，光着膀子干活了。

这一天，纪洪寿又来到"晋泰昌"，刘子昌说纪洪寿是想他了。纪洪寿经常送鞋，时间可以自己调配。两个小老乡都在天津卫打拼谋生，每次见面都会眉开眼笑，你捅我一下，我捣你一拳。刘子昌经常主动来挑起话题，有时说生活上的小事，有时也说国家民族的大事。纪洪寿也会把心中的苦闷还有不解的事，一股脑地讲给刘子昌听，让刘子昌帮着拿拿主意。

杂货庄人多眼杂，说话不方便，他俩就去海河边上。河边离杂货庄不远，从杂货庄出来，来到估衣街，路口的牌楼矗在眼前，上面写着四个大字：沽上市廛。纪洪寿不认识最后那个字，问刘子昌。刘子昌笑起来，脸红道，我也不认识，平日随着大家伙念，倒是知道咋个称呼，说是念馋猫的"馋"。纪洪寿羡慕道，你比我识字多，哪天你要教我识字。刘子昌倒是不客气，一口应下来，还不忘补充一句，会识字，不受人欺负。

穿过估衣街，带着湿气的海河无遮无挡地横在眼前。他俩喜欢看欢腾的河水，愿意看水面上来来往往的大小船只，更愿意看水面上的放排人。

只要天气热了，河面上能经常看到放排人。杂货庄离海河近，刘子昌知道的海河故事比纪洪寿多好多。他告诉纪洪寿，夏秋两季的海河忙极了，有运货的大小船只，再有就是放排的了。放排人把十几根或更多的木料用篾条捆绑好，在上面搭建一个遮风挡雨的小棚子，放排人吃住在排上，跟随木排顺流而下，到达目的地后再运到岸上，用大车、汽车拉走。放木排的汉子个个精壮，穿着短裤衩，赤脚站在木排上，他们身子黑得闪亮，露着钢筋铁骨一样的肌肉。

刘子昌看着繁忙的河面，悄声问纪洪寿，你又有啥别扭事了？

纪洪寿跟刘子昌说话，除了实话实讲，还直来直去。他说想到"晋泰昌"来干活，不在"纪家鞋铺"干了。刘子昌眉毛一皱，不解道，干得好好的，时间也能自己支配，远道送活儿还有脚踏车，风光呀，咋就不干了呢？纪洪寿委屈道，凭本事挣钱凭力气吃饭，可咋就被人瞧不起呢？刘子昌问，谁瞧不起你了？纪洪寿想起在南市车厂，朱老板那么喜欢他，一把和牌就把他当作空气一样漠视，还有更气人的事呢。刘子昌瞅着他，让他把话全讲了。

纪洪寿恼怒道，还不是沾亲带故的那些人。随后又气恼道，要是手艺再棒点，挣钱再多点，就不会被人小瞧了，是吧？

刘子昌细问下才得知好兄弟生闷气的缘由。原来，因为宁津老乡的关系，纪青玉从纪洪寿这里知道了宁津人开的"宏福竹货"，找机会去了南门外掰扯老乡的关系，结识了"宏福竹货"纪喜堂和纪喜礼。纪青玉从竹货铺子回来后，看纪洪寿的眼神就发生了变化，不像是一双眼睛看他，好像眼睛后面还有一双眼睛。纪洪寿心中纳闷，又不好直接问，也不知怎么问。过了一段时间，纪洪寿才从大老郑那里知道，原来纪老二跟纪青玉说了他不少的坏话，纪老大竟然没有制止，让纪老二说了个痛快，好像他纪洪寿真的那么坏，如今他在"纪家鞋铺"的表现不过是伪装，时间长了就会露出马脚来。

刘子昌听完缘由，禁不住笑起来。

纪洪寿不解道，我心里这么憋屈，你还笑？

多大的事呀，心眼子这么小？刘子昌摆手道，你这些芝麻小事，比得上死人的事？

纪洪寿瞪大眼睛，不知道刘子昌说死人的事是指哪里的事。

刘子昌看了看周边，低声说，日本鬼子在山东沂蒙山大扫荡，扛枪打炮的有两万多人，共产党的山东纵队还有国军的于学忠部队，跟日本鬼子真刀真枪地干起来了，打得那叫山崩地裂呀！

山东人纪洪寿倒是知道沂蒙山的大名，可他不知道这个部队、那个部队，于是好奇地问道，你咋知道做生意外的这些事？

只要想知道，你就能知道。刘子昌耐心地讲，你说说，这些死人的事和你那些鸡毛蒜皮的小事比起来，算得了啥呀？

纪洪寿倒是同意刘子昌的理儿，可转过话头又认上死理儿，嘟囔道，现在受人欺负还是咱手艺不高，手艺不拿人，要是手艺到了铺子离不开，不就不受人欺负了吗？

刘子昌没再跟他争辩。

两个人一时沉默起来，一起望着繁忙的河面，听着河面上传来的尖锐的汽笛声。

不知道宁津咋样了？纪洪寿担心自己的老家，揪心多年没见的妹妹纪德贵，听说因为没有一分钱嫁妆，媒婆都不登门了。还有传言，族中老者要把纪德贵嫁给上年岁的鳏夫，后来也没消息了。

刘子昌望着河面，继续着刚才的话题，他压低声音说，我倒是知道一点宁津的事。今年乡亲们刚过完大年，还没出正月哩，日本鬼子轰炸了县城，还在县城设立了据点，建起了汉奸"维持会"，组建了上百人的警备队，专门对付手无寸铁的中国人。

纪洪寿满脸惊愕道，你咋知道的？莫非你有千里眼顺风耳？

刘子昌故意摸摸眼睛，接着又摸摸耳朵，似乎不想过多解释，还是撂下那句说过的话，洪寿呀，你要想知道一件事，就一定能知道。接着，又一字一句说道，洪寿呀，惦记自己那点小事，越琢磨越会走进死胡同，多想想外面的大事，想想比自己还要苦的人，你就能心底敞亮。你要想自己过上好日子，就得让所有人过上好日子，只有那样自己的好日子才会长久。

纪洪寿呬摸着刘子昌的话，觉得有些拗口，还是捉摸不透，忽然又想起来刘子昌让他做夹层鞋的事，不止做了一双，后来做了好几双，那些鞋子纪洪寿瞒过了纪青玉、纪老妹，没让他们知道。如今听了刘子昌这些"危险"的话，他认定这个脑门有点瘪的宁津老乡，不是一个简单的人，过日子的人、整日琢磨饱肚子的人做那些夹层鞋做啥？

刘子昌望着河面，用余光观察纪洪寿。这时，河面上过来放木排的，刘子昌有意转换话题，让纪洪寿换换脑子，问道，你知道盖房子用啥木料吗？

纪洪寿兴奋起来，实话实讲道，这可难不住我，我爹热心肠，庄上人遇上难事，他都要过去帮人，小时候听他嘴上念叨过，枣木柱，榆木梁，没有椿木不盖房。

那为啥要选用这些木料呢？刘子昌偏过头问。

纪洪寿摸了摸后脑勺，答不上来了。

选这些木料盖房子，是这些木料不长虫子，这是它们共通的地方。刘子昌解释完了，"嘿嘿"笑起来。

笑起来的刘子昌露出满嘴的牙。他牙齿不太整齐，除了门牙之外，其他牙齿有些跑偏。

两个人在海河边走着，说着过去庄上的事，嘴巴说累了，心里明白了，亮堂了。

从这次见面之后，纪洪寿再也不提要到"晋泰昌"做工的事了。他不想给刘子昌找麻烦，他是一个聪明人，知道刘子昌要是话摺地能砸坑，肯定会帮他的。毕竟刘子昌在"晋泰昌"也是个小力巴，杂货庄里都是山西人，他一个山东人又不是掌柜又不是账房，说话也是没分量。还有一点也让纪洪寿退避三舍，他不想掺和刘子昌那些冒风险的事，又不能挣钱，掺和他那些事有啥用？

五

发大水了。

八月的天津卫被大水淹没了。日本人的小汽艇，在大水的街道上"突突突"地来回巡视，溅起的水花把百姓的小木船、大木盆冲击得摇摇晃晃，有的人站立不稳，跌落下来，泡在脏水中大喊救命。小汽艇上架着机枪，船头上的鬼子兵端着大枪，大枪上带着闪亮的刺刀，阳光照在浑浊的水面上，街面上发出阵阵的臭味。

城里地势高，南马路、西马路、东马路和北马路上的积水才到脚踝处，可是往外走，下面的水深了去。南门外的大水能够淹没半大小子，出门的话花钱雇白洋淀来的小船，没钱的百姓用大木盆或是把门板卸下来，用麻绳子捆结实了，再来一根长竹竿撑船，买些日常用品。围着四面城运行的电车开不了啦，除了徒步走，脚踏车蹬起来都费劲儿，还不如徒步省力气。要是去更远一点的路，手上再拿着点重物，那就只有依靠胶皮车了。"下边"洋人的租界地，水就更深了，得有一个半的成人身高。

"纪家鞋铺"门前的沙袋堆得高高的，即使这样还是有发黄发臭的浊水，从砖缝门缝还有沙包之间的缝隙中，慢慢地渗透进来。铺子地面上放满了盆盆罐罐，用来盛放渗进来的脏水。要是不淘水的话，一会儿时间就能把鞋铺给淹了。

几天过去了，鞋铺里的粮食快没了，总在屋子里待着也不是办法，看不出来大水啥时候能退下去，还得要出去买吃的东西、用的东西。纪洪寿用床板做了一条"船"，再用一根竹竿做划桨，想要出去转转，一是看看水势，二是看看有没有店铺开门，还要买些生活用品。

纪青玉不放心，也要跟着一起去，但是鞋铺不能没人，只能留下纪老妹照看，为防止强人打家劫舍，纪青玉一再叮嘱纪老妹，谁来也不要开门，还要用桌椅板凳以及所有沉重的东西把大门堵上，一定等着他俩回来再开门。纪青玉还嘱咐纪老妹，随时注意门外渗进来的水，那些缝隙看着没事，时间长了就会越渗越多，说不定就会一下子涌进来，必须得有人随时看着。

街上的铺子大多关了门。没关门的要是还有二楼的，都把业务搬到楼上去做了。吃的东西、用的东西全都涨价了，涨得快、涨得高，即使这样也是奇缺，至于做饭的调料全免了，一个窝头就着一块咸菜，那就是好吃得不得了啦。

纪洪寿和纪青玉撑着"门板船"，在周边转悠了一圈，商铺全都关门了，想再去稍远一点的地方。水面上漂浮着死猫死狗死耗子，还有破衣烂衫和锅盆碗碟，再有就是脊背在上慢慢漂浮的死人。"船"上的人们表情呆滞，木然地划着"船"，遇上大船或是日本人的小艇飞过去，百姓的"船"就会剧烈摇荡，掌握不好平衡就会翻船。纪青玉脸色惨白，一再叮嘱纪洪寿小心，不成的话就回去吧。这会儿的纪洪寿倒像是掌柜的，镇定地说，再看看，能找到吃的，再看看。

说着话，"船"到了"三不管"一带，这里更是乱糟糟的，纪洪寿远远看见了蒋老爷的车厂，心里琢磨着是不是去求一下蒋老爷和蒋太太，看看能不能花钱拿走一点吃的，又觉得以蒋太太的做事风格，肯定不会要钱的，他没讲这个办法，因为纪青玉也没提。正在想着办法，他们的"木板船"被另一艘大船挤偏了方向，被动地划向另一个方向，没走多远，看见了焊接在铁架子上的"大舞台"三个字。没闹大水时，"大舞台"可是热闹，人流不断，现在早就关门了，不过铁架子焊接搭建起来的巨大棚架，上面或蹲或坐着许多人。

往人多的地方看看，说不定会有好办法。纪洪寿心里想着，身子也站直了，把手里长长的竹竿握住，使劲儿往下顶，"木板船"往前蹿出去好远，纪青玉摇晃着身子，让纪洪寿慢点慢点，小心翻船。

纪洪寿仰着脑袋，往高高的棚架上瞅，就在这时，棚架上有人喊他。一声接一声，还是地道的宁津话。纪洪寿怔住了，纪青玉也怔住了。这是谁呀？

有个人颤巍巍地站起来了，动作缓慢地向着纪洪寿挥舞着双手，因为"船"慢慢靠近了棚架子，纪洪寿终于听见那人有气无力地喊道，我是……我是徐老蔫呀。纪洪寿仔细看了看，认不出来，但是能喊出来自己是"徐老蔫"，那就肯定是徐老蔫了，他怎么到了天津卫？纪洪寿把"船"凑得更近，尽管那个人胡子拉碴的，纪洪寿还是一眼认出来了。可是徐老蔫没法儿下来，要是往下蹦，就会把"木板船"给蹦沉了，再看徐老蔫那虚弱的样子，哪儿蹦得了呀。

纪洪寿问他啥时来的天津卫，现在做啥事？在哪儿住？面对纪洪寿一连串问话，棚架上的徐老蔫不说话了，只是一个劲儿朝他摆手。纪青玉看见那么一个蓬头垢面的人招呼纪洪寿，担心惹上事端，赶紧用手拽纪洪寿衣袖，小声催促，快点走。

纪洪寿不理纪青玉，还是招手，让徐老蔫下来。纪青玉急了，小声说道，这块门板经不住三个人，你让他上来，得沉了！纪洪寿依旧不理纪青玉的嘟囔，还是盯着徐老蔫。

徐老蔫抓着铁架子，慢慢爬下来，下半身泡在脏水中，蓝褂子的肩膀处已经发白了，因为身子在水中浮动着，褂子也变得膨大起来，在他身体周围浮着。他右手紧抓着铁架子，跟纪洪寿说他不过去了，就是看一眼他也好，最后又说了一句，你有手艺了，有手艺了。

纪洪寿大声说，还不是你叫我学手艺的，得谢你呀。

脸上脏兮兮的徐老蔫不住地点头，嘴巴里蹦出来一个字的一串话，好好好，好好。

"木板船"距徐老蔫一丈多远，除非徐老蔫自己游过来，"木板船"再也划不过去了，被各种乱七八糟的东西挡住了。

纪洪寿和徐老蔫相互看着，纪洪寿问他怎么来的天津卫，在哪儿做工，住在哪儿。无论纪洪寿怎么追问，徐老蔫始终不讲话，一句话都不讲了，只是目光贪婪地看着他，像是看着自己心爱的宝贝。纪洪寿也把自己的目光迎上去，毫不躲闪，身后纪青玉还在悄悄拽他的衣袖，纪洪寿似乎感觉不到。

徐老蔫又一次直起身子，用双手拢住嘴巴，声音颤抖地对纪洪寿说，小子你可要记住了，世道不太平，要防着点呀。

一人不逛庙不倚栏杆，二人不看井，三人不抱树，四人抬棺不回头……

徐老蔫声音发颤，断断续续地讲，纪洪寿听不太清楚，歪着脑袋，把耳朵翘起来去听。徐老蔫最后又说了一句，多注意呀。

徐老蔫说完，终于不再看纪洪寿了，转过身子，慢慢爬上铁架子，躲在了众人的身后……他的脑袋看不见了……身子也看不见了。纪青玉再次催促纪洪寿快走，语气已经大变，脸色也随之变了，纪洪寿再坚持下去，估计纪青玉要发火了，纪洪寿只好"划船"离开了"大舞台"。

纪洪寿没有到南市车厂，转来转去，在菜桥子一带，遇上一家没有上门板的小铺子，纪洪寿随口问了一句，有啥能吃的东西？带着眼屎的老头说还有红薯粉条。纪青玉累了、烦了，让老头都拿出来，纪青玉给了钱，立刻掉转"船"头，赶紧回去。

纪洪寿看着眼前的浑水，眼前依旧晃动着徐老蔫那张没有血色的泛青的脸。在芦台分别时，徐老蔫一直叮嘱纪洪寿要学手艺，灾荒年饿不死手艺人，不知道徐老蔫学没学手艺，有没有找到可以喂饱肚子的手艺。

纪洪寿惦记着徐老蔫，不管咋说在芦台是徐老蔫救了他一命，如今徐老蔫……纪洪寿在心里使劲儿骂自己不是个好东西。

第三章

123

第四章

一

刘子昌找到纪洪寿，要他帮个忙，介绍一个小子去南市车厂拉胶皮车。纪洪寿不解，为啥不学个手艺呢？刘子昌无奈笑道，不是谁都能学来手艺，就说你跟着老顾学识字，识了那么多字，可有人进学堂跟着先生学，不一定比你识字多。纪洪寿听到刘子昌提老顾，立刻耷拉下脑袋，懊恼道，老顾早就不教我了。刘子昌用手挠着头皮，问啥原因。纪洪寿沮丧道，老顾讲"三节两寿"要孝敬他，说我不懂事理，又用天津卫的话骂我，说我装大尾巴鹰。刘子昌问，过节没有点礼吗？纪洪寿委屈起来，掰着手指头说，我自个掏腰包给老顾做过鞋，给他买过"耳朵眼"炸糕，买过"白记饺子"，可老顾说他爹过生日我也应该送礼，我觉着那是他爹，我又不认识他爹，没当回事……老顾一下子就翻脸了，这些日子见到我，我跟他打招呼，他爱搭不理的。

纪洪寿越说越委屈，见刘子昌没有搭腔，就又把话拉回来，那些闲杂事不提了不提了。刘子昌怒气道，这个姓顾的，是个阴阳脸。接着，说起那个想拉胶皮车的小子，说是这小子姓胡，年轻力壮，不会别的手艺，只剩下一副铁脚板，想要拉车出力挣钱饱肚子。

你去过南市车厂，能不能给介绍一下？刘子昌试探地问，你还说那个蒋太太倒是挺和善的，给说说呗？

纪洪寿说那个蒋太太喜欢他的聪明勤快，可自己就是个干活的小力巴，说不上话呀。纪洪寿又提出更大难题，拉车要有担保，我这个小力巴做不了保人。刘子昌不着急，接着说，小胡是胜芳人，你去过东楼的酱菜园子，你跟我说过那个朱老板也是胜芳人，能不能跟朱老板求个人情？纪洪寿睁大眼睛，觉得自己说过的每句话，刘子昌竟然记得都这么清楚。

刘子昌说，他们都是胜芳人，让朱老板做个担保，试试呗，咋样？纪洪寿愿意帮助刘子昌，低头想了想，实话实讲道，我先找找车厂的老杨，再找朱老板，看看谁能帮上忙，反正也是出力干活挣钱，担保的事回头再说。刘子昌觉得这是好办法，于是抱拳作揖，拜托纪洪寿做个好事。纪洪寿感觉刘子昌话说得有些生分，连忙摆手道，老乡的忙一定要帮，看看人家给我这个小力巴面子吗？刘子昌倒是不着急不着慌，看着纪洪寿眼睛，说，你能，你能的。

纪洪寿是个急脾气，应该先找车厂老杨念叨一下，让老杨帮着出出主意，可是因为送鞋的缘故，倒是先见到了朱老板，厚着脸皮把小胡的事讲了，还特意强调了小胡是胜芳人。朱老板倒是爽快，可是马上又说，干啥子要去拉车呢，到我这园子来吧，比拉车省力气，还省鞋底子。纪洪寿没想到朱老板这么痛快，还是个好心肠，当即谢了朱老板，回到鞋铺后，马上去找刘子昌，说有了更好的事由，让小胡去东楼的酱菜园子吧，比拉车要省力气呀。哪里想到刘子昌一个劲儿摇头，刘子昌倔强道，人家小胡不想做别的，就想着拉车挣钱，其他的活计不想做。纪洪寿吸溜了一下，不解道，世上咋还有这样的傻人？刘子昌无奈地说，人各有志，酱菜园子好是好，他不愿意你咋办？还是随他拉车吧。

过了几日，纪洪寿特地去了东楼，准备回话朱老板"您遇上了一个不识抬举的小力巴"。朱老板正在忙着接待几个南蛮子，准备从南方进腌菜的大缸，早忘了小胡的事，听纪洪寿说起来，一迭声地"哦哦哦"，看也没看纪洪寿。朱老板的态度反倒安慰了纪洪寿，原来朱老板随口一讲，压根就没当回事，那我也就不必当真了。于是他想着再去南市车厂说说，他真心要帮刘子昌，除了宁津老乡的缘故，还因为刘子昌做事实诚，对他特别照顾，就说做夹层布鞋吧，除了暗地里多给鞋钱，闹大水时还蹚着浑水给他送来棒子面、咸萝卜条，让他在纪青玉面前挣足了面子。虽说小胡拉胶皮车这事，越琢磨越怪，可那也要帮到底。

纪洪寿去南市车厂找到老杨，跟老杨实话实讲了。老杨人老实，不敢跟蒋老爷讲，但是给纪洪寿出道道儿，说，你不知道呀，车厂拿主意的不是蒋老爷，是蒋太太。又说，蒋太太看重你，不如你直接找蒋太太说，又不是借钱借粮，不就是介绍个拉车的吗？现在车厂还有几辆空闲的旧车，在那儿放着也是放着，你就直接跟蒋太太去说，我看呀准能成！

有了老杨的介绍和鼓励，纪洪寿胆子大了，转过天来，他挺直腰板，抱着一个"三白"大西瓜，直接去找蒋太太。

蒋太太是个圆脸圆身子的女人，浑身上下，每个部位都圆鼓鼓。纪洪寿第一次见到蒋老爷和蒋太太，禁不住猜测他们年龄，怎么也得差上二十多岁吧？蒋太太比起蒋老爷，心肠可是软多了。纪洪寿在车厂见过一个可怕的场景，这件事他对谁都没有讲过，对身边的纪青玉和纪老妹也没讲过，对老乡刘子昌也没讲过，就是车厂的老杨，他也闭嘴没说过。那一次他去车厂送鞋，车厂人多，人多脚就多，鞋子也就需求多，冬天的、夏天的似乎总是做不完，搞得纪洪寿经常来车厂。那天他来送鞋，见前院客厅没人，他喊了几嗓子，也没见老杨出来，平日里他咳嗽两声，老杨就像条狗一样"嗖"地从门房里跑出来，那天咳嗽三声也没见老杨出来。因为总来车厂，纪洪寿胆子大些，脚步轻缓地往后院走。过了一个砖砌的拱门，停下步子，捎带脚看了一眼拱门旁边的两个黑色大瓦盆，里面游动着漂亮的金鱼，尤其是"珍珠鱼"，鼓鼓的肚子游得慢，姿态特别好看。这时忽然听见惨叫的声音，纪洪寿好奇，慢慢靠近发出声音的厢房。厢房窗户旁边有棵大槐树，他绷直身子，后背倚靠大槐树，双手扒着窗台，伸长脖子，向窗户里面看，只见蒋老爷和蒋太太坐在八仙桌子两侧，一边喝水一边看着前面。纪洪寿顺着他们两人目光往前看，这一看不要紧，纪洪寿差点叫出声来，赶紧用手捂住自己嘴巴。只见一个男子，光着上身，两个大拇指并在一起，吊在房梁垂下来的绳子上，双脚的脚尖点在地面上，咳嗽一声，悬空的身子就会来回转。车厂的把头，用拇指粗的棍子打那人的屁股、后背，打一下，那人身子就旋转一下，车把头问一句，车子哪儿去了？是不是卖了？卖给谁了？卖了多少钱？纪洪寿见过那打人的车厂把头，那家伙长相凶得很，胳膊根子有碗口粗，啥时见他，都是紧闭着嘴巴，咬着后槽牙。可能总是咬后槽牙的缘故，他腮帮子特别鼓，嘴里像是含着好几把刀子。纪洪寿来过车厂这么多次，跟车把头打过几次照面，车把头不看他，好像他不存在，目光直视着走过去，人过去了，浓烈的体味还没散。车把头负责管理拉车的，负责每日清点车辆，查看车子是否损坏，车牌还在吗，车垫子还在吗。因为拉车的要是路上惹了站岗的警察，警察就会把车牌子或是坐垫子拽下来，随手扔到旁边的屋顶上，有时还会扔在正好路过的环城电车的顶子上。不知道车把头打了那人多长时间，那人似乎已经不行了，脑袋耷拉在胸前，始终一声不吭，像是一具垂吊的死尸。蒋老爷说，只要讲实话，就饶你一命，不然的话，就把你打死在这。拉车男子肯定昏死过去了，任凭车把头用棍子怎么拨拉他，他都没有一点反应。车把头弯腰上前，问蒋老爷，咋办？蒋老爷说，吊着。车把头又问，死了呢？蒋老爷说，杀一儆百，让那些臭拉车的看一看，谁要是想找我蒋某人的麻烦，我就要他命！蒋太太说话了，指着车把头，说，放下来吧，去南门西小医院，把布兰青大夫请过来，给他看看伤，他家里人要是来找，就把工钱给家里人。车把头没动地儿，眼睛没看蒋太太，却看向蒋老爷。蒋太太怒了，骂道，耳朵聋了，说话没听见吗？蒋老爷赶紧向前探了身子，说，照太太说的做，说完赶紧站起身。当时纪洪寿软了身子，转身跑向前院，蹲下来，大口喘气。纪洪寿慌张的表情，被蒋太太猜到了什么，可也不问他，只是淡淡说了句"靠本事靠出力挣钱，永远挨不了打"，说完，意味深长地看着纪洪寿。纪洪寿赶紧"嗯唔"着，放下鞋盒子就走了。

这一次不同了，纪洪寿抱着大"三白"找到蒋太太，把小胡的事，直截了当地说了。

蒋太太板起脸，说，你小子胆子可大呀，直接向我介绍人，你不知道这事得有保人吗？要是人跑了，再把车子卖了，我找谁去？你能当这个保人吗？你胆子不小呀！

纪洪寿站在蒋太太面前，感觉脊梁背上发凉，似有一条毛毛虫从脖子上往下爬。他垂下眼帘，不敢直视蒋太太。来到天津卫四年了，纪洪寿接触的人可不少了，但他始终守个规矩，不和女眷直接对眼，除非对方提醒让他对视。

说话低头干吗？男人咋都成，就是别杵窝子，眼睛看着我。蒋太太把盖碗茶放在茶桌上，划着火柴，点起纸烟，抽起来。她跷起二郎腿，因为穿着旗袍，露出胖胖的小腿肚子，脚上的绣花鞋在低垂眼睛的纪洪寿眼前晃动了一下，纪洪寿一眼就看出来，那双绣花鞋是在"老美华"定做的。蒋太太和蒋老爷或是走访朋友，或是看戏吃饭，或是到朋友家打牌，一定要穿锃亮的皮鞋。皮鞋要么是在法租界"沙船"定做的，要么是在华界"同升和"定做。她在家里永远穿布鞋，要是缎子面的布鞋，那就是在"金久霞"做的。要是一般的普通布鞋、布拖鞋，还有冬季在家里穿的棉鞋，说起来还是在"纪家鞋铺"做得多。"纪家鞋铺"好口碑在于价格低、质量好而且实用。

说说吧，哪儿的人，多大岁数？蒋太太问，忽然笑了起来，快把瓜放了，不累呀？

纪洪寿听到蒋太太这样讲，心中惊喜，知道有门了，把"三白"放在地上，立刻实话实讲了，还特别讲了他跟刘子昌的关系；这还不完，跟蒋太太实话实说，他跟这个胜芳人小胡没有打过交道。

我就是喜欢洪寿你小子的实诚。蒋太太说，那就让这个小胡来吧，先看看人，只要做事实诚，出了事蒋家担，华界没人敢给蒋家车厂使绊子。

纪洪寿又是一番感谢的话，有意思的是，纪洪寿说谢时，脸上带着笑，但不会弯腰。他啥都可以做，就是不弯腰。

蒋太太嗔怒道，你小子不光脸白，还会说好话，快忙去吧。

出了车厂，纪洪寿蹦了个高儿，他真没想到这件事咋这么顺呢。他一路小跑，赶紧把这个好消息告诉刘子昌，能为老乡刘子昌办点事，纪洪寿心里舒坦，比吃上"狗不理"还要美。

二

介绍小胡去南市车厂拉车这件事，纪洪寿事后冷静下来，才觉得自己做事冲动，再怎么讲也应该先跟小胡见个面，然后再去跟蒋太太说情，这可好哩，这件事办成了"倒炝锅"，他用手捶自己的脑壳，恨自己做事不妥。幸亏蒋太太没有埋怨他，还说他是个实诚人。那天他去"晋泰昌"，跟刘子昌说了见蒋太太的经过，把自己办事"倒炝锅"也说了，笑自己这辈子也干不了"跑合的"营生。刘子昌感谢过后，倒有自己的解释，是啥人就做啥事，一辈子也改变不了，放心吧，小胡肯定能够如愿拉车。纪洪寿皱眉不解，问他怎么这样有把握。刘子昌说，你见了小胡，就知道咋回事了。

刘子昌让他在院子里等会儿。纪洪寿惊奇地问道，咋的，这个小胡现在你这里了？刘子昌笑道，可不是嘛。纪洪寿不愿意在院子里等，去了货栈大门口。刘子昌也没有强求，径直进了后院。

天气已经完全热了，北马路还和以前一样人来人往，买卖家门口站着干净利落的小伙子，伯伯大爷地吆喝路人进店铺里看看。纪洪寿想着自己来天津卫已经这么多年了，心里特别地感慨。

这时，刘子昌领着小胡，站在他的面前。如刘子昌之前所讲，这个小胡果然不一般。个子不高不矮，国字脸，头发短得露着青色头皮。他穿着一件白色的土布坎肩，露出胳膊上结实的肌肉。他看人目光不躲闪，说话干脆利落，多一句不讲，看着就让人放心踏实。纪洪寿和小胡说了几句话，感觉倒是投脾气。

选了一个好天气，纪洪寿带着小胡去见蒋太太。

到了南市车厂，纪洪寿没有进客厅，留在院子里跟老杨说话，让小胡自己去见蒋老爷和蒋太太。老杨懂规矩，知道纪洪寿介绍拉车的来，多一句不问，只是问纪洪寿日子过得如何，聊天气热了之类的闲话。

过了好长时间，小胡才从客厅出来，老杨立刻懂事地躲开了。纪洪寿拉着小胡走出车厂，站在街边上问了情况。小胡说蒋太太问得仔细，问他来天津卫住在哪儿，还问跟纪洪寿、刘子昌怎么认识的，为啥不在"晋泰昌"干了，还问平日去哪儿。

小胡咽口唾沫，脸色平静道，还问我一日三餐吃啥。

答应你……留下来了？纪洪寿只是关心"留"还是"不留"。

小胡摇摇头。

原来，蒋太太虽然问得详细，让小胡下礼拜再来车厂，至于留还是不留，蒋太太没松口。纪洪寿琢磨不出来蒋太太心思，就让小胡把情况跟刘子昌念叨念叨，看看刘子昌咋想的。

很快到了下礼拜，小胡又来找纪洪寿。纪洪寿问他刘子昌咋说的，小胡说既然蒋太太让这个礼拜再去一趟，那就再去一趟呗，还说刘子昌也琢磨不出来蒋太太为啥要含糊其词，为啥再让他去一趟。

纪洪寿带着小胡又去了南市车厂，他照例在外面等待。这一次时间不长，小胡很快出来了，脸上有了笑模样。纪洪寿感觉有门。果然，小胡讲这一次蒋老爷没在，蒋太太还是跟上次一样的问题，又颠倒顺序地问了一遍。小胡照旧老老实实地站着回答，上次怎么答的这次依然怎么答。最后蒋太太不问了，盯着小胡的眼睛，看了好半天才说了一句，去后院找老马领拉车的号牌。老马就是那个打人凶狠的车把头。

纪洪寿恍然明白蒋太太用意，两次问了同样的问题，只要有一个地方答得不一样，那就证明小胡说了谎；两次答得一样，证明没说谎。纪洪寿这样认为，小胡听了纪洪寿的分析，笑起来，说他也是这样琢磨的。两个年龄相仿的年轻人，站在嘈杂的街面上，紧紧握住对方的手，认真地看着对方的眼睛。

小胡自从拉上了胶皮车，纪洪寿很难见到他了，过去他去"晋泰昌"找刘子昌，偶尔还能见到小胡，现在完全见不到了。有一次在车厂见到，看他满头大汗的样子，仿佛刚被水冲过，却像刚吃完大席一样高兴。转过头来细琢磨，纪洪寿觉得这件事从头到尾有些怪里怪气的，小胡放着"晋泰昌"的正经活儿不做，为啥非得去做让人看不起的拉胶皮车的营生？

过了一段日子，纪洪寿见到刘子昌，几句话过后，说起来小胡拉车的事，说他怎么也搞不懂小胡，也搞不懂蒋太太。刘子昌不以为意，淡淡地说，这个蒋太太可是不简单。纪洪寿也知道不简单，但是琢磨不出来怎么个"不简单"。刘子昌说，慢慢想，你就明白了。纪洪寿苦笑道，多慢我也搞不明白，还有那个小胡，车船电脚衙无罪都该杀，干啥就非得去沾这个"车"呢？刘子昌没再答话，随纪洪寿怎么问、怎么猜，也不再接他的话。

纪青玉不知道从哪里转弯抹角知道了纪洪寿介绍小胡到南市车厂拉车的事，显得特别不高兴，跟纪老妹说话，话里话外给纪洪寿听，说是爱管闲事的人最后就会惹上麻烦事，肯定会把自己扯进去；又说，管闲事也要掂量掂量自己的分量，自己是棵葱还是头蒜，该管就管，不该管就不要管。大火烧着自己那是命中注定，可是不能连累到别人呀，要是把别人的生意耽搁了，把别人惹进麻烦事里去，那可就是天理不容的大事了。

纪洪寿装作没听见，不理纪青玉。又过了几天，纪青玉还是没完，继续话里话外说闲话，还说管闲事的人大多是拿了好处，要不咋会管那些闲事呢。纪洪寿心里有气，可也不好发作，毕竟寄人篱下，想来想去也只能继续装聋作哑。

过了些日子，拉着胶皮车的小胡，把车停在"纪家鞋铺"旁边的边道上，隔着玻璃窗子，招呼正在绱鞋的纪洪寿出来。纪洪寿赶紧出来，看见小胡正在擦汗，印有"蒋家车厂"的白布坎肩，前后背全都湿透了，水淋淋的像是刚从水里捞出来。纪洪寿想要进屋给他拿水喝，小胡拦住，说还要马上走，不喝水。纪洪寿问他有啥事，小胡转达蒋太太的话，让纪洪寿去趟车厂。纪洪寿一惊，搞不懂蒋太太为何让一个拉车的传话，忙问是啥事。小胡继续擦着汗说蒋太太没讲，只是让他去一趟。纪洪寿虽然心中疑惑，也不好再细问。这时候正好有人要坐车，小胡朝纪洪寿挥了挥手，赶忙拉客去了。

纪洪寿跟纪老妹说去一趟南市车厂，纪老妹问他去做啥。纪洪寿从来不会撒谎，永远实话实讲。纪老妹听了，有些慌神儿，以为纪洪寿介绍小胡到南市车厂的事出了麻烦。刚才纪洪寿出来，纪老妹从玻璃窗后面看着，知道是一个拉车的来找纪洪寿，立刻联想到那个拉车的就是小胡。纪洪寿说，是呀，是小胡。说完又坦然道，应该没啥事，去一趟不就知道了？毕竟车厂蒋家也是"纪家鞋铺"的大客户，纪老妹丝毫不敢怠慢，让纪洪寿快去快回。

纪洪寿换了一身衣服，立刻跑去了南市车厂。看见纪洪寿慌张的神情，蒋太太笑了一下，说了几句闲话后，才开始说小胡的事。说这个小胡呀能干是真能干，拉座比其他人拉得多，拉车没多长时间，交的份子钱比拉上一年多的还多。蒋太太还说她坐过小胡拉的车，又快又稳，比坐小轿子、坐小轿车还要舒服。纪洪寿站在蒋太太面前认真地听着。

说着说着，蒋太太忽然转了话题，问纪洪寿，这个小胡要是被日本人抓了，你说救不救他？

纪洪寿不解，反问蒋太太，为啥要被抓呢？

蒋太太说，是呀，我是问你，他要是被日本人抓了呢？你该怎么办？

知不道。纪洪寿实话实讲，随后又一个劲儿摇脑袋，问，小胡拉车挣钱，日本人抓他干啥？

蒋太太笑道，日本人拿着枪炮，看着挺吓人的，可他们就是个傻子、聋子、瞎子，他们知道该抓谁呀？中国人要是不告诉他们，他们还不就是个睁眼的瞎子？可要是有中国人在他们身边说两句坏话，说谁谁谁跟皇军对着干，那可就不好说了，是不是这个理儿？

纪洪寿完全听不明白了，满脸疑惑地看着蒋太太。

蒋太太掐灭手里的烟头，用牙签扎起青花碟子上的蜜饯，继续说着不着东不着西的吓人话。过了一会儿，她突然站起来，好像很是疲惫，摆手对纪洪寿说，走吧走吧，耽误的这会儿工夫都能绱好一双布鞋了。纪洪寿也是一刻不想多待，赶紧走出车厂。

　　纪洪寿站在嘈杂的南市街道上，觉得蒋太太把他找去，肯定不是为了说这么几句天地不靠的闲话，他要赶紧把蒋太太的话转告刘子昌。是不是小胡出了啥事？蒋太太怎么说起日本人来呢？

　　两天以后，纪洪寿找机会去了北马路的"晋泰昌"，把蒋太太天地不靠的闲话原原本本地讲给刘子昌，又担心地问是不是小胡出了啥事。没有想到，刘子昌扯起别的话题。

　　洪寿呀，我那天就想跟你讲，你得成个家了。刘子昌说。

　　纪洪寿笑起来，这话咋说呢，我该成家，你也该成家呀！

　　刘子昌赞同道，是呀，咱俩都该成个家了。

　　虽说刘子昌只比纪洪寿大了两个月，可在这几年的相处中，无论遇上大事小事，刘子昌都像有底气、有计谋的兄长，让纪洪寿慌乱无助的心能够迅疾踏实下来。眼见刘子昌没把蒋太太的话当回事，他安心下来。纪洪寿认定刘子昌和小胡都是做大事的人，要相信做大事的人讲的话。

　　最近这段时间，纪青玉兄妹俩总是盯着纪洪寿，出去的时间要是太长，就会问个底掉，担心纪洪寿在外面惹是生非。让他快点成家的话，前段时间纪青玉说过，跟纪老大一样，也是一样的语气、一样的神态。

过日子就是这样，今天觉得天大的事，转过天来也就不当回事了。纪洪寿没把蒋太太的话当回事，照旧过着每天绱不完的鞋、送不完的货的日子，偶尔手脚闲下来，就会想起熟识的人，想起帮助过他的人。这一天，他想到了好长时间没见到的于树南。之前，纪洪寿听刘子昌说过，于树南已经找到一份工作，在城里一所小学当了"孩子王"，日子已经稳定下来了。纪洪寿知道那所小学在北门里，离西马路不远。纪洪寿想着哪天过去看一看于树南。纪洪寿心中惦记的人，已经不是有着亲戚关系的纪老大等人，而是没有亲戚关系的刘子昌、于树南、大老郑、老杨等人，还有就是再也找不见的徐老蔫。

这一天，纪洪寿绱完鞋，坐在铺子里喘口气。推门进来一个男子，问，哪位是纪洪寿纪先生呀？这怪异的问话立刻引起纪老妹注意，她没有回答，而是仔细打量眼前的这个人：灰色长衫，黑色尖头皮鞋，白色礼帽，帽檐压得低，看不清容貌，感觉年岁不大。

纪老妹转过脸，看着坐在角落里拿着鞋样子发呆的纪洪寿，那眼神似乎在问纪洪寿，你啥时成了先生？又似在讲，你现在本事大了，三教九流的人都认识呀？

纪洪寿压根没看纪老妹脸色，站起来迎着陌生男子，问道，您老找姓纪的，叫纪洪寿，是吗？

男子怔了怔，感觉这个小子挺冲的，于是点点头，问，你是？

纪洪寿"嗯"了一声。

男子说，我是于树南于先生的朋友，能不能借一步说话？

纪洪寿扭脸看了看纪老妹，纪老妹别过脑袋不看他。纪老妹不高兴纪洪寿与外界联系，担心他翅膀硬了，接触人多了，又有高枝了。

纪洪寿跟着陌生人出了鞋铺。他刚一出屋，又过来一个人，与刚才那个人服装一样，只不过戴着一顶黑色礼帽。两个人站在纪洪寿的前后，后来的那个"黑色礼帽"低声道，别喊，跟我们走一趟。

纪洪寿立刻意识到不对劲儿，他喊起来，亮着嗓门喊起来，可是路过的行人只是往这边飞快地扫了一眼，没有一个人过来，脚步反而加快了。

黑白礼帽两个人很快变成一左一右的架势，想要拥着纪洪寿往前走，纪洪寿立刻变成螃蟹，猛地支棱起两条胳膊，屁股朝下蹲，拼死命地挣扎抵抗。正在这时，始终躲在玻璃窗后面瞅着的纪老妹出来了，她一只手背在后面，另一只手举起来指着那两个人。两名礼帽男子怔了一下，望着这个敢于挡在面前的女子。

刚才进到屋里的那个"白色礼帽"，对着纪老妹低声道，我们在执行公务，躲开，不要挡路！

纪老妹大着嗓门说，我不管公务私务，他是我铺子里的绱鞋师傅，你们带走他，要说出个子丑寅卯来。

"白色礼帽"说，要告诉你吗？

"黑色礼帽"话说得更重，你再挡路，把你也带走。

纪老妹背在后面的那只手突然亮了出来，原来手里握着一把大剪子，借助手中大剪子的威力，她又提高了嗓门，向着马路上喊道，不给个说法，不能带人走！

这时，纪青玉不知从什么地方赶过来了，脸色紧张地打着圆场，指着纪洪寿说，他可是有保人的，你们不能随便抓人。

"白色礼帽"说，不是抓人，是请人，要问他话。

纪青玉脸色惨白，但语气坚定，说，问话在这问，不成的话到屋里问，问清楚了带人走也不迟，不能这样平白无故地带走！

两个礼帽男子互看一眼，似乎达成某种默契，于是"黑色礼帽"问纪洪寿，于树南，认识吧？

纪洪寿实话实讲道，认识呀。来这做鞋的，来过一次就面熟。

"白色礼帽"看看"黑色礼帽"，转过头来，板着脸问纪青玉，你说他有保人，说说哪儿来的保人？

南市车厂蒋老爷知道吧？东楼酱菜园子的朱老板知道

吧？还有南门外"宏福竹货"的纪老大，知道吧？这些保人够了吧？平日说话软塌塌的纪青玉，这会儿像是变了一个人，不仅嗓门大，眼睛也瞪起来，神态满不在乎。他一边说着，一边手指纪洪寿，他是"宏福竹货"纪喜堂的宁津亲戚，这侉子的口音能听出来吧？假了包换。

两个"礼帽"没承想这个开鞋铺的语气这么冲，两个人再次互看一眼。"白色礼帽"抓着纪洪寿肩膀，手掌和嘴巴一起使劲说，再问你，你住在哪儿？真的是在这绱鞋吗？绱一双多少钱？

就在这时，老顾又不知从哪儿凑过来，挺着腰板，站到两个"礼帽"前面，一副吃过见过、闯过大风大浪的样子说，知道天津卫的规矩吗？"三不问"，今儿个这"三不问"你可全问了。

"黑色礼帽"赶紧打圆场道，我们这是秉公办事。

老顾哈哈笑起来，似乎也不想跟这两个人过多纠缠，说，这个乡下来的侉子，我可是了解的，手艺好人实诚，他哪也不去，离开绱鞋铺子，他就得饿死。还用我多说吗？

两个"礼帽"早已经有了不想多待的神情，但还是强撑着架子，说，不许乱走，等我们再来。说完，这才大摇大摆地骑上脚踏车，刚开始蹬得慢，后来越蹬越快，很快不见了身影。

纪洪寿望着远去的两辆脚踏车，这才感到双腿发软，脊梁背上湿漉漉的。他这才猛然想起来,应该谢谢身边这几个人,后退了两步,朝着每个人鞠了一躬,等到直起身子时,禁不住眼圈变红了。

纪青玉已经没了刚才的硬气,进了铺子,骨头架子好像塌了,松垮地坐在凳子上,重重地叹了口气,抬脸对着跟进来的纪洪寿说,你得好好想想,是不是……

老顾也进来了,他赶紧拦住纪青玉话头,扭脸对着纪洪寿眨了一下眼睛,随后居高临下地说,今天要是没有我们老几位,恐怕你就被那两人带走了,三天要是没人到袁三爷那里赎你,你就被送到北海道挖煤去了,这辈子都甭想回来了。

纪洪寿睁大眼睛,完全糊涂了。

傻了吧?别看你聪明,到头来还是个小力巴,天津卫可不是乡下,脑瓜儿不转轴可不成,早晚被人玩死!老顾好长时间没来了,今天终于有了说话的机会,继续扯起话来,告诉你吧小力巴,现在南市袁三爷那帮人,想出了一个挣钱的鬼点子,他们跟侦缉队通上关系,日本人抓抗日分子,今天上午抓了谁,他们晌午就知道了,背着日本人找到被抓人的亲戚朋友连蒙带骗,真要是遇上胆小心虚的跟他们走了,那可就麻烦大了,接下来就等着花钱赎人吧。

纪洪寿眼珠子睁得老大。

老顾越发兴奋起来,唾沫星子飞溅道,他们能骗几个人就骗几个人。这俩小子今天这是遇上我们老几位了,咋样,吓走了吧？天津卫这地面就是骗来骗去，看谁能骗过谁。要是没点定力，说不准真就给骗走了。

最后进来的纪老妹，也没了刚才的豪气，坐在凳子上，叹了口气，对纪洪寿说，你被人盯上了，这可麻烦了。

纪洪寿显得无辜，较真地说，那两人说于树南，我真是认识那个人……我那个好朋友不会出事了吧？

老顾这才坐下来，大大咧咧道，那个……你认识的人，八成已经死了，要不，他们也不会来人骗你，这叫死无对证。

纪洪寿一屁股跌坐在小马扎上，小马扎发出恐怖的"吱扭"声，他眼泪再也控制不住，两手来来回回地抹眼泪，手背手心全都湿漉漉的。纪青玉和纪老妹互看一眼，猛然想起来那个来铺子做布鞋的于树南，早就觉出是个"不安分"的关外青年，眼见不为自己担心的纪洪寿这么悲伤，看出来纪洪寿是个实诚的小子，他们也都低下头默不作声了。

纪洪寿抹完眼泪，"噌"站起来，对纪青玉和纪老妹说，哥呀姐呀，不给你们找麻烦，我得走。

纪青玉眨巴着眼睛，看向纪老妹。

那几人还得来。纪洪寿说，不能给铺子找麻烦。

纪老妹着急道，你走，去哪儿？想让人把你抓走去北海道下井挖煤呀？你个傻小子！

纪洪寿知道纪老妹话糙理不糙，完全是为他好。他又不知道咋办，就又坐在小马扎上，捂住脸，一动不动。

老顾心疼道，洪寿，哪也别走，你这老哥老姐对你好，在这待着吧。放心，那两个"礼帽"不会再来了。

纪老妹说，一笔写不出两个"纪"来，不管咋讲，回到乡下看族谱，咱也是亲戚来着，你现在有个铺面待着，总比浪荡在大街上强。那几人又不是衙门，不敢到铺子来抓人。

纪洪寿觉得纪老妹说得在理，感激地点点头。

纪青玉语气伤感地来了一句，我们这些人就是地上的小虫子，人家一个手指头就能把我们捻死。还不如做个树叶，跟着风走，走到哪算哪儿。小虫子只能在一亩三分地待着。

纪洪寿没有点头，虽说他心里特别害怕，但他从来不认为自己是个小虫子，他也不想做一个任人随意捻死的小虫子，更不想做随风飘散的树叶，人就是人，干啥要把自己比作小虫子，比作树叶？纪洪寿在宁津这么想的，来到天津卫也是这样想的。

三

纪洪寿没有像小虫子一样钻到地下，也没有像树叶一样被刮跑了，还是在"纪家鞋铺"蜷缩了下来。他从刘子昌那里得知于树南凶多吉少，他倒要问个究竟。刘子昌这才埋怨说，跟于树南说过好多次，不要大摇大摆在家刻蜡版印传单，出去散传单也要小心。这还不算，于树南胆子越来越大，偷偷自制了燃烧瓶去了海河。海河岸边有日本人的露天仓库，用苇席子高高地围起来，里面堆放着棉花包，等来了大船，再从海河运走棉花。于树南踩道了几次，终于把燃烧瓶扔进了棉花垛子里。纪洪寿揪心地问，他被日本人抓住了？刘子昌抿住嘴唇，脸色憋得像是下蛋的大母鸡，狠狠地点点头。纪洪寿又心慌地问，逃出来了吗？刘子昌摇摇头。纪洪寿想要伸出手指，比画一个"八"字，问于树南是"八路"吗，他还想问刘子昌是"八路"吗，想了想，终于没有伸出手来，也终于没有问。刘子昌转弯抹角地告诉纪洪寿，于树南不会白死，日本人快要完蛋了。纪洪寿不解，看不出来日本人完蛋呀？你咋看出来了呢？刘子昌语气坚定道，北边的苏联人已经开始大反攻了，快打到德国人的首都了，德国人要是完了，日本人也是兔子尾巴长不了。纪洪寿听不懂刘子昌的话，他不关心苏联人、德国人，那些大鼻子蓝眼睛的人跟他关系不大，他只想着日本人快点离开中国，像于树南这样的好兄弟少死一些。刘子昌的口气依旧坚定，日本人早晚会被打跑的，等着吧。

日子就这样一天天过去。白天来了，走了；晚上又来了，又走了。白天又来了……

纪洪寿差点被地痞流氓"骗走"的事，纪青玉忍不住还是告诉了纪喜堂，不管咋讲他们有着一层亲戚关系，纪洪寿真要是在他铺子里出了事或是丢了性命的话，他纪青玉多多少少也要被乡下亲戚埋怨，多多少少也要背负心理负担。纪老大纪喜堂知道这件事后也有些着急，立刻派大老郑来传话，让纪洪寿去一趟宏福竹货。大老郑跟纪青玉说了纪老大要找纪洪寿，纪青玉赶紧让他去，马上就去，一刻都不要耽误。

纪老大见到赶来的纪洪寿，亲热地拉着他的手坐下来，表情有些感慨，不提纪洪寿险些被流氓"骗走"的事，而是热络地说道，洪寿呀，你得成个家了，身边有个女人拴着心，男人不会走丢，要不真要出事了。我听他们讲……你交往了好多杂七杂八的人？

纪洪寿怔了一下，连忙摆手解释，说自己认识的人，都是去鞋铺做鞋的正经客人，没有坏人。纪老大拍着纪洪寿的手背，解释道，我没说是坏人，眼下世道乱，知人知面不知心，小心才能驶得万年船，老话说得没错。纪洪寿慢慢抽回手，也不想跟纪老大继续争执，也就"嗯啊"应付着。

说件事你听着，可要听好了，回去考虑一下。纪老大喝口茶，慢悠悠说起来，你知道东楼酱菜铺子的那个朱老板吗？听青玉说你去朱老板那送过鞋，朱老板看好你，准备给你说媒呢。

纪老大这句慢悠悠的话，让纪洪寿心里揪紧了一下，他立刻想到经常在夜晚梦见的那个女子，他猜出来纪老大说的应该是她。

纪老大看见纪洪寿眼睛闪光，觉得有门，接着说，朱老板有个小姨子，是个大门不出二门不迈的老实女子，前阵儿跟姐夫朱老板去了南市车厂蒋爷那儿，蒋太太见面就喜欢，当场就认了干闺女。蒋太太不能生养，把朱老板小姨子当成闺女。朱老板小姨子现在住在了蒋太太那里，不回东楼了。

为啥不在姐姐家过呢？纪洪寿直来直去地问道，朱老板那么大的酱菜园子，那么有钱，多个饭碗有啥难的？

这哪儿知道呢？纪老大把嘴角边的茶叶捏下来，依旧还是不着急的神情，说道，一家有一家难念的经，朱老板家的事咱也说不明白，你管这些做啥呢？就单说这个小姨子吧，叫刘淑珍，比你小五岁，朱老板让他老婆问了小姨子，说了你。你猜咋来着？

纪洪寿的脸腾地红了，紧接着低头道，我哪里猜得到。

纪老大看见纪洪寿的表情，立刻坏笑起来，说，朱老板的小姨子见过你几次，朱老板说了你名字之后，他家小姨子的脸色跟你现在一样，也是马上红了脸。嘿嘿，你俩还真有意思哟。

纪洪寿低头不言语，感觉心脏跳得特别厉害，当年杨菊子光溜着白身子搂着他、抱着他、蹭着他，他心脏都没跳得这样快，眼下自己都有些控制不住了，想慢下来都不成。

纪老大带有酒糟的鼻子也红了，笑说道，这姻缘呀我看能成，哪天你再去蒋家车厂，把眼睛睁大了，留意看看。父母之命媒妁之言，你俩要是再对上眼，不就成了现在文化人说的那个……叫啥来着……哦，自——由——恋——爱。

纪洪寿关心刘淑珍的命运，语调有些跳跃起来，着急问道，她去车厂做啥呢？亲姐家不待，难道要去做下人？

啥下人？干闺女。纪老大揉揉眼睛，说，为啥要去蒋家，这就搞不清了。还是你自己去问吧。你要是能问清楚了，也就能把她搞到手了。

从宏福竹货回来，纪洪寿心里犹如有一团乱麻，眼前总是出现刘淑珍瘦弱的背影还有空洞茫然的眼神。他不理解刘淑珍为啥要去蒋家车厂，朱老板答应去那毕竟是姐夫，是外人，可她姐为啥也答应呢？为啥要让妹妹离开自己呢？纪洪寿不断地问自己，想要搞明白一切。也就是从这一天开始，他却没机会去蒋家车厂了。有一次去车厂送鞋，纪青玉自己踩着脚踏车去了，不让纪洪寿跟他去，也不让纪洪寿单独去。

高兴的事情往往在好多别扭的事情之后突然来到。这一天，纪洪寿在鞋铺见到了芦台织布厂的老周师傅，这可是他一点都没想到的事。纪洪寿高兴得双手不知抓啥，嘴角咧着，嘿嘿笑个不停。在铺子里说话不方便，纪洪寿跟纪老妹打了声招呼，说是老家来人了，赶紧拉着老周师傅去了鞋铺不远处的一家清真小馆子，要请老周师傅吃顿天津卫的饭，老周师傅待他不薄，那年要不是给了他五块钱，他也来不了天津卫，也不会成为现在这样子。如今他手里有了点存项，一定要报答老周师傅。

老周师傅比几年前老了许多，眼皮向下耷拉着，看上去昏昏欲睡的模样，好像是刚刚刮了脸，又刮得不太干净，还有零星的白色胡须支棱着，胡子一乱，人就显得苍老。其实老周师傅年岁不大，才四十出头。

纪洪寿告诉跑堂的伙计，先上来一碗牛肉，再来三个白馒头。老周师傅听了，霍地站起来，拉着伙计的胳膊不让走，连声说着"使不得使不得"。纪洪寿掰开老周师傅拉着伙计的手，让他快点坐下来，有啥使不得的呀？

白馒头就成了，你还敢要牛肉？使不得呀。老周师傅连连摆手，用手指点着纪洪寿的鼻子，质问道，你小子挖到金子了，咋就这么有钱？

纪洪寿忽然变成城里人的样子，大方地让老周师傅别吵吵，快点坐下来。老周师傅不坐，不但不坐，还要马上离开，大睁着双眼，急了道，有白馒头还要吃肉，这不是疯了……疯了……是啥？

老周师傅拉着纪洪寿逃离小馆子，死活就是一句话，吃进嘴里没一会儿，就变成一坨屎了，咋能这样没心没肺过日子？纪洪寿没办法，只能依了老周师傅。本来还想请老周师傅吃天津卫的拿手好菜"扒肉条"，想到老周师傅肯定不答应，最后找了一家小小的捞面馆。吃天津卫的炸酱捞面还不成吗？老周师傅着急得呼呼喘大气，听了这话，犹豫了一会儿，才勉强答应下来，可还是嘟囔道，纪洪寿呀你咋就变成大手大脚的人，这样过日子可不成呀！看来真要有个媳妇管着呢！其实，纪洪寿的样子也是使劲儿装出来的，来到天津卫年头不短了，他哪里下过馆子呀！西马路回族人多，牛羊肉馆子也多，那家清真馆子他不知道从门前走过多少次了，闻过肉香多少次了，他一次没有进去过，他是要真心报答老周师傅，芦台送他那一幕，他这辈子都不会忘，所以才装作满不在乎的样子请老周师傅吃肉，没承想，老周师傅死活不依他。

纪洪寿把老周师傅安坐好，说要到外面茅房撒泡尿，其实是悄悄叮嘱小伙计，他再加点钱，让小伙计往炸酱里多放些肉丁，肥瘦搭配，肉块要大点的。小伙计会心一笑，赶紧去了后厨传话。

两大碗热气腾腾的面条端上来，一碗大肉块的炸酱碗也跟着端上来，摆在老周师傅面前。纪洪寿说自己早上吃得饱，现在还不饿，让老周师傅快点吃，一会儿再喝碗热得吸溜的热汤。

老周师傅真是饿了，终于不再客气，两大碗面条眨眼吃进肚子，接着又是原汤化原食，喝了两大碗面条汤，这才摸了摸嘴巴，喘口大气，打了一个响亮的饱嗝儿。老周师傅算是心随屁股，终于坐定下来。纪洪寿也才知道老周师傅这些年受的苦。

原来，芦台镇上的那家织布厂倒闭了、散伙了，织了上百年的土布硬是被日本人的洋布给挤垮了。洋布好看，价钱比土布便宜，花色品种也多。被日本人欺负的中国人，战场上打不过日本人，不买你东西总可以吧？有识之士起来号召，坚决不买日本人的洋布。可做洋布生意的中国人，跟不买洋布的中国人想法不一样，这些商人想尽一切办法打出销路，起先是白送给你，你会要吧？一些贪图小便宜的小市民要了，穿在身上才知道洋布的好，下次也就走进洋布商店。为了跟洋布竞争，土布店和织布厂只好携手降价，还是卖不出去，只好再降价。就像砸进地里的木橛子，一下一下被砸的，只露出一点橛子头，土布店和织布厂连本钱都回不来了，最后只能含泪关门破产。老周师傅离开破产的织布厂，靠打短工为生，啥体力活都干过，照旧饥一顿饱一顿。住在芦台的日本人到处抓劳工，又听说天津卫挣钱容易；还听传言，说是纪洪寿在天津卫混得不错，已经端上了"金饭碗"，于是师傅就来找徒弟了。老周师傅先是去了南门外的宏福竹货，知道纪洪寿现在"纪家鞋铺"谋事由端饭碗，立刻赶过来了。

纪洪寿握着老周师傅双手，告诉他别走了。有手艺，用手艺；没手艺，用力气。有徒弟一口咸水，就有师傅一顿饱饭。打掉牙往肚里咽的老周师傅，听着纪洪寿讲义气的话，眼泪砸在脚面上，鞋面湿了一大片。

两个人坐在捞面店里攥着手说话，越说越是感慨。这时，老周师傅又告诉纪洪寿一件令人颓败的事，杨菊子疯了，跳了几次井都被好心人救起来，最后还是趁着夜里没人跳了井，天亮发现时已经没了气息。

纪洪寿睁大眼睛，嘴巴张着，脸色变得惨白惨白的，好半天说不出话来。过了一会儿，他慢慢低下脑袋，双手抱着马上就要炸裂开来的脑袋。老周师傅看不见他的脸，只是看见他的肩膀一抖一抖的，感觉纪洪寿的骨头，像是就要立刻散了架。

也不知道过了多长时间，两个人手挽着手，走出捞面店。

已经接近傍晚了。

忽然发现街上人们脚步加快，感觉哪里出了事。后来街上就乱了。有人大声吵嚷，也不知道吵嚷的啥；还有鞭炮声不知道从哪里传来；又看见要饭花子打着牛骨板，在街上撒欢一样跑起来，板子打得响，无论到了哪家店铺，都能得到几个铜板，店家一边给钱一边大声笑着；还有一些八九岁的小孩子，追着一些穿着趿拉板的女子，用小石子胡乱砸，还朝那些女人大口啐唾沫，那些女人不敢抬头，依旧低头小跑，趿拉板掉了，也不敢回身穿上，赤脚接着跑；大街上还有人喊着"吃捞面，吃捞面"。

这是咋了？老周师傅问，家家户户吵嚷着吃捞面，有啥大喜事？

知不道呢？纪洪寿也问。

两个人在街上一边走，一边问，这是咋了？终于有个拉胶皮车的汉子告诉他们，日本人举白旗子了。

拉胶皮车的汉子因为是空座,这会儿有闲心,嘴巴也就特别敞快,已经走远了又回过头来喊了一嗓子,听说大老美开着大军舰来了,刚在塘沽上了岸。

汉子的高嗓门,立刻被爆竹声淹没了。

四

二十五岁的纪洪寿跟二十岁的刘淑珍,静悄悄地结婚成家了。

新房在城里的南门东,一袋洋面租下一间小屋,以后每个月交八毛钱房租。小屋子九平方米,方方正正,两口人住够了。洋面是纪老大出的,纪老二事后得知疼坏了,跟兄长恶狠狠地吵了一架,质问老大为何傻烧包拿钱,纪老大含笑不语,最后急了才蹦出一句糙话,你懂个蛋蛋儿。粗暴脾气的纪老二,是个把大钱小钱全都系在肋条上的财迷鬼,他对别人不出一个钢镚子,对自己同样抠手抠脚,舍不得一分钱。就说他早上吃饭吧,左手一个油炸的馃子,右手一个热窝头;把左手的馃子凑到嘴边上,刚要咬,突然拿开,赶紧把右手的窝头塞进嘴里,猛咬一大口;右手的窝头吃完了,左手的馃子完好无损,直到三个窝头下肚后,才一小口、一小口地吃掉馃子。纪老二对于纪老大拿出一袋洋面给纪洪寿租下婚房,心疼得好长时间缓不过劲儿来，只要想起来这件事，他就会捂着肚子，吸溜着嘴，满脸的痛苦。纪老大最后轻描淡写地说道，又不是你的洋面，你心疼个屎呀！

作为娘家人的朱老板，陪嫁了衣服、被子还有过日子的锅碗瓢盆。蒋太太理所当然地把自己当作娘家人，大方地送给干闺女刘淑珍"三金"——金戒指、金耳环、金手镯，还送了不少过日子不可少的生活用品，另外还有一袋洋面。刘淑珍给姐夫朱老板鞠躬致谢，给蒋太太鞠躬后又抱住蒋太太，一句连一句喊着"干娘干娘"，眼泪把蒋太太穿着羊毛坎肩的肩膀都给打湿了。

刘淑珍嫁给纪洪寿倒是心满意足，不过也有遗憾之处，她没有坐上花轿。起先她提出来既然是明媒正娶，那是一定要坐花轿的，还要有吹吹打打的迎亲队伍。纪洪寿犹豫了一下，实话实讲道，咱俩成家已经让大家伙那么破费了，再吹吹打打的，再来一顶花轿，哪好意思再破费呀？做那些驴粪蛋外表光的事又有啥用？还不如把钱花在日子上。刘淑珍想想也有道理，也就眼神灰暗地点点头，依了这个家里未来的顶梁柱。

纪洪寿和刘淑珍住的七号院，一共有四户人家。北屋一拉溜三间，只有一户人家，三口人，户主姓陈，右腿有些瘸，跑合的，外号陈铁嘴。阴面南屋有三间，住着三户人家。最里面的人家，户主姓王，年岁不大，一脑袋的白头发，外号"王白猫"，大高个，给胡同尽头的水铺挑水。他老婆是个侉子，碎嘴子，整天嘟嘟囔囔，可是只要王白猫一瞪眼，老婆就会立刻闭嘴。中间那户人家，平日只有一个女人，大家称她四婶儿，弱弱巴巴的，面皮灰白。她不是没有男人，她有男人，姓刁，同辈人称呼老刁，胡同里的孩子们喊他四大爷，有时大人也会以孩子口吻喊"四大爷"。四大爷一个月来一次，住上一晚，转天早上走。最外面的这户人家，就是新成家的纪洪寿和刘淑珍。

纪洪寿想在院子外面挂上一个"绱鞋"的木牌子，刘淑珍担心邻居不让挂，纪洪寿不以为然，说，这咋了，不会吧？淑珍说，你就试试吧。洪寿解释说，从鞋铺拿来鞋在家绱，要是院子外面再挂个牌子，说不定还能在家里揽些活儿，活儿多总比活儿少好。

这一天，纪洪寿拿着榔头，举着写有"绱鞋"两个字的木牌子，踩在木梯子上，正要把木牌子钉在院外的墙上，突然梯子剧烈地晃动了一下，他差点摔下来，赶紧双手扶墙，转脸看下面。原来是北屋的陈铁嘴，用他的那条瘸腿，踹了一下梯子，差点把梯子踹倒了。

谁让你挂牌子的？陈铁嘴的嘴角上挂着一个牙签。从纪洪寿见到陈铁嘴那天起，无论早上晚上还是饭前饭后，陈铁嘴的嘴角上总是挂着一个牙签，随着他嘴巴的张张合合，小牙签犹如忽闪着翅膀的白色小蜻蜓。

不挂上招牌，谁知道这屋里绱鞋呀？纪洪寿下了梯子，看着脸上没有一丝笑容的邻居。前几天给他家送喜面喜糖时，陈铁嘴还不是这神态，还一个劲儿说，道喜道喜呀。现在咋就突然变了脸？比狗脸变得还快。

院子里女眷多，你把牌子挂出来，人来人往的，出了事咋办？陈铁嘴质问道，接着瞪起眼睛，你担得起吗？

陈铁嘴刀削脸，双颊瘪下去，一口大长牙，大背头锃光瓦亮。纪洪寿扶着梯子，不知该说啥好。陈铁嘴翻过来掉过去就是一句话，不能挂。纪洪寿语气放软了说，靠这绱鞋手艺吃饭，不挂牌子咋来活儿？陈铁嘴恶狠狠道，你要是敢挂，我就敢给你这破牌子砸了，你信吗？纪洪寿感觉脸上被陈铁嘴喷了好多唾沫星子，只好把梯子搬进院里，放在大门后面，又把木牌子拿进屋里，一屁股坐在炕沿上，不住地喘大气。

刘淑珍小声埋怨道，你在屋里绱鞋也就算了，干啥还要把招牌挂在外面？你看看这整条胡同，有在院子外面挂买卖的吗？嗯，也有，那是水铺。除了水铺，还有吗？

纪洪寿大吃一惊，抬起头看着眼前这个刚娶进家门的女人。难道她嫌弃我是个鞋匠吗？后悔嫁给我了？

成家后的高兴劲儿还没过去一个礼拜，就因为挂招牌这件事，搅得纪洪寿没了好心情。不过日子还得要过下去，纪洪寿只好跟"纪家鞋铺"外雇的鞋匠一样，从西马路拿回来半成品，绱好后再送过去。不过这样的话就要被纪青玉和纪老妹抽大头。纪洪寿憋下一口气，可又奈何不了陈铁嘴，就是他脸上一根软软的汗毛，纪洪寿鼓起腮帮子也吹不动。

陈铁嘴是七号院里的大能耐，他家来客多，北屋三大间永远热热闹闹，缭绕的香烟漫溢到院子里，茉莉花茶的香味，随着毫无节制的笑声，冲进南面的三户人家。纪家、王家还有四婶儿，都不敢吱声，只是关好屋门，静静地听着。陈家的客人比较杂，还都是能说的人物，高谈阔论到很晚。陈铁嘴喜欢大动静，不爱听戏，愿意听评书，电匣子声音开得老大，有时是《三侠剑》，有时是《混混论》，还有时是《三国》，电匣子播放的时候，他也跟着说，倒是字正腔圆，有时还会学着醒木拍桌子的声音，嘴巴里发出"啪"的一声后，再接着说书。陈铁嘴经常挂在嘴边上的段子是《长坂坡》里的赵云赵子龙，这回说谁？说说常胜将军赵云赵子龙，在两军阵前怀揣阿斗，掌中一杆枪，杀他个七出七进……

北屋一天到晚地热闹，南屋三户人家永远安静。纪洪寿这里更是无声无息，他从早上到晚上，坐在小马扎上，弯腰弓背，一双接一双地绱鞋。刘淑珍坐在床上缝补衣服或是纳鞋底子，两人从早到晚，永远有着干不完的活儿。

这一天，洪寿正在屋里绱鞋，淑珍坐床上纳鞋底子，陈铁嘴敲门声还没停，人已经推门进来了，照旧还是老样子，嘴角叼着牙签。他没进屋，倚着门框子，笑问纪洪寿，绱一双鞋能挣多少钱？纪洪寿老实，不管跟谁说话，都是实话实讲，笑答两毛钱。陈铁嘴"扑哧"一声笑了，一声接一声笑，嘴唇抖动牙签不掉。

陈铁嘴说，你的"手"没有我的"嘴"赚钱多，我说一句话，比过你绱十双鞋。改行吧，你没学对手艺呀。

陈铁嘴哼着"杀他个七出七进"走了，屋子里静下来，纪洪寿停下手里的活儿，低头想着啥。过了一会儿，纪洪寿来了一句吹大梨。没想到，刘淑珍却认真道，跑合的最能挣钱了，唾沫都能粘住雀儿。洪寿气哼哼来了一句，灾荒年饿不死手艺人，他那个嘴把式算手艺？我就不信他的"嘴"能比得过我的"手"。淑珍忽然笑了，笑得纪洪寿有些怒气，抬头问她为何笑。见洪寿绷起脸，脸色铁灰，淑珍不敢言语了。纪洪寿觉得老婆淑珍说话嘴上没把门的。那天去西马路拿鞋料子，纪老妹问弟妹可好。纪洪寿说，人是实在人，知道低头干活，可就是没脑子，还嫌贫爱富。纪老妹倒是帮着纪洪寿分析，她跟着姐姐住，朱老板的日子过得好，来往的都是有钱人，她又经常跑南市车厂，那里也是来往有钱人，可不就是眼皮子高了。纪老妹见纪洪寿没言语，又追问，你咋了，后悔了？纪洪寿赶紧摆手，连说没没没。纪老妹来了一句，我为啥不成家，男人不是好东西，吃甜咬脆的没良心。纪洪寿觉得纪老妹话说得难听，下意识瞪她一眼。纪老妹又拉抽屉说，我可不是说你呀，说我哥。纪青玉也成家了，娶了一个侉子，离开了西马路，住在老城外面的菜桥子。纪青玉老婆跟小姑子纪老妹不对付，见面就吵架，侉子嫂子吵起架来，嗓门一声比一声高。纪青玉说谁都不好说，干脆不让两个人见面，自己来鞋铺时间也比过去少了。

纪洪寿不想跟人攀比，自己一个乡下小子，竟然在天津卫娶了媳妇，有了自己的一个窝，已经知足了，不想跟任何人比高低。可守着陈铁嘴这样一个邻居，你不想比，他却整天跟你比。

陈铁嘴天天吹嘘自己本事大，没有多长时间，他还真是大出风头，整条胡同都传开了，他办了一件大事。陈铁嘴也是得意，晃动着高低不平的两个肩膀，见谁跟谁说，这年头呀，嘴巴就是手艺，手比不过嘴，手再巧，会绣花会做活儿，有个屁用，挣的都是小钱。只有嘴巴才能挣来大钱。

原来，一个在南市"群英后"开私人诊所的大夫，遇上一个得了"花柳病"的病人，平时这个大夫手艺不错，开的药方子都能治好"花柳病"，可是这次出了大事。那天这个小诊所大夫喝了点酒，忘记叮嘱病人吃完他开的药，晚上睡觉一定要咬筷子。他忘了讲，病人晚上没咬筷子，导致毒气没有出来，憋在胸腔里，满口白牙全都松动，用手一拽，一颗牙就下来了。病人找到这个小诊所的大夫，开出了大价，要是不拿大钱了事，就会把大夫告上法庭，还会让小报记者写一篇，每天都会在诊所面前卖报纸，要把他小诊所给整垮了。小诊所大夫也不知通过啥关系找到了陈铁嘴，想要他帮着了事。刚开始陈铁嘴推辞，我一个跑合的，谈的都是生意场上的事，我不是律

第四章

159

师呀。诊所大夫说，都知道你有一张铁嘴，能把死人说活了，看看能不能把这个病人说好了？你就试试呗，事成之后必有重谢。陈铁嘴抱着一试的想法，大着胆子去说和了，谁都不知道他说了啥，那个满嘴牙齿都废了的病人，竟然答应私了，而且开出的赔偿数目，大大低于诊所大夫的心理价位，双方很快握手言和，陈铁嘴不仅从大夫那里得到了好处，还从病人那里拿到了好处。

陈铁嘴得意地告诉纪洪寿，他就是这一单生意，比他一年绱鞋挣的钱都要多。纪洪寿一边恭维着，一边心里生着气。刘淑珍劝他，生气没用，自己做自己的事，跟别人比个啥？淑珍这前一句说得还好，可是后一句就让纪洪寿不爱听了。淑珍说，这世道动嘴就是比动手挣得多。纪洪寿不想跟她掰扯，接着埋头绱鞋，可心里却是一百个不服气。

五

这一天，洪寿家里来了几个黑脸男子，他们不请自进，屋子里立刻满满当当的，连呼吸都有些困难。淑珍脸色煞白地问纪洪寿，他们做啥的？你认识他们？纪洪寿含糊其词，小声说，他们要搬走"连三桌子"。淑珍身子立刻靠在"连三桌子"上，忙问，这是咋回事，自己家的东西，他们怎么说搬就搬？淑珍以为纪洪寿在外面惹下啥事，人家来找别扭，忙让纪洪寿把话讲明白。几个男子烦躁起来，伸手让淑珍躲开。淑珍惊问，你们要做啥？那几个人更加烦躁，让她去问自家男人。纪洪寿小声说，回头跟你讲，说完自己动手把"连三桌子"里的东西都给腾出来了，全都堆在炕上，那几个人虎着脸，搬走了"连三桌子"。王白猫挑着木水桶出去，脑袋转了转，稍微向纪洪寿屋子里瞥了一眼，迅疾扭过头去，两个空木水桶跳舞一样上下翻飞。

听着院外"连三桌子"抬上平板车的声音，纪洪寿这才低声给淑珍交了底，原来这个"连三桌子"是纪老大"借"给他结婚用的，现在结完婚当然要还回去。淑珍急了，眼圈里满是泪，责备纪洪寿怎么没跟她讲过。洪寿"嗯唔"着，低头不语。纪洪寿把床上的东西，又归拢到地上，随后一声不吭了。

南面这三间屋子，隔断之间不是砖墙，是厚木板墙，屋里只要安静下来，就能听见旁边屋子四婶儿的咳嗽声。四婶儿有病，经常咳嗽，咳嗽声音小时，听得模糊，咳嗽声音要是大了，听得一清二楚。

过了几天，那几个黑脸男子又来了，平板车照旧停在胡同里。

又要搬啥？淑珍声音颤抖着问。纪洪寿没理淑珍，只是向着空中摆了手，那几个黑脸男子还是默不作声，配合默契地把两个樟木箱子搬走了。箱子里装满的淑珍陪嫁来的衣物，如今像是被遗弃的孩子，乱七八糟地堆在炕上。

淑珍眼圈又红了，还是忍不住问，箱子也是借的？纪洪寿点点头，又说，箱子是找纪青玉借的。淑珍委屈道，你娶媳妇，一点东西没有呀？这个大哥那个大哥，敢情我是白叫了他们？纪洪寿说，都是叔伯的又不是亲的。淑珍急了，脱口而出，我姐也不是亲的，咋就不是借是给呢？蒋太太也不是亲的，咋就给了呢？纪洪寿惊了一下，你姐不是亲的？淑珍气得说走了嘴，双手捂住脸，呜呜哭起来。纪洪寿呆愣着。过了一会儿，淑珍抬起头来了一句，洪寿洪寿，跟你真是"受"了。

隔了几天，继续来人搬东西，床也给搬走了，原来床也是纪老大借给的，如今屋子倒是变得宽敞了，只剩下两块铺板。纪洪寿走了，不一会儿，抱来一堆砖头，把两个铺板搭起来，用褥子铺好，可是两个人翻身，铺板就会发出"吱吱呀呀"的响声，在夜晚显得特别响。

淑珍指着用来垫铺板的砖头说，连块整砖都没有，还是半拉砖头，这日子咋过呀？淑珍一气之下走了，没有回东楼娘家，而是跑去了南市车厂。纪洪寿去车厂两次都没有把她接回来，他想央求蒋太太说句话，哪承想蒋太太装作没看见他，不跟他对眼，这就让他张不开口了。纪洪寿第三次再去接，淑珍还是不回来，赌气不回来也就罢了，她还抱着一个孩子，满脸笑容地哄着小孩子，脸上的表情像是当了妈妈。这可把纪洪寿吓坏了。他不顾一切地马上去找蒋太太，抖抖索索问是咋回事。看着脸色惨白、说话哆嗦的纪洪寿，蒋太太笑个不停，浑身的白肉都在抖动着。纪洪寿不笑，他哪里笑得出来？

这孩子……不是你的……蒋太太用白色的真丝手帕抹着笑出的眼泪说。

不是我的，不是我的。纪洪寿急了，语无伦次道，蒋太太您可得给我做主呀，这孩子……是她以前的孩子？

蒋太太笑道，你是聪明还是傻呀？你媳妇也没大过肚子，哪来的孩子呀？再说了是不是你的孩子，你还不知道吗？告诉你吧，这孩子是我的。

纪洪寿怔住了，吓得后退了一步。蒋太太看他发傻，也不想逗他，告诉他这孩子的来历。原来前些日子有个刚出生不久的小男孩，被人裹在小棉被里，放在了车厂门口。车把头老马问蒋太太，这孩子怎么办？蒋太太说，既然是个男孩，又放在了蒋家大门口，要是不收留，外人传开了，说是蒋家心狠，这也算是有缘，养了吧。蒋太太收养了这个小孩子，还给这个小男孩取了个大名，叫蒋再堂。

纪洪寿这才咧开嘴巴，呵呵笑起来。

蒋太太说，你咋这么小心眼子？让淑珍在这住段日子吧，屋里的东西都搬走了，哪个媳妇不生气？你们纪家也够财迷的，好几个竹货铺子还这么抠搜，天津卫不会做这么丢脸的事。

纪洪寿被蒋太太说得抬不起头。蒋太太似乎还没说痛快，又接着说，我刚还劝淑珍了，回去吧，看着你人还好，还是个讲义气的人，嫁鸡随鸡嫁狗随狗，跟你接着过吧。

纪洪寿涨红了脸，连连点头感谢蒋太太的恩德。

蒋太太忽然说，有件事一直想问你，那个小胡可是不简单呀，他是不是……蒋太太说着，把手放在桌子下面，比画了一个"八"字。

纪洪寿吓得脸都白了，摆着手一个劲儿说，不是，不是。蒋太太看见纪洪寿着慌的模样，禁不住笑起来，说，是不是我还不知道？你也知道蒋家车厂来的都是嘛人。小胡就是那边的也没啥，只要官面抓不着把柄，谁也不敢找蒋家的麻烦。

蒋太太看着纪洪寿的眼睛，又说道，算是你小子有胆量讲义气，我跟淑珍说了，家里东西都搬走了，往后再慢慢置办，跟着你过吧。

纪洪寿眨巴着眼睛，想要大哭两声，自己真是对不住淑珍，她是个苦命的女人，要是再不对她好，不让她过上安稳日子，那真是要遭雷劈的。也就是从那天开始，洪寿才搞清楚老婆的情况，原来淑珍的姐姐不是她亲姐，是后娘带来的闺女。抽大烟抽穷了一直想把淑珍卖到窑子里的爹，也不是姐姐的亲爹，他是淑珍的亲爹。不是亲姐的淑红能做到这份上算是可以了。至于淑珍为啥不想待在东楼，她也不讲，纪洪寿也没法儿去问，问不好，不知道哪句话又会戳到她心里的伤疤苦痛。

纪洪寿对蒋太太许下诺言，一定会对淑珍好，从现在开始，就把蒋太太这里当成淑珍的娘家了。蒋太太也是爽快人，一言为定。

因为淑珍不在家，一个人饱了全家饱，纪洪寿啥都不想了，只是一门心思地拼命绱鞋，想着多攒些钱，把屋里的家具凑齐了，总不能衣服放在包袱里，东西堆在地上。他一个人去了北开，那里是天津卫木材商贩集中的地方，他想着可以买些木料存下来，将来找个手艺好的木匠打几件家具，屋子里没有家具不像个家。看了看木料也都不便宜，可是心里算是有了数。

这一天，纪洪寿在家里绱完鞋，把成品送到西马路铺子后，转身又去了"晋泰昌"，一是看看老周师傅在那儿干得咋样，二来也要把蒋太太说的话转告给刘子昌，让他及时提醒一下小胡，一定要多加注意，妇道人家蒋太太都能看出端倪，小胡要是被汉奸特务盯上了，搞不好也像于树南那样，最后连个人影都找不见了。只要想起失踪的于树南，纪洪寿心里就会揪得慌、疼得慌。两人年岁差不多，这人说没就没了？纪洪寿越想越后怕，嘴里嘟囔着"小胡可不能再出事了"。这样一想，脚步不由得加快了，小跑进了"晋泰昌"大院子。

老周师傅干得高兴，人也胖了点，见到纪洪寿来了，用拳头捶了捶他肩膀，打趣他有了媳妇就不见人了。纪洪寿看见老周师傅脸上带笑，心里也是高兴，赶紧问，刘子昌在吗？老周师傅说，他现在负责铺子进货的事，还要经常跑码头、跑仓库，天天忙得双脚不停歇，屁股不沾凳子，都成尖屁股了。

纪洪寿和老周说着过日子的闲话，刘子昌正好来前院，纪洪寿赶紧迎过去。刘子昌还是不慌不忙的样子，说他后天要到蓟县和遵化，看看两地的山货，快到秋季了，杂货庄把山货渠道走一遍，看看还有啥新情况。他说蓟县那里的大白梨、板栗，还有冬季的柿饼子，天津卫的老少爷们吃不够。

这时有人喊老周师傅，后院进货了，老周赶紧跟纪洪寿打声招呼，忙着到后院去卸货了。

纪洪寿见身边没人了，这才把蒋太太的话转告刘子昌。刘子昌没有慌张，只是使劲儿握了一下纪洪寿的手，纪洪寿同样使劲儿握了握刘子昌的手。两人在握手的同时，都明白对方心里在说啥。

日子就像海河水，结冰了，又化了；再结冰，又化了，一年的日子就这么过去了。

纪洪寿娶进淑珍已经两年了，淑珍的肚子始终瘪瘪的。蒋太太见到纪洪寿，私下提醒他，要么就去大悲院"拴个娃娃哥"来吧，纪洪寿心动了，可是淑珍知道后，死活不让他去"拴"，说是不要遇上啥事都去麻烦老娘娘，着急个啥呀，肚子肯定能鼓起来的，我知道自己是个啥肚子。纪洪寿从来不跟媳妇嚼舌头打嘴仗，后退了几步琢磨，等着以后日子宽松起来再要孩子也不晚，再说了即使没孩子，天也不会塌下来，把这件事完全丢到脑后边。虽说陈铁嘴和老刁，见到纪洪寿总会开个玩笑，老婆的肚子咋还不鼓呢；除了他俩，胡同里的街坊倒是没有直接问的，只是在背后议论一下；有的老娘们没有忌讳，出来进去地盯着淑珍的肚子看，这倒让纪洪寿多多少少感到些压力。但他还是好言安慰淑珍，举例讲他宁津乡下的妹妹纪德贵也嫁人了，好几年了也是没有生养，这是老纪家的遗传吧，下一代就是来得晚，这不是个大事。纪洪寿东一榔头西一棒子地劝慰，说得淑珍脸红了好半天。

苦日子富日子拦不住日头向前走，一晃又是秋季了。

晚上，洪寿照例绱鞋到很晚，淑珍也不睡，把被子围在身下，缝补着衣服。屋子里静静的，只有昏黄的白炽灯发出"嘶啦嘶啦"的声响，光亮晃晃悠悠，时亮时暗；房顶上的野猫发出瘆人的哀号，像是小孩子身子疼痛时发出的声音，声音时大时小，有时候会伴随一夜。这时候，胡同里又响起巡更人敲梆子的声音，梆子声的间隙还会加上几句"防火防盗，关好院门"的叮嘱，每句话的每个字之间都会间隔好长时间，有点像宁津乡下的哈哈腔。

这时，淑珍对纪洪寿平静地说道，有了。

啥有了？正在绱鞋的纪洪寿，头也没抬地问。

还能有啥？你的种有了。淑珍依旧语调平静。

啥？洪寿怔了一下，立刻放下手里的弯钩锥子，扭头看着淑珍。淑珍红了脸，低下头。他立刻明白了，霍地站起来，坐在床边，一把搂过淑珍，把耳朵贴到她肚子上。

淑珍推开他，你粗手粗脚的，手咋没轻没重的。

刘家的地哟，纪家来耕哟……洪寿想起娶淑珍时周边人善意的取笑声，高兴得在小屋子里来回转磨磨儿，像是一头兴奋不已的驴。

过了一会儿，纪洪寿终于试探地问，要么……你去车厂待些日子？也能补补身子。

淑珍想了想，点点头。脸上的红色早已不见了。

第五章

一

天一擦黑，夜空中又响起隆隆的大炮声。为了防止晚上光亮外露，纪洪寿用被子把窗户严严实实挡住，继续没白没黑地绱鞋。困了，打个盹；醒了，接着绱。他不仅要喂饱自己的嘴，身后还有两张嘴等着呢。

闺女小玲子已经两岁了，但很少回家。淑珍带着小玲子，大部分时间住在南市车厂。蒋太太又雇了一个奶妈，专门照顾蒋再堂。蒋再堂比小玲子大三岁，俩孩子正是离不开大人的烦人阶段，淑珍和老妈子整天围着这两个孩子转，依旧忙得抬不起头来。车厂一下子有了两个小孩子，从早到晚热闹起来，哪个拉车的看见俩孩子，都要远远地挤眉弄眼地逗逗孩子。蒋老爷高兴坏了，看着两个小孩子在院子里来回跑，乐得合不拢嘴巴，原本不怒自威的脸，也逐渐变得和善了。拉车的汉子们私下里议论，车厂要是早有孩子笑孩子跑，咱们的日子也就好过了。那就盼着蒋老爷家多多添丁吧。

刘子昌知道纪洪寿生活压力大，虽说有南市车厂的帮衬，可也不能完全依赖别人。见他天天带着两个黑眼圈，眼神都有些迟滞了，琢磨着再这样拼下去，非得把人累垮了累傻了不成。光靠一个人绱鞋挣钱，养活三口人太难了，听说蒋家经常给些米面救济，可那也不是个常事呀，还得要自己挣来钱。刘子昌想来想去，想要"借"钱给纪洪寿，帮他买台缝纫机，除了绱鞋还可以再踩踩缝纫机，做被褥、床单、窗帘，再做些干粗活男人的衣服，就是做个褡裢也成呀。纪洪寿觉得这是个好主意，千恩万谢了刘子昌。拿着刘子昌"借"给他的八块钱，转身就去了菜桥子一带的旧物商店，转来转去、选来选去，最后选中了一台六成新的缝纫机。看上去旧了吧唧的，可质量呱呱好，日本"蜜蜂牌"的，薄活儿、厚活儿都能做得来。刘子昌把纪洪寿扶上马了，还要再送上一程，送一程的做法就是经常给纪洪寿揽活儿，有时是鞋子，有时是衣服。

这一次，刘子昌给纪洪寿揽了一个新活儿，扎面口袋。

刘子昌说，一个面口袋五毛钱，咋样？

这么干，你可要赔光了。纪洪寿以为刘子昌说笑话，赶忙摆手说，活儿要干，你给钱太多了，两毛吧。

真是个实诚人。刘子昌说，听我的，给你五毛。棒子面天天涨价，钱毛了。

纪洪寿拗不过刘子昌，点头应了。

大针脚走，不要扎得结实。刘子昌说着解下腰带，从里面拿出厚厚的一沓钞票说，我先把钱给你付了，快点去粮店，去晚了，棒子面又得涨价了。

纪洪寿一个劲儿感谢，心里还是嘀咕，这是啥活儿呀，人家都是要求把活儿做细了做好了，他却让做粗一点。

刘子昌给完钱，转身要走，停了一下，又侧身嘱咐道，明天我把布送过来，你先做好准备。

转天一大早，刘子昌一头大汗地来到院子里，隔着半敞开的屋门，招手让纪洪寿快点出来。纪洪寿蹬上棉鞋、披着棉袄就出来了，见老周和另一个年轻伙计站在一辆平板车旁边。大冷天的，两人穿着单薄，脑袋上却冒着腾腾的热气。再看平板车，大得吓人，一丈多长、五六尺宽，把狭窄的小胡同全都给堵住了。平板车上码放着半人高的白布，看着就死沉死沉的。胶皮轮的车轱辘都被压得瘪下去一块儿。

纪洪寿还在愣神儿，他们三个人已经往屋里搬运了，纪洪寿也赶紧帮着搬起来，不一会儿工夫，窄小的屋里全都是晃眼的白布了，空气中散发着生布的气味，特别像生柿子的味道。木地板被压得发出"咯吱咯吱"的吓人的声音。纪洪寿忙着给三个人倒水，三个人根本顾不上喝水，马上要把大车拉走，多待一会儿，胡同过不去人了。刘子昌临走时留下一句话，三天以后来取面口袋，要是扎完了，后面还有货。

这活儿对于纪洪寿来说跟玩儿一样，用眼睛"画"好尺寸，拿起大剪子剪一个小口，双手稍微用力，"刺啦"一声就撕开了；再剪一个小口，再给撕开，就是一块大白布了。接下来就是"跑大趟"，大针脚，不一会儿工夫，一个大面口袋就成型了。纪洪寿扎好一个，嘴里说上一句，又是五毛钱。

三天以后，刘子昌三个人拉着那辆大平板车来了，又拉来一车带着生柿子味的大白布。先把车上白布卸下来，再把纪洪寿扎好的面口袋装上车。刘子昌还是那句话，三天后来取。纪洪寿扎着大面口袋，干得真是天昏地暗，啥都顾不上了，一个动作连着一个动作，扎完一个，嘴里来一句"五毛钱"。

可等到刘子昌第三次来，陈铁嘴堵在院门口，不让他们卸车，也不让他们装车。刘子昌问为啥。陈铁嘴喝道，你这个侉子，你是八路，抓你去派出所。老周和那个伙计愣住了，纪洪寿也怔住了。

刘子昌不慌不忙道，你说我是八路就是八路，你现在就去找警察。陈铁嘴没想到这个经常来找纪洪寿的侉子，竟然如此胆子大，敢说自己是八路。陈铁嘴一步上前，猛地揪住刘子昌的脖领子，死拉硬拽要把刘子昌揪走。刘子昌双脚像是钉在地上，身子一动不动，脸上依旧还是笑眯眯的。纪洪寿终于缓过神儿来，赶紧打圆场，跟陈铁嘴说好话，一句接一句。陈铁嘴这才慢慢松了手，不过撂下一句狠话，你这个侉子再跨进院子一步，我就去找派出所，马上把你抓走！

当天晚上，天还没黑，大炮就又轰隆隆地响起来，窗户被震得"呼呼"地响。纪洪寿心里踏实，前几天他去南市车厂看望淑珍和小玲子，蒋太太让他放心，城外的炮弹打过来也没啥，孩子大人都去"上权仙"，躲在舞台下面的地洞里，即使房子塌了也死不了人。

前几天大炮响，响个大半夜也就停歇了，可是今天这一夜呀，大炮声始终没停歇，纪洪寿缡鞋困得实在熬不住了，终于关了灯，竟然在大炮声中睡着了。这段时间太累了，连夜扎了几百个面口袋，倒是挣了不少钱，虽说棒子面一会儿一涨价，总算是能喂饱了肚子，竟然还有了一点存项。

纪洪寿睡得香甜，忽然听见有人敲院门，一阵紧似一阵。再后来，院子外面又传来高高低低的喊话声。他哧溜从被窝里钻出来，穿好棉裤棉袄走出屋门。这时，陈铁嘴、王白猫也都出了屋子，缩着脖子，站在院子里。各家的女眷们扒着门缝往外看。

院子外面是关外的口音，老乡呀，开门吧，解放了。

陈铁嘴叉着腰，用手指着王白猫和纪洪寿，低声道，别开门呀，谁都不许开！

个子高大的王白猫弯着腰，连连点头，不开，不开。

纪洪寿上前一步，说，外面都讲了，不打扰老百姓，说是解放了。

解放个屁！你个穷侉子！陈铁嘴大怒。

发怒起来的陈铁嘴，肩膀晃动得更厉害了，虽说大早上还没吃早饭，可嘴唇上依旧沾着牙签。他指着纪洪寿怒吼道，你老婆孩子都不在呀，这院里可有不少女眷，出了事咋办？我去派出所叫警察，抓你坐大牢！

外面继续响着敲门声，喊话的声音又高了，除了关外的口音，纪洪寿忽然听到了家乡的口音，眼睛立刻亮了起来，就听那个家乡的口音喊，老乡们开门吧，俺们搜查逃兵，为了老乡的安全。不拿群众一针一线，不要怕！

又一个关外口音说，解放了，穷人站起来了，不要害怕。我们就是当年的八路。

这"八路"两个字，让纪洪寿心头一热，感觉后背被人猛力推了一把。他突然一步上前，站在陈铁嘴面前，大声说道，这个大门，一脚就能踹开，可是人家当兵的没有踹门，在外面叫了这么长时间，就是路过的人来叫门，也要开门端上一碗热水吧？我就要开门。纪洪寿说完，不顾一切地拉开门闩，双手用力，打开了大院门。

几个戴着皮帽子棉帽子、端着大枪的士兵站在门前，看见纪洪寿，把端着的枪改成提着，和蔼地说道，老乡你好呀，解放了，解放了！

纪洪寿不知咋的，虽说不认识眼前的士兵，可就像见到自己的老乡，再也控制不住自己情绪，眼泪流下来了。他转过身子，对着院里对着自己家的门大声喊起来，解放了！解放了！

士兵们在院子里看了看，又打开小院门口用木板围起来的茅房看，还有的士兵踮脚抬头看房顶，接着问了问情况，告诉老乡们关好院门，注意安全，要是有带枪的逃兵来，一定要及时报告。说完这些叮嘱的话，他们就走了，没有人进屋子，连口热水都没喝就急忙走了。

纪洪寿看着几个士兵走出去，这才回身关了院门。陈铁嘴狠瞪了他一眼，歪着肩膀子回屋去了。王白猫眼神复杂地看了一眼纪洪寿，也转身回屋去了。

"解放了"的第二天，纪洪寿找胡同口水铺借了一辆手推车，忙不迭地去了南市，要把淑珍还有小玲子接回家来。在路上，他就忍不住告诉淑珍，刘子昌给了他不少的活计，这段日子挣了不少钱，你还是带着孩子回家来吧，总是麻烦人家蒋太太也不是常事。刘淑珍眼圈不由自主地红了，抱着孩子的手搂得更紧了。纪洪寿又像是说给媳妇，又像是说给自己，解放了，解放了。

"解放了"的第三天，纪洪寿没想到刘子昌来了，完全变了一个人，穿着黄色的棉袄，身上背着一个带皮套子的"盒子枪"，身边还有一个拿着大枪的战士，也穿着同样的黄色棉军装。

纪洪寿一把握住刘子昌的手，既惊又喜道，你是八路？刘子昌笑着点点头，同样紧握着洪寿的手。纪洪寿看着刘子昌身边拿着步枪的战士，笑道，你还是个大官呢？刘子昌摆摆手，转了话题，说，向你告个别。纪洪寿惊问，你要离开天津卫？刘子昌说，要南下。纪洪寿拉着刘子昌手，让他进屋坐坐，喝口热水。刘子昌说，屋子窄巴，还有女眷，不坐了。

刘子昌看了看北屋，拍了拍腰间的盒子枪，说，老纪，那个叫铁嘴的家伙一直欺负你，要不要我过去教训教训他？纪洪寿赶紧摆手，说，一院里住着的邻居，你教训完走了，我这咋办呢？刘子昌豪气道，现在是劳动人民当家做主的日子，看他以后还敢欺负人不，你要把腰板挺起来，新社会了。

纪洪寿扭头看了看北屋，三间房子全都挂着严严实实的窗帘。王白猫家和四婶儿家，都把屋门悄悄地开了一条缝儿。从微微敞开的门缝处，能想象出来屋里人的样子：蹲着身子，斜着脑袋，从门缝里瞅着院子里挎着盒子枪的刘子昌、拿着大枪的战士，还有满脸笑容的纪洪寿。

纪洪寿把刘子昌送出院子，又送出胡同，最后来到南马路上。他心里有好多话想问刘子昌，想要问个清楚，扎了那么多的面口袋，肯定不是装面的，那么大的针脚，别说装面了，就是装棉花都能裂开缝儿，那些面口袋做啥用的？还有那个在南市车厂拉车的小胡，阅人无数的蒋太太看出来不简单，那就肯定不是简单的人，如今那小胡又在哪儿了。

没有时间问了，刘子昌已经向他挥了挥手，大步流星地向前走去，挎枪的战士紧紧跟随在他身后。纪洪寿忽然有些伤感，站在街道上，看着刘子昌的背影越来越远，逐渐淹没在街上的游行队伍还有来往的人群中，他一想到不知道啥时还能再见到刘子昌，心里立刻变得空落落的，像是有好多东西都被一阵风给刮走了，再也回不来了。

纪洪寿看着眼前犹如沸水锅里的南马路，尽管还是昨天的街道，可是街道上的人已经不是昨天的人了。纪洪寿感觉自己也已经不是昨天的自己了，他用左手捶了捶自己的右胸，又用右手捶了捶自己的左胸，禁不住笑了起来，笑声越来越大，他以为别人会惊奇自己，可是左右看了看，街面上全都是笑声朗朗的行人，根本没人注意他的笑。马路中间开来了轨道电车，离着老远就打着震耳的铃铛，铃铛声和人们欢呼声完全熔炼在一起了。

二

纪洪寿想呀想，都想到天边去了，也不会想到会有这样的事发生：纪老二和纪老三结伴来到南门东，一进门便亲热地说，洪寿呀洪寿，咱们是老亲戚了，看看你的新房子，解放了，新社会了，亲戚间也要有个新样子，是吧？

纪老二提着一袋"槽子糕"，进门就指着灰色袋子上面的红色印纸炫耀道，祥德斋的，好香呀！罗锅子纪老三提着四个火烧，一个劲儿说，这是"杜称奇"的火烧，好吃得很呀，四个火烧取个吉利，四平八稳呀。

纪洪寿愣怔了好一会儿，这才慌张道，来家里……来家里坐会儿就好了，咋还带了东西？真是让你们破费了。

纪老二满脸挂笑，笑起来的纪老二，让纪洪寿觉得像是初次见面的陌生人。在宏福竹货那会儿，纪老二要么对他怒目而视，要么不跟他说话，即使面对面走过来，看也不看纪洪寿。纪洪寿心里别扭，每次见到他俩，忍住怒气，照旧笑着主动跟他俩说话，从来不表露在外面。

屋子小，来个人就磨不开身子了，屁股碰屁股，坐也坐不下，全都杵着。淑珍问好后，赶紧带小玲子去胡同里玩，把地腾出来。

结婚成家前，纪洪寿去南门外恭请纪家三兄弟，纪老大倒是客气，说了几句恭贺的客套话后，便说那天有外地客商来，让喜礼和忠璞去助个威。纪老大说得圆满舒服，可到了那天，纪老二和纪老三都没来，纪洪寿也就没有联系过他们。后来从南市车厂那边听来消息，说是纪老二已经娶了媳妇成了家，纪老三也快要成家了，不过人家也没打算邀请他，纪洪寿也就没有讨好去问。如今解放了，纪洪寿腰杆子硬了，啥都不怕了。现在院子里的陈铁嘴都对他客气了，那天竟然没喊他名字，而是以他大闺女的称谓，喊了他一句"大掰（伯）呀"，如今的纪洪寿有了做人的底气。纪洪寿从来没想跟纪老大他们闹掰，毕竟结婚时纪老大还借给过他一屋子家具，也算是为他帮了忙。眼下纪老二和纪老三主动来看望他，还拿了槽子糕和火烧，不管咋讲也还算是暖心呀。

纪洪寿始终笑脸相迎，见两人眼神犹疑，猜想必定有事，也就开门见山问两位兄长有啥事，有出力气的事，不要客气，尽管说出来。

纪老二直接说了刘子昌，还说了胡格平。

纪洪寿有些糊涂，迟疑地问，谁是胡……胡格平呀？

纪老二脸上不悦，语气像是要抽人耳光子，你咋变成贵人多忘事了？胡格平就是那个在南市车厂拉过胶皮车的小子，还不是你给搭的桥？

纪洪寿这才明白过来，连声呦呦道，小胡，小胡。

纪老二立刻纠正道，胡领导现在可是"军管会"的大官了。

纪洪寿不会说谎，跟谁都是实话实讲，他说介绍小胡去南市车厂拉车倒是有这码事，不过介绍过后再没有联系过，更不知道他现在做了大官。

纪老三小声问道，刘子昌来你这了，还挎着盒子枪，身后还有拿大枪的马弁，对不？

纪洪寿怔了一下，立刻笑起来，笑声中隐含着荣耀和骄傲，说，来过来过，跟我告别来的，南下打仗去了。现在……说不准在大火车上了，咣当咣当走呢。不知道走个几天几夜呢。

罗锅子纪老三神情鬼魅，皮笑肉不笑地说，没走没走，他俩都没走，刘子昌刘干部，现在海河边上的"新津货栈"当官，做共产党的大买卖，市面上吃喝拉撒他都管，还是个大科长哩。

过去平日里话少的纪老三，现在变得话特别多，就像他身上的干部服，怎么瞅怎么不顺眼。这会儿，表面还算镇定的纪洪寿，发觉自己脑子已经乱了。纪老二和纪老三说来说去，其实就是一个意思：将来宏福竹货需要公家人帮着说话的事，你纪洪寿小子可不能躲起来，你初来乍到天津卫，是宏福竹货接了你，让你有了落脚吃饭睡觉的地方，如今看在亲戚的面子上，遇事你也要帮着说好话。

纪洪寿心里觉得可笑，始终没有表露出来，照旧说着暖话，咱们都是亲戚，一定帮忙的。可是话刚一出口，立刻后悔起来，我就是一个小力巴，能给谁帮上忙呀？

纪老二、纪老三见纪洪寿说话磕磕绊绊的，猜测出来他心里想的啥，又坐了一会儿，两个人终于起身恹恹告辞。

纪老二临出门时再次说明，"槽子糕"可是"祥德斋"的，好吃得不得了呀，说着话又看了一眼桌上的糕点，脸上带着依依不舍的神情，像是把亲生儿子送给别人家，这辈子再也见不着了。

纪洪寿说着感谢的客气话，其实他吃过一次"祥德斋"

的糕点，那是淑珍从南市车厂带回来的，一块"白皮儿"、一块"马蹄酥"，还有一块"槽子糕"。

纪洪寿把纪老二、纪老三送到胡同口，实话实讲道，等街面上稳定下来，一定要去南门外看望三位兄长。

送走两位亲戚，紧张过后的纪洪寿，身心还是特别舒展。回到院子里，看见陈铁嘴迎着他，张嘴就问纪洪寿，那两人跟你嘛关系？纪洪寿实话实讲了。陈铁嘴立刻瞪大眼睛问，怎么没听你讲过？纪洪寿不解，忙问咋的了。陈铁嘴问道，他们是不是开个宏福竹货的铺子？纪洪寿睁大眼睛，说，是呀，那又咋了？陈铁嘴说，宏福竹货之前的东家姓陈，跟我是亲戚，你这三个兄弟使了坏到茅坑里的阴招，把我那个亲戚挤跑了、气死了，最后他们哥几个拿下了铺子。纪洪寿连说不知道这事。陈铁嘴脸色怪异，话里话外倒是没有埋怨纪洪寿，只是以好邻居一样的语气叮嘱纪洪寿，小心你这三个亲戚，千万不要被他们骗了。虽说陈铁嘴说的话不好验证，但是之前三兄弟的所作所为，特别是纪老二和纪老三，纪洪寿心里明镜似的，不用陈铁嘴揭露，他也能猜出来他们的为人处世。

淑珍带着小玲子也不知去哪儿玩去了，好半天还没回来。

纪洪寿似乎还有些懵懂状态，一是纪老二、纪老三屈尊来家里看他，还提了吃的东西，真是不容易呀；二是刘子昌没走，那个了不得的小胡，眼下还是一个大领导。要说南门外这几个人消息真是灵通。眼下，既然知道了刘子昌没走，那就得去看他了，当上了科长，是不是腰上也换了新家伙？之前听院里的老刁讲过，官当得越大，腰上别的枪越小。纪洪寿急着要去找刘子昌，也还有自己的小心思，他要完成自己的大心愿，要进大工厂当一名大工人，要穿上崭新的工作服，将来还要有一辆属于自己的脚踏车，真要是那样的话，那不就是过上了幸福的好日子吗？可是纪老二说的那个"新津货栈"在哪儿呢？要想找到刘子昌，先要找到那个"新津货栈"。

这时候，淑珍带着小玲子终于玩回来了，小玲子进屋就扒着桌子，眼睛盯着上面的"槽子糕"和喷香的"火烧"。

淑珍一边解着包装纸上面的细麻绳儿，一边问纪洪寿，他俩怎么发善心出血了？纪洪寿笑道，还不是刘子昌挎着盒子枪来看我的事，传到了他们那儿。淑珍拿起一块"槽子糕"，掰下一小角递给小玲子，接着问，他们想要你做啥？纪洪寿嘿嘿道，求我关照他们。淑珍哼了一声，黄鼠狼给你拜年，小心点。纪洪寿朗声笑道，三十年河东三十年河西呀。淑珍说，不要人家对你好一点，你就把心窝子扒出来给人看，你跟我说过，纪老二从来没对你笑过，还差点动手打你，是不？纪洪寿歪着脑袋，呷巴着嘴，说，那倒也不是，我记得他也跟我笑过，有过一次吧。

纪洪寿说他在宏福竹货干活儿那会儿，有一天早上，看见纪老二在桌子旁边摆弄着啥。因为阴天屋暗再加上没开灯，看不清纪老二忙乎啥。纪洪寿本想装作没看见走过去，没承想纪老二叫住了他，让他坐在桌子旁边。纪老二眼前放着一张深灰色的粗纸，上面放着油炸的麻花。纪老二问，知道这是啥吗？不等纪洪寿回答，自顾自地说，这是"十八街"麻花，我讲给你咋吃它。纪老二举着麻花说，这东西做时顺着拧，吃时要反着拧，稍稍拧一下，碎成了一小块、一小块。说着拿起一小块递给纪洪寿。纪洪寿吃了，脆香脆香的。纪老二指着粗纸上的碎粒儿说，这些东西不要扔，包起来留着，你知道留着做啥吗？纪老二还是不等纪洪寿回答，继续自顾自地说，拌菠菜时把这些碎粒儿撒在菠菜上，好吃得很呀。纪老二闭起眼睛，咂巴着嘴，沉浸在美味之中。接着，又递给纪洪寿一个碎粒儿，还朝着纪洪寿嘿嘿笑起来。

纪洪寿讲完纪老二对他唯一的一次笑，淑珍说，你记得那么清楚，这就是对你好？纪洪寿说，谁对我笑过，我都记着；又接着说，谁对我坏过，我也记着。淑珍问，你是都记着，可不对外讲，又有啥用处？纪洪寿说，不管好事坏事，存在心里就得了。淑珍又给小玲子掰了一小块"槽子糕"，说，不能再吃了，听话。淑珍说完，扭脸看着出神儿的男人，觉得纪洪寿实际上也不简单，不比有文化的老刁差哪儿去！

七号院里最有名的文化人，说来说去还是四婶儿男人老刁。陈铁嘴和纪洪寿认识的那几个字加在一起，在老刁那里连个零头都算不上。

这天，老刁来了。

纪洪寿赶忙问他海河边上的"新津货栈"在哪儿。老刁被问得怔了怔，扶了扶黑色镜框的近视镜，让纪洪寿再说仔细些。

老刁的营生跟房子有关。他不是出大力流大汗的木匠、瓦匠和石匠，他是画图纸的人，木匠、瓦匠和石匠都得按照他画的图去盖房子。老刁见多识广，经历过大风大浪。他给一家工厂设计大烟筒，大烟筒盖到半截时倒了，砸死了人。老刁吃了官司，被法院判了刑，在小西关监狱坐了几年大牢。从大牢出来后才得知大烟筒倒塌，跟他的图纸设计没关系，是施工队伍偷工减料造成的倒塌死人。真相大白，被冤枉的老刁重操老本行，继续画房子的图纸。华人区的房子他熟悉，租界地的房子他也熟悉。

纪洪寿把纪老二和纪老三的话，重复讲给老刁听。老刁闭着眼睛听完，一拍大腿，想起来了方位。他告诉纪洪寿，"新津货栈"在海河东岸，过去是一幢大别墅，日本人占领天津卫那会儿，汉奸市长温世珍住在那儿。打跑了日本人，成了国民政府的办公地。如今建立新中国，解放了，眼下成了共产党为老百姓谋划油盐酱醋茶的"新津货栈"。

老刁喝着四婶儿提前沏好的浓茶，说，这个"新津货栈"可是了不得，天津卫百姓吃的用的，都得从这个货栈走，权力大得很。

纪洪寿听了，心里高兴，嘴角禁不住上翘。

老刁早从四婶儿嘴里知道挎着盒子枪的公家人找过纪洪寿，如今也是高看他一眼，每次见面都主动提出教他识字的事，随时随地都可以教他，争取让他把报纸上的字都能认全了。纪洪寿感谢老刁，没有时间集中学，那就抓零散时间学。会画房子、会画大烟筒的老刁，担心纪洪寿找不到"新津货栈"，还画了一张路线图。纪洪寿拿过来仔细看，老刁想要再做指点，纪洪寿说能看明白。看了一会儿就把图纸揣在口袋里，说他知道怎么走了。

解放后啥都不怕、哪都敢去的纪洪寿，转天就去了"新津货栈"，不费力气，一下子就找到了。到了门房，报上自己名字，不一会儿工夫，就见到了刘子昌刘科长。

没有南下打仗的刘子昌变化太大了，剃着高平头，胡须刮得干干净净。他穿着四个口袋的蓝色干部服，上衣口袋还插着一支闪亮的钢笔。见到纪洪寿左看右看，刘子昌说，你看啥呀？纪洪寿问，盒子枪哪去了？刘子昌笑道，我天天跟油盐酱醋打交道，用不着挂枪呀。纪洪寿再问他咋就没有南下呢，刘子昌简单解释了，原本是要跟大部队走的，突然接到上级命令，让他留下来转到地方工作。纪洪寿问他愿意留下来还是愿意跟部队走。刘子昌嘎嘣脆道，服从组织安排，在哪儿都是干革命。

说了一会儿话，刘子昌看出纪洪寿心里有事，让他不要磨叽，身边又没有外人，有话就讲嘛。

纪洪寿赶紧把自己的想法实话实讲，说他想要进大工厂，想要当一名穿着工作服的工人。刘子昌对于纪洪寿的想法特别支持，可也说了眼下的难处，现在刚刚解放，手头上的事千头万绪，再说跟工厂那边又没有联系，一时还真是帮不上他忙。

纪洪寿听了，有些失望。

刘子昌启发说，你要是真不想干缟鞋的行当了，干脆到我这来吧。

纪洪寿面露难色，实话实讲道，我不想干油盐酱醋的事，婆婆妈妈的没意思。

刘子昌生气道，你看不起这行当呀？告诉你吧，小胡，知道吧？现在干的也是这行业。

纪洪寿猛然想起纪老二的话，马上问小胡现在咋样。

刘子昌佩服地说，小胡可是有大学问的人，还会说外国话呢。他现在在"军管会"财经部，已经是我的上级了。

纪洪寿禁不住"哦"了一声，想起当年蒋太太的话，这个小胡果真不是简单的人哟。

原来，胡格平和于树南都是南开中学的高才生，本来胡格平要去美国留学的，于树南的失踪让他改变了留学念头，参加了共产党的外围组织。上级让他和"晋泰昌"联络站建立联系，做起了秘密联络工作。后来按照上级要求，胡格平去拉胶皮车，目的是可以到处走，更方便传递情报。刘子昌找纪洪寿做的夹层鞋，小胡也穿过。天津解放前夕，八千名接管干部在胜芳培训，准备跟随解放大军进到天津卫，接管城市管理工作。胡格平是胜芳人，拉胶皮车走遍天津城，犄角旮旯都熟悉。经过刘子昌的推荐，组织上把他派回胜芳，跟着接管天津的干部队伍培训，几个月后他跟随接管天津的队伍，再一次回到解放了的天津卫。

办公室里人来人往，电话铃声响个不停。纪洪寿看刘子昌接电话，"丁零零"的铃声响起来，抄起话筒接听；刚放下话筒，"丁零零"的铃声又响起来，又接着接听。只是这重复的动作，都把纪洪寿的眼睛看花了。

纪洪寿感觉自己坐在那儿不讲话，都是对刘子昌的打扰。他站起来，说哪日再来，只要想着他的事，别忘了就成。刘子昌笑着把纪洪寿送出办公室，站在院子里，耐心开导他，千万不要小瞧油盐酱醋，老百姓一天都离不开，这么讲吧，新津货栈现在上至绸缎下至葱蒜，啥啥都管，你说重要不重要？随后又说，说不准小胡，哦，胡格平真能帮上你忙。

刘子昌答应纪洪寿，肯定记着他的事，争取让他早日成为工人阶级一分子。不过马上又把话拉回来，说还要再等一等，要等适合的机会。原本以为仗着与刘子昌的关系，自己马上就能当上工人的纪洪寿，听说还要等一等，情绪立刻有些低落，可他懂事情，在刘子昌面前没有表现出来。

可是纪洪寿回家进门，马上就跟淑珍讲了。淑珍叹口气说，人家现在是大领导，多忙呀，你就别去麻烦了，再想想其他的办法。过了一会儿，淑珍又劝说道，先在"纪家鞋铺"干呗，不过得让她把工钱涨了。纪洪寿坚定地摇摇头，说，不想绱鞋了，还提啥子涨工钱的事？纪洪寿跟淑珍讲，他坚信刘子昌和胡格平一定能帮他成为工人阶级，又不是让他们违反纪律。我当上工人为国家流汗出力，这有啥不好？我当上工人也是他们的骄傲。淑珍说不过他，平时他倒是好说话，可是一旦犟起来，八头牛也拉不回来，干脆不再言语，忙着做饭去了。

果然纪洪寿想得对，没多长时间，刘子昌让人带过来一封信，让纪洪寿拿着信去"军管会"找胡格平。纪洪寿举着信，兴奋地对淑珍说，咋样？咋样？我说得没错吧，他们肯定会帮我！淑珍见纪洪寿高兴，也就随着他兴致走，翻箱倒柜要给他找件干净衣服去见面。纪洪寿把一件压箱子底的蓝色棉袄拿出来，又洗了把脸，兴冲冲地去了。

"军管会"在过去日租界的张园，曾是督军张彪的宅邸，溥仪被赶出宫落魄来到天津卫时，在张园住过一段时间。像纪洪寿这样的普通百姓，过去想来这个地方比登天还要难，现在新中国了，老百姓站起来了，可以来到这在过去不可能来的地方。

纪洪寿按照刘子昌写好的地址，仔细辨认着马路上的标识，很快就找到了张园，把信交给门口持枪的卫兵。卫兵看了介绍信，转过身，摇着桌上的电话，也不清楚说了啥，放下电话，走过来告诉他可以进去了。

在一楼大厅，纪洪寿像是见到了另一个胡格平，已经找不到第一次见他时的影子了。胡格平穿着黄色的军装，腰间扎着一条深褐色的旧武装带，腰带上别着一把小手枪，显得特别地威武英气。真就像老刁说的那样，腰上手枪越小，证明官越大。

胡格平紧握纪洪寿的手，热烈问好后，拉着他走进办公室。胡格平马上把刘子昌的信看完了，说，纪师傅，您是对革命有贡献的人。纪洪寿不好意思，一个劲儿地摸着脑袋，比快要下蛋的母鸡还要激动。刘子昌在信里写了纪洪寿想当工人的愿望，还特别说明纪洪寿识文断字。胡格平感慨地说，纪师傅原来识字呀，过去真是不知道，这可是太好了，国家建设需要手艺人，更是离不开识字的人。

纪洪寿不好意思，一个劲儿说自己识字不多，还没有能攥在手里的一把米粒多。这样的比喻把胡格平给逗笑了。

纪师傅苦大仇深，为革命胜利做过贡献，能够识字已经不简单了，城市建设特别需要纪师傅这样有文化的人。胡格平再次鼓励纪洪寿，说完立刻拿出笔和纸，当即写了一封介绍信，说是"军管会"接管了一家橡胶厂，鼓励纪师傅去那里报名试一试，他觉得纪师傅没有大问题，身体健康还识字，肯定会被录取。

纪洪寿激动道，能当上工人，这是哪辈子的造化呀？

胡格平纠正道，这是新社会的造化呀。

纪洪寿脸红了，一个劲重复道"新社会，新社会"。

在胡格平的介绍下，纪洪寿按照地址赶到橡胶厂，按照程序报名、填写表格还有政审，经过一系列手续之后，他的申请很快就批下来了，他正式成为橡胶厂的一名工人。

进了橡胶厂上班纪洪寿才知道，好长时间没有见到的顾大江，已经早他一个月来橡胶厂上班了，因为老顾能说会道还识字，又有管理才能，他没有下车间，领导安排他在厂工会，负责组织工人学习还兼管"工人夜校"的事务性工作。

穿着蓝色工作服的顾大江，见到同样穿着工作服的纪洪寿，一开始还有些不自在，感觉乡下侉子纪洪寿跟自己平起平坐了。顾大江的不自在很短暂，他马上梗着脖子，昂着脑袋，像大领导一样握着纪洪寿的手，高瞻远瞩地说，我们又见面了呀，咱们一起携手共同建设伟大的新中国。

三

橡胶厂过去叫个啥名字，纪洪寿知不道，现在有一个响亮的名字：红卫橡胶厂。工厂离南门东不远，快步走的话，一小时就到了。从迈开步子上班的第一天起，纪洪寿就想着将来要有一辆自己的脚踏车。

纪洪寿和新招来的工人们一起打扫废墟，用小推车运送堆积如山的垃圾，没白没黑地连续干了十几天，终于把绝大部分厂房整理好了，院落、厂房全都干干净净的。用了不到一个月的时间就开始恢复生产了。

红卫橡胶厂占了四条街道，三条街道都是"死马路"，街边也就成了没有房盖的大仓库，堆着各种橡胶制品还有原材料，全都码放得老高老高的。厂房的大烟筒永远冒着热气，车间门窗永远敞开着，离老远就能闻到热乎乎的熟胶皮的气味。周边也有一些零散的住户，都是拥挤低矮的平房，到了做饭时间，平房上空弥漫着煤块燃烧后的灰色气体。饭味、煤烟味与熟胶皮的气味混杂在一起，纪洪寿没有一点不适应，他努力地吸着鼻子，感受着从来没有过的体验。

当了工人的纪洪寿，用手搓着工作服，心想，这不就是芦台织布厂的土布吗？一位岁数大的工人走过来，耐心地指点他，说，这可不是土布，这叫帆布，结实着呢，挡风挡雨，这辈子也穿不坏哩。

除了上班穿的帆布工作服，厂子里每个月还发一条白毛巾和两块肥皂。纪洪寿兴奋得骨节"嘎嘣嘎嘣"响，虽说每天上下班来回要走两个小时，再加上八小时上班时间，一天从早到晚不是在上班，就是在去上班的路上，可是纪洪寿感觉不到累，回到家，晚上还要接着绱鞋补贴家用。在顾大江的鼓励下，他还报名上了"工人夜校"，跟着教员学习政治课、学习识字。

高高兴兴上了两个月班，他又主动要求到炭黑车间，这还不算，还要主动上夜班。淑珍听了不解，昼夜颠倒，有啥好呢？纪洪寿笑起来，声音也随之放低，炭黑车间工资高，再上夜班，工资又高一截儿。这还不算，炭黑车间还多发一条毛巾和两块肥皂。淑珍搞不懂，问，为何多一条毛巾多两块肥皂呢？洪寿讲了原因。原来，炭黑浸透力强，在澡堂子洗澡时，用丝瓜瓢子打上肥皂使劲儿搓，把肉皮都给搓破了还是洗不白。眼睛周围没法搓，时间长了，变成两个明晃晃的黑眼圈，所以厂子才多发毛巾和肥皂。

　　淑珍看着男人。只在炭黑车间上了一个多月的班，原先的白小伙儿不见了，变成了从里到外都黑的黑小伙儿。原先是从脖子后面开始白，现在是从脖子后面开始黑，一直黑到肉纹里。

　　看着淑珍心疼的眼神，纪洪寿不在乎，实话实讲道，男人黑点有啥不好，男人要那么白有啥用？能顶饭吃吗？

　　洪寿说这番话时，猛然想起早年芦台的杨菊子，那个胖闺女就是因为看上了他的白才死缠烂打的，最后连她自己的命都不要了。纪洪寿想起来心里就发软，像是化了的冻柿子，一碰就流水。纪洪寿可是不想白了，就要黑一些，黑一些他心里踏实。

　　皮肤黑点身子累点，对于纪洪寿来说不是大问题，只是干着干着，他就有些心灰意懒了，他觉得在橡胶厂干没有技术。就说当初他死乞白赖地要干的炭黑工吧，每天按照技术员定好的配料标准，天天都是在重复劳动，没有一点技术性，比绱鞋还不如，绱鞋还有男鞋女鞋，歪脚鞋小脚鞋呢，可配料工呢？没有一点技术性。心里有了抵触，身上的兴奋劲儿就没了，纪洪寿想把自己的想法跟刘子昌念叨一下，他真心想干的还是"流汗出力又有技术"的工作。

这一天，老周师傅从芦台回来，带来一块白色土布，说是等到天热铺在床上，比睡凉席要舒服，也借送土布的机会看看纪洪寿，好久没见还真是挺想他的。纪洪寿高兴见到老周师傅，在亲热的聊天中才知道刘子昌病了。

转过天来，纪洪寿去了芦庄子，在"桂顺斋"买了几块"小八件"，提着去看望刘子昌。自从来到红卫橡胶厂上班，他一直没见刘子昌，如今正好见个面，当然还有自己心里的那点"小九九"也要亮出来。

刘子昌住在海河边上，离着装卸货物码头"六号门"不太远，是一个破旧的大院子，有前后两个院，一共住了十几户人家。家家户户门口都用碎砖头搭建一个小棚子，上面用破旧油毡盖上，油毡上面再压上几个碎砖头，变成做饭用的小厨房。因为太低矮了，做饭的人只能撅着屁股、探着腰来做饭。纪洪寿跟刘子昌说过，你都是大科长了，咋不住个好院子？刘子昌摆手说已经住习惯了，离单位近，上下班方便。

再见到刘子昌，感觉他明显瘦了，眼窝子都陷进去了。

他老婆是山西人，见纪洪寿来了，说了几句洪寿听不懂的家常话，立刻带着闺女出了屋，在院子里和其他小孩子玩"跳皮筋"和"躲猫猫"。闺女小，不会跳不会躲，跟着大孩子傻傻地来回跑，院子里响起孩子们的欢笑声。

刘子昌捏着后脖颈子，说，我们还说要做儿女亲家呢，这可好，你我生的都是丫头片子。

纪洪寿说，那可说不好，下一个就是小子了。

刘子昌急问，弟妹又有了？

纪洪寿臊红了脸，急忙摆手道，没没，还没呢。

两个人对视一眼，禁不住再次大笑起来。

刘子昌问起纪洪寿的工作。纪洪寿说，高兴是高兴，就是技术差一点，每天搬铁皮桶，不算手艺活。

刘子昌又用手捏脑门子，捏出一个个红印子，接着口气硬起来，说，听你口气，还是一肚子委屈呀，你这有啥埋怨的？比起那些死了的人，我们现在还活着呀。

刘子昌这样一讲，纪洪寿原本憋在肚子里的话，也就讲不出来了。不过，倒让他想起埋在心底的一件事，之前始终没有机会问，现在和平年代了，可以问一问刘子昌了。

那还是前两年的事了。有一次他去"晋泰昌"找刘子昌，发现往日热闹的杂货庄特别冷清，只有一个腿有毛病的老头遛来遛去，看样子像是看管大院。他问老头子，刘子昌哪去了？老头子不言语，四下里看着，摆手让他快点走。后来他又去了几次，刘子昌都没在，杂货庄依旧一片冷清。他想找老周师傅问问，可那会儿老周回芦台处理家事，已经走了一个多月。又过了些日子，纪洪寿再去，终于见到刘子昌，发现他脑袋上缠着纱布，问他咋回事。刘子昌轻描淡写地说头被磕了一下。看他走路也有点瘸，再问腿咋了。刘子昌又说摔了一下。纪洪寿觉得这里面有事，无论怎么问，刘子昌闭口不谈。

如今接着刘子昌的话，纪洪寿就把两年前的心中疑问提出来，问他当年脑袋破了还有腿伤的事，那段日子"晋泰昌"空空荡荡见不到人，肯定出了大事。

听到纪洪寿提起这件事，刘子昌立刻沉闷下来，脸也变了颜色，他喃喃道，现在跟你讲……讲讲也好，话都扯到这份上了，也让你知道知道啥叫抛头颅洒热血。

原来，"晋泰昌"是地下联络站，上级是中共晋冀鲁豫边区政府。那时候晋冀鲁豫边区政府在天津卫有好几个地下联络站，对外名目有杂货庄有当铺也有鞋帽店，一边收集情报一边为边区政府筹措活动资金。日本人投降后，这些地下工作点继续存在。可在 1948 年夏天，晋泰昌杂货庄所有人都被国民党特务抓走了，经过所谓甄别，最后在北平判了刑，投入了大狱。刘子昌是山东人，又是杂货庄年龄最小的小力巴，连续审问多日，也挨了打，可没有抓住刘子昌任何把柄，更没有确凿的"通共"证据，最后只得把他放了。刘子昌没有逃走，又回到晋泰昌杂货庄，他继续装傻，把自己伪装成一个傻傻的小力巴，那些暗中盯着他的特务见他没有跑，又盯了他一些日子，再加上解放大军在全国各个战场所向披靡，特务们为了自己的后路，也没有多少人继续履行职责，早就干自己的事去了。刘子昌跟组织联系上以后，所有行动做得更加隐秘，一直坚持到天津卫迎来解放的那一天。纪洪寿想起大炮隆隆响的那几日，纪洪寿亲眼所见刘子昌面对陈铁嘴的恐吓威胁，不慌不忙，一点都不害怕，如今看着眼前的刘子昌，打心眼里更加佩服他。

纪洪寿问被判刑的那几个人呢。刘子昌沉痛道，北平和平解放前，有的被杀害了，有的不知去向。不知去向的人，肯定凶多吉少，至今也没有任何消息。

临近傍晚，屋子里突然黑下来，刘子昌也没有开灯，两个人沉浸在往事回忆中。接着刘子昌又说起"面口袋"的事，纪洪寿这才知道，所谓的"面口袋"，其实是运到城外送给"四野"供需部，做部队的军衣和被褥，当然还有其他的用处。陈长捷守军严厉盘查进出天津城的人员和物品，无法直接运出整捆的布匹，最后想出来一个办法，以"面口袋"样式运出去。在天津地下党城工部的运作下，打通了国民党守军的多重道卡，把"面口袋"顺利地运了出去。

听完刘子昌的回忆，纪洪寿当即慌乱不堪，面红耳赤、心里发虚，觉得自己对不住那些死了的残了的失踪了的革命者。刘子昌劝说他不要自责，解放那会儿钱毛得像手纸，五毛钱也不多呀。又劝说道，那会儿你还是老百姓，给你辛苦钱没毛病，话再说回来，你也担着性命的风险，万一出了事……刘子昌握住纪洪寿的手，使劲儿攥了攥。

片刻过后，两人转换了话题。纪洪寿问起刘子昌货栈那边的事。刘子昌说，那都是老皇历了，现在不叫货栈了，改叫了华北对外贸易公司。

咋，跟外国人做买卖了？纪洪寿问。

现在对外对内都在一起，我现在还是做国内这块，在公司的土产收购部，还是老本行。刘子昌喝了一大缸子白开水，咳嗽了几声。

纪洪寿想起南门外的竹货铺子，问了，难道也归刘子昌管？

刘子昌告诉他，现在公司划分更清楚了，分成两大块，国营企业归对外贸易公司管辖，私营企业归工商局管理。

纪洪寿这才稳下心来，纪老大的竹货铺子不归刘子昌管理，他们要是再找他帮忙，他也有理由推辞。他不想跟纪老大他们走动太频繁，纪老二买来的"槽子糕"，还有纪老三的"火烧"，他过年去给他们拜年，也要提了礼品去，早晚要把礼还过去。

又说了会儿话，刘子昌老婆带孩子回来了，纪洪寿站起来告辞，刘子昌让他留下吃晚饭。他说还要回家，老婆孩子在家了，出来时间长了，不放心呀。刘子昌听了纪洪寿这样讲，也就不好再作挽留，依依不舍地把他送出大院子。在大院门口

第五章

告诉他，等新大葱、新大蒜下来，要好好吃上一顿。

从刘子昌家出来，天已经黑透了，纪洪寿甩开大步走起来，他现在走路特别快，多远的路都不怵头，比哪吒的双腿都好使。路过海河时，纪洪寿发现海河边上的轧钢厂，工人们还在干活儿，工地上不时有耀眼的火花出现，就像去年国庆夜晚放的焰火，纪洪寿吹着河面上的风，新奇地看了一会儿"焰火"，小跑着回家了。

当天晚上，洪寿睁不开眼睛了，看见光，眼睛就疼，像是有无数根细针扎眼睛。淑珍问他怎么了，洪寿说不知道咋回事呀。淑珍分析道，是不是秋天上火呀，闹眼了？洪寿也是认为上火闹眼，觉得第二天就会好了。

就这么煎熬了一晚上，哪里想到，第二天起来，眼睛照样睁不开，好像更厉害了，连一条缝隙都不能有。

恰好这时老顾来了。

几个月前老顾启发纪洪寿，光是当了工人还不成，还要加入工会，那才真正成为工人阶级，将来就没人敢欺负你了。刚当上工人的纪洪寿，没受到欺负，也搞不清工人加入工会之后，又是咋个称呼。纪洪寿问顾大江，入工会不是得有介绍人吗？一般人可是当不成介绍人的。老顾笑起来，洪寿呀，你咋一时清楚一时糊涂呢？介绍人远在天边近在眼前呀。纪洪寿看着顾大江，这才明白过来。老顾在厂工会，又有权力，再加上苦大仇深的纪洪寿表现出色，没有多长时间，就在顾大江的介绍下，加入了工会组织，有了一个小红本。

老顾介绍纪洪寿加入工会之后，以大恩人自居，隔三岔五地就来了，每次来到纪家都要吃上一顿饭，然后天南海北地指点江山，喝完"小沫茶"，实在没话说了，就会让纪洪寿把工会小红本拿出来，用手指点着小红本说，有这个，啥都不怕了！最后实在是没的说了，才拍着肚子笑呵呵地走了。

淑珍怨道，他咋总来吃饭呀，咱家筷子都被他嘬溜细了。洪寿眯着眼睛，笑道，要是没有老顾，我入不了工会呀！淑珍反问道，那就吃咱家一辈子呀？洪寿继续笑，多一双筷子嘛，筷子也吃不细。淑珍辩道，咋不能吃细？能吃细。洪寿还是不着急，说，他嘬溜一下筷子，我不过就是多绱一双鞋，小事不在乎。淑珍气恼起来，皱着眉毛讲，老顾说着说着就吐痰，黄色的，跟大便　个色儿，恶心死了！洪寿说，他又不是吐地上，不是吐炉灰上了吗？淑珍声调有些高，那也是吐在屋里呀！多脏呀！洪寿见淑珍没完没了，不高兴道，你咋这么多事呀？不就是吐口唾沫吗？淑珍见洪寿变了脸色，不敢再说话了，再接着说的话，他又该发火了。两口子吵架过后，过段时间老顾再来，淑珍还是笑脸相迎，走后照旧嘟囔几句。

这次老顾一进门，看见纪洪寿虚乎着眼睛，眼皮红肿，连忙问他咋了。纪洪寿闭着眼睛说，不知道咋回事，昨晚上眼睛开始疼，像是里面有沙子，看见一点亮光就受不了。老顾让他把手拿开，看了看，立刻说，你这是被电焊光灼眼了，你去哪儿了？纪洪寿闭着眼睛说起昨天傍晚在海河边上看"焰火"的事。老顾的黄眼珠子转了转，突然大笑起来，说，你还真是被电焊光给灼眼了，你没看工人手里举着个面罩吗？哪能用眼睛直接看，那还不灼你？纪洪寿死死地闭着眼睛，长长地"哦"了一声，这才明白眼疼的缘由。

见多识广的老顾让他用毛巾蘸上凉水，焐在眼睛上，想了想感觉不成，立刻下命令，马上去医院。淑珍慌了，问老顾，没有别的办法吗？老顾说，必须上医院，听我的吧。随后用自己的脚踏车驮着纪洪寿，快速蹬去了眼科医院。大夫看了，果然定性为弧光灼眼，开了眼药，给他一个小小的褐色瓶子，让他回家上眼药。回来后，老顾小心地给纪洪寿上了眼药，真是管用，纪洪寿能够微微睁开眼了。老顾临走前叮嘱淑珍，一个小时上一次眼药，保准明天好。老顾走后，纪洪寿又上了两次眼药，睡觉前感觉好了许多，不再针扎一样疼了，虽说眼睛还红肿，但已经能够睁开一条缝隙了。

纪洪寿对淑珍说，你总说老顾吃咱家饭，他就是那样的人，有毛病，可也有优点，是不是？

淑珍想起那天老顾忙里忙外地带着洪寿看病，也是觉得冤枉老顾，不好意思地脸红了。

纪洪寿眼睛好了，老顾又跑来了，嘘寒问暖之后，照例还要吃一顿。他坐在饭桌边，把淑珍用白面和棒子面烙的大饼攥在手里，用大葱在面酱碗里结结实实地滚了滚，然后插进大饼里，转动着脖子吃起来。顾大江吃饭时的神态，比小孩子还要可爱。他一边吃着还一边说话，一下子呛着了，立刻大声咳嗽起来，从嘴里拽出来一个大葱叶子，接着又要开始吐痰，向前探了探身子，还没等纪洪寿拿来土簸箕，他就对着屋里的炉子，"噗"的一声，犹如子弹一样快速射出去，一口浓浓的黄痰准确地吐在炉子下面的炉灰上。

淑珍扭着头，厌弃地闭着眼睛，过了片刻，趁着老顾说话的空当，赶紧站起来，用身子挡住老顾的视线，用小煤铲铲上炉灰，动作极快地把黄痰给盖上了。她想着出去待会儿，再不出去，就会恶心吐了，可是小玲子在床上睡觉，她要是不在，小玲子醒了会闹，没办法只好继续待在屋里，只是心里期盼着老顾吃就吃吧，千万不要再吐痰了。

老顾抓牢了纪洪寿的想法，通过那天灼眼事件，真诚地启发道，你看电焊光灼了你的眼，你骂这个电焊光，骂错了，是你自己不小心。这个营生可是了不得，你要是能当上电焊工，学会了这门手艺，这辈子就可以吃香的喝辣的了，这可是亲娘老子也夺不走的本事，比你绱鞋还要厉害。

纪洪寿略微发红的眼珠子亮了一下，脖子向前探了一点，认真地听老顾讲下去，不住地点头称是。

一阵剧烈咳嗽的老顾，终于吐完最后一口黄痰，舒心地用手抹了一下嘴角，这才拍着肚子笑呵呵地走了。

屋里静了一会儿，淑珍见洪寿始终低头不语，问他想啥事呢。洪寿说，电焊这手艺……淑珍急问，咋了，你又有想法了？洪寿"哦"了一声，立刻摆手道，没有，没有，随便说说。

纪洪寿嘴上讲着"没有，没有"，其实是上了心。从那以后，只要去找刘子昌，一去一回要过海河两次，心里就有了惦念。到了海河边，他就会凑到干活的工人身边，趁着人家叉腰休息喝水时，急忙凑过去搭讪几句，问的都是电焊的事。有时去西马路拿鞋料回来，也会多走一段路，拐道去海河边。海河东岸更是热闹，有的在忙着建设新工厂，有的在恢复建设炸毁和荒废的厂房，到处都是昼夜干活的火热场景。纪洪寿只要看见弧光闪烁，会颠颠地跑过去，蹲在工人不远处，谦虚地问上几句。要是瞅瞅人家没时间跟他说话，他就拿一块提前准备好的墨镜片，小心地举在眼前，遮挡住刺眼的电焊光，认真看人家怎么焊接。他越看越是喜欢，越看越是琢磨出来一些道道儿。他已经知道电焊工的一些基本要领，端着焊枪的手要平稳，一点儿都不能晃动；焊缝大小不同，焊条粗细选择也有不同；焊条粗细不一样，要选择相匹配的电流……工人们还热情地告诉他，要是焊缝没有缝隙的话，特别结实，比没有焊缝的铁板还要结实。

一来二去的，纪洪寿心里真是活泛了。一天晚上做梦喊醒了，淑珍问他咋了，他连说"没啥，没啥"，其实他梦见自己又被电焊弧光给灼伤眼了，只是不敢明讲出来。

四

陈铁嘴的"嘴"不好使了，没人找他"跑合"了，做买卖的互相见个面，当面谈价，谈好了马上交定金签合同。有的商户遇到麻烦，大事去派出所找警察解决，小事找街道主任说和说和。有政府给生意人撑腰，没人敢胡作非为，再像过去那样找个强人出来平事不可能了，过去的那些强人一夜之间都不敢出来了。陈铁嘴一下子没了业务，整个人蔫了下来。

这天纪洪寿歇班，陈铁嘴过来找他，嘴上的牙签已经没有了。纪洪寿给他让座，让他喝茶。陈铁嘴不坐，站着，说是有事求助。纪洪寿笑道，一个院子里住着，都是老邻居了，说啥求呀。陈铁嘴也就顺坡下驴，就着热乎劲儿，把自己求的事讲了。原来陈铁嘴想要跟"大伯"纪洪寿学绱鞋。淑珍怔住了，纪洪寿也愣住了。

真的要学，不是说笑话。陈铁嘴一手扶着门框子，另一只手变成木梳子，把五个手指头插进头发里，一下一下地使劲儿梳头，其实他已经没有多少头发了，稀稀落落的。随着手指力度的不断加大，阳光下能看见发白的头发雪片一样飘落下来。陈铁嘴的花白头发，落在纪洪寿家的木质窗台上，落在旁边的椅子上、凳子上，还落在暗红色的木地板上。

绱鞋是个受累的活儿，你学它做啥呀？纪洪寿实话实讲。然后，活动着肩膀子和脖子，又说道，这行当需要弯腰低头，双腿还要蜷起来，时间长了，胳膊腿全都是病，有时晚上睡觉都能给疼醒了。

陈铁嘴没被纪洪寿的话吓倒，反而脸上带着实诚劲儿，掏心窝子说，干活儿挣钱就是累，又不是去澡堂子泡澡儿，哪儿能不累呀。

纪洪寿见他说得实在，再看他过去油光瓦亮的大背头，如今已经改成了不抹油的高平头，终日挂在嘴角边的牙签也没了，心里一热，就伸出自己的右手，让陈铁嘴看他的小拇指。

陈铁嘴把脑袋凑近了看，纪洪寿闻到了陈铁嘴嘴巴里的烟油子味儿。陈铁嘴捏着纪洪寿的手指头看得仔细，发现纪洪寿的小拇指上有一道深深的凹痕，非常明显那是破了结痂又破再结痂后的结果，那是经过多少次循环之后形成的奇怪形状的硬茧。

陈铁嘴夸张道，子弹都打不透呀！

纪洪寿坦然地笑道，手指头要是没有这道硬茧子，绱不了鞋，这可是必须要过的一道关。

陈铁嘴瘪着嘴巴，突然恢复了过去满不在乎的神情，还是坚持要跟纪洪寿学习绱鞋，他不信自己干不了这个辛苦活，大伯靠着这个手艺养活了一家人，他也要学习这个本领。

纪洪寿知道陈铁嘴腿有毛病，进不了工厂干重活，绱鞋倒是一条出路，可他肯定受不了这个罪，也没有继续打击他，那就让他试试吧。

陈铁嘴谢过，乐呵呵地走了。

洪寿对淑珍说，新社会就是个好，把他的铁嘴变成了鸭子嘴。

淑珍倒是高兴这样的场面，只不过转过脸去，还是特别担忧，以后真的不靠嘴了？他那么能说的人，都能把死人说活了，把活人说死了，这就……就完了……完了？

洪寿瞪大眼睛，不解地问，可不就是完了，你没看当年刘子昌挎着盒子枪进来，他连屋都不敢出，窗帘拉得严严实实？

淑珍眨巴着眼睛，左右看着，把食指竖在嘴边上，让他声音小点，别让外边听见了，然后若有所思地看着窗外。

纪洪寿进橡胶厂当上了工人，穿上了工作服，大大方方地把车间发放的白毛巾和肥皂摆在自家窗台上，院子里的人出来进去都能看见，想不看见都难。这可让院里的王白猫坐不住了，他也费尽心思要去当工人。胡同水铺要给他涨钱，原来挑一桶水给二分钱，现在给三分钱王白猫也不干，再给加一分钱，还是不干！他之前听纪洪寿说过海河边上轧钢厂盖厂房，他就悄悄去了，也不知道用了啥办法，可能是身量高，再加上常年挑水，身子有把子劲儿，一下子当上了轧钢厂的工人。突然有一天，王白猫穿着一身深蓝色工作服，戴着蓝色工作帽，用白色网兜提着饭盒去上班了，走出屋子时，胸脯子挺得老高。小院里的人都惊住了，事后才听他老婆在院里跟四婶儿讲，轧钢厂起先没要他，可是王白猫讲不要钱也要干，干了几天后，厂子见他干得真不错，一个人的力气比得过两个人，车间也是需要身高体壮的工人，王白猫出身又是苦大仇深，最后录用了他。王白猫知道他老婆在院里讲了他进轧钢厂的过程，真是给气坏了，关上屋门，用鞋底子打得他老婆"哎哟哟，哎哟"地叫唤不停，从那以后王白猫老婆再也不提男人进工厂的事了，见到院里的人低头快走，一句话不讲。

七号院里一下子有了两个穿工作服的工人，引得陈铁嘴老婆特别眼红，出来进去的脸色不自在。陈铁嘴女人大高个，大胖子，小时候得天花时用手挠，脸上留下了不少麻子坑，日久天长，倒是与肉皮颜色差不多，不仔细看还真是看不清。胡同里的人背地里喊她"麻大娘"。因为陈铁嘴太能说了，把他老婆的话也都给夺走了，他老婆话很少，但是眼睛厉害，"唰"扫一眼，就知道从她身边走过去的人，里面衬衣领子破了。麻大娘也知道自己男人去不了工厂，一腿长、一腿短，哪里干得了重活呀，眼见自家男人要跟南屋大伯学习缲鞋，过去看不起缲鞋的，现在倒也特别支持，见到纪洪寿也比以前客气多了，大伯长、大伯短，有时还会过来，跟淑珍虚心学习纳鞋底子。

不知为何，最近这段日子，老刁来七号院的次数明显增多，四婶儿焦黄色的脸也有了一些温润的红色，老刁每次来，四婶儿都会提前用香粉扑脸。因为与淑珍家只是隔着粗木板子，香粉的气味从板缝中间渗透过去，淑珍不解地问道，四婶儿这么大年岁了，咋就跟小媳妇一样了呢？听着淑珍絮叨，洪寿啥也不讲，跟没听见一样，吭哧吭哧地削着木头楦。洪寿闲不住，手里不干活儿，整个人都恍惚，不管咋讲，绱一双鞋子，也能顶上两天的饭食。

淑珍悄声问洪寿，你知道四婶儿早先做啥？洪寿看着淑珍。淑珍说，她早先在窑子里，老刁逛得久了，两人有了感情，老刁就把她赎出来了。洪寿皱着眉毛问，你听谁说的？淑珍说，胖姥姥告诉我的。洪寿眼皮一耷，说，早知道。淑珍不解，那咋没听你讲过？洪寿又皱起眉毛，说，嚼这舌头干啥？见不得光的事，谁讲谁就是小人！淑珍赌气道，那你老婆现在就是小人了？洪寿说，对事不对人。淑珍喘口大气，转脸看着洪寿，口气软了说，我就是看上你这点，女人的事离得远，不嚼舌头。洪寿板着脸说，男人要是嚼舌头没啥出息，比女人还讨厌。洪寿说完了，看着淑珍，看了好半天。淑珍问他看啥。洪寿说，你也得出去干点啥了，要么就去胖姥姥那儿。淑珍唉声叹气说，车厂散伙了，有一天晚上蒋家进来蒙面人，拿着枪让蒋老爷交出金银细软，虽说被政府给抓住了，可是蒋老爷受到惊吓，说是脑子里出血，送到医院抢救过来，可却下不了地了，脑子一会儿清楚一会儿糊涂，总说有人拉来胶皮车，要把他拉到小王庄。胖姥姥心焦力竭，带着恨不得上房揭瓦的再堂，人变得像个老妈子一样邋遢，有老杨帮衬着算是凑合着过，我再去还得开大灶，再说也不能总把你一个人丢在家里。洪寿说，我倒是好办，胃口好，吃铁块都能消化。你得有点事干，总待在家里，这一院子的女人时间长了就会嚼舌头，那可就惹大麻烦了。淑珍无奈道，小玲子在这，我又能去哪儿做工？我才不想待在家里呢，也想挣点钱，给家里有个补贴。洪寿再次喘口大气，死眉塌了眼的，似乎也被淑珍给问住了。洪寿又转了话头说，姥爷总说有人拉他去小王庄，这可不好。淑珍说，是呀，那是个枪毙人的地方，真是不吉利呀。

一时间，屋里静下来。洪寿和淑珍，又说起出门工作的事。

男人出门工作，女人在家嚼舌头，胡同里出了好多麻烦的事，一时间居委会热闹了，天天解决邻里纠纷。居委会主任春发大娘天天忙，干瘦的身子出这门进那门，走路像是赶火车，永远都是满头大汗，还要浪费口水，好言好语劝架，嘴角两边起了火红色的大燎泡，正好对称，从远处看过去，像是含着两个红樱桃。吵架的妇女有时吵着吵着，看见春发大娘嘴角边的两个"红樱桃"，看着看着就忍不住笑起来。笑过之后，还是接着吵架。

派出所的女户籍警小何，一个瘦高的女子，戴着蓝色无檐帽，脚上是一双偏带黑布鞋，跟着春发大娘出这门进那门，把每家每户的情况全都摸了个遍，最后大家伙坐在一起想办法，想法很快达成一致，要把家庭妇女们组织起来，一定要有事情干，全都待在家里麻烦事情少不了。

春发大娘找到刘淑珍，说，婶儿呀，你怎么总不回来住？还是回来吧。淑珍倒是实话实讲，玲子她爸晚上绱鞋，用纸把灯给罩起来，可还是有亮，孩子看见灯亮不睡觉。又说，这不是回来住了吗？春发大娘说，大伯是个捞钱的耙子，脾气多好呀，又说，不能做家庭妇女，走出屋子离开灶台，把自己解放出来。淑珍眼睛亮了，问怎么解放自己。春发大娘这才把话落到实处，说街道成立幼儿园，出来工作吧。淑珍刚要说孩子谁来照看呀，春发大娘似乎已经知道她要说啥，立刻说，把孩子带到幼儿园不就得了，一个羊是放，十个羊也是放，我们要做新生活的妇女。淑珍被春发大娘说动了，想到自己也能参加工作，也能给家里挣钱，眼睛里立刻发出亮光。

在热心助人的春发大娘的鼓励下，淑珍还有胡同里的家庭妇女们，全都动员起来了，有的去了小工厂当工人，有的去了副食店当售货员。刘淑珍去了街道幼儿园当阿姨，小玲子拽着妈妈衣角，一起进了幼儿园。春发大娘的儿子春发也在幼儿园里，看见小玲子进来，离老远向她招手。小玲子跑过去，两个人坐在小板凳上，身子挨得很近。

春发大娘去小工厂、去幼儿园，来回巡视，看见俩孩子坐在一起玩耍，对刘淑珍说，这一对多好呀。刘淑珍笑得止不住，说，你这是要定娃娃亲呀？春发大娘拽了下自己的衣角，整理了一下中式褂子，笑呵呵地走了。春发大娘走路特别快，偏着身子，一阵风就看不见了。

陈铁嘴老婆麻大娘见淑珍上了班，眼馋，也想出去工作，陈铁嘴死活不同意，让她继续在家带孩子。麻大娘问为何，陈铁嘴不讲，就是摇头。麻大娘说，多挣点钱多好，你现在也没进项。陈铁嘴看了看自己手掌，才学了几天绱鞋，手就给勒破了，疼得龇牙咧嘴的，看着不像样子的鞋子，干脆不学了。因为无事可干，陈铁嘴的伤腿也进不了工厂当工人，没事的时候、想说话的时候，就跟在春发大娘身后走街串巷，动员妇女出来工作，要是遇到有的家庭产生矛盾，拌嘴了、打老婆了，陈铁嘴还想着给人"说和说和"，只不过人家不信服他，对他只是龇牙笑一笑，继续面向春发大娘说话。陈铁嘴见状，慢慢地也就不去了，又回到家，仅是依靠老婆做"外活儿"的那点钱，再有就是依靠过去的老存项，把一些金银饰品的老存货拿出来，觍着一张讨好的笑脸，偷偷摸摸卖给老熟人，换成现钱勉强过日子。

陈铁嘴因为整日憋闷，无处施展自己本领，对老婆讲实在没出路，就去学刘道元。麻大娘睁大眼睛，问，你想出活殡？陈铁嘴急得直摆手，说，出啥子活殡呀，我还没活够呢，我不会给自己念损的。麻大娘糊涂了，再问，那你学人家啥呢？陈铁嘴精神抖擞地道，出完活殡的刘道元名气可大了，他每年给商家送福字，商家就会给他钱，他一分钱不要，转手送给要饭花子，以后只要过年过节他在铺子一带转悠，要饭花子就会后面跟着他，人多势众，哪家商铺敢不给他钱呢？我也给商家送东西，让商家也给我钱。麻大娘惊讶道，你会写大字？你拿了钱也给要饭花子？陈铁嘴噘起嘴巴，不屑道，有了钱干啥给要饭花子？我可不像刘道元那样大把撒钱做个花子头，我是把钱给我自个儿。麻大娘还是糊涂，看见男人两眼发直瞅着窗外，不敢再嘲讽他，担心他走火入魔，于是好声劝慰道，孩子他爸，你就别在屋子里胡琢磨了，越琢磨脑子越乱。现在都是新社会了，你想用过去那套儿办法不管用了，现在的男人做不了出活殡的刘道元，女人也做不了早些年的“南皮双烈”，咱们就老老实实过日子吧，用力气吃饭永远没错儿。

陈铁嘴不爱听，眨眨眼睛，忽然瞪眼道，连你也瞧不起我？跟南屋小鞋匠一样？麻大娘不想解释，赶紧围上做饭的围裙，走出屋子。

五

炭黑车间主任老曹找到纪洪寿时，纪洪寿正在往漏斗里倾倒配备好的炭黑材料，见老曹离老远朝他招手，把铁皮大桶放在旁边，老曹以为他会跑过来，没承想纪洪寿立在原地等待，老曹只好快走几步赶过来。纪洪寿这才主动问道，主任，啊事这么急?

老曹个子不高,身子横宽,头发像是刚被一把大火烧燎了,从工作帽四周参差不齐地蓬乱出来。老曹说话,口气永远像是外面着起大火,他喊道,老纪呀,急事急事,写张大字报。纪洪寿眨巴着因缺觉而红肿的眼睛,说,我哪会写大字报呀?老曹不由分说地拽住纪洪寿手腕子,上下抖了抖,说,时间紧任务急,快点跟我走。

纪洪寿糊里糊涂地跟跄在主任老曹身后,一下子撞进办公室。一进门,纪洪寿看见破旧的桌子上已经摆好了纸墨笔砚,一大卷宣纸立在桌子旁边。老曹从办公桌上扯过来一张纸,递给纪洪寿,让他照上面的字来写。纪洪寿看也没看就想推辞,老曹不容他说话,客气个啥呀,炭黑车间工人只有你会写字,你就给我塌下心来写吧。纪洪寿说,曹主任,你写字比我好,我写的字难看哩。老曹哪也不挨哪儿说,你牙好看,字也好看。纪洪寿立刻抿了一下嘴唇,苦笑道,字跟牙有啥子关系?老曹还有事,急说道,别费口舌,快点写。说完,又指着桌子旁边立着的那卷纸说,纸在这了,快点写,我还得去找厂长。纪洪寿赶紧拉住老曹说,你让我写大字,多大的字呀?我真是没写过。老曹指着那张纸,又拍了纪洪寿胸脯一下,画了一个圈,说,照你胸脯这么大写吧。纪洪寿更蒙了,用手挠着头皮,连说自己哪写过这么大的字,别说胸脯了,拳头这么大的字也没写过。老曹头也不回,说,正好练练嘛!这是政治任务，快写。

老曹带着一身的烟油子味，风一样地旋走了，办公室里一下子静下来，过了一会儿，烟油子味也没了。纪洪寿又看了一遍老曹给他的那张纸，把宣纸铺在桌子上，桌子小，好像被刀子刻划过，桌面上坑坑洼洼。纪洪寿转来转去，干脆把宣纸铺在地上，见桌子有些碍事，又用肩膀把桌子向边上扛了扛。地方倒是变得宽敞了，可是低头看看自己的胸脯，纪洪寿还是犯愁。虽说解放后他参加了工厂的"扫盲班"，还参加了"夜校"的学习，再加上过去跟顾大江、刘子昌和老刁零星地学过写字，可那都是在擦屁股的草纸上写的，也有的写在小纸片上，从来没有用毛笔在这么软的纸上写过字，这还不算，还要写跟胸脯子一样大的大字，这还了得呀！可是主任老曹已经下了死命令，不写肯定是过不去了。

纪洪寿毕竟聪明，要在那么长的软纸上写，字体大小肯定不一样，转念一想，干脆裁成大小一样的纸，这样写出来的字就会一般大了。纪洪寿眼睛就是尺，可还是不放心，用卷尺量好尺寸，因为有做鞋样子的基础，很快就裁好了大小一样的纸张。接下来屏住呼吸，一笔一画写字，真是难为了纪洪寿，字体歪扭着，自己都看不顺眼。用了两个多小时，纪洪寿终于写好了十一个大字——反贪污反浪费反官僚主义。

老曹忙完事，双手油污地回到办公室，摔跤一样转着圈儿，看着摆在地上的大字。刚写完大字的纪洪寿，还没来得及洗手，手上都是黑墨。见老曹只看不语，心里更是不安，觉得给车间丢人现眼了，他举着一双黑手凑上前去，不好意思地说，字丑，难看死了。

老曹用看不出颜色的毛巾擦了擦双手，点上一根烟，看着地上的大字，倒是说大实话，是没有厂子外面大字报好看，可是这些字是我们工人阶级自己写出来的，是工会会员纪洪寿写的，那就是好看，就是好看！

老曹的一连串夸奖，把纪洪寿搞得不好意思。老曹说，老纪呀，把这些大字拿出去，我找人跟你一起挂在车间上，下午开大会。

工人们都是能工巧匠，几个人把铁丝拽直了，又用糨糊把十一个大字粘贴在铁丝上，很快就挂在车间一处空地上。到了下午，大字报下面又摆好了长条桌子和几个凳子。过了一会儿，车间大喇叭开始广播了，全车间工人带着小马扎，陆陆续续来到空地上，工人们围着长条桌子坐成了扇面形，有人卷起纸烟，一个卷两个卷三个卷，很快烟雾缭绕了。主任老曹走到桌子前，旁边有凳子他也不坐，高喊两声"开会了开会了"。刚刚安静下来，老曹用手指着脑瓜顶上的大字报，声音亮堂地说，我宣布从现在开始，每个人都要自我检讨，做没做过大字报上面写的事，要是隐瞒不讲的话，那可就不属于人民内部矛盾了。

所有设备全都停了，没有噪声的车间，把主任老曹的声音放大了好几倍，话已经说完了，尾音还在空中嗡嗡作响。

工人们都不说话了，也不敢正眼看曹主任，都是抽冷子瞅一眼，后来就都仰起脖子看头顶上的大字报。有的人识字，有的人不识字。识字的工人小声念给不识字的工人。因为念的人多了，又有了嗡嗡的声音。同事们越是看大字报，纪洪寿心里越是紧张，他也抬头看，已经看好多遍了，还是担心写错了，又继续看，心脏跳得越来越快。

老纪，你先说说吧。曹主任见大家都不言声，只得点名了。

炭黑车间四十多人的目光，齐刷刷地盯向纪洪寿。

如今的纪洪寿，因为炭黑的侵蚀作用，从过去的脖子后面就开始白，早已经变成脖子后面就开始黑了。凑近了仔细瞅，脸上、胳膊上的皱纹里都是黑丝丝的，也正是肤色变黑了，遮蔽住了汹涌而来的脸红燥热心跳。

坐着不好说，站起来讲。主任老曹进一步提醒，他相信纪洪寿说完，后面肯定一泻千里。老曹没想到，这个头竟由纪洪寿带起来。

纪洪寿仿佛牵线木偶一样，在老曹的命令下，动作僵硬地站起来。他看着大家，又抬头看着自己写的大字报，忽然说道，我贪污过，我浪费过。我坦白，我交代。

纪洪寿声音似乎并不高，却把所有人镇住了，就连喘气的声音、喷出的烟雾都没了。所有人的眼睛在同一时刻瞪大了，就连主任老曹都惊讶得张大嘴巴，连嗓子眼里的小舌头都能看见了，他心里像是着了火，你这个纪洪寿呀，我就是让你带个头，你怎么变成自己坦白交代了？你老纪要是有问题，车间里的所有人都得有问题。

纪洪寿诚恳地说，我拿过车间里的砂纸，拿过垫橡胶的小木块，还拿过半截扫帚……能放到书包里的东西我都拿过……我还浪费过，还能使用的铁桶，我就拿着到材料库换成新的了，这……这就是浪费呀。浪费就是最大的可耻！

同事们惊讶地看着老纪。

老纪感到脸上热、眼睛热、身子热，他几乎是带着哭音继续说道，我还从厂子里多拿走两副手套，一副线手套，一副帆布手套……我，我对不住车间，对不住工会。说完，他突然一屁股坐下来，小马扎差点被他坐塌了。他双手捂住脸，像个受了委屈的小孩子一样，"呜呜"地哭了起来。

静默了一会儿，主任老曹站起来，一边鼓掌一边说，老纪是个老实人，是个诚实的人，只要大家像老纪一样，把自己做过的事，当着大家的面讲出来，既往不咎，还是一名好工人。

在纪洪寿的带动下，炭黑车间的工人们站出来，主动"揭发"自己"拿"车间东西的问题，还有浪费国家财产问题，说到底也都是一个铁桶、一块布的小浪费。几次车间大会过后，有人说自己没拿过车间东西，也没浪费过国家财产。当着车间全体工人的面，主任老曹再三追问，还有人说没干过。老曹急了，把车间始终讲没有"拿"过东西的两个工人叫到办公室。

老曹说，老纪那么老实的人都拿过厂里的东西，你们俩竟说没有？怎么可能？你们难道比老纪还老实？

这两个工人，一个叫王载明，一个叫吕顺子。在来红卫橡胶厂上班前，他们在"三不管"一带帮人看棚子。变戏法、说评书在苇席棚子里，四角插上木棍子，再用苇席围起来，里面摆上长条木凳子，这就算是戏院了。"三不管"一带鱼龙混杂，难免会有二癞子捣乱，要想不受干扰，就得雇人"看场子"，王载明和吕顺子解放前就是"看场子的"。解放后，这两个鸡贼想要有个工人身份，也不知通过什么渠道、通过什么人的介绍，来到了红卫橡胶厂当了工人。工人"三班倒"上班，炭黑车间又累又脏，哪有过去"看场子"轻松，"看场子"整日嘻嘻哈哈的，遇上大姑娘小媳妇还能招一把撩一把。"三班倒"的劳动作息，把这两小子累得不轻，时间不长，他俩总是找出各种理由，三天打鱼两天晒网，上班不是晚来就是早走。

老曹见王载明和吕顺子死活不讲，也没有逼他俩，转头继续开大会，发动工人揭发检举。两人吓坏了，别看过去他们"看场子"吆五喝六，晃动着胳膊根子，其实心里没啥底气，每天都在唬人，如今见了大阵仗，很快就低头交代了。主任老曹吓坏了。原来他俩仗着工作便利，偷盗了不少厂子里的东西。他俩有啥工作便利呢？是这样的：炭黑车间活儿脏，工人干完活儿洗澡，一个人就把整个池子搞脏了，厂子里给炭黑车间盖了单独澡堂子，面积不大，也够炭黑车间工人洗澡了。炭黑车间远离其他车间，车间周边都是空旷的地方。这两人借助便利条件，进厂不久就开始偷盗，胆子越来越大。他俩上夜班时，把偷来的东西，隔着围墙扔出去。围墙外边是断头路，平日没有人走，地面是土地，日久天长变成了一片茂密的草丛。下班后他俩再到围墙外边，把扔出去的东西悄悄运走。没有他俩不敢偷的，只要能有力气扔到外边的东西，他俩都敢偷，都敢扔，都敢大模大样拉走。

王载明和吕顺子受到车间严厉批判，还惊动了厂子里，本来要直接开除的，又因他俩主动交代，把与他们联系的厂外坏分子揭发出来，还按照小米市价，退赔了钱，这两人一起跪在地上哭天抹泪，说家里上有老下有小，央求厂子开恩，大人不记小人过。经过厂方走访调查，两人家里的情况倒是属实，最后没有开除他们俩，把他们调到后勤部门负责厂区卫生清扫、装卸搬运工作，工资也就降了不少。这两个家伙表面上老老实实做卫生，实际上心里记上了仇，他们不敢惹厂子里，也不敢跟老曹来作对，把所有仇恨都记在了纪洪寿身上。

再说纪洪寿，交代完了自己的问题，虽说批评过后，跟过去没有太大的区别，主任老曹还有同事们还跟过去一样待他，可是纪洪寿心里不好受，似乎有个硬东西堵在胸口里，怎么都挖不出来。

这件事还没过去两天，洪寿身子不舒服，浑身皱巴，感觉脑袋昏昏沉沉的，他躺在床上，闭着眼睛，一言不发。淑珍见了，用自己脑门贴了贴洪寿脑门，果然滚烫滚烫的，发烧了。

淑珍说，去医院看看？要么我去药房买点药？洪寿依旧闭着眼睛，说，你给我刮刮吧。淑珍不高兴，刮有啥用？不得吃药吗？洪寿闭着眼睛，坚持道，不吃药，刮刮就好。淑珍没办法，只好把香油瓶子拿过来，倒一点进小碗里，又从抽屉里找出铜钱，把铜钱浸泡在小碗里。洪寿从来不吃药，有个头疼脑热的，或是浑身皱巴难受，就让淑珍用蘸着香油的铜钱刮后背，刮出一道道红色或紫色的血印子，不管天凉天热，都要蒙上被子睡卜一觉，转天病就好了。这个办法还是在宁津老家时，娘给他留下的治病办法，当年爹有病也是用这法子的。淑珍给洪寿刮完之后，又给洪寿盖上两床被子，被头一直把脑袋蒙上。这一夜，洪寿出了一身大汗，把两床被子都给湿透了。第二天早上，烧退了，身子利落了，又跟没事人一样了。洪寿对淑珍说，咋样，刮刮管事吧？淑珍瞥了他一眼，无奈地笑了笑。

这一天，病好后的纪洪寿，下班回到家，淑珍和小玲子还没回来。纪洪寿把门锁上，拉上窗帘，对着墙上的毛主席像，"扑通"一声跪下来，使劲儿磕了三个响头。一边磕头，一边嘟嘟囔囔道，我是说谎了，我拿过砂纸好多张，拿过垫橡胶的木块，不是一块，是好多块，拿过的那半截扫帚不是半截的是整个的……我还拿过线手套帆布手套，可不是两副，好几副呀……我还拿过别的东西，肥皂也拿过……纪洪寿继续跪着，脑门几乎抵在地面上。过了一会儿，他又声音颤抖接着说下去，我再也不会这么做了，一辈子都不做了……

这时候有人拽门，见门锁了，又敲门，一声接一声。纪洪寿知道是淑珍带孩子回来了，愣怔片刻之后赶紧站起来，把膝盖处的土掸了掸，这才把门打开。

淑珍进门后，见洪寿神情不对，奇怪地看着他，问道，你这大白天的，锁门做啥？话音未落，发现洪寿满脸淌着泪水，她吃惊地抓住他胳膊，一边摇一边问他，咋了？到底咋了？出了啥事？

洪寿抹了一把脸上的泪水，声音颤抖道，刚才我跟毛主席保证过了，厂子里的扫帚毛都不会再拿。

淑珍看着自己的男人，一时间蒙了，傻了。

洪寿自言自语道，说出来了，说出来了……心里就不憋闷了。

淑珍问道，没事吧？

洪寿解释道，没事没事，过去了过去了。

淑珍环顾四周，也没发现有啥变化，也就不再问了。

小玲子趁此机会跑出去玩了。

平静下来的洪寿，问淑珍带着小玲子去哪儿了。淑珍说，去看胖姥姥了，她一个人带着再堂，我不放心呀，那个再堂调皮得很。洪寿喘口大气，说，我也是心里惦记。淑珍一边喝水一边说，老杨前段时间不是走了吗，现在又回去了。洪寿小声疑问，老杨不怕牵连？淑珍大方地说，现在新社会了，老杨讲蒋太太待他不薄，蒋老爷又瘫床上了，没个人咋行呀？他愿意帮着胖姥姥做事。洪寿问，解放了，胖姥姥还用用人？淑珍说，老杨不把自己当用人，胖姥姥也不把他当用人，不就是帮助胖姥姥干些体力活吗？洪寿想了想说，有老杨在，咱们也踏实了。淑珍说，那我也得隔三岔五去，胖姥姥对咱不薄，咱不能当白眼狼。洪寿赶忙解释说，我不是那个意思，有事了我也会过去帮忙，这不冬天快到了，我给胖姥姥缭双棉鞋。淑珍点点头。

　　小玲子玩回来了，嚷着"饿了，饿了"。淑珍"啪"的一下，打了小玲子脑袋，喝道，一个小闺女咋总喊饿呢？

　　洪寿瞪了淑珍一眼，语气加重了说，打孩子打屁股呗，打脑袋做啥？说了多少次了。

　　小玲子立刻偎到爸爸怀里，哭诉道，妈妈打脑袋，把我打傻了，长大了上不了班了。

　　洪寿不宠孩子，立刻哄着说，傻不了，傻不了，你妈说得对。将来长大了，一定能当上大工人。

　　淑珍转脸看了一眼洪寿，忍不住笑了。

第
五
章

221

自从发烧治好后，又在毛主席像前做了保证，纪洪寿心情彻底清爽了，感觉身上的脏东西全都给卸下去了，干劲儿也更足了，他除了坚持上夜班，有时按照车间安排，也会上早班和中班。

这天，他上中班。傍晚时候，看见工作台面周围乱糟糟的，吃完晚饭后，一刻都没停歇，脱了上衣，穿着一件红色的"跨栏背心"，拿起一把大铁锹，独自清理起来。清理过后，又到车间门口拉来一辆两个轮子的小推车，把乱七八糟的杂物铲到车上后，推到后院的脏土堆。

仲秋时节，傍晚的西天边像是烧红的大锅灶，天上地上弥漫着饭菜的香味。纪洪寿心里高兴，哼唱起了京戏《搜孤救孤》的唱词，"有寡人出宫来天摇地动，屠爱卿率武士保孤安全……"纪洪寿喜欢京戏，打跑日本人后的第二年，他跟着纪青玉在早先法租界的中国大戏院，看过一次名角的《搜孤救孤》，那是纪洪寿来到天津卫后的第一次娱乐，人家就这么一次随意之举，竟然从此让他喜欢上了戏文。他在"纪家鞋铺"时，对着铺子里的电匣子偷偷学唱过，在"三不管"的席棚子里也听过撂地卖艺人唱过，从那以后竟然能够煞有介事地哼唱几句了。陈铁嘴听过他哼唱，一脸的不屑，故意拿话套他。纪洪寿不知是计，掏着心窝子，实话实讲道，将来有钱了，跟着人家学学戏文，那才带劲儿哩。陈铁嘴笑喷了，对着纪洪寿说，你知道学出戏要多少钱吗？一百大洋，穷小子可是学不来呀。纪洪寿见陈铁嘴当面骂人，当即回撑过去说，我不是戏子，也不上台，我就是自己解个闷儿，没想学整出戏文，学唱几句咋的了？陈铁嘴不吃亏，张着大嘴笑道，你倒是想学整本呀，你有那么多钱吗？纪洪寿不恼，看也不看陈铁嘴，哼着戏文走了，给陈铁嘴留下一个耿直不屈的后背。

纪洪寿推着小车出了车间，过了小马路，来到西面的后区。王载明和吕顺子打扫完厂区，也正要回去，正好看见纪洪寿推车独自出了车间，两个人对了一下眼神，悄悄地跟在纪洪寿身后。

纪洪寿把垃圾堆好后，拉车要走，感觉有人站在身后，转身一看，原来是王载明和吕顺子，他俩也不说话，用野狼一样的眼神儿，恶狠狠地盯着他。纪洪寿把车旋转一下方向，改成推车姿势。车轮扭向左边，王载明和吕顺子往左边站；车轮扭向右边，他俩又挪向右边。纪洪寿知道，这是找碴儿较劲儿来了。纪洪寿只好把车子放下来，迎着他俩，问想做啥。

王载明有点斗鸡眼，无论他看你还是不看你，都有挑衅的味道。吕顺子个子不高，因为脖子粗，显得身子特别壮实，可又因为长了一对小眼睛，把他的霸气稍微削弱了一点。

纪洪寿再问他俩，做啥？

王载明说，你个山东侉子，没你我俩倒不了霉。吕顺子说，你装嘛大尾巴狼，没你带头坦白，我俩能倒霉吗？

纪洪寿这才明白了，他俩还没从"运动"中走出来。纪洪寿心想，车间和厂里已经对你俩不错了，没开除你俩，咋啦还要想报复呀？纪洪寿这样想着，已经暗暗做好了准备。王载明和吕顺子对视了一下眼神儿，几乎就是眨眼之间，双双挥拳向纪洪寿面门打过来。纪洪寿脑袋一歪，躲过去了。吕顺子又挥过来一拳，纪洪寿又躲过去了，不过，躲得不彻底，肩膀挨了一拳，纪洪寿一个趔趄，但是没倒下。随后纪洪寿就发力了，他一个"王八拳"打过去，打在王载明脸上，这家伙一下子栽倒在垃圾堆上。随后，纪洪寿又是一个"王八拳"，又把吕顺子打倒在垃圾堆上。纪洪寿感觉自己把全身的力气都用到拳头上了。两人呼呼喘着大气，好半天才爬起来，接着又向纪洪寿扑了过来。纪洪寿这时已经抄起小推车的车把，闭着眼睛就向他俩撞过去。也不知道撞哪儿了，只听见两人"哎哟哟"喊起来，纪洪寿拎起来小推车，单手推车，慢悠悠走了，身后传来他俩骂人的声音，一声高过一声，比野狼喊声还厉害。

纪洪寿回到车间，主任老曹上白班，没在车间。纪洪寿抱起白瓷缸子，喝了一大碗凉水，又跑向厂保卫科，说了事情经过。两个保卫科干部都是从部队复员回来的战士，听到情况后，立刻跑向后院垃圾场，把鼻青脸肿的王载明和吕顺子带回去了。

第二天一大早，主任老曹也知道了。厂里经过调查，搞清事情原委后，准备开除这两个胆大妄为的工人。纪洪寿知道后，心里又软了一下，觉得处理重了，立刻找到主任老曹，求情说，批评教育就罢了，咋就开除呢？那不是饭碗子没了吗？老曹问，他俩找你求情了？纪洪寿赶紧摇头说没有。

老曹说，听说过白蚁吗？纪洪寿说，知道，那东西南边多，咱这没有。老曹说，我是说个意思，一只小蚂蚁不厉害，要是不除了，多了，能把房子的四梁八柱啃糟了，不开除他俩，咱车间就倒了。纪洪寿觉得老曹说话扯得远，这两个小子咋会把车间给啃糟了，给啃倒了？老曹瞪了他一眼，似乎若有所思，又忙别的事去了。

纪洪寿又跑到厂里，找厂领导，为王载明、吕顺子说情。厂领导看着纪洪寿，让他说说为啥求情。纪洪寿双手比画着说，打我两拳，我不在乎，掉不了一两肉，我也打他俩了，把他俩打得还不轻。厂领导垂着眼皮，皱着眉毛，下巴向上扬了扬，让他接着讲。纪洪寿向前探着身子，着急地说，现在建设新社会，工厂需要工人，要是把他俩开除，那不是浪费了人力？厂领导表情平静下来，撩起眼皮，看着纪洪寿，让他继续讲。纪洪寿咽了口唾沫，双手握着拳头，激动地说，国家号召能干活的人都出来干活，不养吃闲饭的人，只要王载明、吕顺子承认错误，再给他俩一次改过的机会吧。厂领导沉吟片刻，终于点了点头，忽然站起来握着纪洪寿的手，说，你这个工人不简单，曹主任把你的情况还有你之前的求情都汇报给厂里了，嗯，你说得在理，讲得也有水平，好，回去吧，厂子里会妥善处理这件事。

第五章

225

由于"受害者"纪洪寿出面说情，再加上大形势，厂子里经过批评教育，把王载明和吕顺子处分后，还是留了下来。他俩知道事情的前后经过后，立刻找到纪洪寿，二话不讲，"扑通"一声跪下来，流着眼泪感谢纪师傅大恩大德，发誓将来一定好好上班干活，做一个从里到外全都崭新崭新的新人，比刷墙壁的大白、比"十斤白"的白布还要干净白净的新工人。

　　纪洪寿忙把他俩扶起来，一句话没讲，挨个握着他俩的手，使劲儿摇了摇。王载明和吕顺子也使劲儿摇，嘴巴紧紧地抿着，"吭哧吭哧"地再也说不出啥话来。

第六章

一

　　刘子昌还是天天忙，过去除了做鞋去找过纪洪寿，两个人见面都是纪洪寿来找他，两个人只要是见了面，刘子昌都会立刻放下手里活儿，跟纪洪寿说上两句，问东问西，显得特别高兴。

　　这一天，纪洪寿下了早班，回家洗漱了一下，换上一身新工作服，又去找刘子昌。纪洪寿平日里有两身工作服在家备着，稍旧点的上下班穿，新的走亲戚会朋友穿。每次纪洪寿跟刘子昌见面，回来后他就连呼过瘾，觉得自己又懂了不少大事理，又知道了好多国家大事。

　　迎着海河的清风，纪洪寿来到刘子昌工作的大门口，发现挂在门口的大牌子又变了新名称，改了新名字"土产副食品公司"。门卫跟纪洪寿早就熟了，挥手让他进去了。

纪洪寿刚一落座，立刻就问门口大牌子的事，才知道不仅是改名字那么简单，如今经营内容比过去也多了不少，公司分为药材部、山干货部、土产部、蔬菜部。刘子昌现在主管"山干货部"，他闲不住，愿意去基层，只要能够腾出点时间，他就会跟着下面的人跑周边省份，去得最多的地方还是离得最近的河北省蓟县，那里的山货特别有名，质好价廉，从蓟县进来的核桃、杏仁、柿子、大红枣、黑枣还有其他山货，除了供应天津卫本地市场，还要运到南方地区。除了河北蓟县，公司跟山东、内蒙古等地也有进货渠道联系。

纪洪寿看着刘子昌一边看文件，一边接电话，还会有工作人员进来请示工作。待了一会儿，纪洪寿就坐不住了，说，你这么忙，我看着都头晕。

刘子昌说，国家百废待兴，就得要忙些呀，你不也是"三班倒"吗？

纪洪寿笑道，没有你贡献大，我还得照顾小家呢。

纪洪寿坐了一会儿，赶快告辞回来了，不忍心再去打扰刘子昌。

其实，就像纪洪寿自己讲的，他忙完了班上的事，接着就是忙乎家里的事，那真是一件事连着一件事，感觉就没有停闲下来的时候。这不，淑珍的肚子又大了，之前她也没啥子感觉，等到突然有感觉了，去医院看大夫，原来孩子已经在肚子里待了三个多月了。

这天一大早，淑珍摸着肚子，皱着眉头发愁，洪寿却是高兴得不得了。四婶儿围着淑珍来回转，眼睛不离淑珍的肚子，说这次怀的一定是儿子。陈铁嘴买馃子回来，拿眼扫了一下，走过去了，又扫了一下，甩下一句"还是闺女"。院子里的王白猫老婆出来进去，都是点头龇牙一笑，从来不多一句嘴，这天路过院门时，也看了一眼淑珍的肚子，嘴巴动了却不出声，想必有了自己见解，却绝口不猜男女。

陈铁嘴回屋后，刚把馃子放在篦子上，麻大娘就过来埋怨他道，女人家肚子的事你掺和啥呀？陈铁嘴低下头，不言语。

解放后的陈铁嘴，嘴巴不再那么强硬，老婆嘟囔几句他也老实听着，要是放在解放前他风光那会儿，早就吹胡子瞪眼了，说不定还要吼上两嗓了。带给陈铁嘴精神支柱的评书，也因为新社会评书改革，艺人们都不说老书了，可是新书还没有顶上来，书场也都停了，陈铁嘴也不敢再说老书，出来进去，嘴巴张开又闭上，犹如蹦到岸上来的一条鱼，整个人变得慌里慌张，丢魂儿一样。他看着"三班倒"的纪洪寿，既羡慕又嫉妒，那天还差点摔了一跤，坐在地上抱着瘸腿"哎哟哟"个没完没了。过去屋里屋外惧怕他的麻大娘看见了，狠狠地瞪了他一眼，也没过去扶他。

到了年底，冰天雪地的腊月天，淑珍终于生产了，果然又是一个胖闺女，起大名纪玉燕，小名就叫小燕子。

淑珍出了满月不久，有一天老刁来了，直接推开纪洪寿家屋门，向他打招呼问好，看淑珍抱在怀里的闺女，忽然问纪洪寿，为啥闺女名字里要有一个"玉"字？大闺女有，二闺女也有了。

纪洪寿赶紧把老刁让进屋，看着老刁笑了笑，厚嘴唇张开又咬上。老刁一屁股坐在靠近屋门的凳子上，自解道，玉，值钱呗，你想要通过人丁兴旺给自己带来大富大贵？纪洪寿不笑了，实话实讲道，要想大富大贵，就该起"金"了。黑胖子老刁推了推眼镜，把胖身子往墙上靠了靠，不解道，那又是啥意思？纪洪寿说，玉，干净。老刁眨巴着眼睛，还想问啥，这时候淑珍怀里的玉燕哭起来，炉子上的水又烧开了，壶盖被热气吹得"噗啦噗啦"向上顶，洪寿赶紧灌热水壶。老刁说着"忙着"，回自己屋了。

老刁跟四婶儿把刚才的话题说了。四婶儿把刚灌好热水的热水袋掖在老刁怀里，说淑珍怀二闺女时，她猜是男孩儿。说着，又用手指着北屋道，铁嘴断定闺女，还真是闺女。

陈铁嘴对于老刁，永远都是高看一眼。只要听见老刁来了，都会主动过来问候老刁。陈铁嘴嘴上说着"四大爷来了"，推门进来。四婶儿看着陈铁嘴，又把刚才的话重说了一遍。老刁朝陈铁嘴竖起一个大拇指，连声赞叹道，厉害厉害，说得准！陈铁嘴得到赞扬，忽然又打赌，说纪婶要是还生的话，一定还是个闺女。老刁"呵呵"两声，没有接茬儿。

麻大娘出来倒尿盆。在院子大门的后面，也就是纪洪寿家的对面，用木板围起来一个茅房：里面一个大木桶，木桶两边垫着碎砖头，角落里还有炉灰，拉完了屎，用小煤铲铲上炉灰垫上。除了大木桶，旁边还有一个小木桶，那是用来倒尿的，每天早晚两个时辰，都有摇着铜铃铛磕灰的车来，每个院子出来人，把屎尿倒进大车上。院子里的男人和孩子要是不闹肚子，不在院子里拉屎撒尿，都去胡同口的官茅房，院子里的茅房那是留给女人用的。倒完尿盆的麻大娘，听见男人和老刁在屋里说话，喊了一嗓子"四大爷来了"，算是向老刁问好。老刁推开门，回了好。陈铁嘴也跟着出来了。

回到自己屋，麻大娘小声跟男人说，女人家的肚子，你猜那个做啥呀？陈铁嘴脸红了，低下头。

日子过得快，转眼间纪玉燕已经一岁了，两个孩子在身边，刘淑珍原有的一条生活轨道变成了多条岔道，全都交叉在一起，屋里乱成了蛤蟆坑。作为幼儿园里的阿姨，她必须照顾别人家孩子，可是小玲子还有蹒跚学步的小燕子不干了，一会儿双手抹着眼泪号哭，一会儿躺在地上小脚丫朝上乱蹬，她又只好抱起自己家的孩子。这一抱可是惹来了大麻烦，引得别人说了闲话，说是刘淑珍拿着集体的钱，照看自己家的孩子。这样的话传出去，马上跟来了类似的话，后来就走了味儿，说她虐待别人家孩子，引得七条胡同还有其他胡同里的邻居们交头接耳，随后就是咬牙切齿、恨不得扇刘淑珍耳光。淑珍脸皮薄，心里有气无处撒，赌气离开了幼儿园，重新做回家庭妇女。

热心肠的春发大娘知道淑珍心情不好，提着半斤"小站稻"安慰她。淑珍有些惊慌，连说，使不得，使不得，这米太贵了。春发大娘拉着淑珍的手，使劲儿往下按，不让她说客气话，劝她回家来，外面的糟心话别往心里走，以后有外活儿一定想着她。

自从生了二闺女，淑珍变得爱流眼泪，抽噎地说，谢谢您了，我们家现在属于困难家庭，可以做外活儿，是吧？我想在家做点外活儿。

春发大娘叹口气道，咳，街坊邻居都知道大伯会绱鞋，又知道你娘家有钱，虽说解放后落魄了，可瘦死的骆驼比马大，到处都是眼睛盯着，到处都是嘴巴等着讲闲话，哪还敢把外活儿给你家？不过现在你回了家，又有了二闺女，领外活儿的条件差不多了。

送走春发大娘，淑珍心情依旧没有好起来，她被两个孩子折磨得面黄肌瘦，看见洪寿下班回来，随口说出的埋怨话一句接一句。洪寿理解老婆的埋怨，他也不劝也不怨，永远一副笑呵呵模样。淑珍转过身去，狠狠地瞪了他一眼，又不敢多说啥。淑珍知道男人洪寿的脾气，好的时候像个小乖猫，生气的时候没有缓冲，一下子就会爆发出来，样子特别吓人，像是深山老林中突然冲出来的豹子。

自从春发大娘送来"小站稻",纪洪寿没事的时候,总是提着袋子瞅上两眼,实在忍不住打开袋子,把鼻子伸进口袋里使劲儿闻,连声说着"香,香"。淑珍说,香?可不香呗,籼米一毛四分七,稻米两毛五,这"小站稻"可是比稻米还要贵呢。

纪洪寿小声嘟囔道,哪天蒸了吧,不蒸做啥,等着生虫子呀?淑珍不抬头,说,不年不节的,吃啥好米?再等等吧。可是这一等,就等到了端午节。做饭好吃的淑珍终于蒸了"小站稻",还花四毛钱买了四对对虾,犹豫了一下,又让小玲子去副食店买了一毛钱的肥肉,做了一道肉片炒豆角,再有就是她的拿手好戏炸花生。

小玲子吃得开心高兴,左颊上的那个大酒窝,好像另一张高兴的小嘴。这个大酒窝可是有意思,是小玲子两岁时候被胖姥姥家大公鸡给啄的。胖姥姥家那只大公鸡特别厉害,连黄鼠狼子都怕它。那次小玲子吃完饭,有颗饭粒粘在左颊上,在院子里玩耍时,大公鸡看见小玲子脸上的饭粒,扑闪着翅膀飞上去,照着小脸蛋啄了一口,当即就给啄破了,流了好多血,疼得小玲子哇哇大哭,伤疤好了后,就留下了这个大酒窝。

洪寿不吃菜,只吃米饭,吃完一碗,犹豫了一下,又盛了一小碗。淑珍问他为啥不吃菜。洪寿说,这么香的米饭……还就菜吃?老天爷见了都要骂我们。淑珍说,吃一口吧。说着，把一个大虾夹在洪寿的碗里，洪寿把大虾凑在鼻子下面闻了闻，又夹到了小玲子碗里。小玲子问爸妈，为啥"小站稻"这么好吃？比点心都好吃。淑珍说，问你爸。洪寿马上讲起来，小站稻施肥不用大粪，用的是豆饼；浇水用的是运河水，你说能不香吗？小玲子也不知道听明白没有，低着头，一个劲儿往嘴里扒饭。

这一天吃着"小站稻"，纪家像是过了大年。不光是纪家，胡同里每家每户都一样，平日里窝头是饭桌上的主食，吃米饭也是籼米和小米合蒸的"二米饭"。即使单吃大米饭那也都是糙米，碎碎的，阳光下仔细看，米粒还有点发红。

淑珍吃完"小站稻"还没高兴上几个小时就又别扭起来。原来这天晚上她出院子倒水，在胡同里听五号院的两个家庭妇女嚼舌头，说当初传播淑珍在幼儿园只照顾自己孩子、不管别人孩子的话，是陈铁嘴老婆麻大娘说的，淑珍听了更是特别生气，觉得麻大娘表里不一，当面说好话，背地说坏话，越来越像她男人陈铁嘴。

淑珍回到屋里还在生气，洪寿知道后劝她，不要生气，这就证明一个道理，咱们日子过得比他好，我的"手"比他家的"嘴"能挣钱。洪寿使尽全身气力劝老婆，可是无论怎么劝，淑珍还是高兴不起来，吃完"小站稻"的那股子高兴劲儿，全被这个恼人的消息给驱跑了。

二

　　小玲子上小学二年级了。出了胡同，拐上南马路，是一家小旅馆；过了小旅馆，往东走，走上几十步，就到了绿色大木门的南门东小学。小玲子上学前，纪洪寿只要有时间就会带着女儿出来玩。旅馆、小学校还有再往东的法院，这条路小玲子特别熟悉。路过旅馆时，爸爸就会告诉小玲子，解放天津卫时，一颗大炮弹落在胡同口，正好落在旅馆山墙旁，炮弹一半扎进地里，因为没有引信，所以没有炸响，要是炸响的话，小旅馆就会飞上天，里面有几个人就会死几个人。小玲子问爸爸，为啥没有引信呢？洪寿告诉闺女，城里都是民居，要是炸响的话，老百姓就会死掉许多人。路过法院时，洪寿又给闺女讲，过去梳辫子的满人、日本人还有国民党反动派的衙门在这里，不知道那些坏蛋害死多少老百姓，现在是老百姓的法院了，是为咱们劳苦人讲理的衙门。

　　小玲子中午放学回来吃饭，下午再去上课。她不用妈妈操心了。那天小玲子还蹦出来一句话，妈，我要早点上班当工人，给家里多挣钱。淑珍一把搂住大闺女，眼圈立刻红了，又怕被玩耍的二闺女看见，赶紧抹了眼泪。

　　二闺女小燕子已经三岁了，圆嘟嘟的脸，自己能喝水吃饭，也能拉屎拉尿，用淑珍跟春发大娘的话说"能脱开身了"。可是总闹肚子疼，洪寿去药店买了"宝塔糖"，小燕子吃下去两块后，时间不长就开始闹着拉屎，拉出来好多小虫子。淑珍让小燕子撅屁股，仔细一看，还有两个虫子脑袋在屁眼地方来回动，淑珍拿草纸小心地捏住虫子的脑袋，慢慢地拽了出来。

两个小孩子终于离开身了，淑珍又想起跟春发大娘讲的干外活儿的事，赚点钱来补贴家用，看着洪寿下班就绱鞋，甭管夜班还是中班，要是不绱一双鞋，他心里就会不踏实。淑珍也想助力洪寿，不能把一家人的嘴巴全都拴在洪寿一个人的双手上。

春发大娘早就主动跟淑珍说过做外活儿的事，过去理由不充分，免得街坊邻居讲闲话，现在理由可以了，春发大娘开始四处张罗给她找来外活儿——刷瓶子。瓶子大小不一样，小的有巴掌大，淑珍猜不出盛啥；大的，像是"光荣牌"酱油瓶那么大。每天早上去固定地点，淑珍用洪寿做的轴承小推车，拉来两麻袋的脏瓶子，回家后把大木盆摆在院子里，烧上开水，甩进去一把碱面，把一个脏瓶子从里到外洗干净可以挣到两分钱。一天时间里，淑珍除了洗衣、买菜、做饭，剩余时间还可以刷干净五六十个脏瓶子。刷瓶子这活儿才干了七八天，淑珍的手就发白发皱了，像是溺水而亡的死人手，白得吓人。洪寿买来胶皮手套放在家里，淑珍不舍得用，还给自己找出不用的理由，戴上这么肥大的手套，干起活来不方便。洪寿看了她的手，说，再不方便你也得戴手套，再不戴，手就毁了。淑珍看着自己的手，的确有些吓人，这才极不情愿地把大胶皮手套戴上。刷脏瓶子貌似简单，好像不累，可是干完所有家务再刷脏瓶子，一天下来，淑珍累得躺在床上不想起来，不仅身子累，耳朵也累，瓶子互相碰撞的声音，听得少倒还无所谓，听得多了，耳朵里都是"乒乒乓乓"的声音，人也就变得恍惚起来。

洪寿也是心乱如麻，脑子还有些糊涂。他所在的红卫橡胶厂，合并进来许多家小厂子，这些小厂子有的是街道开办的，有的是私人的小作坊。这些小厂子生产的橡胶产品质量低，根本用不到正式产品上，属于日常生活中的橡胶杂品系列。还有厂了大　点，情况好一些，能够生产橡胶机带。厂领导开大会讲，家里的电匣子也讲，原来这叫"公私合营"。洪寿还是不解，自己是国营大厂的工人，怎么跟小作坊里的人一个待遇了？纪洪寿的郁闷还在于小作坊来的这些人，坐没坐相、站没站相，把纪洪寿心中工人身份的骄傲全给冲没了。因为看不起来自小作坊的工人，纪洪寿还跟他们闹过很大的矛盾，跟一个叫徐大柱的工人差点动起手来。徐大柱从一个小作坊合营进来，长得人高马大，厂子发的工作服、绝缘胶鞋不穿，帆布手套、线手套也不戴，全拿到市场上换了酒钱，上班时穿着自己的衣服，要是整齐也好，都是补丁摞补丁；补丁摞补丁也没事，干净也成，可他全身上下都是油污，离老远就能闻到刺鼻的臭味。徐大柱不系衣服扣子，永远敞着怀，裤子是缅裆裤。纪洪寿私下跟人讲过，徐大柱这是给工人阶级丢脸。这还不算，徐大柱干活也不好好干，投放炭黑是有比例的，他为了节省体力，从来不按比例投放，多少完全凭着性子走。纪洪寿岗位与徐大柱比邻，他看不惯徐大柱不负责任的做法，总是拿眼睛偷瞄着他，看见他不按比例投放，就会立刻过去提醒他，甚至还会帮助他投放。徐大柱不高兴了，说纪洪寿，狗拿耗子多管闲事，与你何干？纪洪寿心里生气，可是转过脸去，照样会去监督徐大柱，时间一长两个人就吵了起来，徐大柱使劲儿推了纪洪寿一把，因为纪洪寿岗位靠近楼梯，踉跄着后退好几步，差点从楼梯上摔下来。纪洪寿被激怒了，蹦起来，飞端一脚，把徐大柱给端倒了，疼得徐大柱扶着腰"哎哟哎哟"喊起来。后来两个人又抱在一起撕扯起来，幸好被同事发现及时拉住了。事后两个人都在车间做了检讨，纪洪寿嘴上承认错误，心里过不去这个坎，他就是看不惯没有工人样子的徐大柱，还有跟徐大柱一样类型的人，慢慢地，他的心情也就变得特别郁闷。

这一天，纪洪寿上夜班，回到家倒头便睡，胡同里卖芭兰香小贩的吆喝声，一声接一声，还有院子里大人孩子说话声都没有吵醒洪寿，他一直睡到中午才起来，喝完一壶碎末儿花茶，再绱完一双鞋，扭脸看了看桌上掉了蓝色漆皮儿的旧座钟，已经下午三点多了。

就在这时候，有人在院里喊他，纪洪寿不用看就知道顾大江来了。他起身把屋门敞开，老顾肩膀端得平平的，笑呵呵地迈进来，屁股还没坐下来，张嘴就说这几天看洪寿面带愁容，在厂子里也不方便问，来家里看看他，是不是家里出了啥事。

老顾举着纪洪寿新绱好的鞋左看右看，笑着问，不会还是跟徐大柱打架的事吧？

过去了、过去了，纪洪寿苦笑道，我这个外地侉子，没承想来到天津卫还跟人打架了，丢脸丢脸呀。

老顾豪迈地举起右拳，气宇轩昂地说，打得对，老厂的人都支持你，站在你这边！

纪洪寿知道老顾吃顿饭才能走，即使不到饭点，他也要把话扯长到饭点。虽说这会儿离晚饭还有两个多小时，洪寿还是悄悄给淑珍使了个眼色，淑珍尽管心里一百个不愿意，可她从来不会在外人面前让自己男人下不来台，于是笑着提起竹篮子，用孩子的口吻说着"顾伯伯你坐着啊"走出屋。

洪寿也想找人说说心里话，要把心中的憋闷抒发一下，于是叹口气说道，"合营"进来的那些人，跟工人形象……差距太大了。老顾哈哈笑起来，笑得屁股下面的椅子发出"咔嚓咔嚓"的响声，张着满嘴参差不齐的大黄牙，嗓子眼里发出闷雷一样的声响，纪洪寿以为他又要吐痰，赶紧把土簸箕摆在他面前，老顾见状倒不好意思吐出来，生生地又给咽了回去。纪洪寿只好转过头装作没看见，努力压住肠胃的不适。纪洪寿对待顾大江很矛盾，虽说老顾一身的臭毛病，但对自己有过帮助的，算是一个热心人，尽管眼下车间里除去出身不好的，剩下的全都是工会会员了，可即使这样也不能忘记老顾曾经的道路指引，况且老顾还能讲出天南海北的大道理，能帮他把知不道、想不通的事，像是用火筷子通炉子，左三下右三下，最后再上下一抖，把黢黑的心里给捅亮堂了。

老顾喝了一口小末儿茶水，顺势看一眼桌上的座钟，慢悠悠说道，将来肯定没有私营企业了，全都是国营和集体，私人买卖都得淘汰。

为啥？洪寿问了一句。

我们将来要进入社会主义。社会主义不能有资本家，不能有私人做买卖。老顾看见纪洪寿听得专注，心中得意起来，挑了挑眉毛继续说道，吃喝拉撒睡的所有行业都得是"国营"的，最次也得是"大集体"或是"集体的"。

淑珍回来了，竹篮子装得满满的。淑珍私下里嘟囔过老顾经常来吃饭，还不讲卫生，来一次会让人恶心十多天。可他只要来了，还是照样客客气气地给足面子。她刚才去了鱼市，买了大对虾。下午价格比早上便宜些。一大早的对虾是三毛二一斤，下午两毛八，等到傍晚快要收摊时，价格就不再降了，被加工户全部买走，用海水泡完后蒸熟了再卖。

淑珍篮子里除了对虾外还有皮皮虾，在天津卫生活了这么多年，洪寿和淑珍口味也随了本地人，家里来客要是没有海货，心里就会过意不去，感觉招待不周，有了海货还要其他菜，配上两碟自己腌制的雪里蕻和咸蒜，主家和客人心里都会舒服，脸面上也过得去。淑珍知道老顾爱吃炸花生，特意买了新花生。淑珍花生炸得好，古铜色的，脆，不黏，能把香味完全炸出来。淑珍还去了鱼市旁边的"大合社"，给两个闺女买了一袋小动物造型的小饼干。

老顾看见淑珍的菜篮子，知道要留他吃饭，脸皮再厚也要做出姿态。他说着话抬起胳膊，看了看腕子上的"罗马牌"手表，突然"哎哟"一声，说，这么晚了，该走了。

纪洪寿知道老顾做样子，特别是看腕表的动作，只要看到这个动作，纪洪寿就想笑。顾大江腕子上的罗马表已经坏了，表针早不走了，可他还继续戴着这块坏表，还经常当着众人面抬腕看手表，厉害的是虽说手表停摆了，他也能说个大致时间来，竟然差不了十分八分。

纪洪寿摆手让老顾坐下来，轻声笑道，吃完再走吧。老顾也就"嘿嘿嘿"地借坡下驴，说，那好那好，弟妹做的饭就是好，吃不腻呀，洪寿老弟你可是有福气呀。

也就是这顿并非情愿的晚饭，让纪洪寿得到了一个新消息。老顾的儿子顾小江去了一家生产发电设备的国营大企业，不仅成了国营大厂的工人，还干上了纪洪寿向往的电焊工。

第六章

241

啊时干上的？纪洪寿急问，脸都涨红了，小江这孩子是咋去的？

老顾立刻得意起来，他把一个炸得红彤彤的大对虾塞进嘴里，腮帮子登时鼓起来，一边嚼一边说，知道你也想干电焊，别着急，慢慢跟你讲。

可能是吃得急，大对虾的须子扎着了老顾的牙床子，老顾嘴巴咧了咧，又用手去掏嘴里的虾，掏出来看了看，用长长的黄色指甲拨拉一下，马上又掖进嘴巴里，还没嚼两口又咳嗽起来。纪洪寿连忙摆手，让老顾慢慢吃，吃完了再说也不迟。

这时，小玲子背着书包回来了，乖巧地叫了一声"顾伯伯"。老顾笑着逗小玲子道，丫头越长越漂亮了。说着似乎像是想起啥，眨巴着眼睛，又问小玲子多大了，上几年级。小玲子告诉顾伯伯，八岁了，上二年级。

老顾嘴巴里嚼着对虾，含糊不清地嘟囔道，嗯，比我儿子小江……小九岁。他俩站一起，个子也差不多……

差了半个脑袋了。淑珍忍不住插了一句。

顾大江咽下一口唾沫，解释道，那是去年的事了，两人站在一起比个儿，小玲子现在长高了不少，像个大姑娘了。

纪洪寿说，大侄子……十七岁了？真快呀，去年过年时见过他，哪天叫他来家里玩。

老顾连说，好好好，一定。

吃完了饭，淑珍又沏上茉莉花茶，还特地燃上一根芭兰香。老顾喝了一口花茶，又嗅了嗅鼻子，看向冒着逶迤青烟的芭兰香，说了句"弟妹讲究呀"。在纪洪寿及时提醒下，老顾这才说起顾小江怎么进的工厂，又是怎么干上的电焊工。纪洪寿仔细听着，在心里梳理着每个细节。

顾小江进工厂当工人，完全依靠自己的能力，他始终看不起爹的那张嘴。顾小江与他爹是两类人，顾小江不爱说话，整日闭着嘴巴。顾小江跟着爹来过纪家好多次，最后一次来是去年大年初三，纪洪寿感觉这个过去流着鼻涕的男孩子一下子长大了，他从心里喜欢男孩子，喜欢不言不语的男孩子。去年见到顾小江时，把纪洪寿吓一跳，十六岁的顾小江，身子骨已经完全展开了，肩膀宽了，嘴上有了胡须，虽说还稀疏柔软，但已经有了大小伙子的模样。如今让纪洪寿没想到的是，顾小江竟是通过纪青玉的介绍去的这家国营大工厂，这可让纪洪寿吃惊不小。老顾绕了半天脖子，提供给纪洪寿的经验，还不在他那儿，竟然是在纪青玉那里。纪洪寿很长时间没见到纪青玉了，早先听纪老妹讲她哥哥很少到店里来，说是她哥哥去了北郊区一家工厂，当上了仓库保管员。纪青玉成家晚，纪洪寿参加了婚礼。记得当时纪青玉穿得很体面，一身蓝色干部服，气势比刘子昌还像大干部。纪青玉媳妇身子弱，结婚典礼上抹着胭脂，看不出来脸色，婚后再见，脸色比屋子里刷大白的墙壁还要白，好像喘气都挺费力气的。以后无论啥时见了，总是一副病恹恹的样子。纪青玉媳妇生完闺女后，孩子才刚刚满月她就病倒了，从此再也离不开药罐子了。大前年，纪洪寿去纪青玉家看望，正赶上邻居在院子里大声喊，中药渣子倒地上也成，可得给人留个出来进去的道儿呀，不能随便倒药渣子呀？这可是天津卫，不是乡下！纪洪寿知道天津卫有老例儿，喝完中药后，趁着夜幕把药渣子倒在路面上，千人踩万人踏，好把疾病"带走"。可倒药渣子也有学问，不能随便倒，撒渔网一样可不成，要顺着一条线倒，你想把病让人给你带走，可也要给别人留下一条路，有的人没看见踩上了那算他倒霉，但你不能把所有路面都倒上，让人家不踩药渣子就没道儿走，那就是做事不地道了，那可就是要找挨骂了。纪青玉听着邻居歇斯底里的叫唤，脸色一会儿红一会儿白，也不敢出屋吱声，人家毕竟没有点名点姓，你冲出去那不就是找挨骂吗？纪青玉只能在屋里坐着，想要扯点别的事，又想不起来啥话题，跟纪洪寿就那么干坐着，后来纪洪寿找个托词赶紧出来了……再后来联系得少了。

纪青玉咋就这么大本事呢？纪洪寿左思右想，依旧觉得不可思议。老顾说，你那个表兄可不是一般人。纪洪寿弯曲了眉毛问，这话咋讲？老顾双手摆动，开始白话起来，你知道天津卫有个顺口溜吗？是这么说来的："北门富、东门贵、南门贫、西门贱"，就是说住在城里这四个地方人的基本情况，你想想，纪青玉在"西门贱"的西马路开门脸，还能把小铺子的生意做到南市车厂，做到东楼的酱菜园子，一般人能做得来吗？

纪洪寿倒是听说过关于"四个城门"的顺口溜儿，如今听老顾讲了，自己再细一琢磨，也的确是这么个理儿。不过，他又很快转换话题，问起顾小江现在咋样了。纪洪寿始终惦记着顾小江的电焊工身份。

顾大江得意道，哪天我把小江喊过来。他上班忙得很，现在都成车间技术骨干了。这小子将来能当干部，能当大干部。不过，能不能超过我去，这就不好说了。

纪洪寿探过身子，问，你告诉我他那厂子叫啥名，我自己找去，正好看看纪青玉，我不想去他家，去厂子里找他。

那也好，到了厂子，找着他们一个，也就找着另一个了。厂子在马庄，远着呢。老顾说完，有些意犹未尽，想要抖落一下自己了解的往事，继续显摆道，马庄那块地方原来叫天津县，前几年政府不是取消天津县了吗？现在按照东西南北的位置改成了四个郊区，马庄那块地方现在属于北郊区。

纪洪寿以孩子口吻赞叹道，顾伯伯知道得就是多，这些事我咋不知道呢？

顾大江喜欢听人家捧着他，立刻得意道，洪寿呀，你可得关心国家大事，不能光是盯着自己眼前的这碗饭，还要想着大多数劳动人民，这样你才能不断进步哩。

纪洪寿也是佩服顾大江，听他这样讲，觉得很有道理，也就不住地点头称是。

顾大江高兴道，到了厂子你找铆焊车间，进了车间就能看到我儿小江了。

纪洪寿由衷赞道，小江真是有出息呀。

顾大江骄傲地仰起脑袋，拍着胸脯，始终不忘表扬自己，说，还不是我从小教育得好？

纪洪寿礼貌道，是呀，是呀。

三

淑珍的姐姐淑红来了。对于纪洪寿来讲，这可算是稀客了，洪寿和淑珍结婚那年，他俩带着喜糖、提着点心，去看过姐姐淑红和姐夫老朱。后来就形成了惯例，每年的年根底下，洪寿和淑珍买上"桂顺斋"或是"祥德斋"的糕点、"小八件"、槽子糕再配上四个大红国光苹果去走亲戚，也算是给姐姐淑红和姐夫老朱提前拜年。淑红也来看过妹妹和妹夫，可是次数少，这些年满打满算也超不过去五六次，淑珍和姐姐淑红之间，还不如跟胖姥姥走动频繁。淑珍跟姐姐淑红来往少有表面原因，一是南门东到东楼远，要倒上三次公交车；还有内在原因，姐夫老朱看似待人随和，实际上暗端架子，虽说已经解放了，人人平等，工人阶级高于一切，可是在老朱眼里，纪洪寿始终还是当年那个给他家送鞋的小伙计、小力巴。纪洪寿从老朱的眼神里能感觉出来，只是他没跟淑珍讲过，一次都没讲过，他心里有数，都在心里装着呢。

淑红个子比淑珍高，因为瘦，显得高不少。两人要是站在一起，又看不出高出多少。洪寿每次看见大姨子淑红，都以孩子名义客气道"大姨来了"，不知为啥，那一会儿就会莫名其妙想起娘。纪洪寿感觉娘的个子也高，也是瘦，只要看见大姨子刘淑红，当天晚上纪洪寿就会做梦，梦见个子瘦高的娘走在宁津的乡间土路上，还坐在井台上不住地回头看他。

刘淑红左手红色网兜，右手竹编菜篮子，带了杨村糕干、耳朵眼炸糕、小动物饼干还有半篮子红皮鸡蛋。因为是礼拜天，纪洪寿歇班，两个闺女小玲子、小燕子也都在家。淑珍把姐姐安顿好，让洪寿照顾姐姐说会儿话，她赶紧去买鱼买菜。

从刘淑红进门那一刻，纪洪寿就感觉淑红来一定有事，不好直接问，只是察言观色。纪洪寿发现刘淑红话里话外打听刘子昌，这更让纪洪寿猜出来她有事相求。纪洪寿是个直来直去的脾气，看不得别人想说的话又要藏着掖着不讲，搞得他比对方还要累，最后实在忍不住了，洪寿干脆以孩子的语气直接问淑红，大姨呀，你想让我帮啥忙？刘淑红这才红了脸讲了来意，原来老朱的酱菜铺子马上也要"公私合营"，老朱想要合并进国营企业，不想进集体企业。淑红知道纪洪寿认识刘子昌，想要纪洪寿帮个忙，说说好话，走走人情。纪洪寿这才知道刘子昌当领导的公司，现在又改成了"蔬菜食品杂货公司"，一些作坊式的酱油厂、糖厂还有老朱这样的酱菜园子也都要"合营"进来了，按照生产性质和生产规模，大部分进入集体性质的企业，小部分划归到国营企业。

刘淑红像是小孩子背课文一样，把男人老朱的想法说了。想要国家给个好价钱，给他工资定到最高等级，再有就是划归国营性质的企业。刘淑红张着双手，摊开来抖了抖，委屈道，老朱一辈子的辛苦都在铺子上了，这……这就没了？能好一点……不是心里好受点吗？

纪洪寿搞不清楚老朱的酱菜园子，要是"合营"的话应该属于哪个性质，他更不想给耿直的刘子昌找麻烦，想要直接拒绝大姨子，纪洪寿实在不想说拉抽屉的话，直截了当，不留心事。

屋里一下子静下来。胡同里响起叫卖声"买荞麦皮儿——装枕头哟"，声调悠长，好半天尾音才渐渐灭下去，感觉吆喝的人这会儿脸都憋红了。

恰好这时淑珍买鱼买菜回来了，纪洪寿想要拒绝的话刚到嘴边，又给生生地咽了回去。但他心里想好了，这件事不能管，一定要听国家的，国家怎么安排就应该服从去做，把话说到八里地远，这也不是刘子昌一个人能定的事；再退后八里地讲，刘子昌能定下来，他也不能给刘子昌找麻烦，让刘子昌在人情世故上犯错误。

吃完午饭，淑珍想要留姐姐再说会儿话，吃完晚饭再走。淑红说晚了回去公交车就没了。淑珍觉得也是，也就不再劝说。临走时，淑红当着妹妹的面，把老朱想要请洪寿帮忙的事讲了，刚才见洪寿没有明确答应，心里不踏实，如今当着妹妹的面，继续追问能不能帮这个忙。纪洪寿尴尬地笑了笑，不想违心答应，实话实讲，不好办。淑珍见状，有些生气，赶紧把话扭过来，姐呀，让他去问，问好了再去你家，跟姐夫直接说，省得你为难。淑红的脸膛立刻亮了一下，她好像就是要这个结果，立刻感激地看着妹妹，说，这样好，那就麻烦洪寿了，我回去就告诉老朱，就这么定了。

淑珍和洪寿穿好衣服，把姐姐淑红送到南马路上的汽车站，看着姐姐上了车，他俩才转身往回走。

刚进屋，洪寿就对淑珍说，这件事你办得不好，我没法跟刘子昌讲，老朱要求太高了。

淑珍脸色不好看，嘟囔道，我姐从来没求过咱们，第一次张口，你怎么也得帮着问一问，刘子昌要是不成，你再当面去告诉老朱，这样办事才对得起我姐。你说对吧？淑珍说着说着，眼圈就红了，接着又补充一句，别看我姐家开铺子算是有点钱，可她日子过得不舒心，她家的钱，都是老朱的，跟她没啥关系。

洪寿见状，赶紧答应下来，说一定按照她说的去做。他见不得淑珍流眼泪，她就是眼圈红，洪寿心里都像是被锋利刀子剜。

淑珍抹了一把眼泪，转身出了屋，把放在盛放煤球小屋上的大木盆抱起来，放到胡同里老槐树下面，又喊着小玲子，跟她一起去胡同口的自来水管子去担水，准备继续刷瓶子。

纪洪寿长叹一口气，也走出屋，站在那棵茂盛的大槐树下，准备跟淑珍一起刷瓶子。

天气稍凉了一些，可只要静下来，依旧能够隐约闻到尿骚味，气味儿是从大槐树的树根下漫溢出来的，那是老刁女人四婶的杰作。四婶每天早晨端着尿盆出来，走出小院，扭脸就把尿泼在树根下。这棵大槐树紧靠纪家的山墙，墙壁上面有个朝西的小窗户，尿骚气味上升，要是风从西边吹，尿骚味就会通过小窗户挤进屋子里。淑珍用说闲话的方式跟四婶说过好多次，屋里能闻到呛鼻子的气味，四婶装作没明白，淑珍说了好几次，她都没回应。淑珍窝火，想要去跟老刁讲，让纪洪寿给拦住了，算了吧，这事怎么说出口？老刁那人脾气大，要是骂几句四婶，四婶这个病秧子，再给骂病了咋办？淑珍气恼道，又不是没有茅房，咋就偏要泼在树根下面？纪洪寿始终压着淑珍，劝她忍一忍，怎么都能凑合过去，街坊邻居说不好就会吵起来，要是变脸了那可就麻烦大了。

纪洪寿心不在焉地刷着瓶子，脑子里想着如何去找刘子昌，琢磨着这求人的话怎么讲出来。淑珍还是不戴胶皮手套，洪寿也不再劝她，只是看着淑珍发白发皱的双手，心里不好受。淑珍除了心疼胶皮手套，还觉着戴手套干活不方便。过去在胖姥姥家，甭管夏天冬天，淑珍都是把袖子挽到胳膊肘上面，赤着一双大手干活儿，她早已经习惯了。

令纪洪寿没有想到的是，他还没来得及去找刘子昌，也没顾得上去找顾小江，驼背纪老三却不打招呼地来了。就像大姨子淑红来一样，纪洪寿猜测肯定有事，他们都是无事不登三宝殿的亲戚。

忠璞来了，快坐快坐。纪洪寿赶忙招呼纪老三坐下来，客气道，你可是稀客呀，我马上烧水，给你沏茶喝。

平时待人处事很少露出笑容的纪忠璞，今天却是满脸带着笑，始终落不下去，说，都是自家兄弟，别张罗。

纪洪寿成家以来，每年初一早上他都给纪老大、纪老二拜年，因为驼背纪老三家跟纪老大家挨着不远，纪洪寿也就顺道给他拜个年。其实纪老三跟纪洪寿同龄，比纪洪寿小两个月，只是纪洪寿刚来天津卫那会儿，人生地不熟，看啥事见啥人心里都发抖，顺着"大哥、二哥"叫下来，也就顺嘴叫了纪老三"三哥"，纪老三嘴角抽起一丝笑纹地应了。后来纪洪寿有了大闺女小玲子，顺着大闺女口吻"大爷、二大爷、三大爷"叫着，稀里糊涂地纪老三就成了纪洪寿的兄长。刚解放那会儿，纪老二跟纪老三来过他家，感觉挎着盒子枪的刘子昌将来是纪洪寿的大靠山，后来发现刘子昌也没给纪洪寿带来多大的好处，盒子枪也不挎了，做起了油盐酱醋的行当。在纪老二、纪老三看来，没有盒子枪，气势也就弱了，眼瞅着共产党跟国民党不一样，不会仗势欺人，当官的见人都是笑呵呵的，还自称"人民的公仆"，从此也就不拿纪洪寿当回事，逢年过节都是纪洪寿去看他们，他们再也没来过。如今驼背纪老三突然登门，纪洪寿马上猜测出来，肯定有紧要事相求。纪洪寿心里也明白，他认识的人中，只有刘子昌官最大，关系也最近。其他人像胡格平，虽说官职比刘子昌大，但他跟胡格平联系不多，求人帮忙的话实在不好讲出来。

纪老三后背上的那个尖，感觉又尖凸了，可他精神儿却不差。纪老三脑瓜子灵活，转轴儿快，记账本一分钱不差，识的字比纪洪寿多，见人一张笑脸，见佛马上双手合十。纪洪寿从怀仁鹏、大老郑还有老周师傅那里，零零碎碎地知道一些"宏福竹货"公私合营前后的情况。纪老大和纪老二成了铺子里的普通员工，纪老三没有变化，继续记账本。纪老大和纪老二心里有气，表现方式不一样。纪老大依旧与世无争的模样，他看得特别明白，共产党说话办事有板有眼，通融不得。纪老二脾气大，又财迷吝啬，看着自己的铺子成了公家的了，心有不甘，到处抱怨诉苦，说着说着就把诉苦变成满心的委屈，接着又把委屈变成冲天怒骂，骂得多了，骂得狠了，被职工揭发后挨了组织上的批评，纪老二不当回事，照样还是到处去骂，变本加厉，越骂越欢实，最后他在系统大会上挨了批判。组织上让他做检讨，还把他下放，让他扫地做卫生，不再让他做柜员。纪老二脾气不好，从来没想过照顾别人脸面，却特别爱护自己脸面，大会挨批后，说是不好受，接着就病倒了，歇了十几天，病好再上班，像是变了一个人，跟纪老三一样，后背竟然也驼了，往日的气势消减大半，好像只要再躺下去，这辈子就再也起不来了。纪老三跟纪老大、纪老二都不一样，说话喜欢转磨磨儿，绕来绕去的，最后冷不丁把想法讲出来，令人猝不及防，搞不好就会按照他划的道走了。

纪洪寿看不惯纪老三绕脖子，让他把话说明白。纪洪寿说，都是一家人，有啥就说啥，能帮就帮，帮不了直接告诉你。纪老三似乎就等着纪洪寿这句话，当即"嘿嘿"一笑，这才说出他的来意，原来他想离开土产店，去副食店上班。竹货铺子"合营"进了土产店，店铺名称也都改成了土产店。

为啥，在土产店不是挺好吗？纪洪寿不解道，去了别处，人生地不熟，还要重新处关系。

纪老三看着纪洪寿，表情有些莫测高深，说，不管咋个改朝换代，都离不开油盐酱醋，副食店是个好去处。

我又帮不上忙。纪洪寿实话实讲。

纪老三终于直来直去地说，洪寿呀，你不要装傻了，你认识的那个刘子昌，可是了不得的大人物，他一句话我就能去副食店。

纪老三说着，站起来，朝纪洪寿鞠了一躬，纪洪寿赶紧站起来，不让他鞠躬。纪老三是个能折能弯的人，不鞠躬了，改做抱拳作揖，这一套做下来，行云流水、自然得体，反倒让纪洪寿有些手足无措，不知道怎么回他礼了。

纪老三又坐了一会儿，用一笔写不出两个"纪"字来抒情，还回忆起来纪洪寿初来天津卫时的情况，说得纪洪寿眼睛潮湿了。纪洪寿留他吃完饭再走，纪老三摇头不吃，只是叮嘱纪洪寿，只要他跟刘子昌说有这么回事就可以了，剩下的就啥都不用管了。

送走纪老三，回到屋来的纪洪寿呆坐不语。刚才出来进去的淑珍，耳朵里也留住了纪老三的几句话，知道了个大致的情况，问纪洪寿下一步咋办。纪洪寿无奈道，那就跟刘子昌说说吧。淑珍不忘垫上一句，老朱那件事也一起说吧，比起南门外这三个人，老朱还算跟咱们近乎呢，是吧？纪洪寿心里琢磨着，觉得淑珍的话倒有几分道理，说到底老朱还是他跟淑珍结婚的媒人呢，订婚证书上的证婚人，一个是蒋老爷，一个就是老朱，黑字红底，证书上面写得清楚。那本贴着国民政府印花税的证书，被淑珍藏在衣服箱子的最底层，还特地用塑料布包裹好，担心受潮损坏。

四

纪洪寿始终惦记着顾小江上班的厂子，想要摸清他当上电焊工的路数，琢磨来琢磨去，觉得还是得亲自去一趟，看看更大的工厂啥模样。新社会了，结婚成家政府都在号召恋爱自由，娶媳妇前还要见个面，何况要去个新厂子，怎么也得照个面才好呀。想法妥了，他搁下长辈的面子，备好了走亲戚串门子的礼数：一盒"桂顺斋"的"小八件"，六个红光满面的大国光苹果。

到了老顾家，跟顾小江定好时间。纪洪寿坐了片刻，心情莫名紧张，便以"家里还有事不多坐了"为理由，连口热水都没喝，匆匆就要告辞。

顾大江没有要送客的意思，端坐在吱吱作响的一把旧椅子上，不紧不慢地说，洪寿这辈子真是不容易呀，过去你是来家看我，现在又来看我儿子了。

纪洪寿感觉心里被揪了一下，疼，特别疼。

顾小江连忙把水杯端到纪伯伯眼前，让纪伯伯坐会儿再走。顾小江讨厌他爸爸，喜欢纪伯伯，愿意跟纪伯伯说话来往，特别高兴纪伯伯去他们厂子，想要给纪伯伯画张路线图。

纪洪寿这才想起来，这么远的路，还不认识呢。于是又坐下来，找顾小江要了一张有空白处的废纸，让顾小江说路线，他自己画路线。不长时间，纪洪寿就画好了路线图，顾小江看后，连称比印刷的地图还清楚明白。纪洪寿把"路线图"放进口袋里，这才告辞出来。顾大江站在门口说，洪寿呀，不远送了，有机会再来看我呀。纪洪寿想要回话，顾小江拉着纪伯伯赶忙出来，一直送到胡同口。顾小江安慰道，纪伯伯，我爸爸最近神神道道的，您别跟他一般见识。纪洪寿脸红了，笑道，你爸就是这么个人，我们老朋友了，没事的。

这一天，纪洪寿下了夜班，洗了好半天的澡，用丝瓜瓤子使劲儿搓身子、搓脖子，最后甚至搓了搓脸，搓得浑身上下火辣辣地燥热。他还把带到厂子里来的新工作服换上，对着蒙上一层热气的镜子照了照，这才蹬上从旧物店买来的六成新的脚踏车，从红卫橡胶厂直接去顾小江的厂子。

顾小江的厂子在城市的北边，距离北运河不太远，顺着向北的道路一直走下去，要是过了河西务再往前走，就能到了毛主席住的北京城。

纪洪寿蹬着脚踏车，朝着北京方向骑起来，越走人越少，房屋也越少，还看见路上有穿着绛紫色大袍子、牵着骆驼的人，在骆驼鞍子上还斜插着一面红色小旗子，上面写着几个白色的字"扎针""看病""看相"。纪洪寿知道这些牵骆驼的人，好像是从内蒙古那边过来的，据说他们除了扎针看病，还有麻衣神相的功力，不过也只是听说，他没让他们看过病、看过相。

纪洪寿看着周边的风景，使足力气蹬着车。起先路两边还有庄稼地，后来庄稼地没了，都是长满野草的荒地了，骑到马庄时，他着实累了，想要休息一会儿，忽然发现前面不远处有个大烟筒。老顾跟他说过，看一个工厂是不是大国营，你就去看工厂烟筒吧。烟筒越高，证明厂子规模越大。顾小江始终看不起他爹顾大江，认为他爹吹大梨，平日里跟他爹观点哪儿哪儿都不一致，但他们父子俩在烟筒这个问题上，却是保持高度一致的，那天顾小江也是这么告诉纪伯伯的，到了马庄一带，只要看见最高的大烟筒，那就快到我们厂子了，说这话时，顾小江脸上得意洋洋。

纪洪寿绷住劲儿，低头猛蹬脚踏车，很快就到了飘扬着国旗的工厂。跟门卫说了顾小江的名字，门卫问他哪里来的。纪洪寿敞亮地说，我也是国营工厂的工人，说着，亮出了自己的红皮工作证，还把工会会员证也一起亮出来。门卫仔细看了，立刻客气地让他进去了。

进了厂大门，往里面走不远，果然看见了顾小江描绘的刷了灰色油漆的大铁门，大铁门下面还有火车轨道。大门没开，中间有个小门；小门敞着，里面隆隆声传出来，仿佛有千军万马在奔腾，更像是大江大河在咆哮。一切都跟顾小江说的一样，这里应该就是铆焊车间了。

从小门进去，纪洪寿犹如被高手点穴，两条腿迈不动了，他从来没有见过像山一样高的厂房，比他上班的橡胶厂的厂房高多了，大多了。纪洪寿不仅对方向、风向有着与生俱来的天分，还有着对陌生地方的独特观察力，他能一下子看得清楚，并且牢记下来：按照水泥柱子来划分，车间像是三条巨大的通道，每条通道的上面，都有隆隆作响的天车；车间里响彻着震耳的击打声，还有各种机器工作时发出的声音，再有就是电气焊的火花四溅。纪洪寿激动地看着眼前的大场面，觉得这才是真正的工厂，这才是他向往的地方，在这里当工人才是腰板挺得直的大工匠。

纪洪寿问了几个工人，顺着人家手指的方向，走过一个接一个的操作平台，很快就找到了正在干活的顾小江。

顾小江没发现有人来到身边，依旧专注地干活儿。趁着这会儿工夫，纪洪寿仔细端详着顾小江：穿着蓝色帆布工作服，脖子上围着白毛巾；左手举着电焊面罩，右手举着焊枪；脚上是绿色胶鞋，还有一个帆布鞋盖儿，用来抵挡飞溅的焊花。

顾小江焊完一条缝，拿下面罩，用尖尖的铁榔头敲碎焊缝上的皮子。纪洪寿趁机喊了一嗓子。顾小江知道纪伯伯今天要来，听见有人喊他，回头一看，赶紧站起来，高兴地喊了一声，纪伯伯来了。

留着"锅盖头"的顾小江，看着纪伯伯满脸的汗水，问他骑了多长时间。纪洪寿估摸说，一个多小时吧，不远不远，一点都不远。

顾小江想要带着纪伯伯回班组，坐下来歇会儿喝点水。纪洪寿连忙摆手，一个劲儿说，不渴，不渴。说着话，眼睛始终不离放在地上的焊枪。顾小江是个小聪明鬼，知道纪伯伯的想法，立刻做了简单介绍，说是要想把焊缝焊直，手是不能抖的，得练基本功，练蹲着，蹲上个一小时再站起来，腿不麻、腰不酸、手不抖。这些电焊工的基本常识，多年前纪洪寿在海河边上，跟干活儿的电焊工学习过，现在还是想多问几句。

纪洪寿问，小江，你能蹲多长时间？

顾小江遇到不好意思的事，就会低头红脸。他红着脸小声道，也就半个小时吧，还得练，啥时候能蹲上四个小时了，基本功才算是达标了。

这根电线……连到那头。纪洪寿指着脚下的电线，又用手指了指十几米远的地方，原来电线终端是一个灰色铁皮小柜子。

纪伯伯看得真是细，那是电流调节柜。顾小江笑起来，说，钢板厚薄不一样，匹配的电流大小也不一样。大了，能把钢板穿透了；小了，焊不结实。

顾小江又把放在地上的焊条拿起来说，还要有匹配的焊条。钢板厚薄不一样，焊条粗细也不一样。

纪洪寿拿起焊枪看了看，放下焊枪；又拿起长条形的焊条纸盒子，拿出来一根焊条，仔细看着，然后轻轻地放下来；又顺着电线走到靠近墙边的电流柜子，蹲下来仔细看。纪洪寿动作小心，双手不管拿啥，都是轻拿轻放，像是捏着母鸡刚下的鸡蛋，把顾小江看得都笑出声了。

见纪伯伯还想再问啥事，顾小江赶紧拉着纪伯伯到组里，抄起暖壶，给搪瓷水缸子倒了满满一杯水。纪洪寿这才感到真是渴了，一仰脖子，"咕咚咕咚"全给喝没了，用巴掌抹了一下嘴角。

电气焊班组的休息场地特别简单：靠着窗户地方立着一排铁皮柜子；距离铁柜子两米多远的地方，有一个包着薄铁皮的木头桌子，因为桌子又长又重，有八个粗粗的桌腿，跟大象的粗腿差不多；长条桌子两旁，是四个角铁焊接而成的长凳，长凳上面用大号螺丝拧紧一块老榆木木板子。

纪洪寿迫不及待地问顾小江，纪青玉怎么给你介绍来这儿的？顾小江知道纪伯伯急脾气，立刻说了前后经过。原来一年多前，顾小江跟着爹顾大江去"纪家鞋铺"做布鞋，恰好遇见纪青玉，顾大江跟纪青玉好久没见，说起了闲话，才知道纪青玉去了一家生产发电设备的大工厂。顾大江问纪青玉怎么想起来去工厂，纪青玉说他看见招工消息报的名，因为纪青玉识字，工厂又缺少识字的工人，纪青玉立刻被留下来，又因为年岁原因，在钢板库做了保管员，负责发放材料。顾小江这一讲，倒是提醒了纪洪寿，路上还想着去看看纪青玉，刚才进了车间，激动得把这件事给忘了。

顾小江倒是有想法，说，中午再去看青玉伯伯也不迟，现在我先带您认识一下我们车间主任，这样以后……您明白吧？

纪洪寿高兴起来，拍着顾小江肩膀，说，小江真聪明，听你的。

车间主任姓赵，两鬓剃得干净，露出发青的头皮；脑袋上面的头发特别茂盛，几乎全都直立起来。赵主任也是山东人，有着浓重的胶东口音，他膀大腰圆，褐色脸皮。顾小江特别聪明，没有跟赵主任直接说明纪洪寿想调到这里来上班，而是讲述纪洪寿对电焊有多么痴迷。在顾小江话题的引领下，纪洪寿把自己知道的电焊常识一股脑地讲了，讲得头头是道，最关键的是纪洪寿识文断字，这可是件了不得的大事。

赵主任眨巴着大眼睛，看了一眼桌上摞起来的报纸，立刻翻了翻，随手拿起一张已经皱巴巴的《人民日报》，用一只小蒲扇一样的大巴掌推到纪洪寿面前，立刻让纪洪寿念上几句。

纪洪寿怔了一下，双手举起报纸，刚要念又放下报纸，问赵主任念哪篇文章。赵主任一摆手，说，随便念，念几句就成。

纪洪寿直起腰板，清了清嗓子，找了一篇短文章《致读者》，一字一句念起来，"《人民日报》从今天起改版，扩大报道范围、多发新闻；开展自由讨论……"纪洪寿停顿了一下，因为有个字他不认识，空了这个字，继续念道，"发社会言论；三、改进文风、活……空气"。

有两个字不认识。纪洪寿转过身子，举着报纸，用粗手指头指着那篇文章的"阐"和"泼"两个字。

赵主任禁不住夸赞道，了不得、了不得，认识这么多字，比我识字还多。

赵主任特别欣赏纪洪寿，感觉他马上就要脱口而出"来我们铆焊车间吧"。顾小江是个鬼聪明，他还想要欲擒故纵，忙站起来说，现在快吃午饭了，不打扰主任了。

离开主任办公室，纪洪寿一把拉住顾小江，着急地说，赵主任都话到嘴边了，你咋就走了呢？顾小江拉着纪洪寿的手，说，纪伯伯，您的事成了，等好消息吧，到时候您可别不来了。纪洪寿眨巴着眼睛，似乎明白了啥，这才感觉到顾小江比他爹顾大江还要厉害，小小年纪懂得如何掌控话长话短，这可是不得了。

顾小江带着纪伯伯去后院，到钢板库去找纪青玉。

后院可不像前院这样热闹，寂静得没有一点声音。围墙不太高，看过去像是新砌好不久。后院有一扇跟铆焊车间一样的灰色大铁门，悬空的铁门下面，同样有一条从外面伸展进来的铁轨，把围墙内外联系起来。顾小江告诉纪伯伯，外面运来的材料，通过这条铁轨运进库房。后院有好几处库房，除了钢板库，还有焊机库、焊条库、设备库以及其他材料库房。铆焊车间是生产程序上的第一关，也有一条铁轨与厂外连接，一些大型铸件从外面直接运进铆焊车间，其他车间像翻砂车间、金工车间都没有铁轨。

纪洪寿望着院里院外的参天大树，看了好一会儿。

顾小江问纪伯伯想啥了。

纪洪寿语调低下来，感慨道，没想到我能到天津卫，还能当上穿工作服、拿工资的工人。

顾小江没明白纪伯伯心思，拉着纪伯伯去钢板库。

从后院大门往左拐，沿着围墙，走上不到一支烟的工夫，见到一片红砖房。钢板库没有铆焊车间高大，只有一层，特别矮，跟纪洪寿家里的房子差不多高，进去后，光线一下子暗下来，满眼都是放着钢板的铁架子。

库房门口有一间办公室，顾小江隔着窗户，问了里面一位戴着蓝套袖的老工人。老工人说纪青玉没来上班，病了。

纪洪寿身子向前倾着，隔着推开的窗户，一把抓住老工人胳膊，忙问纪青玉啥病。老工人被抓得龇牙咧嘴，声音哆嗦道，身体……身体不好呗，他也没讲啥病。顾小江见也问不出啥来，拉着纪伯伯胳膊，朝着窗户里面笑道，老师傅，我们走了，回头再来。

在回车间的路上，纪洪寿特别自责，说前些时听纪老妹讲过她哥哥身子不舒服，没有太上心，以为就是个头疼脑热的小毛病，如今病到已经歇班了，那肯定特别严重了。

顾小江懂事地说，我回家告诉我爸一声。

五

纪洪寿见到刘子昌时，刘子昌一句话就把纪洪寿给惊住了，原来老朱已经找过他，更令纪洪寿惊讶的是，老朱找完刘子昌，又去找了胡格平。纪洪寿完全糊涂了，大姨子淑红不是让我跟刘子昌说说老朱的事吗？他怎么自己找来了？最不解的是，他还去找了胡格平胡处长。刘子昌和胡格平，之前老朱可是都没见过面呀？他怎么胆子那么大？借着风就来雨？

衣扣系得整齐的刘子昌，看见纪洪寿瞪大眼珠子，厚嘴唇都变了颜色，煞白煞白的，笑了一下，一副见怪不怪的神情。他对纪洪寿讲，这个老朱可不简单，做生意做得成了活泥鳅，有个缝儿就能钻过去。纪洪寿知道老朱精明，要是给他身上粘上毛，就能变成指挥若定的老猴子，可还是想听听他到底咋个精。

原来，老朱顶着纪洪寿亲戚的名义来找刘子昌，见刘子昌说纪洪寿最近没来过，不慌不忙地说洪寿家里有事，大概还没来得及过来说吧，随后便是一顿猛夸纪洪寿，人如何如何好，手艺如何如何精。刘子昌让老朱说说来有何事，老朱当即讲了。听完老朱求助帮忙的情况，刘子昌当面就把政策讲给他。眼珠一转就一个心眼的老朱，当即明白这是表示拒绝了，可是他没有一点懊丧，照样千恩万谢。

你这个亲戚咋知道你认识胡格平？刘子昌一边用手揉着手关节，一边奇怪地问。

纪洪寿告诉刘子昌，肯定是淑珍跟她姐姐淑红讲过解放前自己帮助过小胡的事，这个有缝就钻的老朱就记下了，眼下借助纪洪寿、刘子昌之间的友谊，又偷摸着去找了胡处长。刘子昌听胡格平讲，老朱听口音听出胡处长是胜芳人，还借着胜芳皇会的回忆，跟胡格平攀谈起来老乡的情谊。

那……最后咋办了？纪洪寿觉得老朱本事太大了，这样的攀附、这样的操作，打死他他都做不来。

刘子昌严肃道，胡处长跟我讲了，别说是老乡，就是他爹，他也不会违反政策做事。

纪洪寿原本僵硬的肩膀，这才猛然松弛下来，不过他还是在心里埋怨淑珍和淑红，姐妹俩说话，干啥说这些话？转念一想，更是无奈自己摊上了老朱这样不要脸的亲戚。

刘子昌知道纪洪寿的为人处世，笑着给他解忧道，知道你亲戚多，可是再多也要符合政策，政策在前、亲情在后。是不是这个理儿？

纪洪寿皱着眉头，诉苦说，不光是孩了她姨父，还有其他亲戚也找过我，都被我给推掉了，不能给你找麻烦。谁让你当年挎着盒子枪来找我，都以为我攀上了大官。

哦，我还猜对了。刘子昌笑起来。

纪洪寿心眼实诚，顺嘴举例说了纪老三纪忠璞的相求。刘子昌听了，倒是没有反感，顺便问这个纪忠璞有啥大本事。纪洪寿依旧实话实讲，讲了纪忠璞会记账、识字多。没想到刘子昌格外上心，问得特别仔细。

刘子昌发愁说那些副食店呀，店员全都是家庭妇女，有年龄大的也有年龄小的，像个老母鸡带着一群小鸡，唉，男同志太少了，都不愿意去副食店上班，说是大老爷们卖油盐酱醋不体面，打破脑袋想去炼钢厂、机械厂，可是油盐酱醋也得有人干呀！家庭妇女不识字，重一点的箱子也搬运不了，上级要求加强副食店力量，下一步准备招收男职工，识文断字的男职工更是抢疯了。

你这个亲戚……叫啥来着？纪忠璞，对吧？刘子昌用手指敲着自己的太阳穴，说，这个忙倒是可以帮你。你这个亲戚还会记账，这不是好上加好吗？

纪洪寿愣住了，问刘子昌，这事……能办？

刘子昌说话干脆利落，反问纪洪寿，为啥不能办？这不算违反政策，上面就要下文件了，你回去跟你这位亲戚说一声，告示马上就会贴出来，让他见到告示马上去报名。

纪洪寿是个实诚人，告别刘子昌，连家都没回去，连跑带颠地去找纪老三，把刘子昌说的话一股脑地讲了。纪洪寿原本以为纪老三会特别激动，也会眼含热泪地感谢他，没承想纪老三特别平静，只是尬笑了两声，看着他，没言语。

纪洪寿抹了一把头上的热汗，不知道怎么"接住"纪老三从深井里提出来的笑。面对红头涨脸的纪洪寿，纪老三似乎想起啥来，站起来给纪洪寿倒上一杯白开水，没有直接放在纪洪寿面前，而是放在自己眼前，用两根弯起来的手指头把水杯慢慢推到纪洪寿面前，这才"嘿嘿"笑着说，口渴了吧？喝点水，润润嗓子。

离开纪老三，纪洪寿像是自己做错了啥事，怎么都捉摸不透纪老三的笑。他回到家，衣服没脱，站着就跟淑珍说了这件事。

淑珍正在洗红萝卜，浸泡在水里的十个指头通红通红的，跟红萝卜一个样子。她埋怨洪寿好事不会办。纪洪寿感觉蒙了头，不明白咋就不会办事了？

淑珍说，干啥要说实话？

洪寿急了，嘴巴都给急歪了，喊道，人咋能不说实话，不说实话那还是人吗？

淑珍被洪寿大嗓门吓了一跳，手里的红萝卜掉在水盆里，溅起好多水花，地板上都是水，她用胳膊抹了一下脸，又用抹布擦了下地板，着急地说，将来副食店贴出告示招收男同志，人家老三又会记账又识字，不找你、不找刘了昌，人家也能去得了。

洪寿伸长脖子，"哦"了好几声，这才终于明白纪老三怪异的眼神，可转念一想，他毕竟跟刘子昌说了帮忙的话，还把消息提前告诉了他。

淑珍不说话了，摆上案板，把洗好的红萝卜摆在案板上，拿起菜刀切掉须子还有根部，一会儿准备上锅蒸，红萝卜蒸着吃，好吃还有营养。

纪洪寿用拳头捶了一下大腿，嘟囔道，纪老三、老朱这类亲戚，哪像个亲戚样呀？大事小事屁事都是藏着掖着的，跟他们打交道，脑子疼心窝累。

淑珍把红萝卜摆进碟子里，端去院里的小厨房，煤球炉子上的大锅已经冒热气了。洪寿垂着头，又用拳头捶自己的胸脯，感觉有口气出不来。

这时候，胡同里、院子里、屋子里充斥着冲天的臭味，清脆的铜铃声也同时响起来。磕灰车来了。越是晚上做饭、吃饭的时候，运送屎尿的磕灰车越是来凑热闹，饭菜香味和屎尿臭味掺杂在一起，人们也是习惯了，随便地嘟囔几句，随着臭味散尽，也就开始吃香香了。

当天晚上，从来不喝酒的纪洪寿，从南马路上的小酒馆打来一两散装白酒，自己炸了花生米。因为脑子里想着事，把花生米给炸煳了。淑珍端着碟子，问，再炸一碗？煳了，咋吃呀？洪寿一个劲儿摆手，拿过碟子，抓起来几粒扔进嘴里，仰脖子喝了一小口，呛得他大声咳嗽起来，紧接着就抓起好几粒塞进嘴里，想要压住嘴巴里的辣味。咳嗽止住后，想了想，把小酒盅里的酒一饮而尽，这次好了，没有剧烈咳嗽，他闭上眼低下头，随后一个劲儿摇脑袋，仿佛要把心中的不快全给摇走了。过了一会儿，他又揪着自己的头发，嘴巴嚅动着，像是自己跟自己说话，只不过没有一点声音发出来。

淑珍不劝不问，任由洪寿自己跟自己讲话，自己跟自己较劲儿。她知道洪寿是个犟脾气，劝也没用，越劝他越起劲儿，让他自己慢慢消化吧，过一会儿气没了，自己也就慢慢落地了。

人这一辈子，不能总是有别扭事，别扭事过了，就该有好事到来。

纪洪寿见过铆焊车间主任没多久，有一天傍晚，顾小江穿着工作服就跑到纪洪寿纪伯伯家来，刚进门就"呼哧呼哧"地喘着大气说，成了成了！

这个礼拜，纪洪寿上夜班。早上回来，照例睡到中午。被胡同里锅锅碗碗的吆喝声闹醒了，他起来吃完午饭，休息片刻，开始雷打不动地绱鞋。这会儿已经绱完一双鞋，还没喘口气，碎末花茶喝上没几口，就听到了顾小江"成了成了"的好消息。

啥时去呢？纪洪寿抓着顾小江双手，左右摇完接着上下摇。他没有细问，就知道啥事。

淑珍拿过竹编套子的暖水瓶，给顾小江倒了一杯热水。顾小江抓过水杯就要喝，淑珍急忙拦住，水热呀，慢慢喝。顾小江把水杯放回桌上，高兴地说，纪伯伯，您就再去一趟我们厂，越早越好呀，问问领导调动手续怎么办。

纪洪寿照着顾小江肩膀拍了一巴掌，说，明天下夜班我不回家，直接去。顾小江看着纪伯伯满脸笑容，感觉自己做了一件大好事。淑珍留他吃饭，顾小江赶紧站起来，说家里还有事，说完，慌慌张张地跑走了。

送走顾小江，纪洪寿高兴得坐立不安，一扫几天前的颓丧郁闷。淑珍依旧显得平静，小声说，现在后悔还来得及，你可要想好了。

洪寿不解，梗着脖子问，后悔个啥？想好啥？

现在上班离得近，一会儿就到了。去了新厂得多远呀？淑珍越是遇上大事，越是不着急，她不像胡同里那些家庭妇女，站在院门口，扯着大嗓门喊孩子回来吃饭，手里永远拿着笤帚把，急了就没头没脸打孩子；淑珍不，她也打孩子，但是动静没那么大。

远怕个啥？洪寿说得坚决。

淑珍又说，听说去马庄，得经过小王庄，小王庄可是枪毙人的地方。

洪寿一脸不在乎，说，那都是解放前的事了，现在小王庄那一带可好了，还有好多的住户。人家住在那儿都不怕，我不就是路过吗？

光是上下班的时间，就得两个多钟头。淑珍提醒说，你可没时间绱鞋了。

去那儿能学到大技术。搞建设离不开电焊，手里有技术才能给国家做贡献，没技术光是喊口号不顶用。洪寿兴奋道，绱鞋吗，总能挤出时间，不就是少睡一会儿吗？

从成家那天起，面对洪寿想做的事，淑珍都是在旁边提醒一句，说完也就不再啰唆。

这天晚上，纪洪寿在去红卫橡胶厂上夜班的路上，脑子里犹如拉洋片，过去的人和事一幕幕闪现在脑海中；未来的工作场景，也在他的眼前慢慢呈现出来。纪洪寿禁不住笑起来。他左手离开车把，骑了一会儿，左手又使劲儿拍了一下车把，随即哼唱起来。

第七章

一

淑珍又怀孕了。北屋的麻大娘也怀孕了。两个女人同时发现自己怀孕，七号小院又热闹起来。四婶儿出来进去的，看也不看淑珍和麻大娘的肚子，一点都不关心了。王白猫的老婆在生了一儿一女之后，始终肚子瘪瘪的，同样不关心其他女人的肚子。她俩的态度，说不清是生气还是麻木。

淑珍已经有了四个女儿，纪玉玲、纪玉燕、纪玉华和纪玉琴。大闺女纪玉玲上了技校，有宿舍住有工资拿，技校期间还算工龄，粮本上的粮食定量涨了不少，吃饭买衣都能自己解决了，每个月还给家里三块钱。技校毕业就有了"铁饭碗"，这辈子也摔不坏了。可即使这样，纪家日子还是照样紧张。到了月底二十五号"借粮日"，家里不仅要"借粮"，还会没钱了，一分钱都没了。淑珍去五号院找春发大娘借五块钱。到了下月纪洪寿发完工资，淑珍接过来工资，马上把钱还给春发大娘，说着一连串的感谢话。春发大娘一个劲儿说"婶子你就别客气了，拉扯一帮孩子不容易，能帮忙这点小事不叫啥"。到了下个月的月底，这一番话又要来回说一遍。

淑珍摸着微鼓的肚子发愁，要是再来个闺女咋办呢？麻大娘已经一个儿子两个闺女，实在不想要了。过去陈铁嘴的"一张嘴"别说养这几口人，再来几口人也不在话下，现在他比纪家还少了一口人，他家大闺女也上班了，可是过得还不如纪家好。麻大娘见淑珍愁眉苦脸地犹豫肚子里的孩子，她也犹豫起来，两个家庭妇女同时茫然起来，都是拿不准主意。

洪寿跟淑珍商量，宁津姑姑没孩子，不成的话……把小琴……洪寿说了半句话，停住了。淑珍立刻明白了，马上警觉地问，你想把小琴过继给姑姑？到宁津乡下去？洪寿试探地问，成吗？淑珍望着洪寿期盼的目光，心也动了，喏嚅道，小琴能答应吗？洪寿叹了口气，说，她一个三岁小孩子，不听爹娘话听谁的？再说了，到姑姑家还能亏待她？那可是亲姑！淑珍听了洪寿最后这句话，特别是"亲姑"两个字，原本绷紧的肩膀，立时松垮了下来。她扭脸看了看在炕上的小琴，正在抱着新买来的擀面杖"吭哧吭哧"啃着。淑珍侧了身子躺下去，一边哄着说"傻闺女，这哪儿是吃的"，一边摸着闺女的小手，顺便把擀面杖拿过来。小琴流着哈喇子哭起来，向前爬着，想要夺回"好吃的"擀面杖。淑珍立刻背过身去，用手抹着眼泪。淑珍越来越爱哭了，一丁点小事都会眼圈发红。洪寿也不安慰，只是对着小琴说，傻闺女，爸抱你出去玩。淑珍看了看桌上的座钟，已经快到做饭点了，摸着小琴的脸蛋说，妈妈做饭，一会儿回来吃饭。

说是做饭，其实糟践了淑珍的好手艺，她把从副食店捡来的垃圾菜冲洗干净，又把从粮店地上扫上来的各种面粉和碎米放在一起，筛捡后用水团成圆球上铁锅蒸。淑珍会做饭，做啥洪寿都说好吃，淑珍做饭经验也多，眼下这"四不像"的食物，比蒸窝头时间要长点。洪寿有口吃的就说好，他胃口好得不得了，就是生铁块嚼进去，胃口都能消化掉。

饭快熟了，胡同里响起"磨剪子戗菜刀"的吆喝声；过了不一会儿，又有修理搓板的吆喝声响起来。淑珍让抱着小琴刚进屋的洪寿，把菜刀和搓板拿出去修理一下。洪寿说，菜刀我自己能磨，还用得上他们？搓板没办法，没有工具。说着，把木搓板拿出去了。

玉燕和玉华下学回来了，洪寿一手抱着玉琴，一手拿着搓板也回来了，几个孩子饿坏了，"圆球"饭团刚端上小桌子，她们就蘸着细盐抢着吃起来，三个小脑袋瓜儿挤在一起，就像是三头瘦巴巴的抢食吃的小猪崽。

洪寿不吃，"咕咚咕咚"喝了好多白开水，把肚子灌饱了，仰躺在床上一言不发，呆呆地看着房顶。

二十五瓦电灯泡悬挂在有着三个圆圈形图案的房顶上，

因为房顶边角漏雨，泛着尿液一样的黄色印记。夏天的时候，他找房管站修过房顶，又漏再找，房管站说你家怎么总漏雨？纪洪寿急了，难道我故意上房把瓦搞坏了？房管站的人不搭理他。纪洪寿说，我可是交了房租的，一个月一块七毛钱房租，漏雨不管修吗？房管站的人看见这个住户眼珠子都要瞪出来了，口气终于软了下来说，老师傅呀不是不修，站里实在没钱呀，钱都让"苏修"给抢跑了。纪洪寿说，"苏修"哪有这么长的胳膊？房管站领导扬着菜色的脸说，现在啥情况，你个工人阶级不清楚？连毛主席都不吃肉了，跟着我们一起扛，你咋就没有阶级觉悟呢？漏点雨能死人吗？因为房管站讲了"阶级觉悟"这句话，让豹子一样的纪洪寿迅疾耷拉下来脑袋，仿佛变成一只病猫，一句话也讲不出来了，只得转身走了。

洪寿把双手搭在脑后，看着房顶上的黄渍，看着看着就闭上眼睛。静静地待着可以节省体力，刚喝下这么多水，能让肚子多鼓一会儿。

小琴爬上床，问爸爸怎么不吃饭。洪寿睁开眼说，爸爸不饿。小琴掰着手指头，数了"一、二、三"，接着问爸爸，你不是说人是铁、饭是钢，一顿不吃饿得慌吗，你怎么自己不吃钢？洪寿侧过身子，说，家里没粮食。小琴继续问，为啥没有粮食？洪寿说，天气大旱，地里收不来庄稼；有了一点粮食，都让反动派抢走了。

刚上小学的三闺女玉华，从小板凳上站起来，趴在床边说，我们老师说地里的粮食，除了让蝗虫吃了，还让"苏修"给抢走了，是吗，爸爸？

洪寿坐起来，看着眼前的三个女儿，说，我们中国人有骨气，"苏修"让我们还债，我们还他们。他们刁难我们，收我们的苹果，拿一个铁圈儿，苹果正好过去他们才要，大一点、小一点都不要。

淑珍打断洪寿的话，问孩子们还吃吗，不吃就刷碗了。说着，指挥玉燕和玉华收拾桌子，又跟洪寿说，玉玲上次回来，说垫床铺的草垫子有臭虫、跳蚤，你找个时间去一趟她们宿舍，带上点"敌敌畏"，给草垫子喷上点。

小琴听了，放下正在吃着的"酸磨糕"，搂着爸爸的脖子撒娇道，我也要去看大姐。洪寿摸着小琴的脑袋，说，带你去，带你去，爸爸问你，你想去姑姑家吗？小琴松开手，又从桌上拿起"酸磨糕"，咬了一小口，歪着脑袋问，姑姑家有好吃的吗？洪寿说，到了姑姑家不挨饿，有花生，有芝麻，有山芋。白面大饼抹上麻酱可好吃了，要是再撒上点白糖，那就是过大年了。

玉华听了，也吵着要去姑姑家玩。洪寿说，你去啥，你还得上学呢。小琴高兴起来，朝着三姐玉华嘟起小嘴，摇着小脑袋，气得玉华扬起手要打小琴。小琴一下子转过身子，再次抱住爸爸的脖子，拼命往上蹿，一下子就把爸爸带倒在了床上。屋里发出快乐的笑声。洪寿起来把小琴放在地上，三个闺女欢笑着，一起出去玩了。

　　洪寿悄声对淑珍说，老家来信了，说是过几天家里来人，把小琴接走。淑珍小声问，啥时来的信？谁来接？洪寿拍了一下口袋，说，刚来的信，晚上念给你，瞎眼来接小琴。淑珍担忧地问，小琴要是不跟着走呢？洪寿不当回事说，大人要是哄不了孩子，那还得了？又说，不管去哪儿都是你亲生的，血脉连着呢，甭管去多远，也不会不认你这个娘呀！淑珍深吸一口气，挺着显怀的肚子，把小饭桌提起来，侧立在窗户下面。

　　这一天，老刁来了。

　　老刁听说院子里两个女人都犹豫肚子里的孩子，他问陈铁嘴，似乎也犹豫要不要。院子里的男人女人们特别愿意四大爷来，他能说说外面的事，他有文化，外面的事情知道得多。只有事情知道得多，才能有本事下判断。

　　麻大娘和淑珍向老刁问好。因为不是礼拜天，纪洪寿没在家，虽说现在不上夜班，只上正常班，但是路途远了不少，再加上经常加班，纪洪寿回到家时早已经过了晚饭时间，不像过去在红卫橡胶厂，那时候"三班倒"能经常见到，现在七号院里已经很少见到纪洪寿了。

　　老刁换了新的眼镜框，早先是白色的，他皮肤黑，与白色眼镜框反差大，不好看，这一次换上了黑色眼镜框，宽边的，与他皮肤一个色儿，显得老刁更加威武。又因为胖，肚子大，一件敞怀的灰色毛衣系不上扣子，只能敞着，露出里面的一件灰色衬衫。

老刁站在院子当中，对着站在自家门口的麻大娘和淑珍说，你们为啥不想要孩子？孩子投奔你们来了，你们怎么能不要呢？人多力量大，毛主席说的。

麻大娘和淑珍异口同声地说，现在日子过得艰难，再要孩子，又要多一张嘴，其他的嘴不就得少吃一口了？

老刁把毛衣撩开一角，一只手叉在腰上，这样显得他肚皮更大更圆了，他用另一只手指点着，语气豪迈地说，怕啥呀？难道以后日子就这样下去？"苏修"的债难道永远还不完吗？万里长城还有个头呢！总有还完债的那一天嘛。将来肯定会好起来的。孩子还是要！气死"帝修反"！

老刁的豪言壮语让淑珍和麻大娘踏实下来，这些话传出七号院子，也让胡同里的人们踏实下来。大家相信四大爷老刁，人家是工程师，是有大学问的人，肯定说得没错！

正是受到老刁的激情鼓舞，淑珍决定把肚子里的孩子生下来，晚上回到家的洪寿乐开了花，嘿嘿笑道，我的孩子，咋还得老刁说生你才生，你就这么相信有学问的人？

淑珍说，我也信你，你不是讲过你的"手"比北屋的"嘴"能挣钱吗？为这个我才跟了你。你又说学了电焊，将来不愁吃穿。你现在也学电焊了，我信你，那就生呗。

你不是因为老刁的话？洪寿严肃地问，随后又逼问，你要实话实讲。

咱的孩子还不是咱俩说了算，能让别人说了算？别说他是工程师，就是状元郎大秀才，那也是别人的话。淑珍红了脸，轻轻拍着肚子，高兴道，我这次感觉是个小子。你不让生，我也要生！

洪寿精神抖擞问，酸儿辣女，想吃酸的？

淑珍笑了，摆手道，那倒不是，就是感觉，感觉像个小子。

洪寿一把握住了淑珍的手，淑珍没有躲开，任他握着。

他俩平时很少手拉手，连碰一下的时候都少有。晚上孩子们睡下了，即使屋里也关了灯，他俩也很少双手握在一起，成家这么多年了，想一想，好像才是第一次大白天手握手。十多年前的新婚之夜，外面响着震聋耳朵的大炮声，两人做贼一样匆忙完结夫妻之事，立刻松开对方，心惊肉跳地闭上眼，谁都不敢说话，只是静听外面的大炮声。如今两人手上满是硬茧子，手心里面都是粗裂口子，竟然握了那么长时间。在孩子们轻微的鼾声中，竟然谁都舍不得主动松开。

二

天气更冷了，坐在屋里仰脸瞅墙上的小窗户，看见外面那棵没有了树叶的老槐树，干枯的枝杈在可怕地摇晃。起大风了，起大风的北方，能把气温拉下来好几度。小窗户早已经关上，闻不到外面老槐树下的尿骚味儿了。

这段时间，不断有穿着破衣的外地乞丐上门，他们身旁站着小男孩或是小女孩，走进小院就开始念叨，大爷大娘给口吃的吧，孩子都要饿死了。纪家紧邻院门，淑珍又喜欢开门，即使冬天也会敞着一条门缝，只要有乞丐进院，首先就会站在纪家门口。家里有剩下的半个窝头或是半块山芋，淑珍都会拿出来放进乞丐的破碗里，或是递到乞丐的手里；即使家里没有剩下的食物，也会给个一分钱、二分钱。四婶儿常年关着门，王白猫家又在里面，他们两家跟乞丐打不着照面。北屋陈家也是常年敞着门，有乞丐进来，只要碰上陈铁嘴，他都会瞪眼挥手让他们走，嘴巴里还会高声嚷嚷着"别往里走呀，快走快走"。要是遇见一两声吆喝也不肯走开的乞丐，陈铁嘴就会斜着膀子，龇牙咧嘴，用手指着乞丐，声调也会扬起来，落下的话就会特别重，震得地上的尘土都能飞起来，吓得乞丐麻溜儿闪开。乞丐走了，陈铁嘴还会骂一句，臭要饭的，要饭要饭，眼睛还四处看，看眼里拔不出来了。

这天，淑珍在家给小琴缝棉袄，她琢磨着小琴走前，要把四闺女打扮得漂亮点。

这时，就听院子里有陈铁嘴的喊声，做啥的？鬼头鬼脑的，想偷东西呀？抓你去派出所！

淑珍停下手里的针线，让小琴在床上坐稳了，她来到屋门口，扒头看见院门口站着一个穿黑衣黑裤的男人，头上戴着一个黑色棉帽子，因为帽子压得低，看不见他的脸，又有门口小厨房挡着视线，好像这个男人手里还提着啥东西。

陈铁嘴再次喊起来，声音又比刚才高许多，让你走，听见没有？再往里走，打断你腿！

淑珍赶忙走出来，看见黑衣男子把手里的东西放在地上，原来那是一个布口袋，原色应是白色，眼下已经变成灰色的了。黑衣男子把头上的黑帽子摘下来，淑珍下意识后退了一步。男子尽力学着天津卫口音，声音低低地喊了一句，孩子他舅母，又马上接一句，俺是时宝君呀。乡下男子一只眼睛睁着，另一只眼睛眼皮完全耷拉下来，看上去像是只有一只眼睛的人。

你是姑夫吧？淑珍终于缓过神儿来，得到男子认可后，急忙说道，快进快进。随后又看向陈铁嘴，脸上不带笑地说，孩子姑夫。

陈铁嘴这才明白过来，朝着淑珍摆摆手，自语道，原来是老家的亲戚呀，大水冲了龙王庙，不好意思呀她姑夫。说完，他还站在原地，想要等待瞎眼转身跟他打声招呼。可没想到，瞎眼姑夫听也不听看也不看，提起布袋子，跟着淑珍进了屋。

陈铁嘴怔了一下，好像没见过这么傲慢无礼的乡下人，当着淑珍又不好发作，只得憋口气转回身，已经很少说评书段

第七章

· · ·
● ●

281

子的他，这会儿又突然亮起嗓子：公孙瓒大兴土木，建起了易经楼，整天在楼里吃喝玩乐……

正在炕上摆弄新花棉袄的小琴，看见一身黑衣服的陌生人走进来，紧跟着一股臭味涌进屋里来，她吓得手脚并用赶紧爬向角落，用小被子把自己蒙住，马上又露出小脑袋瓜偷看。淑珍说着"这孩子认生"，赶紧让瞎眼姑夫坐下来，给他倒上一杯热水，让他好好休息一下。

瞎眼姑夫从进屋的那刻起，睁开的那只眼睛始终没离开小琴。他喝了口水，用手抹了一把嘴唇，又把布袋子向淑珍眼前推了推，也不说话。淑珍客气道，还带啥东西呀，这么远的路。瞎眼姑夫似乎说了啥，他说话声音特别低，又带着家乡的口音，不仔细听根本听不到他讲啥，可即使竖着耳朵仔细辨听，也听不懂他的话。

淑珍打开布袋子，原来里面还有三个小袋子。继续打开，一小袋是带皮的花生，一小袋是山芋干，还有一小袋是闪亮饱满的大枣。瞎眼姑夫抓起一把大枣，像是逗引小鸟一样，朝小琴摆动着，引得墙角边小琴的嘴巴禁不住动起来，随后慢慢向炕边爬过来，可是爬到半截又哧溜爬回去，用印着牡丹花图案的小被子蒙住小脑袋，继续从手指缝隙里看着眼前散发着异味的陌生人。

傍晚，洪寿回来了，他跟淑珍一样，也是第一次见瞎眼。之前从各个方面传过来妹妹纪德贵嫁人的情况，说是夫家人口少，解放前有几十亩好地，还有七八间青砖瓦房，算得上富裕人家了；可又因为解放前都被败光了，定成分时变成中农；又说是长相一般，身子没有大毛病，只是一只眼睛有点小毛病。没承想，见面后才知道哪是小毛病呀，是完全彻底地瞎了一只眼。

纪洪寿心里有些落差，心疼妹妹怎么嫁了这么个男人。但毕竟又是自己的妹夫，看不起妹夫也就是看不起自己亲妹妹，于是赶紧遮掩住失落颓败的情绪，热烈高兴地欢迎，久违的宁津腔调又冒出来了。洪寿还特地去"大合社"买了粉肠和肉皮冻，打了二两烧锅酒，要好好招待妹夫，也就等于招待了亲妹妹。晚饭后，洪寿把瞎眼姑夫安排在胡同口的小旅店住下，让他早点休息，明天早上接他来家里吃早饭。

忙碌了一天，三个闺女已经睡下了，淑珍和洪寿还都没睡。

洪寿叹气道，咋找了这么个男人？淑珍早就看出洪寿的心思，见他这么讲，就劝他已经都这样了，再埋怨也没啥意思。洪寿埋怨自己道，德贵要是在我身边，不可能让她找这样的！淑珍让他小点声，一会儿把闺女们给吵醒了。

淑珍给洪寿拿来两条毛巾，让他洗脸洗脚，小声道，别绱了，早点睡。

洪寿扭脸看了看角落里的小箱子，那里面放着他绱鞋的全部家什，终于狠了心说，不绱了。不知道他来，也没跟主任

第七章

请假。嗯，你明天早上把他接过来，我后天请假歇班，给他买火车票。

淑珍表情有些犹疑。洪寿问她想说啥，淑珍说她不放心。洪寿猜出来淑珍心里咋想的，于是挑明了说，他长得难看，可也不是坏人，乡下人长得都这样。又见淑珍眨巴着眼睛，赶紧安慰说，不是还有姑姑吗？那可是我亲妹，小琴的亲姑，这你还用担心吗？

洪寿洗了脸，又把洗脸水倒进洗脚盆，让淑珍往脚盆里倒热水，他两只脚一边沾水一边互相搓着，没过一会儿，又让淑珍往脚盆里倒热水，嘴巴里还发出"呲哈呲哈"的怪声音。洪寿有脚气，不管多累多困，睡觉前必须烫下脚，不把脚给烫舒服了，脚痒不给解决了，这个觉没法儿睡。

洪寿擦着脚，看着三个熟睡的闺女，又看了一眼淑珍的肚子，小声说，等到明年再来一个，这个炕可就睡不下了。淑珍摸着肚子说，是呀，挤不下了。洪寿抬头望着屋顶，说，明年开春得搭个阁楼了。淑珍问，咋搭呀？洪寿说，不是还有木料吗，想搭就能搭。淑珍高兴起来，说，多个孩子家里热闹，再说了，粮票布票也多了一份。洪寿说，听说明年布票多给一丈七尺三。淑珍说，是吗？那敢情好呀。

洪寿不说话了，心里开始琢磨做阁楼的事。

当年纪老大他们把借给洪寿结婚用的家具搬走后，洪寿为了安抚淑珍，在北开木材市场买了不少的木料，总想打个顶箱柜，把当年借家具丢脸的事找补回来，让淑珍舒口气。可是屋子太窄巴了，一张放碗筷的柜子，再有几把小凳子和一张小饭桌，炕上再放一个紧贴墙壁的柜子放衣服，屋里也就再没地方了，那不少的木料始终派不上用场，顺立在门外雨厦子下面，这一放就是二十多年。

洪寿擦完脚，麻利地脱了衣服，穿着土布白裤衩和大背心，哧溜钻进被窝里。洪寿睡在靠门口的地方，淑珍睡在最里面，三个孩子挤睡在中间。夏季时，洪寿一把大蒲扇，能把风从床这头摇到床那头，孩子大人都能凉爽入睡，因为孩子的增多，夫妻二人在炕上离得越来越远了。

第二天一大早，洪寿上班走了。淑珍把孩子们唤醒，想着一会儿把屋里收拾利落，去小旅店把瞎眼姑夫接回来。哪承想，玉燕和玉华刚穿好衣服，还没来得及吃早饭，瞎眼姑夫自己来了。淑珍手忙脚乱地说，我还想着接你去，怕你不认识路呢。瞎眼姑夫低语道，这点路有啥子不认识？再远的路俺也认识。

淑珍赶紧做了山芋大枣粥，还把自己腌制的雪里蕻和甜蒜端到桌上。瞎眼吧唧嘴吃着，还不忘嘟囔道，都说天津卫有馃子豆腐脑豆浆子。淑珍听了，怔了怔，觉得这个瞎眼姑夫可不是省油的灯。

玉燕和玉华吃完"糖三角"，喝了棒子面粥，背着书包上学去了。瞎眼吃完，淑珍让他歇会儿，告诉他洪寿今天上班去请假，明天倒休在家，帮他买回去的火车票。哪承想，瞎眼自顾自地说，俺现在出去溜达溜达，火车票俺自己买。淑珍惊讶道，你知道哪儿买呀，出去可别迷路呀！瞎眼低语道，俺知道，饭点回来。说着，披上黑棉袄，头也不回地走了。淑珍送他到院子外面，看他背影消失在胡同口。淑珍真没想到，这个一只眼的乡下男人，还有着天大的胆子。

晚上，洪寿回来了，跟小琴讲，明天姑夫带她去找姑姑。小琴眨着眼睛，忽然一头扎进妈妈怀里，一口一声"害怕"，怎么说都不从妈妈怀里出来。这可难坏了洪寿和淑珍，只好把玉燕和玉华推到前面，让两个姐姐哄妹妹玉琴。玉燕给妹妹做手工，用白纸叠了小飞机、鲨鱼头还有小轮船；玉华把五颜六色的皮筋串联起来，亲手送给妹妹。两个姐姐还摸着妹妹的小脑瓜说，小琴你先去，我们俩放寒假去找你玩。小琴这才高高兴兴地答应去找姑姑，两个姐姐身子往后缩了一下，互相挤了一下眼睛，得意地笑起来，那眼神分明在说"终于把这个捣蛋鬼给哄好了，终于不再被她闹得睡不着觉了，终于少了一个跟屁虫"。

第二天早上，淑珍让玉燕带上玉华去南门脸的早点铺，买四根馃子，打两碗豆腐脑和两碗豆浆。淑珍说，你俩算算多少钱？玉华精灵，掰着手指头，一字一句算着钱，两根馃子是八分钱，买四根呢，是一毛六；一碗豆腐脑四分钱，买两碗呢，是八分钱；一碗浆子三分钱，也是两碗呢，是六分钱。玉华问玉燕，一共多少钱？玉燕不高兴，你考谁呀？你不是算了吗？你说吧。淑珍呵斥道，这点事两人还闹别扭？玉燕老实，噘起嘴巴，不言语。玉华朗声道，妈，一共三毛钱。说完，伸出小手。淑珍给了一张两毛的，一张一毛的。玉华接过去，折叠好，放进上衣口袋里，还用小手按了按口袋。

姐妹俩临出门时，淑珍又嘱咐两个闺女，馃子炸老点呀。玉华还是抢先答应"知道了"，姐俩提着网兜、保温瓶和小铝盆走了。

瞎眼姑夫吃了一根馃子、两个窝头，还有一碗豆腐脑和半碗豆浆，这才摸着嘴巴说，天津卫的馃子真好吃哩。

洪寿要给瞎眼车票钱，瞎眼不要。洪寿给了他三块钱，说是路上给小琴买点吃的，瞎眼这才接了钱，随意掖在口袋里。洪寿嘱咐他把钱放好了，瞎眼嘟囔道，三块钱用得着这么费心？洪寿气得想要扇他一巴掌。

淑珍把小琴的衣服折叠起来，放在包袱里裹好。背着书包准备去上学的玉燕和玉华在后面跟着。洪寿推着脚踏车，小琴坐在大梁上，两个大包袱放在车子后座上，洪寿用绳子捆扎得特别结实，纹丝不动。洪寿要跟在公交车的后面，一直把他们送到西客站。

淑珍望着他们远去的背影，突然掀起衣角，抹起眼泪来。玉燕和玉华也哭了，她们知道小琴这一走，以后就是姑姑家的闺女了，那么远的路，再也见不着面了，她俩又想起妹妹的可爱。她俩写作业时，故意支使妹妹小琴给她俩拿水杯；夏天时还让妹妹站在她俩身后扇扇子，快也不成慢也不成，匀速扇风。小琴为姐姐做事特别高兴，嘟着小嘴，认认真真地扇，一边扇还一边问，二姐三姐，凉快吗？想到这些，玉燕和玉华互相看了一眼，也一起抹眼泪。

四闺女小琴去乡下的事，院里的人们很快知道了。王白猫老婆破天荒地对淑珍说，我这两个崽子累得都想吐，你命好，走一个，缓缓劲儿吧。四婶儿对淑珍说，你这才叫想开了，早就应该这样想了。北屋麻大娘顾不上这些，仿佛不知道小琴去乡下的事，见到淑珍，一次也没提起过。

这天傍晚，陈铁嘴嚼着青萝卜来到纪家。陈铁嘴爱串门，冬天夏天都爱串。说是串门子，也就是来纪洪寿家，其他两家他不进屋，跟四婶儿说话、跟王白猫说事，都是站在院子中间讲。他来纪家呢，纪家要是敞着门，他就直接进来；要是关着门，他就敲一下，接着就推门了。

这天下午四点多钟，淑珍带着三闺女玉华去南门药店给玉华买咳嗽药，同时也想上街走走路，一天到晚围着炉子转，总是缩在屋里不走动，对胎儿也不是啥好事。

家里只剩下洪寿一个人了，他看着眼前的轴承车，琢磨着要改成一辆手推车，淑珍明年五月就要生了，满打满算还不到半年，手推车孩子可以坐，做外活运点东西也能对付。

洪寿正在琢磨着怎么改制，陈铁嘴推门进来了，见洪寿对着轴承车发愣，立刻明白他要做嘛，嘻哈道，走了一个，又要来一个。

洪寿不想搭理他，可是在自己家里，也不能不理，就不冷不热地哼笑了一声，说，小琴找姑姑玩去。

过五不过六，陈铁嘴笑讲，明暗各一月。

嘛意思？纪洪寿问。洪寿来天津卫二十多年了，有些话已经带着天津卫的调调儿。

过去当铺有个规矩，当一个月，给送"当"的人留下五天时间，过了五天再来赎，就按两个月算了，这叫"过五不过六"。陈铁嘴把青萝卜嚼得嘎嘣脆，还把手里的另一块青萝卜放在纪洪寿面前，青萝卜翠绿色的，跟过年腌的腊八蒜颜色一样，他接着白话道，刚才说的是"短当"，还有"长当"，过了一年半，明面上说是还要留下一个月期限，实际上铺子里背地里还会再留一个月。这就是"明暗各一月"。

大伯，你绕脖子说话累不累？纪洪寿笑起来，停了片刻，脸上的笑忽然全跑了，问道，你是说我……把闺女"当"了，是吗？你说这是"短当"还是"长当"？

陈铁嘴鼻子嘴巴都咧开了，鸭子一样"嘎嘎"笑道，我可没讲，你自己讲的。"当"孩子……哎哟哟，这可是大事呀。

纪洪寿想要站起来，犹豫了一下，依旧坐着，他担心自己站起来，控制不住自己的手脚，搞不好把陈铁嘴给碰倒了。

第七章

289

他喘口大气，看着窗户。屋门旁边是半面窗户，错落有致的木框，里外贴着窗户纸，院子里走过的人，要是在有阳光的情况下，就会像剪影一样影绰在窗户纸上。

纪洪寿说，小琴去看亲姑，那是我亲妹子。咋来个"当"孩子的话？你这话讲得不受听。

陈铁嘴见纪洪寿变了脸色，赶紧把话拉回来，解释说，我是这意思，小琴走了，你就少个崽子，正好扯平，咱俩的猴崽子一般多了。

谁有几个孩子，那是谁的造化，跟别人没关系。纪洪寿终于站起来，实话实讲道，虎毒不食子，孩子再多，那也是自己的骨血。你叫孩子崽子，我可叫不出来。

陈铁嘴板下脸，说，我可没说嘛，大伯怎么急了？

纪洪寿毫不示弱道，你喜欢赵子龙，是吧？出来进去说书赵子龙。我也喜欢赵子龙。赵子龙可是有情有义的好汉，是个站得直、立得正的大英雄！赵子龙可不会做歪事、不会做邪事！

陈铁嘴不敢再绷脸，立刻嬉皮笑脸打岔道，越说越远了，怎么扯起赵子龙来了？

就在这时，淑珍带着三闺女玉华回来了，她一进门就感觉屋里气氛不对，再看洪寿，脸色阴沉得像是要刮暴风雪。

陈铁嘴跟纪洪寿嘿嘿笑着，转身要走。以往纪洪寿都会说上一句"有空再来"，这次没说，而是甩出一句硬邦邦的话

"孩子再多我也养得起"。陈铁嘴没再接茬儿，身子高一下低一下地回北屋去了。

淑珍脸色都白了，把玉华支出去，忙问洪寿，咋了？洪寿三言两语说了大致过程。淑珍埋怨道，他你还不知道？不就是爱逗着玩吗，你怎么这么不经逗呢？洪寿急了，抢白道，他说送小琴到姑姑家，是把孩子"当"了，你不生气？淑珍宽解道，你还不明白他那人，说话没把门的。洪寿说，他没把门的，我可是有把门的。淑珍叹口气，无力道，都是邻居，你较这个真儿有嘛用？洪寿说，能憋住的事我就憋，多少口气我都能憋，可不想憋的事，半口气也不憋，一丝气也不憋！淑珍说不过洪寿，知道他轴起来八匹马也拉不住，越劝他就越来劲儿，干脆扭头不理他了。

三

纪洪寿师傅李满堂，比洪寿小三岁，也比洪寿矮半头，看着一点不起眼，却是一位电焊高手。李满堂是河北霸州人，去过朝鲜，打美国鬼子立过战功。李满堂是架桥出身，回国后从部队到了地方，因为他是"最可爱的人"，厂子里让他在几个工种中可以自由选择，有铆工、车工和电焊工。李满堂没有丝毫犹豫，当即拍板学电焊，他亮堂着嗓门说看见火花四溅，就会想到战场上的火光，想到对着敌人喷射怒火的机关枪，他把学技术当成打仗，几年工夫变成了电焊高手。

纪洪寿自认为对电焊了解，再加上曾被灼过眼睛，感觉有骄傲资本，上来就跟满堂师傅讲，我从现在开始练习臂力练习蹲功，以前在家里练过，不系统，现在跟着师傅继续操练。

李满堂个子矮小，远看一点不起眼，近看却是不同，他大鼻子大眼大嘴，带着与生俱来的一股凛然气势，他瞪起眼来，眼珠子显得更大了，生气地说，你啥都懂，要我这个师傅做啥？我这庙小，盛不下你这个大神！

李满堂因为说得急，唾沫星子飞溅出去，在阳光下看得一清二楚，仿佛兰花盛开。纪老大纪喜堂私下跟纪老二和纪老三讲过，这个洪寿呀就是茅房里的砖头，他娘的又臭又硬。其实纪老大只是说对了一半，纪洪寿偶尔臭、偶尔硬，遇见说得来、对上眼的人，他也能又软又热又香。他见李满堂话茬子带着刀锋，立刻害怕起来，厚嘴唇都有些哆嗦。可是纪洪寿的害怕跟旁人不一样，别人家感觉自己说错了话，见到对方不高兴，而且这个"对方"还是能够拿捏自己命门的人，就会赶紧说软话赔不是，点头哈腰，或是掰了那就下次见了绕道而行，对方不爱听的话不敢再讲了。纪洪寿不，既然师傅李满堂不爱听这样的话，那就干脆把类似的话一股脑地讲完，让对方一次性把火气撒完，自己也落个痛痛快快，以后这样的话不讲就是了。

纪洪寿拿来热水壶，把师傅的搪瓷缸子倒上水，双手端到师傅面前，不眨眼地看着师傅的眼睛，说了过去在海河边上看人家电焊工干活的事，讲了自己被电焊光灼伤过眼睛，还讲了因为顾小江的缘故他来过铆焊车间，还见过车间主任老赵，他甚至还把赵主任当场让他念《人民日报》的事也讲了。

李满堂听后，眨巴着大眼睛，冰冷地问，你讲这些事……是啥个意思？

纪洪寿说，想要李师傅知道我全部情况后再教我手艺。

知道了……又该咋教你呢？李满堂好像还有些糊涂。

纪洪寿又给师傅续上热水，整理了一下思绪，接着说，师傅知道徒弟几斤几两，教起来顺手，个走冤枉路。是不是这个理儿？

李满堂瞅着纪洪寿的脸，瞅着瞅着，就猛地给了他肩膀一拳，笑道，识字就是好，话里话外带着灯捻儿，听了就是亮堂。

就这么直来直去、不遮不掩的几句话，两人从此变成了无话不谈的师徒关系。在外人面前，师徒俩有板有眼，纪洪寿给师傅拿饭盒、端热水，去澡堂子洗澡，跟在师傅身后拿着毛巾、肥皂，还给师傅搓背；没人的时候，两人变成无话不说的好兄弟。识字的纪洪寿理解事情快，李满堂遇事说得准，二人配合默契，纪洪寿技艺大有长进。单是练臂力这件事，李满堂就让纪洪寿下了狠力气。

李满堂说，胳膊得有劲儿，拿着焊枪四五个小时双臂不能抖，要把胳膊跟焊枪连成一体。

李满堂文化不高，学习电焊进步这么快，细究起来，跟他"抗美援朝"架桥有关。他是架子工，站在几十米高处，一手搂着架子，另一只手干活儿，一丈多长的白松木七八十斤重，要通过手、手腕、小臂、大臂以及侧胸几个部位互相协调，几分钟之内把白松木顺到高空上去，胳膊的劲儿早就练出来了。来到工厂后，李满堂开始练腿功。上班前，李满堂在无人的后院练习"蛤蟆功"，半蹲下来沿着围墙蹦，一直蹦到双腿酸胀为止。他一边蹦还一边"嗨嗨"地喊，周边没有人，头上有喜鹊、麻雀还有其他不知名的鸟儿，被他喊声吓飞，地上也有被他惊扰得四处乱跑的黄鼠狼，还有慢悠悠转到安静之处的大小刺猬。只要他练起来"蛤蟆功"，四周围的小鸟小兽统统不见了，都被他这个蹦来蹦去的"怪物"吓跑了。

纪洪寿领教过师傅李满堂的真功夫，他蹲在师傅身边，就像副手给机枪手续弹夹，师傅一根焊条用完了，焊钳张开，纪洪寿赶紧递上去新焊条，师傅用焊枪夹紧后，继续焊接。在不休息的状况下，李满堂可以连续焊接三四个小时，直到焊枪发热了，隔着鹿皮手套都烫手，李满堂才肯罢休。纪洪寿只是递焊条，一会儿的工夫，胳膊腿儿就累了，站起来后，身子摇晃，眼睛前面飞舞金花，可是始终干活的李满堂师傅站起来啥事没有。

纪洪寿在橡胶厂炭黑车间搬运铁皮罐子，以为自己有劲儿，干上了电焊工才知道，看上去犹如乌龟一样安静不动的电焊工，其实一点不轻松，使的劲儿不一样，电焊工需要持久耐力还有持久的专注。李满堂给他撂下一句话，磨刀不误砍柴工，先把胳膊腿练扎实了；又撂下一句话，杀猪杀屁股，各有各的杀法，刀插猪屁股猪死得快，可也要知道刀子咋个动，不是插进去猪就死了，是吧？李满堂随后"嘿嘿"一笑，补充道，手法关键。

纪洪寿练习俯卧撑，也练"蛤蟆功"，除了这些实打实的硬功夫，他还有师傅李满堂没有的招数，虚心向技术员请教，干活前要看看图纸。技术员纳闷，看图纸那是铆工匠的事，你一个电焊工看图纸做啥？纪洪寿说，电焊工天天跟铆工打交道，一点不懂铆工的活儿也不成吧？技术员说道，你想法太多，还是先把焊工做好吧。

技术员说闲话时，跟李满堂讲，你那个徒弟有意思，还找我要图纸看。李满堂疑问，看图纸做啥？技术员笑道，他说了解了解。李满堂怔了一下，不吱声了。技术员问李满堂，李师傅，你咋走神儿了？李满堂用手掌抚摸着受过伤的肩膀，尴尬笑道，这要是在战场上，走下神儿就死定了。可是说完，李满堂又走神儿了。他还在琢磨，铆工得看图纸，不会看图纸，组装不了工件，电焊工看图纸做啥，铆工让你焊哪儿你就焊哪儿，又不让你组装工件。

这天，纪洪寿去锅炉房打水时碰上顾小江。锅炉房人多，打水要排队，纪洪寿跟顾小江挨着。铆焊车间有铆工组十个，电气焊小组四个。顾小江在电气焊一组，纪洪寿在四组。一组和四组，一个在东面，一个在西面。平时上下班，一组走东门，四组走西门，要是不主动到对方班组去，虽说都在一个车间，也是见不到对方。

纪洪寿看见顾小江脸色灰暗，眼圈发黑，忙问他咋的了。顾小江吞吞吐吐，想说又止住，眼睛眨巴着，嘴巴里的舌头不像是自己的，倒像是借来的不好使。纪洪寿再次细问，顾小江这才吞吐地说出实情，原来他爸病了，前些日子住了医院。纪洪寿忙问老顾啥病，顾小江低声说，还不是老病呗。纪洪寿这才呼出一口气，点点头。

纪洪寿知道顾大江肺不好，从认识他那天起，顾大江就总是吐痰，吐的还是黄痰，肺有毛病才吐黄痰。

到了顾小江打水了，他让纪师傅先打水，在车间里顾小江不喊纪洪寿"纪伯伯"，喊"纪师傅"。车间里有个不成文规矩：年岁小的，要喊年岁大的"师傅"；年岁大的比年岁小的来得晚，也要喊年岁小的"师傅"。

纪洪寿说，打个水还让啥，快点打吧，回头我去医院看你爸。

顾小江"嗯"了一声，低头打水。"哗哗哗"的热水流进铁皮水桶里，蒸腾起来一团团的热气，瞬间就把前后站着的顾小江和纪洪寿包围了。

当天晚上回到家，洪寿跟淑珍说了老顾得病住院的事，淑珍当即掏出两块钱，让洪寿歇班时买点营养品去医院看看。淑珍叹口气，说，老顾这个人除了爱吹大梨，爱占小便宜，也没大毛病。

洪寿赞同道，是这么个理儿。又说，不管到啥时候，靠嘴靠不住，还得靠手，还得靠手艺。老顾跟北屋姓陈的一样，这辈子就是耍嘴皮子了。

人家老顾当了干部，当干部就得能讲。淑珍又把话拽回来，说，你就是死心眼，一条道跑到黑，也不能啥事都靠手，有时候也得靠嘴巴。

洪寿不想直接打击老婆，也不想被老婆教训，于是退了一步讲，人呀，手和嘴巴都重要，可再重要也得靠脑子撑着。

淑珍一时没明白洪寿的意思，也不想跟他较劲儿，便点头说，你说得对，你说得对。

洪寿乐了，对着淑珍后背，哼唱起了剧院里新改编的《赵氏孤儿》：我魏绛闻此言如梦方醒……

淑珍听了，情不自禁地笑了两声，笑声压得很低，她不想让洪寿听见，也不想让他看见自己笑。

四

蒋再堂出现在纪家的时候，淑珍愣住了，下巴好半天都没抬起来。因为淑珍怀孕，淑珍和洪寿几个月没去胖姥姥家，说起来几个月的时间也不是很长，蒋再堂变成了一个陌生人。原本他是一个身子骨又单又薄的小小子，才几个月的时间，眉眼、脸庞、骨架子还有嗓音，完全彻底改变了，成了一个久经风霜的大老爷们，个子比过去高出一大截，长脸长牙长脖子长胳膊长腿，脸色变成黄色胶皮筋的颜色，脖子犹如拔了毛的鸡脖子，露出好多红色小疙瘩，说话有些结巴，还成了烟酒嗓。

二姐，不……不认识我了？蒋再堂笑起来，神态像个地痞无赖。

你咋……淑珍想说"你咋变成这样了"，又不好意思讲，抖抖索索地变成了这样的问话，听老杨讲你去坝上了，说是倒弄皮货？

蒋再堂大鸭子一样"嘎嘎嘎"笑起来，说，老杨干家务还成，传个话都传不对，还倒弄皮货哩，眼下肚皮都填不饱，谁家还买皮货呀？有皮货也是拿着换窝头吃。

那你去坝上做啥？淑珍疑惑道。眼前的蒋再堂，再也不是多年前她抱在怀里哄着玩耍的那个小小子了。

嘿，我搭上了一个关外老客，跟他走了一趟，肚子算是管饱了。蒋再堂笑呵呵地用手拍着自己的肚子，忽然又指着淑珍的肚子说，二姐，又有了？

淑珍摸着肚子说，你可真是大咧，进门这么半天才发现。

蒋再堂笑道，还是二姐夫本事大。

淑珍见他说话又开始不着三不着四的，脸色不自觉地沉了下来。蒋再堂坐了一会儿，自觉没趣儿，笑呵呵地抬起屁股，跟二姐打招呼回去。淑珍稀稀松松地让他慢走，再没有一句客气话。

蒋再堂在院子里看见了要出门遛弯的陈铁嘴，两个人倒是非常对脾气，嘻嘻哈哈地说了会儿话，蒋再堂这才晃晃悠悠地出了院子。

晚上洪寿回来，淑珍把蒋再堂来的事讲了，还把蒋再堂变得不着三不着四的样子讲给洪寿听。洪寿说，胖姥姥咋就捡了个这种呀？淑珍脸吓白了，赶紧让他小声点，千万别让孩子们听见，哪天蒋再堂来了，她们不小心嚷出来，那可就大麻烦了。洪寿若有所思地点点头。

日子过得快，转眼间就快过年了。就在这时，洪寿收到了老家来信，信上讲小琴整天哭闹，咋哄都不成，死活不在老家待了，吵嚷着要回来。信上还说，这几天姑夫就会把小琴给送回去。

洪寿拿着信，问淑珍，这该咋办呢？淑珍却是高兴，回来就回来吧。洪寿说，你想小琴了？淑珍眼圈红了，撩起衣角擦眼泪。

没过几天，瞎眼姑夫带着小琴来了。才去了一个多月，小琴变成了乡下小孩子。脸蛋红扑扑的，凑前细看，已经皴了，用手小心扒拉一下，立刻往下掉皮儿，穿着红花棉袄黑色棉裤，头发扎成两个"朝天辫"。

小琴在屋里来回跑，不时抓胸口挠后背，一个劲儿说"痒痒痒痒"，小琴口音都变了，一口一个"俺"。洪寿知道小琴身上有虱子却不明讲，用目光暗示给淑珍。淑珍也不好说别的，马上让小琴把衣服都脱了，说是要把她衣裳放在锅里煮。小琴听说要光屁股，双手抱着肩膀，死活不脱。玉燕和玉华躲在一边，朝着小琴咯咯笑，两人还小声说小琴变成了"小侉子"，被爸爸听见了，洪寿转过身，狠狠地瞪了一眼，吓得玉燕和玉华赶紧跑出屋。

说啥不待了，给啥子都不吃。瞎眼姑夫嘟囔着，还指着自己脸委屈道，看看，把俺脸都给挠破了，比猫爪子还厉害！

瞎眼姑夫脸黑，脸皮粗粗拉拉的，他不讲，谁也不会近前看他脸。洪寿凑近了看，果然有一道道细细的红印子，绝对是小手挠破的。纪洪寿把小琴拉到眼前，问她咋挠姑夫的脸。小琴不看瞎眼姑夫，大声道，他长得难看，是坏人！

洪寿生气得一把推过去，小琴纸片一样倒地，脑袋磕在地板上，发出“嘭”的一声响。淑珍朝着洪寿喊起来，你打孩子做啥？淑珍脸色都变了，比墙上刷的大白颜色还要惨白。洪寿这才感觉自己出手重了，马上低下头，左手掐着右手，右手捏着左手。小琴“哇哇”哭起来，哭声特别大，淑珍赶紧把门关上，把小琴抱在怀里，再一次对洪寿大喊道，没本事的人才打孩子呢！她才四岁，她懂啥呀？洪寿不言语，红涨着脸，继续低着头。瞎眼姑夫不说话也不离开，坐在靠近屋门口的凳子上，像是一个坐禅的老僧，看着吵成一锅粥的一家人，身子一动不动。

瞎眼姑夫只待了两天就独自走了，临走前还不死心，说小琴年岁小，过了年，再长大一点来接她。淑珍没说话，洪寿一个劲儿答应，看起来不把亲闺女小琴送走，就好像对不住亲妹妹纪德贵。

转过年来的五月，淑珍生了，果真是个“带把儿”的小子，纪洪寿笑得成了小眼睛，到“冠生园”买了南边的糖果，送给院里的邻居，还特别给春发大娘送过去。淑珍也是高兴，生了四个闺女，终于有了儿子。淑珍心里明白，洪寿嘴上说着“闺女小子都一样”，其实心里还是盼着能有个小子。

纪洪寿为了给儿子取个好名字，先是问了刘子昌，后又问了老刁，还拿着《人民日报》翻来覆去查找，好几天睡不着觉，最后终于给儿子起了学名“纪泰民”。北屋的麻大娘也生了，生的也是小子，个子矮的陈铁嘴却是喜欢“大”，毫不犹豫地给儿子取名“陈大伟”。陈大伟比纪泰民早出生两天。

胡同里的孩子都有个小名，纪家四个闺女的小名倒是简单，小玲子、小燕子、小华子和小琴。淑珍说，北屋小子小名起了，叫大伟。咱儿子小名就叫小民子吧。洪寿摇头，跟淑珍实话实讲，“小民子”实在不好听。

洪寿眉毛拧起来，表情跟他绱鞋时一个模样，说，大名有学问，小名也要有学问。淑珍讥讽道，儿子学名你不也是问了那么多人才起的，又不是你一个人的主意。洪寿不说话，任由淑珍嘲讽。因为生了儿子，淑珍嘴巴比过去厉害了，洪寿心里高兴，鸡毛蒜皮的小事也不在乎，全都让着媳妇。苦日子过久了，男人容易暴怒，女人容易刀子嘴，淑珍还好，除了刀子嘴还有一颗豆腐心。洪寿看在媳妇豆腐心上，小事不跟媳妇计较。给儿子起名字，甭管大名还是小名，这都是大事，断不能敷衍了事。

纪洪寿每天下班，时候要是赶得早，他就到菜市场转转，给家里买点菜或是给孩子买点小零嘴儿。前些日子听淑珍讲，南市建了一家新市场，啥都卖，有布料、土产杂品，还有专卖点心渣子的糕点柜台。这天下班后，纪洪寿拐了车把，去了南市那家新开张的市场，想买点心渣子，给几个孩子解解馋。

新市场新开张，买东西的少，看热闹的多，还有像是无头苍蝇乱跑乱窜的小孩子，欢笑声在略显空旷的市场上空回荡。

纪洪寿转悠了一会儿，买了两毛钱的点心渣子。服务员是个秃顶的老头，一边用点心纸包装，一边说"新进的，香喷喷哩"。还特意嘱咐纪洪寿，把点心渣子放进窝头的窝眼里吃，那可是"震了，盖了"。

纪洪寿提着纸包出来。开车锁时，猛然抬头，见新市场门口两边刷着大标语，字体很大，离得近看不清楚。已经开了锁，他又重新锁好，站在马路对面看标语。标语用红色油漆竖排写的，在阳光下闪闪发亮。左边的标语是：领导我们事业的核心力量是中国共产党；右边的标语是：指导我们思想的理论基础是马克思列宁主义。纪洪寿念着念着，禁不住笑起来，儿子纪泰民的小名有了，就叫"核心"。

洪寿回到家，他亲着儿子的小脸蛋，鼻子眼睛嘴巴全都撮到一块儿，一迭声地叫着"核心、核心，叫爸爸叫爸爸"。淑珍问，小名起了？核心？洪寿兴奋道，好听不好听？淑珍忙问谁给起的，洪寿假意板起脸，实话实讲道，还能是谁，我是他爹，名字不得我起呀？你就说好不好吧？淑珍嗔怪道，你是亲爹，谁还能说不好？好好！洪寿又亲了儿子一口，说，这小子长大了，得让他干我这行，肯定错不了。淑珍笑而不语，抱着儿子，眼下洪寿说啥她都觉得顺耳好听。

下午，纪玉玲回来了。一晃两个多月没回来，变化太大了，淑珍都有些认不出来了。个子高高的身材瘦削的玉玲，穿着中式蓝色棉袄，蓝色裤子，棕色高帮鹿皮鞋。眼睛比以前大了，梳着利落的"卓雅头"，那个被胖姥姥家大公鸡啄出的大酒窝显得更好看了。

嘴里嚼着酵母片的四婶儿，上下看着玉玲，眼神中流出羡慕嫉妒的目光；王白猫老婆破天荒地凑过来，一个劲儿地夸赞玉玲漂亮；麻大娘也过来了，从头看到脚，又从脚看到头，嘴巴发出一连串的啧啧声。几个家庭妇女围着玉玲，问她技校毕业分到了哪个厂子。玉玲骄傲地说，电讯磨具厂，不远，西北角。几个家庭妇女又问嘛工种。玉玲脆生生地说"钳工"。王白猫老婆撇嘴说，钳工不都是男人干的吗？四婶儿不屑地瞥了一眼王白猫老婆，说，妇女能顶半边天，女人啥都能干，还能开拖拉机、开飞机呢。麻大娘的嘴巴，只要在人前，永远都是抹了蜜，顺着四婶儿话音说，钳工好呀，紧车工慢钳工吊儿郎当是电工，钳工手艺好，以后家里零七八碎的活儿，小玲子都能自己做了，不用求人哩，纪婶儿你可是好福气呀。

洪寿下班回来，看见大闺女，立刻对淑珍说，我去"大合社"，给咱大闺女买点好吃的。淑珍愁眉道，现在市场里啥都没有，你去买啥呀？买拳头买空气回来呀？洪寿想想也是，哪儿柜台都是空空荡荡，可是大闺女回来，怎么也得有点油水呀？玉玲看着爸妈着急的样子，笑起来，她告诉爸妈，不用担心她，她现在好着呢，单位里有食堂。玉玲还说她现在工资多了，宿舍条件也比以前好，过去八个人住一间，现在四个人住一间。过去上技校，一个礼拜才能洗一次澡，现在每天都能洗。每个月还有劳保用品，都不用自己买。淑珍不相信，问，雪花膏厂子也发？玉玲笑道，那个哪能发，那得自己买。

玉玲讲一句，淑珍笑一声，洪寿也跟着一起笑，几个人笑声拉得特别长，带着上扬的尾音，似乎有意让其他人听见，这时候洪寿忽然觉察出了啥，双手举起来向下压，让家里人声音小点。

淑珍把核心放在床上，用棉被围起来，去外面小厨房给大闺女蒸山芋吃。玉玲蹲下来，哄着弟弟玩，她用手指点着核心小脸蛋，说，快点长大，大姐带你看舞蹈，听唱歌。

上学回来的玉燕和玉华，见到大姐，高兴得手舞足蹈，想听大姐讲讲跳舞唱歌的事，忙问大姐去哪儿看。玉玲笑起来，去哪儿看？我们厂子就有宣传队。大姐都会，看大姐就成。两个妹妹当即拉扯着大姐衣袖，想要听大姐唱歌。

玉玲站起来，清了清嗓子，大大方方地唱了起来，"小铁梅出门卖货……"这时就听院里有人喊了一嗓子：唱得好，字正腔圆，这是谁呀？

陈铁嘴歪着身子站在门口，对着屋里说，小玲子唱得好，了不起，可以考京剧团了。干钳工可是耽误了人才。

爱好唱两口的洪寿，听了大闺女玉玲的唱，有些吃惊，忙问玉玲啥时学的。玉玲说在厂子里跟老师傅学的，宣传队总有演出任务，跳舞唱歌弹琴啥都有。洪寿感慨起来，看着玉玲，实话实讲道，当工人多好，天天都这么乐和，学着本事，挣着工资。

玉玲转脸跟妈妈讲，以后每个月给家里八块钱。淑珍应着，眼圈立刻红了。其实自从玉玲上技校以来，日子比过去好了些，少了一张嘴，早先玉玲每个月给家里三块钱，如今能给八块钱了，淑珍怎么不高兴呢？

好事就像蝌蚪兄弟，一连串地，脚跟脚地来。几个好事撞在一起，就会响起爆竹声，响得人心里热乎乎的。

这一天，纪洪寿从师傅李满堂那里听来一个好消息，厂子要扩大规模，要搬新家了。纪洪寿搓着双手，神情紧张地问师傅，搬哪儿去？李满堂用一根指头顶着焊罩的木柄，焊机飞速旋转起来，片刻放好焊罩，眉飞色舞道，洪寿可是好眼力呀，选了咱们厂，你算是选对了出路。纪洪寿没有得到师傅明确的回答，紧张地问师傅，这话咋讲？跟厂子搬家有啥子关系？

李满堂用左手搓着右臂，只要高兴，李满堂就是这个动作。最初这个动作是因为胳膊疼，日久天长，变成了习惯动作，后来又衍变成了高兴的动作。他笑起来后，很大的眼睛就会笑没了，只剩下两团贴在眉毛下面的肉疙瘩。

李满堂说，这个新厂子离你家远了，可是离着毛主席住的北京城近了，向北边走，靠着北运河往北走到了河西务。过了河西务，北京城近在眼前了。

厂子大了？纪洪寿睁大眼睛问。

大，肯定大。李满堂飞溅出来唾沫星子，说，车间还要增加好几个哩，厂子将来要生产军用电源车，还要新成立一个军工车间，专门生产"五七"高炮。嘿，好呀！

咱们厂子……变成军工厂了？纪洪寿声调高起来。

李满堂不清楚后面的详细情况，也就没有顺着徒弟话讲，而是岔开话题，说厂子将要搬去的地方，就在他崇拜的志愿军战友"登高英雄杨连弟"的家乡。纪洪寿感觉心脏跳得厉害，就像二十多年前他离开宁津家乡一样兴奋，他为自己的选择高兴，认定国营大厂越走越好。

工作越来越好，如今又有了宝贝儿子，纪洪寿能不高兴吗？虽说核心从小弱巴，小猫一样，哭声一点没有男孩子的气魄，还不及爸爸咳嗽声、喷嚏声大。可这是没办法的事，淑珍坐月子期间只吃了两个鸡蛋，还是高价从黑市上买来的。营养不够，孩子弱，大人也弱，核心生出来就没有奶吃，从小是吃糊糊长大的。纪洪寿一点不害怕儿子身子骨，当年他发高烧差点死了，没吃药没打针，腿上露出白骨头的脓疮都能自愈，高烧也是自己退了，都快要见阎王爷了，还不是挺过来了？自己的骨血绝对错不了！别看现在弱巴，一根手指头就能按死，将来胳膊腿肯定能够长成比骨头还硬的枣树棍子。纪洪寿用拳头搐自己大腿，叫嚣道，身子长得好不好，跟吃啥东西关系不大，跟骨血有关系。那个蒋再堂小时候吃得多好呀，如今还不是长成了歪瓜裂枣？还不是变成了不着三不着四的家伙？

纪洪寿拿蒋再堂做例子当然有原因。

不务正业的蒋再堂，不知何故突然迷上了西河大鼓，经常去谦德庄一带，跟一个叫麻五姑的中年妇女学唱大鼓。学玩意儿可不是"唾沫蘸小鸟"，得拿出真金白银来，蒋再堂偷偷变卖家里的老物件，变成现钱孝敬给麻五姑。儿大不由爷，家里人降不住他了，蒋老爷得病后瘫痪在床，整天闭着眼睛，白天晚上昏睡不起。胖姥姥身体也垮下来，听到蒋再堂学唱西河大鼓的事，当即变了脸色，气得生了一场大病，整天喝汤药，院子里终日弥漫着中草药的气味。要是没有老杨忠心耿耿、里里外外地贴心照顾操持，蒋家早就散架了。

看着儿子不成器，打也不是骂也不是，胖姥姥让老杨把淑珍找了去，好言拜托淑珍，能不能在街道上帮蒋再堂找个事由？二十多岁的大小子总不能这样整日闲逛，有个具体的事由拴着心，不至于再干出啥幺蛾子的事。

淑珍看见胖姥姥瘦了，原本圆鼓鼓的身子，如今没了肉，只剩下骨头架子支撑着。胖姥姥脸上没有擦粉，露出来明显的褐色癍，穿着一身松垮皱巴的蓝布裤褂，脚上是一双黑色棉鞋。过去胖姥姥在家，春夏两季绣花鞋，秋冬两季高帮的"骆驼鞍"棉鞋，为的是脚后跟和脚指头一样保暖。

胖姥姥拉着淑珍的手，始终不松手，眼睛里的泪花闪着，灭了，又闪着。即使是在没点灯的幽暗的屋子里，泪花也是闪亮的。

淑珍一口答应胖姥姥，一定想办法给再堂找个事由。回到家，衣服没换，马上去五号院找春发大娘，开门见山，能不能给蒋再堂在街道找个事干？春发大娘知道蒋再堂的情况，看见淑珍眉眼皱在一起，心疼淑珍，赶紧说，街道刚成立一个手套厂，让他干缝纫的话，估计少爷羔子蒋再堂干不了，要是干点运输的活儿，应该还成吧？

　　淑珍马上去南市，立刻转告给胖姥姥。胖姥姥一百个答应，拉着淑珍的手，一个劲儿说"好好"。可是蒋再堂不愿去，晃着膀子说，蹬个三轮车搞运输不体面，蒋家过去开车厂，现在蒋家后代蹬三轮车，脸面还要不要了？丢死人了！

　　蒋老爷闭着眼躺在床上，脸朝着墙面，始终不转身、不说话。胖姥姥劝解说，新社会每个人都要自食其力，靠力气吃饭有啥不体面？有啥丢人的？蒋再堂没办法，瞪了二姐淑珍一眼，嘟嘟囔囔地应下来。

　　淑珍提前跟春发大娘打了招呼，说蒋再堂要是耍闹的话，不要碍着面子，立刻把他辞了。可是没想到，原本不愿意干蹬三轮车的蒋再堂，一旦干起来，倒是特别乐和。手套厂都是带着孩子的妇女，蒋再堂的出现给女人们带来热闹，干活儿累了，女人们抱着搪瓷水缸子，一边喝水一边听蒋再堂讲笑话，实在没啥子讲了，女人们就说，堂子，唱段西河大鼓吧。大家见蒋再堂不好意思，继续劝他唱，人也越围越多。蒋再堂跟谦德庄麻五姑学唱时间不短了，从来没机会在众人面前露一手，眼下女人们拍起巴掌来，把蒋再堂喜欢热闹的性子逗起来了。

蒋再堂站起来，朝着众人抱了下拳，大家以为他要唱，却不想他还要拿捏一下，说，没有大鼓，没有三弦，也没有板，让我咋唱？巧妇难为无米之炊呀。

有个姓陶的妇女，住在南门东头条胡同，外号"大扯子"，说话没把门，跟男人逗起来喜欢动手动脚，下手没轻没重，还喜欢摸男人"下三路"，也喜欢暴露自己，尤其是在夏天，喜欢穿"薄、露、透"的无袖衬衫，总是招摇自己下垂严重的一对大乳房。

大扯子陶大娘用"掏鸟儿"动作吓唬蒋再堂，然后又把嗓子憋粗了说，再废话，下手了？

蒋再堂赶紧往旁边跳，这一跳，一脚踩在旁边一个铜盆上，里面有水，把蒋再堂鞋子弄湿了，还差点摔倒了，大家伙一下子笑开了。

这时候，有人喊着"让开，让开"，大家闪开一条路，一个半大小子跑进来，脑袋上顶着一个小孩子敲的小鼓。半大小子把小鼓放在蒋再堂眼前，又从口袋里掏出来一对小鼓槌，递到蒋再堂手上。

"大扯子"陶大娘喊道，家伙什都齐了，还说啥？快唱吧！

还得有三弦，怎么也得有个板呀？蒋再堂说完，扬起手来，说，算了，我就拿大腿当板吧。

蒋再堂情绪高昂道，家伙什凑合吧，给大家唱一段《杨家将》。

妇女们"噼里啪啦"地鼓起掌来。

蒋再堂左手敲鼓，右手拍大腿，摇头晃脑地唱起来，杨门忠烈万古传，女将杀敌到军前，佘太君要挂元帅印……唱得倒是有板有眼，立即赢得掌声一大片。随着欢笑声，刚才还挂在女人们脸上的劳累，好像一股脑地烟消云散了。

自从蒋再堂"开了荤"，从此再也不消闲了，每天休息的时候都会被女人们围起来让他唱一段。蒋再堂也像撂地儿的艺人，手脚和嘴巴都不闲着，惹得大家伙笑声不断。

蒋再堂的活儿不累，每天上下午三次取货、送货，路也不远，都在城里附近。蹬着三轮车出去，还能顺便逛个街景。蒋再堂从小花钱大手大脚，不把钱当回事，还是个败家子。他小时候戴顶新帽子出去，回来就没了，问他帽子呢，他双手一摊，我哪儿知道，你们放哪儿去了？那时候蒋家有钱，帽子没了接着买，再值钱的东西没了也不愁。可是后来不成了，蒋家过起了紧巴日子，蒋再堂不适应，张手要钱，几次遇阻，年岁大了，再厚的脸皮也会给锉薄了。如今好了，手里有了点零钱，自己挣的，谁也管不着。这一下他又添了新毛病，每天晚上必定二两酒，要是不喝口酒，身上就像有蚂蚁在骨头缝里爬。胖姥姥劝他不要喝酒，蒋再堂不听，有一次竟然拍着胸脯子说，我自己挣的钱为啥不可以？胖姥姥听着"啪啪"的拍胸脯声，脸色煞白，就像扇她耳光子，正要发火，扭脸看了躺在床上的男人，犹如被针扎破的皮球，瞬间就没了底气。不知道啥时男人咽气，到时候还要依靠蒋再堂打幡抱罐。胖姥姥有时也会安慰自己，喝点酒总比抽大烟好，随他去吧。她也明白儿子的心态，自从蒋再堂知道了自己抱养的身份，只要说他一句不是，就好像往他脸上吐唾沫、往他身上倒大粪，仿佛受到奇耻大辱。

蒋再堂每天晚上都要喝两口的事，淑珍通过老杨知道了。老杨嗫嚅地告诉淑珍，胖姥姥还是希望淑珍劝劝蒋再堂，这么年轻天天喝"猫尿"，这不是要变成酒鬼了吗？这样下去早晚要出事的，将来哪家闺女敢嫁他呀？淑珍看不得胖姥姥着急的表情，一口答应了。

淑珍去手套厂找蒋再堂，去过两次都没在，说他送货去了。"大扯子"陶大娘拉住淑珍，问她找蒋再堂做啥。淑珍跟"大扯子"陶大娘不是太熟，想说又有些犹豫，就摆手说回头再说吧。

没过两天，淑珍出去买菜，正好在胡同口看见蹬着三轮车的蒋再堂，淑珍大声招呼他，还小跑过去。蒋再堂问二姐啥事，这么着急。淑珍说没啥事，闲扯了几句，开始劝说他不要再喝酒了，那么年轻，喝酒耽误事呀。没承想，蒋再堂不在意，始终没有下车，坐在车座上，说自己蹬三轮车太累了，喝酒就是解乏，说完，转过身子，头也不回地蹬车走了。淑珍没想到蒋再堂竟然这样无理无情，心里着实地憋了口气，自语道，人往高处走，水往低处流，他怎么不懂这个理儿呢？又一想，好坏自己担着吧，看他将来不出事才怪呢。

这一天早上，蒋再堂照例蹬着三轮车送货，回来的路上，路过鼓楼时，远远看见一个老人好像左腿绊了右腿，一下子摔倒了。蒋再堂猛蹬几步到了近前，把老人扶上三轮车，问老人住哪儿。老人脑子倒还清楚，就是腿脚不给力。蒋再堂听老人说住在鼓楼西，路也不远，就把老人送回家。老人一家老老少少七八口人，齐声感谢大好人蒋再堂，问他在哪儿上班。蒋再堂高声讲了，还详细告诉一家人他们手套厂的地址。老人的闺女儿子，转天一大早就给手套厂送来一张大喜报。

手套厂下午开大会，大会结束前厂长表扬了蒋再堂，说蒋再堂思想觉悟高，要不是人家送来大喜报，厂里还不知道他做好事了呢。受到表扬的蒋再堂高兴得不得了，大会结束后，又站在厂长讲话的地方，声情并茂地唱了一段西河大鼓。

厂长是退伍军人也是性情中人，说是大家这么喜欢歌唱，干脆成立一个宣传队吧。"大扯子"陶大娘说，给蒋师傅买个鼓、买个板，让他把厂子里的新人新事、好人好事编成大鼓词唱出来。这个提议符合形势，厂长举着拳头连说"好好好"，一定鼓励支持。蒋再堂高兴坏了，当着众人的面满口答应。

下班后，高兴的蒋再堂非要拉着厂长喝一盅。兴头上的厂长不想扫蒋再堂的兴，况且自己也好一口，也就爽快答应了。没想到"大扯子"陶大娘听到了，也要跟着"喝一口"。厂长不好意思拒绝，也把陶大娘带上了。

所谓"吃馆子"，就是手套厂门口一家包子铺。厂长要了一斤大包子，包子里面没有肉，只包了一点大油渣子，也就是带点油的面团，那也了不得了，陶大娘上来就掖进嘴里一个，烫得厉害，赶紧用手捋脖子，摸着嗓子直呼气。厂长狠狠地瞪了她一眼。蒋再堂用手比画着，表示要喝一口，见厂长没拒绝，立刻到前面柜台，打了两提子"烧锅酒"。

蒋再堂酒量不大话却多，不一会儿工夫就逮啥说啥了。"大扯子"陶大娘好奇蒋再堂跟刘淑珍的关系，上下左右地打听。蒋再堂喝了酒，变得更加豪爽起来，嘴上的门闩早被酒顺走了，竟然把二姐淑珍的往事讲了，说当年淑珍差点被她抽大烟的爹卖到窑子里，还说要是没有蒋家的帮衬，刘淑珍两口子早就死了，哪还能有现在一大家子人呀。有"大扯子"陶大娘在场，啥事就都藏不住了，很快手套厂好多人都知道了刘淑珍的情况，传来传去走了味儿，刘淑珍竟然变成从良的女子。

这些不好听的话，也让淑珍听到了。她气得手脚哆嗦嘴唇发白，踉踉跄跄地找到蒋再堂干活的手套厂，进了院子，正好看见一群人围着蒋再堂听他唱西河大鼓。淑珍拨拉开众人，走到蒋再堂面前，不由分说，踮起脚尖，狠狠地打了蒋再堂一记大耳光。耳光响亮，把众人看傻了。

蒋再堂捂着脸，脸色煞白，平日里脖子上的红色小疙瘩，因为惊吓变成了白色的。他不让二姐走，让二姐说说这是为啥。

淑珍用手指着蒋再堂，怒骂道，你还是爷们吗？你都成了老娘们了！你那嘴还是嘴吗？都成拉屎的臭茅坑了！

蒋再堂从来没见过二姐这个模样。他小时候，二姐带他玩，背着他，抱着他，还趴下来当大马让他这个弟弟骑着玩，她膝盖都被地给磨破了也从不抱怨。如今二姐怎么变成这么凶恶的样子？蒋再堂像是看着一个陌生人，完全傻掉了。

手套厂的那些女人们，有的认识刘淑珍，有的不认识，看见身子矮小的刘淑珍竟然那么大力气，把个子高高的蒋再堂的脸都给扇红了，五个手印子像是按了红色的印泥，看上去清晰可辨，一时间都停下手里的活儿，看着眼前热闹的场面。人们的日子过得清苦寡淡，遇见热闹的事全都激动起来，尤其那个"大扯子"陶大娘，这会儿躲在远处，藏在众人脑袋后面，眼睛发亮地看热闹。陶大娘知道这些话都是她传出去的，所以不敢凑上前去，担心蒋再堂看见她，把她揪出来锣对锣鼓对鼓，当面问个明白。

淑珍看着周围人惊讶的表情，愣了一下，转身走了。她走得"噔噔噔"响，不像是双脚踩地，倒像是两把大铁锤砸地，她听到身后传来叽叽喳喳的声音，很快就有"哧哧"的欢笑声，她气得双腿发抖，一个趔趄，差点摔倒了。

当天晚上，下班回来的纪洪寿，看见淑珍坐在小饭桌旁边发呆。案板上有一把切菜刀，有已经搓完的芥菜丝，还有一个没搓的芥菜头。再看她，眼圈发红，忙问咋了，出了啥事。淑珍不答，不住地抹起眼泪来。淑珍很少流泪，多苦的日子她都默默去过，不会呆坐哭泣。洪寿问了好几遍，淑珍身子发抖地讲了。淑珍讲完就后悔了，担心洪寿发怒，可他却是低头不语。过了片刻，不承想他却来了一句，这要是放在我们车间，不可能出这事呀，绝对不会呀！又说，街道小工厂就是纪律涣散，缺少革命组织纪律性。说完，突然站起来，在逼仄的屋子里来回转圈儿，声调再次提高了，几乎就是喊，在我们国营大厂，不可能有这档幺蛾子事！不会！

淑珍不言语，把剩下的芥菜头搓成细丝，放在搪瓷小盆里。

淑珍有一双做饭的巧手，她把芥菜头切成丝，用花椒炝锅，再把细丝状的芥菜倒进锅里，随着"嘭"的一声响，立即用锅盖盖严了，焖上一会儿后，蹿鼻子的味道就出来了。用洪寿的话讲就变成了能使七窍活泼的好菜。可是很多时候，光是呛鼻子打喷嚏舒服还不成呀，还得加三撮盐，不把菜搞咸点，一碟菜不够全家人吃的。洪寿从心眼里佩服淑珍，面对箩筐大的苦日子，虽说过不成箩筐大的甜日子，却能变成无数根针眼细的甜味道，虽说这股甜味道又细又小，可是无处不在、细水长流呀，只要静下来咂摸，那真是越咂摸越甜。洪寿在心里想了好多词，想要找着能对应的词，怎么都找不到。想来想去，还是像师傅李满堂张口就来的毛主席诗词"红军不怕远征难，万水千山只等闲"，洪寿心想就是这种感觉，没错，就是。

淑珍没有提她怒扇蒋再堂耳光的事，孩子们已经放学回来了，哪句话要是讲不妥又会被传出去，人们嘴巴里没味儿，可传来传去的话味儿可是重着哩，又咸又辣又臭。

五岁的核心吃完晚饭，拽着四姐小琴出去玩。

小琴去年又被瞎眼姑夫接走了，可她还是不待，只要瞎眼姑夫靠近，她就会拳打脚踢、又抓又挠，还会连哭带闹，最后连饭都不吃了，饿得病了，姑姑没办法，只好让姑夫把小琴又给送回来。洪寿算是彻底死了心，不送了，给亲妹纪德贵去信，实在没办法呀，孩子不待该咋办？纪德贵倒是宽心，来信说没有缘分就算了，将来俺要个孩子吧，以后蹬腿儿死了，总得有个穿孝服的有个哭丧的。妹妹德贵的话，让洪寿特别不好受，一边是亲妹子，一边是还不懂事的亲闺女，啥话都不好讲。时间长了，这件事也就慢慢过去了。

小琴不想出去玩，想要给布娃娃做小衣服。核心不死心，"姐姐，姐姐"一个劲儿叫。

这时候胡同里有收破烂的吆喝声，淑珍把家里存下的纸夹子、牙膏袋还有晾晒好的橘子皮，屋里屋外地归拢到一起，拿给了胡同里收破烂的，回屋之后对小琴说，你就带核心去玩会儿吧。小琴只好嘟嘟囔囔地答应，核心跟屁虫一样，笑嘻嘻跟姐姐出去了。

洪寿看着姐弟俩出去了，这才若有所思道，将来绝不让核心进小工厂，要进就进大国营厂子。男子汉进了小工厂，早晚得变成娘们儿。

淑珍来了一句，将来也跟你一样学电焊？

洪寿实话实讲道，学不学电焊倒是没关系，可必须得去国营大厂当工人，就像战士一定要在正规部队，将来肯定能前途远大。

淑珍笑起来说，好，那就盼着咱儿子快点长大吧，子承父业。

走出院子的核心，立刻紧拉着姐姐小琴的手，还没走到胡同口，就听见远处有嘈杂的声音传来，越往前走声音越大，比打雷的声音还要大。日子寡淡，热闹的声音跟糖果一样吸引小孩子。

姐弟俩小跑起来，可是核心的塑料凉鞋不跟脚，出汗多了，不仅脚趾之间都是黑泥，脚底也打滑，走道还好，跑起来脚后跟左右滑动。核心喊着"姐姐等会儿我呀"，五个脚指头使劲儿抓着鞋底子，歪歪扭扭向前跑。小琴故意不等他，蹦跳着往前跑，始终不回头。

姐弟俩到了胡同口，见到南马路上好多大人在排队走路。他们高举着红旗高喊着口号，还有几个大人抬着一面大鼓，后面有个个子高高的大人，动作夸张地高举起带着红穗子的鼓槌，一边敲着一边喊着口号。从他俩眼前走过去一个人，他没有走在队伍里面，而是走在队伍外面，不时地举起胳膊高喊一句，行进的队伍马上跟着他喊一句。人太多了，喊的什么，姐弟俩听不清、听不懂。

核心问姐姐，大人们……他们去跟谁打架？

小琴教训道，打啥架？这是游行。懂吗？

游行？核心扬起小脑袋问。

小琴不耐烦了，想要快点回家，她把核心的小手甩开，说，一会儿回家你去问咱爸吧。

第七章

•
•
•

319

第八章

一

　　陈铁嘴的嘴巴突然歪了，麻大娘让他去医院，以为他最得意的这张嘴有了毛病，一定急得火烧火燎的，马上就得去医院。没想到，他却摇头不去。又过了两天，嘴巴好像更歪了，说话也变得不清楚，哈喇子还禁不住流下来，走路走不了直线，总是跑偏。麻大娘哆嗦着双手，摸着男人的胳膊，摸着男人的手，哄孩子一样劝他去医院看病。陈铁嘴还是不去。已经是十一月份了，他坐在凳子上，啥事没做却是满头大汗。他好像比前两天好了些，说话利索一点了。他一边擦着汗一边说，找布兰青，布大夫几服中药就能好。麻大娘苦着脸说，布大夫诊所已经关了，已经回老家去了。陈铁嘴"哦"了一声，抹了一把满脸的汗水，语气强硬道，我命大，死不了！这辈子都死不了！麻大娘赌气似的不理他，起身就要走。就在这时，陈铁嘴身子歪了一下，摇晃着，紧跟着"扑通"一声摔倒，脑袋直接撞了地。麻大娘赶紧蹲下身，想要扶起他，感觉他身子一下子伸直了。

陈铁嘴死了。

陈家人慌了，所有人走路，脚上都得踢点东西，搞得阳光灿烂的北屋，像是废品收购站，叮叮当当、噼噼啪啪、咯吱咯吱……所有乱入脑袋的声响，时时刻刻从北屋传过来。

陈铁嘴仨闺女一个儿，儿子陈大伟跟纪泰民一般大，才刚到上小学的年龄。陈铁嘴之前努力培养儿子，要成为不受人欺负的强人。小孩子之间打架，陈大伟被人打伤了，回到家陈铁嘴接着打儿子，说你这个不中用的，人家打你，你有手，怎么不打他？你不打他，我打你。陈大伟要是打了人，回到家，陈铁嘴就把好吃的东西拿出来奖励儿子。陈铁嘴明目张胆对外讲"宁养贼子，不养菜花蛇"，男人就得厉害，不能受窝囊气。从那以后，同龄的孩子都害怕陈大伟。陈大伟一下子成了远近闻名的小霸王。可是小霸王陈大伟再厉害，不过才是七岁的孩子，给自己撑腰的爹一下子死了，小霸王陈大伟只知道哭喊。爹以前只是教了他如何打人、如何不挨打，还没有教他爹死了该咋办。麻大娘知道指不上儿子，也指不上嘴巴厉害、手脚笨拙的三个闺女。一家人除了知道戴上孝帽子、穿上孝服、腰间扎上麻绳子，剩下的就是哭就是喊，不知道怎么料理后事。

麻大娘没找四婶儿、没找王白猫，直接推开了纪家的屋门，二话不说，给纪洪寿和刘淑珍两口子跪下来，央求纪大伯帮个忙。淑珍抢先一步把麻大娘扶起来，给她倒了一杯水，让她坐稳了。纪洪寿问麻大娘啥子想法，麻大娘抹着眼泪说，老家有坟地，土葬，不想火葬。又说，去哪儿做寿材呀，寿材铺子找不着呀！都关门了。

麻大娘正在抹着眼泪，她娘家舅带着人来了。麻大娘对纪洪寿说着"大伯您一定要帮个忙呀"，话说了半句，就忙不迭地去迎接娘家舅。

淑珍把屋门关上，苦着脸看洪寿。洪寿说，这个忙肯定得要帮。淑珍不解地问，咋帮？洪寿说，这一跪，就得帮。淑珍问，帮钱还是帮手？洪寿说，看看吧。说着，洪寿穿好衣服，忙不迭地去了北屋。

过了不长时间，洪寿回来了，对淑珍说，问了她娘家舅，坟地的事有着落了，埋在铁嘴老家遵化，那边有人做寿材。淑珍呼出一口气，那咱就帮个手了。洪寿摇头说，帮个手，还得帮点儿财。淑珍糊涂了，财又咋帮？洪寿说，遵化那边做寿材，要是再从那边买木料，钱可就太多了，这边带上木料过去，还能省点钱。淑珍更糊涂了，你不是说财吗，咋又变木料了？洪寿埋怨道，你真是糊涂了，木料不也是财吗？咱还有木料，送陈铁嘴到阴间吧。淑珍怔了一下，急了问，那不是咱做顶箱柜的木料吗，你咋拿去给陈铁嘴做寿材？洪寿说，咱现在一间屋子半间炕，顶箱柜做了也没地方放，还不如帮人救个急。淑珍忽然委屈道，陈铁嘴当年对你对咱家也没做啥好事，你咋就这么大方？洪寿一摆手，死者为大。又说，麻大娘这一跪，算是替她男人道歉啦，我真没想到麻大娘能拉下脸来。淑珍说，你想的跟我想的不一样。洪寿说，记人还是记好吧，光是记人坏，自己也别扭。淑珍不言语了，看着洪寿走出屋，站在雨厦子下面，盯着墙边存放了二十多年的木料，上下左右看了好半天，回屋拿出铁钳子，拧开了捆绑在木料上的铁丝。

麻大娘的娘家舅，雇人用车子把尸首和木料一同拉走了。麻大娘再次来到纪家，流着眼泪说，谢谢大伯和婶子，这个情一辈子不忘。洪寿"唉"了一声，说着"节哀节哀"的话，淑珍看着麻大娘苍白的脸，心也软了，情不自禁地抹起了眼泪。

过了几天，王白猫在胡同口碰上纪洪寿，已经点头走过去了，又回身喊住洪寿。纪洪寿转过身，问迎上来的王白猫有嘛事。王白猫眨眨眼睛，问，听说陈铁嘴的棺材是你给的木料？纪洪寿顿了一下，说，是呀，咋了？王白猫脑袋上的白毛在阳光下闪闪发光，像是脑袋上长着珍贵的不锈钢丝。他纳闷地说，他欺负过你，出身也不好，你帮他做啥？这不是给自己找麻烦吗？纪洪寿不当回事，立刻说，你还记得解放那年咱胡同口死的伤兵吗？王白猫眨巴着眼睛，眼神迷茫起来，木讷地点点头。纪洪寿说，国民党兵死了，"八路"还都给埋了，何况一个院子低头不见抬头见的邻居。王白猫恨死陈铁嘴一家，只是不敢直接作对，如今陈铁嘴死了，他心里乐开了花，又问，听说你还给了他家睡觉的床板？

原来，纪洪寿把存了多年准备做"顶箱柜"的木料给了陈家，陈铁嘴的娘家舅懂点木匠的手艺，说是有的木料能做寿材，有的做不了，把挑剩下的木料择出来，要纪洪寿拿回去。纪洪寿还没来得及下一步动作，没承想娘家舅看着木料自语道，要是破了料，做成床板倒是适合。说完，娘家舅马上又说，我这几个外甥女也大了，长高了，一个大炕顺着睡睡不开了，横着睡吧，炕长度又不够，在床头搭块板子正好。这位不喜外的娘家舅，表面上像是自语，又像是跟姐姐麻大娘说，其实都不是，是说给纪洪寿听的。纪洪寿心想好人做到底吧，就问娘家舅，要是用得上，就给你们吧。娘家舅害怕纪洪寿反悔，当即握着他的手，一个劲儿说，谢谢纪大伯，谢谢，也替我姐姐谢了。麻大娘这才明白过来自家弟弟的弦外之音，原来是这么个意思，也是连声感谢好人纪大伯。

这件事的来龙去脉，王白猫全都知道。纪洪寿感到奇怪，问他咋知道的，还知道得这么详细，就像当时他也在场一样。王白猫说他昨天看见陈大伟和纪泰民结伴上学，听陈大伟对纪泰民说，"我妈说了，纪伯伯是好人，给我爸爸木料做棺材，还给我们家木料做床板"。于是王白猫拦住俩孩子，问了个底掉。

纪洪寿笑道，孩子的话你都听得真？

王白猫认真道，我是心疼你一片好心，他们北屋对你……说到半截，王白猫止住话头，似乎不想再往下说了。

纪洪寿长叹一口气，说，既然帮了死人，也不能不管活人。

你是大善人，大好人呀。王白猫怪笑着，说完，转身走了。

纪洪寿望着王白猫的背影，心里五味杂陈，说不清是啥子滋味。

不管是穷日子还是富日子都是过得快，日子不等穷人也不等富人。说话间就到了年根底下。

这一天，到承德"上山下乡"的玉燕来信了，说是今年春节要回家过年。这是纪玉燕下乡后的第二年，第一年她没回来，说是她同学也都不回来过年，要跟贫下中农在一起过年。可今年玉燕说她要回来，走两年了，特别想家了，想妈妈做的饭。洪寿和淑珍也是想念二闺女。一边看着二闺女的来信，一边商量着要做啥好吃的，要让玉燕在家过个舒服年。

越是年根底下，事情越多越杂。

这一天，老杨来了。淑珍以为是胖姥姥有啥事。自从她跟蒋再堂吵架过后，淑珍没有再去胖姥姥那里，主要是见到蒋再堂，不知道该怎样应对。现在见了老杨，她赶紧拉老杨进屋坐下，又急忙倒上一杯热水，问胖姥姥那怎么样。

没承想，老杨告诉她，蒋再堂要结婚了，他自己不好意思来请二姐和二姐夫，央求老杨过来请。淑珍脸色惨白地讲了蒋再堂在外面胡说八道的事，说着说着，眼睛里又闪出泪花。老杨叹口气，不敢跟淑珍目光对视，柔弱地说他知道这件事，胖姥姥也知道这件事，胖姥姥还举着鸡毛掸子，狠狠说了再堂，说得再堂挂不住脸，脸红得像只快要下蛋的母鸡。

老杨停了片刻，劝说淑珍不要跟再堂一般见识。

淑珍问，胖姥姥知道你来吗？

咋不知道呢。老杨说，胖姥姥讲这也是个机会，难道你从此就不上门了？因为再堂说了蠢话，你就一辈子不登蒋家门了？

淑珍赌气道，我去，去也是看胖姥姥，不是去看他！再说了，他结婚要请我，他自己怎么不来？架子这么大！

老杨听了淑珍这样讲，赶紧用劝和的语气说，再堂也是让我来探探你的口风，你要是答应了，他就立马儿过来请你。他是怕你把他骂出去。

淑珍哼了一声，怒气道，他这个德行的，还能娶上媳妇？还有人跟他？谁家的闺女呀，真是瞎了眼！

他这个媳妇还不错呢，姓田，叫田乃英，人长得漂亮，心眼也好，见我面离老远就打招呼。这姑娘呀就是家里孩子多，条件差，其他的都好。老杨说着说着忽然想起什么来，忙说道，再堂去了一家国营厂子，做钢丝绳的，他在厂子里开吊车，算是有出息了。

淑珍知道蒋再堂离开手套厂，以为他回家吃老底了，没想到他竟去了国营厂，还开起了大老吊。她不相信不着三不着四、每天晚上都要捏着酒杯的蒋再堂，突然变得这么有出息。老杨看出淑珍不相信，满脸笑容地解释说，都说女大十八变，男人也会十八变，小时候尿尿和泥巴，说不定大了就会有出息，当上大将军的人说不定小时候尿床呢。

老杨说蒋再堂变好时的表情，像是在讲自己最爱的亲人。淑珍看着老杨特别高兴的表情，心里发酸，不好受。老杨这辈子不容易呀，忠心耿耿跟着蒋家，没有二心，把蒋家的人当成自己最亲近的人。他才五十岁出头，看上去像是六十多岁的人，要是从侧面看，后背都有些驼了。老杨其实也有机会成个家，说是跟一个年轻的寡妇见了面，寡妇长得俊俏，带着一个三岁小男孩，双方接触几次，也有意在一起搭伙过日子。可就在这时，瘫痪在床多年、早已经神志不清的蒋老爷死了，老杨不忍心离开没人照顾的胖姥姥，一咬牙，打消了结婚成家的想法。后来那个俊俏寡妇托人再找他，还带话说要是能成家，还要把自己的私房钱拿出来补贴家用，还让老杨住她家也成，可老杨始终硬着心肠没答应。老杨坐在胖姥姥床前说他哪儿都不去，一直陪伴在她身边。胖姥姥觉得对不起老杨，话里话外表露出来老杨比再堂要好，要是知道有老杨在身边不离不弃，当年要这个再堂有啥用？老杨心里也是看不上蒋再堂，为他着急，但那种着急是恨铁不成钢的着急，只要当着外人面，哪怕就是二姐淑珍，老杨也会转弯抹角地为蒋再堂说好话，绝不讲半个"不"字。

淑珍又问了蒋再堂上班时间，她说这两天就去看胖姥姥，只是不想碰见蒋再堂。老杨连声说，好呀好呀二姐，我回去就告诉胖姥姥，她真是想你了。我再告诉再堂一声，让他来请二姐和姐夫。到时候，二姐可要大人不记小人过，一定让他登门呀。老杨已经把话说到了这份上，淑珍哪里还能拒绝，也就点了头，算是应允了。

就在老杨要告辞时，淑珍忽然发现老杨好像哪不对劲，说，你整天忙忙碌碌的，倒好像胖了。

老杨苦笑道，是胖了，脖子胖了。

淑珍以为老杨说玩笑话，仔细一看，果然是脖子胖了，圆鼓鼓的。心一沉，心里想别是大脖子病吧？赶忙劝老杨，找个机会去医院看看，检查检查。

老杨嘴角下垂，摆手道，看啥呀，没那么娇气。

淑珍送老杨到院外，看着老杨略微有些佝偻的背影，心里着实不是滋味。

淑珍刚进屋，核心不知道从哪儿跑进来。恰在这时，胡同里有"唤头"声响起来，淑珍立刻拉着核心出来让他剃头。核心从小护头，双手抱着脑袋，猫着腰，耍赖不想剃头。淑珍喊道，都成岑毛鸡了，剃！

剃头匠站在旁边，继续使着"唤头"。他左手拿着一端焊在一起、另一端微微张开的两块条铁；右手拿着一根铁条，把铁条插进两块条铁中间，从微微张开的两块条铁缝隙中用力挑出去，立时发出能够响彻整条胡同的"嗡嗡"声。

淑珍从屋里拿出凳子和小板凳，把小板凳放在凳子上，命令核心立刻坐上去。剃头匠从包里拿出一条白色围巾，围在核心脖子下面。围巾不太白了，都成灰色儿的了。剃头匠拿出手推子，开始给核心剃头，不一会儿就剃完了。核心在妈妈督促下，嘟嘟囔囔着拿个搪瓷脸盆，从水缸里舀上水，再把暖瓶里热水倒上一点。核心洗头乱扑通，不敢在屋里洗，把地板弄湿了，端着脸盆到胡同里洗，"噼哩噗噜"的肥皂沫子溅到地上，沫子好久都没平静下来，形成一个个好看的圆圈。淑珍喊着"都寒露了，快进屋，一会儿着凉了"。核心噘着嘴，走一步身子往下坠一下，搪瓷脸盆来来回回地砸屁股。

晚上，洪寿下班回来，淑珍还没等他把洗得发白的蓝色工作服脱下来，就忙不迭地把蒋再堂要结婚的事说了，还说了老杨提前过来探探口风，也算是从中给说和说和。

洪寿实话实讲道，甭管咋样咱们都得去，胖姥姥希望咱们去咱们就得去，也得让玉玲去，她在胖姥姥家长大，不去说不过去。

我猜你就得这么说。淑珍叹口气，说，要说胖姥姥不简单，这是多大的风浪呀，算是给挺过来了。她也糟心这个不成器的儿子，可她从来不跟人讲。

你说错了，我觉得是老杨不简单。洪寿说，要是没有老杨，胖姥姥依靠谁？往哪找老杨这样的好人？别忘了，老杨可是根正苗红呀。胖姥姥这辈子真是遇上大好人了。没有老杨在前面挡着，说胖姥姥是他的救命恩人，胖姥姥早就被……对吧？

都这么大岁数了，车厂房子都交公了，老爷也死了，还能咋样？淑珍说着话，抬头看着屋子外面。窗户外面是院子里四户人家的二十五瓦白炽灯交织起来的亮光，感觉院子就像自己屋子一样。

转天上午，洪寿老早就上班走了，道远上班反而更早，每天都是摸黑走。三闺女玉华也上班去了，去年初中毕业后，分到一家织带厂上班，那是一家集体小厂，女工特别多，也是"三班倒"。玉华上班第一个月就给家里生活费，开始是两块钱，一年后是三块钱，纪家的紧巴日子因为有两个闺女给钱，已经松快了不少，淑珍脸上笑容也比过去多了。

淑珍看见玉琴手拉手带着核心上学走了，赶紧收拾收拾赶去胖姥姥家，她还得在午饭前赶回来，给玉琴和核心准备午饭。临出门时，抹了"一枝花"头油，又在脸上搽了一点"雪花膏"，还把提前准备好的十个咸鸭蛋，每个都用报纸包好，小心地放进一个蓝布书包里，才走出屋。

淑珍今天特意换上一双跟脚的布鞋。去胖姥姥家没有公交车，路倒也不远，可是来来回回也要走一个小时。

天，忽然冷了。天气一天一个样。可是不一会儿工夫，淑珍却走出一身汗，可是脚底板不累，倒是挺舒服的。脚下的这双鞋子是洪寿用了十几天时间给她绱好的，底子软、鞋帮软，鞋底子下面还垫了一块薄毡子，用洪寿的话讲，踩着我这双鞋子走，保证你就像坐船一样美。在核心出生、淑珍坐月子期间，洪寿跟淑珍讲了一句脚踏实地的诺言，这辈子我绝对保证你这双脚舒服，不管你走多远的路，穿上我做的鞋，保证你脚底板子不会疼。

过了大舞台，淑珍远远地看见了淮海影院的大招牌。虽说解放后影院改了名，可淑珍还会说起影院老名字"上权仙"。再往前走，淑珍看见影院门口的电影海报，她不识字，看见海报上有一个秃秃的脑壳、下巴上翘的外国人，用手指着远方，远方是一座洋葱头一样的外国教堂。不识字的淑珍认识海报上的外国人叫列宁，也认识海报上"1918"的数字。淑珍对数字特别敏感，平日里买东西算钱，她口算比售货员还要快，几毛几分钱，加来加去、减来减去，眨眼间就能算出来。她还认识大胡子的外国人马克思、恩格斯，和胡子不太长的斯大林，这些人的照片连同毛主席的照片，无论去哪儿随时都能见到。

胖姥姥家在影院售票窗口旁边的一个小门里。从小门走进去，是一条长长的小夹道；小夹道走到头，一扭身，眼前忽然变成一片开阔地。过去电影院后面的房子都是蒋家的地产。

如今被分割成好几块区域：一块区域是一家集体性质的三轮社，面积很大，停着上百辆三轮车，解放前停着的是蒋家的胶皮车；另一块区域变成电影院的后门，空地不大，散场走后门的观众多了，瞬间就会挤满那块空地；空地对面是一个已经生锈的铁栏杆，栏杆后面有十几间小屋子，过去这十几间屋子也是蒋家的，如今已经住上了其他人家；还剩下最后一块地方，就是现在胖姥姥的家了。眼前的一切，淑珍太熟悉了，她就是闭着眼睛往前走都不会走错路走错门。

淑珍又站在熟悉的砖砌的月亮门前，一时有些发蒙，这是……这是哪儿呀？原来的格局是两进的院子，从月亮门进去，是一个小院，朝阳的北边是三间正房；背阴的南边有两间房，一间杂物间，另一间厨房。月亮门后面、紧靠着杂物间的是一棵繁茂的桂花树。之前，还有小门通往后院，后院里的南屋也是杂物间，住人的北屋只有一间。可是眼前呢？通往后院的小门没有了，成了一堵砖墙，看得出来是刚刚砌成的，还能闻到白石灰的气味，而且是从对面垒砌的，这边砖缝之间也没有整理，仿佛一道道的烂眼边。更令淑珍惊讶的是，第一进院子的三间北屋，如今只剩下了一间房，另外两间被割走了，与后院连成一片。

淑珍迟疑地站在小院中，完全愣住了。这时，老杨出来倒脏水，抬头看见二姐，来不及倒水，举着脸盆站在北屋前，喊着"胖姥姥，二姐来了"，然后才把脏水倒了，把搭在肩膀上的白毛巾拿下来，擦了擦手，站在淑珍侧面，用手示意二姐进屋说话。

过去亮堂堂的屋子，因为少了两间，一下子变得窄小逼仄，又因为阴天的缘故，屋子里黢黑黢黑的。胖姥姥躺在床上，听见淑珍来了，一只手抓住床帮，老杨想要上前扶一把，胖姥姥摇着另一只手，说着"不不"，硬是自己喘着粗气坐起来。胖姥姥让老杨快点把灯打开。

有了灯光，屋子里温暖了一些。胖姥姥倚在床帮上，老式的木床，棕红色的漆皮已经斑驳，以前挂着深红色帷幔，现在只剩下床架子，帷幔早没了。胖姥姥用屁股挪动代替腰动，屁股往前挪一下，老朽的木床便会发出可怕的声响，仿佛马上就要坍塌。

你来了。胖姥姥说着，一把拉住淑珍的手，像是落水者抓挠的动作，说，别跟他一般见识，他那个德行，你还不知道？让着点他吧，他比你小，他倒是没有坏心眼，就是嘴上没有把门的。

淑珍攥着胖姥姥冰凉的手，忙不迭地说，没事没事，都是自家人。接着，她一眼瞅见胖姥姥小腿特别肿，皮肤表面光亮光亮的，仿佛打了一层白蜡，忙问怎么回事。

胖姥姥不在意，用手抹着还剩下几颗牙齿的嘴巴，有气无力道，活一天算一天，肿就肿吧，又不耽误吃喝，又不耽误活着。

老杨站在一旁，无奈地低声解释道，我说好多次了，去医院看看，可……可就是不去呀。

胖姥姥垂着头，翻来覆去还是那句话，不耽误吃喝，看啥病呀。

淑珍坐在床边的凳子上，拉着胖姥姥的手，说着家常话，只字不提两个院子隔开的事。倒是胖姥姥主动提了，说，再堂这么做，我也不怨他，别说走两个门，就是不来我这，我都不怨他。他能成家，我就放心了。

淑珍心里还是奇怪，问道，走两个门也就罢了，怎么还割走两间房呢？

不是再堂要拿走的，是我让他割走的。胖姥姥赶忙解释说，我一个老婆子，有一间就成了。

胖姥姥脸上的笑，是挤出来的笑。老杨站在旁边，脸上的笑跟胖姥姥的笑差不多。淑珍让老杨坐下来，老杨不坐，这么多年了，只要在胖姥姥身边，老杨不坐，有凳子也不坐，就是那么站着，随时做出上前一步搀扶的动作。

淑珍环视一下屋里，摆设越来越简单了：一个衣柜、一个饭桌、三把椅子。淑珍这才想起来，刚才进门时把蓝布书包放在门口小凳子上，她赶紧站起来拿过书包，对胖姥姥说，没啥可拿的，咸鸭蛋，我自己腌的。说完，她走到正对门口的"连三桌子"上，把十个咸鸭蛋整齐地摆放在桌子上。过去这个位置是一个圆形桌子，两边是两把太师椅。那时候，圆桌后面还有一个条案；条案右边摆着一个豁了口的大花瓶，左边摆着一盆很有气势的山石，后来花瓶摔地上了，也就没再摆瓶子。纪玉玲小时候，最爱玩的就是给山石浇水。山石放在一个蓝花白底的长条形盘子里，里面有一个断了把的小瓷勺，玉玲跪在太师椅上，向前探着身子，用小瓷勺舀上水，再往山石上面浇水。山石块头很大，跟小孩子屁股差不多大，被绿茸茸的苔藓完全包裹住；在山石凹陷处，还藏着一个拿着钓鱼竿的小瓷人。玉玲大了，不再浇水了；后来又是玉燕浇水，再后来是玉华、玉琴，儿子泰民小时候来时，也爱给山石浇水。如今山石还在，苔藓完全包裹住了山石，绿茸茸的好看，淑珍来胖姥姥家，好几次看见都是老杨小心翼翼地用小瓷勺给山石浇水。

淑珍又坐了会儿，站起来说着还要赶回去做饭。胖姥姥也不留她，最后又是嘱咐了一句，到时候再堂结婚，洪寿还有孩子们一定要来呀。淑珍拉着胖姥姥的手说，一定的，一定的，全家都来，一个不少！

老杨送淑珍走，在小院里淑珍问老杨住哪儿。老杨说，这就是，说着话推开了过去的杂物间。淑珍看了一眼，尽管上午阳光充足，可是里面依旧黢黑黢黑的，散发着一股难闻的霉味。小屋子六平方米不到，迎面一张小床铺，生活中的所有物件，要么摆在地上，要么挂在墙上。

老杨说，我就不让二姐坐了，太窄巴。

淑珍看着老杨，说，哪天你把胖姥姥接我那去，我给你们炖肉，你和胖姥姥不是最爱吃我炖的肉吗？

老杨"嘿嘿"笑道，是呀，二姐做饭好吃。炖的肉色香味全都有，只要想起来，嘴里就会流口水。

淑珍背过身去，抹了一把眼泪。

二

纪洪寿借了一辆三轮车，把二闺女玉燕从东站接了回来。玉燕胖了，双颊红彤彤的，跟山楂的颜色差不多。她上身是一件扎成一道道的蓝色大棉袄，脚下是一双蓝色大棉靴，整个人鼓鼓囊囊的像是一个蓝色大胖熊。玉燕从承德乡下带来了当地的土产品，有大杏仁、山蘑菇、山楂，还给爸爸带来了一瓶当地的烧锅酒。洪寿高兴坏了，说刚拿副食本从副食店买了一瓶"直沽高粱"，这下好了，过年有两瓶白酒了。淑珍马上接过话头说，还要再买瓶金丝枣酒，过年了，得有个过年的样子。

玉燕的到来，再加上放寒假的小琴喊了一嗓子"二姐来了"，把在阁楼上上夜班睡觉的玉华给惊醒了，她从阁楼上往下扒头说，我一会儿就起呀二姐。玉燕抬头道，你接着睡吧。玉华指着小琴说，这死丫头一嗓子，我哪儿还睡得着。小琴指着玉华说，你才死丫头呢。淑珍对玉燕说，她俩天天吵，上辈子冤家。玉燕说，那是没离开家门，离开一天就不吵了，就会想家想疯了。淑珍指着小琴说，听见了没？

过了一会儿，玉华穿好衣服，踩着贴墙的木梯子，从阁楼上下来。她要陪着姐姐玉燕到南市的"玉清池"去洗澡。淑珍说，你们俩也把小琴带上，姐仨儿一块洗。玉华说，不带她，天天跟我作对。玉燕把小琴拉过来，走吧，一起洗。玉华瞪了小琴一眼，小琴也甩她一眼。

姐仨儿刚走不一会儿，核心从外面"甩劈材"回来了，蓝色棉手套用一根线连起来挂在脖子上，两只棉手套垂在胸前荡来荡去，清鼻涕一会儿流出来，一会儿吸进去，两只小手冻得像是两块红山芋。

淑珍顺手打了一下核心的小脑袋，有手套怎么不戴呢？核心摸着后脑勺，戴手套，碍事。淑珍训斥道，又甩劈材去了对吧？都输了吧？上学还得带劈材了，全都输没了，家里没劈材烧，我把你骨头敲了烧。核心犟嘴道，老师说开学不用带劈材了，带煤球，带十五个煤球，要是带大煤饼子，带三个。核心说着，还用手比画着煤饼子大小，说是太小了不成，太小了就得带四个。淑珍"哼"了一声。洪寿拉下脸问核心，整天出去玩，作业写了吗？核心大声说，写完了，写完了才出去玩的。

淑珍不再理核心，赶紧跟洪寿说，我听四婶讲，法国菜市来冻鸡了，一会儿你去买只冻母鸡吧，过年吊汤喝。洪寿立刻纠正道，早不叫法国菜市了，现在叫长春道菜市。淑珍不耐烦道，叫嘛都一样，不就是菜市吗？洪寿尬笑着，又带着疑问口吻问，可是……五块钱一只呀？淑珍毫不犹豫道，再贵也得买，不管咋说，过年了得让孩子们肚子里有点油水。一会儿你带核心去，我在家早点做饭，玉华上夜班得早点吃晚饭。洪寿说，好好，我骑车带核心去。

北方冬季黑得早，下午四点半，天就昏暗了。

玉燕、玉华、玉琴回来了，三个人红红的脸蛋，像是刚刚蒸熟出锅的红皮山芋。玉华跟妈妈说，我姐身上都是泥，我给她搓了好几遍，得有六七斤。玉燕红了脸，说她们知青点没有地方洗澡，用脸盆洗洗脸，晚上睡觉连脚都不洗，刚到那会儿受不了，身上长了红疙瘩。玉燕说两年的时间已经习惯了，如今痛痛快快地洗个澡，才觉着洗澡有多舒服。

正说着话，洪寿带核心也回来了。核心抱着一只大冻鸡，淑珍马上接过来看了看，捏了捏鸡屁股，又捏了捏鸡身子，小心地放在外面的小厨房里，对几个孩子说，先吊汤，最后再吃鸡肉。

冻得小脸蛋红红的核心告诉妈妈，爸爸在市场上转悠了好半天才买下来。淑珍看着洪寿，知道男人为啥舍不得下手，他是想省点钱，玉燕过完年回去，给她买点吃的穿的用的带上。前年夏季，按照子女"一留一走"的政策，二闺女玉燕是要"上山下乡"的，学校和街道都来人了，明确告诉不走的话就要销户口，没有户口吃啥用啥穿啥？再说玉燕不走，玉华也分配不了工作。最后玉燕咬牙走了，如今两年了，倒是看不出来受了啥委屈，脸上始终笑呵呵的。

这个晚上，纪家真是太热闹了，玉玲知道妹妹回来，也从宿舍赶回来了。一张小方桌放在炕上，纪洪寿盘腿坐在床上，两边对着桌角的地方，分别坐着小琴和核心；侧身坐在炕边的是淑珍和玉燕；玉玲和玉华各自摞了两个小凳子，坐在爸爸对面。

屋子里面热气扑脸，亮晶晶的大同煤烧得旺。前几天从煤店买回来后，淑珍都用铁榔头把大块敲成小块。大同煤好烧，用几张废纸就能引着，这会儿把"跃进炉"肚子那块还有烟筒炉子连接处都烧红了。木格子窗户上新贴的窗户纸，还贴着喜庆的"福"字和红色的吊钱，灯光一照，屋子里红红火火的。窗台上放着淑珍自制的盆栽——把大白菜头切下来，放在碗里，里面放上点水，不长时间就会长出好看的小黄花。除了白菜花，淑珍还把大蒜剥下皮，用细竹子把蒜穿起来，围成一个圆圈，放在水碗里，蒜苗长得高高的，等到除夕晚上吃饺子时蘸上腊八醋，再配上蒜苗，饺子就会更好吃了。

这时候，外面又有鞭炮声响起来。核心说他吃完饭，也要出去放炮。前几天核心跟陈大伟去西开教堂门口的土产店，买来湖南浏阳产的一百响小钢炮，自从买来后就开始惦记着放炮。

洪寿立刻叮嘱说，一个一个放，这一年就这一挂炮，放完了，可不许买了。核心嘟囔道"知道了知道了"。这时候，外面又有抖"蒙葫芦"的"嗡嗡嗡"声传来，核心更是百爪挠心，一刻都不想待了，可也不敢出去。

洪寿举起小酒盅，淑珍和孩子们举起茶杯或是小碗，里面也都倒了点金丝枣酒。洪寿说，今天是小年，咱们全家热热闹闹过个年。欢迎玉燕回家，去年过年就没回来，今年可得要在家多住些日子。玉燕说，大队告诉我们，过完正月十五回去。核心喊道，我也跟二姐去承德，我也要"上山下乡"。洪寿来了一句，一走一留，算来算去，将来你还得留。小琴用手指点着几个姐姐，小声嘟囔着"我得下乡走呀"。全家人都笑起来。淑珍对小琴说，你着个啥急呀，早着哩。

玉玲帮助妈妈煮饺子。淑珍摆了四个凉菜：一碟拌白菜心、一碟粉肠、一碟腊豆和一碟老虎豆。煮熟的饺子端上来了，洪寿吃了一个，啧啧叫好道，大白菜馅的，好吃。随后又对孩子们说，你们妈妈做饭好吃，这辈子我是有福了。淑珍笑了笑，当着孩子们的面也不好说啥，只是脸红了一下。

吃了几个饺子，核心不吃了，放下筷子，立刻撕开包着红纸的一百响小钢炮，小心地揪下来七八个，放在口袋里，又点燃一炷香。外面陈大伟已经喊他好几遍了，两人早就约好出去放炮。玉玲也要回宿舍去了。淑珍让玉玲吃完萝卜喝完热茶再回去。

冬天吃完晚饭后，淑珍都会拿出一个大青萝卜，洗完后切成细条放在盘子上，再沏一壶花茶，洪寿就会说着"萝卜就热茶，气得大夫满地爬"来接应。过不了一会儿，屋子里就会响起一阵接一阵的打嗝声，用洪寿的话讲这就是"通气了"。淑珍有时还会把萝卜尾巴切成不规则块状，连同吃剩下的梨核一块煮汤喝，光是闻着热锅里散发出来的萝卜和梨的味道，都能避免冬天得感冒。

玉玲兰花指状拿着一小块萝卜，小口小口吃；玉华把嘴巴凑在玉燕耳朵边，声音特别小，也不知道说了啥话；玉燕马上走到大姐身边，小声地嘀咕了几句。淑珍断续听到几句话，再看玉玲脸，已经通红了，连说"没有没有"。接着玉玲不待了，要马上走；玉燕赶紧穿戴好，出去送大姐。晚上胡同里总有黄鼠狼"哧溜"一下跑过去。玉玲胆小，只要是有毛的东西都害怕，遇见小猫小狗，都会吓得她"嗷嗷"叫，脸色惨白惨白的，平时晚上要是回厂子宿舍，都是爸爸送到胡同口的。

小琴忽然大声喊起来，大姐搞对象了。玉玲回过身，板着脸，对小琴呵斥道，死丫头，瞎说嘛呀。刚说完，脸庞再次不由自主地红了。洪寿听了，眨巴着眼睛，没言语。

小年过完，大年很快来到。

大年初一的早上，洪寿张罗着吃素饺子。淑珍转身一看，洪寿已经把腌"腊八醋"的淡青色小坛子摆在桌上了，又指挥小琴和核心把小碗拿来。洪寿抱着坛子，小心地往每个小碗里倒醋，淑珍又把蒜苗掐下来，放在碟子上。其实，洪寿对于大年初一早上的素饺子最在意，比三十晚上肉馅饺子还在意，他也最得意淑珍的手艺。淑珍的素饺子馅内容特别丰富，香干、红粉皮、干馃子、豆芽儿、胡萝卜、紫菜头、大白菜和香菜，淑珍把这些菜切得碎碎的，然后用麻酱、酱豆腐做调料，馅调得香喷喷的，用洪寿的话说，光是看着这些馅儿，不用吃就美死了。

洪寿津津有味地吃着素饺子，平常吃饺子，他一口一个，只有吃素饺子才会两口吃一个；吃完一口，欣赏一下五颜六色的饺子馅，然后再吃第二口；一边吃一边向孩子们炫耀道，你们妈妈做的饭好吃，南门外那几个婆娘都不成，除了会蒸馒头啥都不会，烙个饼还带着煳嘎巴。哼！还不会炒菜，不会拌馅！

得到赞美的淑珍脸色红润，可说出的话却是梆硬梆硬的，快吃吧，饺子还堵不上嘴呀。

好话赖话分不出。洪寿哼了一声，转过头对小琴和核心说，吃完了，把新衣服穿上，跟我去拜年。

小琴说，我不去，大爷家里满屋子臭味。核心也紧跟着说，二大爷家里也臭。洪寿脸色不好看。淑珍知道孩子们不愿意去纪老大、纪老二家，她也不是特别赞同孩子们去，你纪洪寿愿意去你就一个人去吧，干吗非得拉上孩子？洪寿每年初一早上必去给纪老大、纪老二拜年，还必须带上孩子一起去。最早是玉燕和玉华，后来一个"下乡"，一个上班，她俩也就不去了，洪寿就把眼光盯在小琴和核心身上。尤其是核心，他不想去，他想初一早上跟陈大伟他们去放炮，一点都不想去死气沉沉的大爷、二大爷家。洪寿喝令必须得去，瞪了眼睛、发了火，核心哭鼻子，哭得上气不接下气，那也得去给大爷和二大爷拜年。

洪寿推出擦得干干净净的脚踏车，就连辐条都闪闪发亮，他让小琴坐在后座、核心骗腿坐在大梁上，哼唱着《大海航行靠舵手》，兴高采烈地前往南门外。

纪老大、纪老二的家始终没有离开南门外，除了"公私合营"那年竹货铺子交公之外，原来的小院保留了下来。

纪老大家的小院，院门虚掩着。纪洪寿带着小琴、核心走进小院，洪寿站在院子当中，大喊了一声，拜年，拜年。

小院扁、窄，对面二间房朝阳，阳光堵满了破旧的门窗。纪老大纪喜堂的老伴拉开门，蓬松着头发，说，洪寿来了，进来吧，进来吧。

外面那么强烈的冬日阳光，一点都照不进屋里来。一明两暗的三间房，暗幽幽的，真像小琴说的满屋子臭味。纪老大纪喜堂穿着臃肿的黑色的棉衣棉裤棉鞋，坐在陈旧的太师椅上，鼓鼓的红眼泡，眼袋大得吓人，眼珠子发黄，喘气的声音特别重，就像小琴在姑姑家爱玩的风箱里发出的声响。

大娘把一个看上去有些脏的点心盒子放在炕边上，从里面拿出两颗水果糖，分别放在小琴和核心手里。小琴身子往后缩，一个劲儿摆手不要。洪寿说，大娘给了，快点拿着。小琴这才不情愿地接了，把水果糖攥在手里边，紧紧地倚在爸爸坐的太师椅旁边。

核心马上就要吃糖，要把糖纸剥下来，可是糖纸与糖块连成一个整体，怎么剥都剥不下来，搞得两只手黏黏的。虽说还有糖纸粘在糖块上，核心连糖纸一起吃进嘴里，用舌头在嘴巴里来回翻个，不一会儿就把糖纸和糖分离了，马上又用手指头从嘴里一点一点往外抻出来碎糖纸。

纪老大看着小琴和核心，又把脸转向纪洪寿，有气无力道，洪寿呀，你这日子真是越过越好呀。

纪洪寿双手抱拳，笑道，凑合吧，凑合吧。

纪老大老婆比解放前瘦了不少，只要在秋冬季节，她脑门子上永远排列着两排红印子，每个红印子都是用两手的拇指和食指挤压而成，形成一个个可爱的红揪揪儿，阳光下显得特别耀眼。她说话口齿不清，但眼睛、耳朵好使，她坐在一张小凳子上，上上下下、左左右右看着小琴和核心的新衣服，同时耳朵还能听着自家男人跟纪洪寿说话，适时地还会插上一两句妥帖的话。

其实，纪老大跟纪洪寿也没有多少话讲，每年初一早上见面，只是有一搭无一搭说上两句，然后就会陷入长达一两分钟的沉默状态。

纪洪寿感觉实在没话说了，站起来说再到二大爷那看看。

纪老大说着"好好"也要站起来，纪洪寿拦着他，外面风大，凉，别出来。纪老大顺坡下驴坐回椅子上。满脑门子可爱的红揪揪儿的大娘，倒还讲里讲面，戴上灰不拉几的毛线帽子，缩着脖子抄着手，把纪洪寿和孩子们送到院子门口。

出了纪老大家的小院，小琴把手里的糖掖进核心口袋里。核心问，你不吃？小琴口冷道，不吃，我不是馋猫儿。洪寿无奈说道，小琴这孩子，好话不会好说。听着爸爸的批评，小琴虽说不敢顶嘴，可也要把心里话讲出来，一屋子臭烘烘的味儿，咋吃呀？吃了他家的糖，把臭味也都给吃到肚子里啦！洪寿听了，撇撇嘴巴，没再说小琴，自己苦涩地笑了笑。

纪老二纪喜礼家，离纪老大的家不远，步行三分钟。

纪喜礼家也是一个小院子，跟纪喜堂院子布局完全一样，不过纪喜礼跟儿子住在一起。纪洪寿还是喊着"二大爷，拜年了，拜年了"，纪老二纪喜礼从屋里走出来，笑着把纪洪寿让进屋。纪老二的老婆去世早，两间房子给了儿子一家三口，他自己住个小间。跟纪老大的屋子一样，纪老二屋子里同样黑乎乎的，弥漫着一股浓稠的怪味，实在讲不清是啥味道。

纪老二纪喜礼身子骨依旧结实，只不过酒糟鼻子太厉害，冬天夏天都会发红，屋里屋外看上去，都像是强安上一颗夺目的大红枣，再加上他总是用手揉搓大鼻子，显得整个人行止特别邋遢。过去纪老二看不起纪洪寿，做过说过一些过头事和过头话，虽说这么多年过去了，纪老二跟纪洪寿见面还会稍微有些尴尬。纪洪寿始终表现出来低姿态，也就多多少少缓解了纪老二的窘况。

纪洪寿坐下后，让小琴和核心给二大爷拜年。纪喜礼有些无措，嗫嚅道，也没糖，给俩孩子吃点花生吧。说着，从桌子上的一个小纸箱子里，双手捧出来花生，放在炕边上让孩子吃。

纪洪寿每年给纪喜礼拜年，都会提起刚解放那年纪喜礼和纪忠璞去看望他的事。纪喜礼过去的暴躁蛮横已经不见踪影，他揉搓着大鼻子，害羞地"哎哟"道，这都是多少年了，你还记着呀？纪洪寿笑道，哪能忘呀，始终记着呢。纪老二每句话讲过后，都会捎带着一连串的长声短语，衬托着脸上的无限感慨。

纪洪寿跟纪喜礼同样没有多少知心话讲，也就是说说双方家里的情况，东拉西扯点外面的闲事，相互沉默地再坐上两分钟，然后告辞出来。对于纪洪寿来说，这一年的礼数也就算是结束了。

离开纪老二家，站在街上，洪寿对小琴和核心说，走，接着拜年。

还要去三大爷那儿？小琴歪着脑袋问，拜年不是给年岁大的人拜年吗？三大爷年岁小，您怎么还要给他拜年？

洪寿脸红了一下，尴尬笑道，顺道嘛，都到门口了，不进去不合适。

核心也是不解地问爸爸，每年都要来，还得一大早来？

纪洪寿停住脚步，把脚踏车的支架立起来，看着街道上穿着新衣服、提着糕点水果的人们，还有鞭炮炸响后纸屑遍地的街道，似乎想要说啥话，可又不想多做解释，最后意味深长地说，你们还小，以后就知道了。

以后？以后是啥时候？核心歪着脑袋问。

纪洪寿来了一句，等你个子比我高了，我再告诉你。来，你俩上车。

纪老三纪忠璞的家，离纪老大、纪老二家真是不远，隔着一条弯曲狭窄、高低不平的小胡同；出了小胡同，看到一根电线杆子，再转过去，第一家小院子就是纪老三家。说是小院子，就是两间房子的过道，成年人两步就迈过去了。小院子搭了棚子，用几根竹竿钉牢在院墙上，扯起了一个简易的塑料棚子。风一吹，小院子里犹如高扬着一面旗帜，"呼啦啦"地炸响着。纪洪寿只要冬季来，都会昂着脑袋看着头顶，对纪老三说，这塑料棚子这么响，睡得了觉？纪老三不紧不慢道，不能总是刮风吧？风大才响，风小不响。纪洪寿"嘿嘿"一笑，两人算是共同完成了见面问候语。纪洪寿有时候私下里想，这个纪老三不简单，要是不驼背，说不定能当上个大官，在副食店上班说不定还是委屈了他。

大屋大一点，搭了两个小床；小屋小，只有一张床，床前只能并排站上两个人，要是关上门的话，后背就会靠着门，膝盖顶着炕了。纪老三有三个孩子，两个儿子一个闺女，三个孩子都比爹娘高，也没有驼背的，身子板长得顺顺溜溜。纪老三的老婆小矮个，窄条子脸，说得吓人点，脸跟柳树叶一样宽，小嘴像是用绱鞋的鞋锥子随意扎的一个小眼。

纪老三用眼神命令柳叶脸老婆倒茶水，又用眼神命令老婆给小琴和核心拿奶糖、花生和柿饼子。纪老三在副食店上班，家里吃食比较丰富。客人、家人都坐下了，纪老三才像大领导一样慢悠悠道，洪寿有本事呀，一个人从乡下背着一个铺盖卷来，成了这么一大家子人，孩子们个个都有出息呀。

纪洪寿满脸红光，客气回话道，你也好呀，三个孩子全都顶呱呱的，将来都是了不起的人物呀。大的，上班了？哪个厂子？

纪老三面无表情，说，下乡了，"工农联盟"。

纪洪寿说，好呀，那个农场离家近，好像在西郊区吧？不管咋讲，是在天津卫，哪像我们二的，去了那么远的承德。

纪老三眯笑着，没言语。

两个人说着眼下的生活杂事，间或说起过去的故人旧事，不知道碰到了哪个话题，纪老三掰着短粗的手指头说，老粗布店的怀老板走了，咱们铺子上的大老郑也走了……

纪洪寿低了声音，问，他们岁数都不大呀，咋就……走了？

桌上座钟"嘀嗒嘀嗒"，纪老三说，老天爷要收人，谁也挡不住，再结实的身子骨也没用。老天爷让你晚上走，绝对等不到天亮。

纪洪寿还想说啥，一时没有说出来。跟纪忠璞在一起聊天，纪洪寿永远接不住他的话，也看不懂他的表情。

纪忠璞不紧不慢讲着永远不挨边的事，始终不提他在副食店的情况，即便纪洪寿主动问，他也会把话题巧妙岔开，而且岔开得特别巧妙，自然顺畅。又坐了一会儿，纪洪寿告辞，纪忠璞把他送到门口。

回家的路上，小琴和核心一起问爸爸，他们家怎么从来不上咱家拜年？

纪洪寿怔了一下，眼皮快速抖动，不自然地笑起来，实话实讲道，管人家做啥？自己做得正、做得安就成了，不管人家。

坐在后座上的小琴、坐在大梁上的核心，不明白爸爸话里的意思，一阵凉风吹过来，就把他俩的问话给吹走了，他俩也不再问了，一起数起来街上有几个骑脚踏车的女人。

百姓过大年就是串门子，多年不走动的亲戚，过年时上门拜个年，之前所有的恩怨和不解，在一声"拜年了，拜年了"中全都能消解掉。

从初一开始，纪家孩子们全都出去了，几个闺女有的跟同事凑在一起，挨家挨户地互相拜年；有的和同学在一起，也是互相去拜年。玉燕那些回家来过年的知青们，大家热闹地凑在一起，她从大年三十就没着家，每天都是到傍晚才回来吃饭。

初二这天早上，纪家人才刚起来洗漱，屋里还是乱糟糟的，突然来人在屋外喊着拜年的吉祥话，淑珍纳闷谁这么早拜年呀。打开屋门，仔细一看，原来竟是多年没见的朱长久——刘淑红的大儿子。淑珍看着外甥，眼睛红了，忙问，长久呀，这么多年你去哪儿了？怎么也不来看二姨？

朱长久长着一张瓦刀脸，眉毛特别长，一点不随他爹老朱的小胖脸、短眉毛，个子也比他爹高了一头。朱长久手里提着一个网兜，网兜里有个纸袋子，他把纸袋子打开，里面是六个红红的小苹果。淑珍说，来了就好，买东西做啥？朱长久低着头，像是做错事的孩子，呢喃道，我妈让我带来的。

洪寿也是好多年没见到朱长久了，那些年见时长久还是个半大小子，如今一下子变成了大人。聊天之中才知道，早两年朱长久就应该"上山下乡"，老朱找人送礼，给儿子拿了有病的医院证明。虽说留在城市了，可是户口被销了，变成了没有工作，也没有粮票布票油票麻酱票线票的浪荡鬼。

洪寿脸上忧心，嘴上却是批评，没户口哪都去不了，也找不着正式工作。玉燕是个女孩子，不是去了承德乡下，这次回来，长得结结实实的。

淑珍觉得洪寿不应该这样讲话，这样讲等于批评朱长久，立马就把话题拉回来，问他下一步的打算。朱长久说他懂点电工技术，接个电线、安个电开关都会。马上又补充说，他还会修电匣子，还会攒半导体。

淑珍见洪寿眼睛亮了一下，马上说，看看家里有啥电工活儿，长久自己人，帮助修修。

洪寿想了想，说，晚上起来黑灯瞎火的，要是有个小灯泡就好了。有点亮就好，别太亮了，照眼睛。

这好办，过完年我过来，装个小灯泡。朱长久马上接过话头，大包大揽下来，还用拇指肚比画说，这么大的小灯泡就成。

洪寿还想鼓励朱长久，又说，你有手艺，不成的话开个小门脸，专门修理电器啥的。

朱长久似乎很为难，说，往哪找门脸房呀，再说……

淑珍再次把话题岔开，留朱长久吃完午饭再走，朱长久没有丝毫犹豫，立刻答应下来。

初一饺子初二面，淑珍做了打卤面。朱长久太能吃了，两大碗捞面，不到十五分钟全都吃了。

朱长久吃完，又坐了会儿，这时有玉玲、玉燕的同事、同学来拜年，朱长久赶紧退到边上，悄无声息地溜走了。

拜年的人走后，屋里静下来。

淑珍又想起刚才埋头大吃的朱长久，沉吟片刻，带着心疼的语气说，长久这孩子恐怕经常饿肚子吧？

洪寿看着眼圈发红的淑珍，喘口大气，似乎不太可怜朱长久，对淑珍说，跟国家对着干，能有好下场？

淑珍急了，逼问道，你咋这么讲？心肠这么硬？长久咋就跟国家对着干了？

他装病不下乡，他爹老朱还开假证明，你说谁的错？难道国家错了，他们家对？洪寿理直气壮。

淑珍生气了，她不想跟洪寿争执，已经转过身子去了又转回来，还是忍不住争辩道，长久下次来了，你可不能乱说这话，他找不着工作，身子矮了三分，出身又不好，脸皮又薄了，你再说点啥，他挂不住脸呀。你也是他姨父，是长辈。长辈就得爱护小辈儿。

洪寿"哼"了一声，没再讲话。最近两个人总是争吵，倒不是为自己家的事，争吵的全是屋子外面的人、屋子外面的事。

"破五"过后，离着年味散尽早着呢，还有正月十五在前面等着呢，玉燕却要回去。原本她是要过完十五再走的，可是几个同学吵嚷着要提前回去，来时大队希望知青们早点回去，"农业学大寨"就要快马加鞭，哪有工夫打年盹儿？淑珍着急了，不让玉燕提前走，两年没回来了，应该把去年的假补回来才成，怎么竟还要提前走呢？洪寿没有反对，大力支持玉燕早点回去，扔出一句经常挂在嘴边上的老话"干啥就要吆喝啥"；又说，玉燕现在是知青，那就得有个知青的样子。淑珍气得说不出话来，瞪了洪寿一眼，又瞪了一眼，又甩了一眼，扔下一句"你的心都要变成大石头了"，说完不再搭理洪寿。

玉华和小琴早在二姐来之前，两人就商量好要给二姐织毛围巾毛线帽。玉华说她织帽子。小琴说，你会织吗？玉华说，你小瞧人。小琴嘲讽道，等你求我。两个人结伴去了劝业场。玉华选了浅红色毛线，说二姐戴着红帽子，骑着白色骏马，奔驰在绿色大草原上，多好看呀。小琴选了淡绿色毛线，说是跟草原颜色一样。玉华忽然问，承德有大草原吗？小琴一下子被问愣了，眼珠一转，不容置疑道，有，有。姐俩本来商定，一顶帽子一条围巾，各用三两毛线足够了，可她俩站在柜台前，临时决定再各增加一两毛线，要让二姐戴上帽子暖乎乎的，围上围巾热乎乎的。

买完纯毛毛线回来，姐俩儿立马织起来。果然玉华出了问题，织帽子要缩钎，可玉华忘了，变成上下一个针，织到半截儿问题就来了，变成上下一般粗的桶，只得觍着脸求助妹妹。小琴别看年岁小，手巧，竹签子和铁签子都会，织毛衣、织线衣全都不在话下，织出来特别合适，比买的还好看。

小琴说，我早就说了，是不是？嘿嘿！玉华恼怒道，有啥得意的？毛线还不是我买的？小琴不甘示弱，我没上班，没挣钱，就得你买。玉华扭头不理妹妹。最后两个人互换，小琴织帽子，玉华织围巾。玉华和小琴以为二姐过完正月十五回去，觉得时间来得及，没承想二姐真要提前走，帽子和围巾只能织好后再给二姐寄去。小琴还用小钩针偷偷给二姐钩了一个

第八章

353

"假领子"，二姐抚摸着狗牙边，一个劲儿夸赞小琴手巧。玉华在一旁看了，不住地撇嘴，说小琴这丫头片子心眼真多，做事留一手。二姐"哎哟"道，你俩打啥架呀，好好相处多好呀。玉华不吃亏，抢白道，是她先下手为强的。

转过天来，纪洪寿就像两年前送玉燕走一样，他再次推起脚踏车，后座上驮着大包小包的衣物、吃食，还有小纸盒子包装的"凡士林"，洪寿打包时淑珍又塞进去几个"蛤蜊油"。玉燕刚回来时手背上裂着大口子，手指肚上满是细针划过一样的细裂纹，碰一下都要咧着嘴巴一个劲儿喊疼。纪洪寿跟在公交车后面，两条腿拼命踩着脚蹬子，比活塞运动还要快。他追着玉燕乘坐的公交车，始终保持五六米的距离，玉燕下车后，他也正好到，最后一直把二闺女送到火车站，在进站前还不忘叮嘱玉燕，千万不要惦记家里，你一定要在广阔天地大有作为。

玉燕走后，淑珍打不起精神儿来，洪寿只要说话，即使是关心她的好话，淑珍都会像孵蛋的母鸡，埋头不理，连吭声都没有。洪寿要是再来个三言两语，两个人就会戗起来。洪寿气不过，在南马路上转悠两圈，回来后，从床铺底下拉出来他的家伙什，用绱鞋来抵挡心中的烦躁。

正月十五过后，朱长久一早就来看二姨淑珍，进门就问二姨父，上次说的小灯泡装在哪儿。洪寿指了指床头位置。朱长久倒是手艺好，量尺寸、截电线、包胶布，动作特别缓慢。

小灯泡装好后，也到了吃午饭的时间。吃完午饭，核心做作业，淑珍又把朱长久留下来，说是让他帮助核心写作业，这样就又到了傍晚，朱长久又吃了晚饭。

朱长久走后，淑珍以攻为守，说，长久这孩子不错，又是装灯泡又是帮助核心写作业。洪寿用逗笑的语气说，一个小灯泡装了仨小时，我不懂电，看也看会了，半个小时就能装好；核心应该去学习小组学习，也不用他来辅导写作业。淑珍立刻反驳道，你这人，说话这么难听，不就是吃顿饭吗？洪寿说，我没说别的，就说这意思，我不是还让他再来吗，帮助修理电匣子里面的灯吗？淑珍不言语了。洪寿说，我就是想给他找点活儿，让他吃饭时吃得舒坦，吃得理直气壮。淑珍说，你这话怎么听怎么别扭，谁都有落难的时候，你当年在芦台落难，不是有那么多人帮你吗？洪寿着急地说，我不是嫌弃他吃碗饭，我还是那句话，他要是上山下乡了，还用得着为了一顿饭，觍着脸来求人吗？虽说都是亲戚家，可也是求人赏饭呀！咋就非得作假装病号呢？淑珍听不下去，气得脸色都变白了，说，你这个人说话真是气人！洪寿照旧重复着自己之前的观点，说，朱长久就是走错了路，国家让干啥就得干啥，他，还有他爹，干吗要顶着干？听国家的，没错！不听国家的，就得把腰弯下来过日子！

第八章
∴

三

春发大娘来了，问洪寿淑珍一件事，你们换不换房子？一间换三间。洪寿和淑珍惊住了，天下哪有这么顶盖肥溜光圆的大好事？

整日为邻居们忙碌的春发大娘，身子还是那么干瘦干瘦的。她跟淑珍同岁，背却驼了。走路时左肩膀朝前倾，右肩膀靠后，一路小碎步，捯得特别快。有时候一绺头发垂在额前，遮住了一只眼睛，嘴里经常自言自语，目光总是异常亢奋。春发大娘的两个儿子都"上山下乡"了，大儿子马春发去了贵州遵义，二儿子马春早去了湖南湘潭。本来二儿子马春早还没初中毕业，积极分子春发大娘找到学校，说是家里大力支持孩子响应国家号召，哥哥走，弟弟也不能落后。学校经不住春发大娘三番五次的要求，再不支持就是打压革命群众积极性了。学校原本以为春早跟哥哥春发做个伴，一起去遵义。可春发大娘不是那个意思，说他俩不能在一起，春早要到毛主席家乡去，要到韶山去。最后马春早去了临近韶山冲的一个山村，春发大娘有些失落，后来儿子来信讲，这才得知两个村子距离不远，走路一天能打个来回。得知儿子随时可以去韶山冲学习取经，春发大娘这才放了心，逢人便讲二儿子春早住在毛主席家乡。

洪寿急问，哪儿的三间房呀？春发大娘说，南市，离咱这也不远，一个大院子三户人家，院子、屋里都大。洪寿还是问，南市哪儿呢？春发大娘想了想说，好像叫……东兴市场吧？洪寿愣了一下。淑珍惊讶道，东兴市场……那可是撂地儿唱玩意的"三不管"呀！春发大娘根本不在意，立马儿纠正道，那都是旧社会的事了，现在全都变了，早就东风压倒西风了。洪寿犹豫了一下，马上问，哪天去看房？春发大娘说，机会多好呀，我跟那户人家说一下，你们看房连同双方见个面？洪寿马上答应了。

送走春发大娘，洪寿和淑珍坐下来商量，觉得这件事还得琢磨琢磨。胡同里响起"收废品——哟"的吆喝声，由远至近又由近至远，过了一会儿就听不到了，可感觉还在耳边回响。

淑珍知道东兴市场，那里离胖姥姥家不远，解放前的杂耍玩乐之地，也是过去"三不管"的中心，搬到那里去住，惹得起那里的人吗？洪寿右手往上一撩，讲出自己的不同意见，怕啥呀？陈铁嘴这样的人都没怕，新社会了，地痞流氓还敢扎刺儿？淑珍和洪寿两个人争来争去，想法始终达不成一致。洪寿坚持换房子，孩子越来越大，不可能都让孩子去住集体宿舍呀？洪寿最后用巴掌拍了一下大腿，说，先跟对方见个面，看看房子，只要地方宽敞就成。犹豫的淑珍看到洪寿特别坚持，想到家里的情况，也就不太情愿地答应了。

这一天，洪寿和淑珍准备去东兴市场看房子。淑珍早上就开始翻箱倒柜，准备出门穿的衣服，把平日舍不得穿的新布鞋找出来，还用"一枝花"头油，对着镜子抹了抹头发；把自己收拾利落了，又要给洪寿找衣服，让他也换身新衣服，不管去哪儿，哪能总是穿工作服呀。

就在这时候，老杨提着两层黑漆提盒来了。淑珍张着双手，忙问老杨这是要干啥呀，不年不节的。老杨也不说话，放好提盒，掀开第一层盖子，拿出几碟捞面的菜码；接着，又把第二层打开，原来是两大碗还带着微弱热气的煮熟的面条；再接着，又从口袋里掏出来一盒"永红"烟，还有两小袋花花绿绿的糖果。

这是啥喜事呀？淑珍愣了。

乃英生了。老杨满脸笑容，欣喜道，五斤重的"大千斤"。这是胖姥姥让我送来的喜面喜糖。

淑珍想起参加蒋再堂婚礼的场景，仿佛就是昨天一样，她眨巴着眼睛，不解道，乃英进门子才几个月呀，半年就……就生了孩子？

老杨根本不接淑珍的话茬儿，自顾自地说，这闺女脸蛋白白的，鼻子眼睛可好看了，取了两个人的优点。再堂和乃英让胖姥姥取名字，胖姥姥给取了名字蒋梅，两口子挺高兴的，胖姥姥也高兴，人高兴能治百病，胖姥姥腿也不肿了，能自个儿下地了。

老杨还有事，抓起提盒，急忙要走。临走时，又嘱咐二姐淑珍，说，胖姥姥让我带话来，孩子过满月时，您和二姐夫一定要去吃喜宴。淑珍心不在焉地答应着，把老杨送到院外。

淑珍回到屋，立刻朝着地上"呸"了一口，又骂了一句"不要脸"。洪寿觉得这是女人家的事，没有搭理淑珍，也知道淑珍还在记恨当初蒋再堂的胡言乱语。淑珍啐完了、骂完了，似乎还不解气，又开始替胖姥姥抱打不平，说是隔断走了两间房子，换来的只是给孩子起个名，这就欢天喜地了，真是的！

洪寿着急道，别吵吵了，快走吧，看房去。

看完房回来，路上两个人对房子还是满意，琢磨着就换了。进了院，发现小厨房上有封信，洪寿拿起来看。

淑珍忙问，哪儿的信？洪寿说，宁津的。

两个人进了屋。洪寿撕开信封，仔仔细细地看了两遍，声音低低地跟淑珍说，姑姑上个月要了一个小闺女，孩子刚出满月就给抱来了，是瞎眼那边亲戚的孩子。

淑珍不解道，养儿防老，咋不要个儿子？

乡下人谁舍得把儿子送人呀？洪寿无奈笑道，说完沉默起来，似乎又想起小琴没有过继给亲妹纪德贵的终生遗憾。

淑珍洗了一个青萝卜，又沏了一壶花茶，坐在小桌前用小刀切萝卜，切成小细条，吃的时候把皮儿往下拽一拽，有了能拿捏的地方，吃完了，手里就剩下一个卷成一个圆圈的萝卜皮儿。

这时候，热心肠的春发大娘又来了，说，看完了，两口子商量得咋样？淑珍让春发大娘坐下来，吃个青萝卜。春发大娘永远忙忙碌碌，说是不坐了，两口子快点商量，快点把这件事定下来。临走时还说，一间换三间，千万别错过呀。

晚上，玉华上夜班，小琴和核心睡下了。

淑珍这才想起几个孩子的事：玉华的脚踏车总是掉链子，骑起来总是"咔咔"响，推到修车铺，修车师傅张口就要三块钱，还不保证能修好，还得先把车子放在修车铺，半个月才能取车；小琴要去工厂"学工"，学校安排"学工"期间，要与工人师傅举行一个联欢会，小琴报名跳舞，她想要一双能够跳舞的软鞋子，要把吴清华"跳活了"，要把"红色娘子军"精神带到车间去，带到工人师傅心坎上；核心要去"学农"，从学校徒步到农村，学校要求每个学生都要带一个水壶，有的学生拿着军用水壶在班上显摆，核心回来跟妈妈讲，一个军用水壶得八块钱，爸爸能给我买吗？

洪寿听完，禁不住笑起来，摸着后脖梗子说，这都算个啥事呀？还这么一本正经讲。丢人不？

淑珍撇嘴道，鞋子你能做，我倒是信，你是鞋匠出身嘛，信你、信你。军用水壶你也会做？玉华的车子你也能修好？你又不是车匠。

洪寿笑道，你就等着吧。

两天过去了，淑珍见洪寿没有任何动静，以为他忘了这件事。本来不想提醒，可还是忍不住讲出来，你答应孩子的三件事，你倒是做不做？你要是耽误了他们用，你怎么在孩子面前树立光辉榜样？

你现在嘴里都是新词呀，还树立光辉榜样？洪寿不慌不忙道，你不是给我一个礼拜时间吗？这才刚两天。

淑珍不相信，说，你可不要吹大梨，不要像老顾那样说大话，跟孩子说大话，只要说了一次不算数的大话，他们可就永远不信你了。儿子闺女要是不信爹，这个家可就没有章法了。

洪寿不紧不慢道，着啥急呀？你咋就知道我讲大话呢？不得等我歇班吗？平日回来都几点了？

转过天来纪洪寿歇班，他一大早起来，先给核心做水壶。他找来一小截松木，拿出削皮底的刀子，没费多长时间，削出了一个木塞，又拿木锉来回锉；不知道从哪儿找来刷得透亮的"山海关"汽水瓶子，把木塞对着瓶口比画着，接着又用细砂纸打磨木塞。不一会儿工夫，光滑的木塞做好了。洪寿把瓶子接上水，把木塞杵进去，再把瓶子上下左右、来来回回地颠倒，竟然一滴水都没有渗出来。

洪寿一刻都没有歇息，马上来到胡同，眼睛紧盯着停在院门口的玉华的脚踏车。因为爸爸要修车，玉华没有骑车上班，把车子留在家里。洪寿打开车锁，用右脚使劲儿踩脚蹬子，好让车轮快速旋转起来，车轮转得慢的时候，听不到任何声响，转得快了能听到"咔咔"的声响，洪寿蹲下身子，用耳朵倾听声音。听了不长时间，他忽然笑起来，似乎找到了问题所在。洪寿回屋，从床铺底下拉出来一个木箱子，里面有榔头、钳子、改锥等各种工具，他选了几样，又拿了一个小板凳，坐在胡同里开始修理车子，不一会儿工夫，淑珍出来瞅瞅咋回事，发现洪寿把一个好端端的车子，拆卸得七零八落。淑珍吓慌了，问他拆成这样，还能装上吗。洪寿也不理她，继续自顾自地修理。没多长时间，洪寿回屋了。淑珍问他，车子装好了吗？洪寿说，那还用说。淑珍到胡同去看，果然车子又恢复了原样，散发着机油的气味。淑珍不放心，照着洪寿刚才样子，用脚踩着脚蹬子，用力去蹬，蹬了好一会儿，果然听不到"咔咔"声了。回屋问洪寿咋修理的，洪寿笑而不语，只是甩下一句得意的话，"省了十一块钱"。淑珍知道，还剩下最后一件事，小琴的跳舞鞋子不用担心了，那是洪寿的拿手好戏。

转过天来，玉华推起车子在南马路骑了一圈，回来后满脸的笑，嘴角向上翘着，一个劲儿表扬爸爸，您比鲁班的手还巧，有您在身边，我什么都不怕。小琴看着已经绷完木楦的软底鞋，当即跳起舞来，开心地说自己一定能变成人人羡慕的吴清华，说不定还能进芭蕾舞团。只有核心不高兴，斜睨着水瓶子，一个劲说："难看死了，我不要！"

洪寿看着儿子，耐心说道，军用水壶好看谁都知道，可要花上八块钱，有必要吗？这个水瓶子跟水壶作用一样，还不都是喝水用的？以后爸爸有了钱，给你买两个军用水壶，左肩背一个，右肩背一个。核心不服气，道，以后干嘛，我就要现在！洪寿依旧耐心劝，你现在试一试，要是有一滴水流出来，爸爸马上去买军用水壶。

平日里的洪寿在面对孩子时，脸上永远笑呵呵的，像是《愚公移山》里不声不吭、挖山不止的大好人愚公；可是一旦发怒，样子特别吓人，比小人书里的牛魔王还要厉害，可是爸爸很少变成牛魔王，永远都是大好人愚公。

核心见到爸爸还是愚公模样，觉得还有机会翻盘，立刻双手抱着"水壶"在床上来回翻滚，滚得一身汗了才坐起来，用手摸着木塞处，果然如爸爸所讲的，一滴水都没有流出来。核心算是服气了，举起瓶子，高喊一声"爸爸厉害，比孙悟空本事还大"。

得到儿子夸奖的洪寿，粗大的双手来回搓着，紧接着用手打着大腿，一段"嗯啊"过门之后，来了程婴的一句唱词"老程婴提笔泪难忍，千头万绪涌在心，十五年屈辱俱受尽，佯装笑脸对奸臣……"

核心听不懂唱词，但能看到爸爸脸上的悲容，不解道，爸爸，你怎么不高兴呢？

洪寿摸着儿子的脑袋，说，高兴，咋不高兴？不高兴我还唱呀？

第八章

核心更是不解，问道，高兴，应该唱……唱高兴的词，你唱的都是受苦受难的词儿。

洪寿沉吟着，低声道，爸爸想起十六岁那年，从宁津老家来天津卫的事……随后又说，儿子，永远记着爸爸一句话，灾荒年饿不死手艺人，一个人可以穷，手不能笨，只要手巧、只要勤快就能把日子过好，就能把日子过得体面。人穷不能志短！

核心咬着嘴唇，眼睛不眨地看着爸爸，他感觉爸爸的脑袋胳膊还有腿脚，一瞬间全都变大了，变得粗壮有力，真的像《愚公移山》里的愚公一样向着太行、王屋两座大山走去。

淑珍从胡同口水龙头打来自来水，看见核心出神儿，立刻叮嘱道，明天去"学农"，记得带上清凉油，别让蚊子咬了。

四

搬到新址北仓工业区的发电设备厂，比在马庄的厂区面积扩大了几十倍，单是厂大门入口处毛主席挥手远望的站立塑像，跟已经拆掉的老城中心鼓楼差不多高，让仰头凝望的纪洪寿激动得眼泪都流下来了。厂区大道比他家门口的南马路宽出来两丈多。路两边隔上十几步，就有一棵新栽种的杨树，虽说还是干巴巴的树苗子，可是枝干上的枝叶已经舒展开来，过不了几年，它们就会变成带来绿荫的粗壮大树。

纪洪寿上班的铆焊车间，厂房有十层楼高。屋顶上面飞着叽叽喳喳的麻雀，还会飞进来满不在乎的野鸽子，因为飞得蛮横无理，偶尔会有野鸽子撞在梁柱上掉下来。有一次纪洪寿感觉脖子一凉，用手一摸，竟是新鲜的野鸽子粪便，他兴奋地对着车间上空，手脚并用地喊起来。一辆天车从头顶驶过去，天车司机伸出脑袋跟他招呼，还用手来回比画问他有啥事。纪洪寿双手交叉来回摆着。天车司机看明白了，缩回头去，天车带着"轰隆隆"的声响开走了。

工厂规模扩大了，工人也要增加。这一年，工厂分配进来一千多名"七〇届"初中毕业生，铆焊车间也分配来了学生。这是新中国成立以来，发电设备厂集中进来新工人最多的一次，而且还都是年纪轻轻、充满朝气的青年学生。

李满堂已经升任车间副主任，纪洪寿也在两年前当上了电气焊二组的组长。比他小十几岁的顾小江，如今是电气焊一组的副组长。纪洪寿听说分配来一批学生，他特别高兴，有"新鲜血液"的加入，将来工作更好干了。电气焊二组只有十个人，年岁偏大，这一次分给他们八名十六岁的新工人，组里立刻活跃起来，现在不光是队伍兵强马壮，空气都显得朝气蓬勃了。现在的二组，电焊工十五人，气焊工三人；男女比例女工十人，男工八人。比顾小江的一组不仅人数多了，男生还多了两人。电气焊一组的组长，知道顾小江跟纪洪寿关系近，他不好意思去找车间领导，于是暗地鼓捣顾小江去找，问车间领导为啥偏向二组纪洪寿。最后被车间领导批评一顿，尤其是副主任李满堂说得更直接，等你们一组产品质量超过二组，你们再来提要求，先给自己长脸吧。纪洪寿见到顾小江后，嗔骂道，你啥时候学会告黑状了？顾小江红了脸，又不好意思说是组长的主意，于是以小卖乖道，你是我叔，我是你侄儿，该打就打，该骂就骂吧。纪洪寿亲昵地给了顾小江一个小脖溜儿，笑得浑身乱颤。顾小江捂嘴偷笑，借机溜走了。

组长纪洪寿带了三个新徒弟：杨伟东、李明光和严红艳。这三个徒弟各有特点。杨伟东身高得有一米八，瘦脸，嘴唇留着稀疏零散的胡子，他膀大腰圆，穿着工作服都能感觉到他胳膊根子粗。纪洪寿问他是练家子吗，杨伟东憨憨一笑道，玩个吊环单杠皮条。杨伟东当电焊工，好像有点错位，按照他的身坯子，当抡大锤的铆工才好，可是杨伟东偏偏喜欢电焊。要说杨伟东有啥缺点，也有，那就是黑，肤色太黑了，笑起来露出一口白牙时，也就显得更黑了。

李明光不黑，白，个子不矮，可是因为胖，远看感觉比杨伟东矮了半头，当两人站在一起，李明光并不比杨伟东矮。纪洪寿捏着李明光的胳膊，又拍了拍他肚子，命令道，三个月之内，把体重降下来，这样的肚子蹲得了？李明光脸红了，马上举起拳头，把阿尔巴尼亚电影里的台词改编道，打倒法西斯，瘦子属于李明光。

李明光一本正经的样子，逗笑了严红艳，她不像小姑娘一样抿嘴笑，而是露出满嘴的牙齿大笑。严红艳也是个高个子，脸皮儿白，脸稍微有点瘪，用红色"猴皮筋"扎起两个"小吹辫"，长得特别像勇救落水小羊而牺牲在内蒙古的天津下乡女知青张勇。纪洪寿对两个男徒弟要求严格，对女徒弟严红艳也一视同仁，首先问她是学电焊还是学气焊。说话办事嘎嘣脆的严红艳，问师傅这两个手艺咋回事。

纪洪寿虽说是对严红艳讲，其实也是讲给杨伟东和李明光听。纪洪寿简明扼要道，电焊手艺要比气焊手艺稍难一点，具体怎么个难，回头再给你们细讲。又说道，姑娘干电焊，烟熏还有焊花进，脸蛋容易受伤，手脚笨的，焊花还会蹦到脸上去，那可就了不得，一个小火花就是一个小麻坑。纪洪寿停顿了一下，接着讲道，再说气焊呢，除了跑直线切割，也有危险的，搞不好要是氧气回流了，能把氧气站炸了，就像大炮弹爆炸，周边几十米一个活物也跑不了。看见严红艳瞪大双眼，纪洪寿缓和了语气道，不过呢，只要按照规矩走，不会回流。

严红艳听完师傅的讲解，还没等师傅喘口气，她便脱口而出，我干电焊！哪个难干，我干哪个。

有了严红艳表态在前，之前就是奔着电焊手艺来的杨伟东和李明光，也是毫不犹豫地说"干电焊"。随后，三个人还急切切问师傅，干成啥样子才能成为好工匠？才能成为八级工？

纪洪寿严肃道，你们啥时候蒙着眼睛焊接，也能焊出

"鱼鳞纹"焊缝,你们就敢在车间昂着脑袋走路了,你们就可以带徒弟了。

严红艳问,纪师傅你肯定能了?

纪洪寿谦虚地说,我师傅李满堂李主任,能蒙着眼睛焊出"鱼鳞纹"焊缝。

严红艳还是继续追问,纪师傅你呢?练出这个技艺,有啥窍门吗?

纪洪寿笑而不答自己是否能蒙眼焊接"鱼鳞纹",而是对女徒弟问的这个"窍门"讲了一通话,要说窍门吗,三句话:一天不练,自己知道;两天不练,焊条知道;三天不练,谁知道都没用了。

严红艳较起真来,练,练啥呢?

纪洪寿说,回家剪窗花练眼神。还有一个办法,从你眼前飞过去一个蚊子,你就用眼睛追着它飞,啥时追不丢,你就有门儿了。

在一旁始终认真聆听的杨伟东和李明光,这会儿完全听糊涂了,两人几乎异口同声问师傅,既然要练眼神,那还要啥盲焊呢?那眼神儿不是白练了?

纪洪寿说,为啥要练盲焊,不是逞能儿也不是对外有吹大梨的本钱。有时候需要焊接的位置,焊枪能伸过去,可眼睛过不去,看不见,咋办?只能凭借手的感觉还有听焊条发出的"噬噬"声,来判断焊缝长度和宽度,不练盲焊成吗?还有呢，即使你焊缝焊得再漂亮，也还不算完工，还得进行探伤。

三个徒弟同时"哦"了一声，又接着问啥叫探伤。

纪洪寿说，就像医院的 X 光机，看看焊缝里面有没有缝隙。焊得不达标，探伤一眼就能瞅出来，那就得返工。怎么返工？铆工就得用风砂轮把焊缝完全去掉，恢复原状再重新焊接，真要是那样的话，麻烦大了。

纪洪寿望着三个大眼瞪小眼的徒弟，撂下一句狠话，塌下心来，把手艺看得跟性命一样，保准能学好手艺了。

三个徒弟一起说道，明白了，纪师傅。

你们说明白了，其实还不明白。纪洪寿笑道，你们答得这么快，咋能明白呢？一点一点来吧，以后不管遇上啥事，想一会儿再说话，没想好不说，不会丢面子。

从第二天开始，三个徒弟紧紧跟在师傅纪洪寿屁股后面，女徒弟严红艳对着师傅的影子，走在正中间；杨伟东和李明光一左一右，走在严红艳两边。三个徒弟提前商量好了，要想明白师傅的话，要想学好手艺，就要跟师傅形影不离，三个人担心落下师傅哪句重要的话。

纪洪寿师傅李满堂看见了师徒四人，当即来了一句"你们这是深入敌后侦察队呀，队形还保持得不错呀"，说完，一把拽过来纪洪寿，埋怨道，你这个样子做啥呢？让他们三个别没事跟在你屁股后面。

纪洪寿虽说已经七级工了，可见到师傅照样毕恭毕敬，私下里他不喊"主任"，还是依照过去样子喊"师傅"，他没有讲是三个徒弟主动跟在后面的，而是把一切都揽在自己身上，悄声道，我是让他们熟悉一下车间，增加他们的荣誉感。

李满堂拨拉一下纪洪寿胳膊，笑起来，别来那些没用的，首要任务让他们快点顶岗，只有看见自己干的成品摆在那，才能真正找到荣誉感。

纪洪寿连声"哎哎"，果然从第二天开始，纪洪寿屁股后面不见了三个"跟屁虫"。

班组每天早上上班前五分钟，工人站成一排，听组长安排一天的活儿。过去人少，又都是有经验的老工人，组长纪洪寿三言两语就把活儿说清楚了；现在不同了，一下子增加了八个人，还都是白纸一张的新徒弟，纪洪寿说的话比过去多了不少。用他自己的话讲，我都成碎嘴子老婆了。

纪洪寿穿着一条肥大的蓝色裤子，裤腿用小夹子夹起来，裤子变得横宽起来，仿佛变成了战斗机的两个大翅膀；脚上是一双浅棕色的"大头鞋"，鞋子顶端凸起来，像个缩小的圆形碉堡，用手捏，捏不动，用小榔头敲，梆硬梆硬的，感觉即使落上去几十斤的重物，里面的五个脚指头也会啥事没有；身上的蓝色工作服没穿，披着，随着胳膊的动作，两个袖子显得特别傲慢，来来回回地摇摆。

纪洪寿说，车间今天来了新任务，一百二十千瓦电源车，第一批生产二十辆，这可是给部队的，只要跟部队沾边，永远那句话，时间紧任务急。

只要说起干活儿的事，纪洪寿一扫平时的和蔼，立刻变得严肃起来，像是一个不通情理的倔老头。

纪洪寿扫视着站成一排的组员，继续说，这次我们协助的铆工组是铆工一组。昨天下班后，我跟"铆一"组长王志辉见面了，我也看了图纸，这种电源车都是电气焊的活儿，就要以我们电焊为主了。纪洪寿说完，开始布置任务，不一会儿工夫，安排好了每个人的活儿。纪洪寿带着三个徒弟，其余五个徒弟分别由其他师傅带。

新厂距离市区远，七点上班，四点下班。为啥要上得早、下得早呢，为的是早点下班还能做点家务事。可要赶上紧急任务，那就得加班加点了。军用电源车就是紧急任务。纪洪寿让组里的徒弟们不用加班，下班铃声响起后，几个学生打来热水，在大铁盆里洗吧洗吧就走了。可是纪洪寿的三个徒弟却找出各种理由没有洗脸洗脚，等到其他几个学生徒弟都走了，他们三个人齐刷刷地站在纪师傅面前，他们也要留下来，跟师傅一起加班。

纪洪寿照着杨伟东肩膀来一拳，又照着李明光肩膀来一拳，这是铆焊车间工人心灵相通、互相高兴的肢体动作。最后轮到严红艳了，纪洪寿拳头举起来，触电一样放下了。

严红艳大大咧咧，走到纪师傅面前，说，你不打我，我打你了？

纪洪寿没想到严红艳真是个假小子，突然蹦出来这么一句话，一时没反应过来，稍后他立刻举起双手，"穆桂英，我打不过你，我要高挂免战牌"。

三个徒弟围着纪师傅大笑起来。纪洪寿红了脸，表情有些尴尬，但马上又高兴起来，面对这些从校门到厂门的青年学生，只有让他们精神松弛下来才能学好技术。

悬在头顶上的天车，在铆工师傅指挥下，把通过剪板机剪裁后的板材，稳稳地放在高出地面半米的工作平台上。

铆一组长王志辉，嘴角边粘着一颗烟卷，走过来对纪洪寿说，老纪呀，该你上阵了。

不抽烟的纪洪寿，指着王志辉嘴角边烟卷，说，这么长的烟灰也不掉，咋回事？王志辉把烟卷拿下来，点点烟灰，说，啥事都得练，只要练，就没有不成的事。纪洪寿回应道，跟练技术一个道理。王志辉笑道，没错儿。

纪洪寿对身边三个徒弟说，走，干活儿去。三个徒弟拿着电焊面罩，杨伟东主动拿两个面罩，另一个面罩是给纪师傅拿的。

王志辉望着师徒四人一起走向工作平台的背影，自语道，这是要去西天取经呢，还是去东天战斗？反正东南西北"四个天"，全等着你老纪折腾吧！随后又抬头对着车间上空，像是跟天上的人对话，特别敞亮地说，这个厂子就是好，地方大，孙悟空来了都有地方翻跟头！谁有本事谁就去干，好呀！

五

纪家从早上开始收拾东西,七号院子里的邻居们都出来了,之前已经知道纪家将要搬到南市的东兴市场,真是没有人高兴,都在为纪家人担心。

麻大娘拉着淑珍手,说,纪婶呀,有机会多来老院串门,唉,怎么就想去那地儿呢?四婶儿眼圈发红,她原本就瘦,前两年做了胃部手术,变得更瘦了,如今吃饭连半碗米饭都吃不了,她咳嗽两声,对淑珍说,那地方的人多厉害呀,你们住得了?哎呀,这些年我半夜咳嗽喘,你们也睡不好觉。王白猫老婆平日很少跟人家说话,梗着脖子,沉着脸,如今也破天荒地来到纪家,看着纪家老少忙碌着,一把拉住淑珍手说,说搬就搬了?

淑珍带着小琴收拾碗筷,淑珍把碗筷放在一个大锅里,红着眼睛,看着二十多年的老邻居们,一句接一句地告别。

纪洪寿带领着闺女儿子,用平板车和三轮车把住了二十多年的家,一个上午就给搬利索了。

新家的院子特别大,原本是两个高低不同的院子,中间围墙没有了,不知道是自然倒塌还是人为倒塌,最后形成了一个带坡的大院子。纪家三间房在原来地势低的院子,又是朝西的房子。正是夏季，西照的缘故，从中午开始就被太阳没有死角地照耀，屋里真是亮堂堂的，比原来城里的南房亮堂了，坐在屋子里能够看见太阳了。可是太阳又过于热烈，屋子里热气腾腾的，像个蒸馒头的大笼屉。还有一个厨房，厨房门没在外面，开在屋里。单就这个厨房的面积，就比城里七号院的房子大了不少，得有十二平方米左右。淑珍高兴得不得了，想起七号院那间所谓的厨房，其实就是一个只能遮住煤球炉子的小雨棚子，她做饭就像受刑一样，猫腰、撅屁股、伸脖子。遇上下雨天、刮风天，她还得穿上雨披子，冬天还得戴上帽子，出来进去麻烦得很。现在好了，淑珍在厨房里来来回回转悠，对跟过来的洪寿说，比胖姥姥家的厨房都大呀。洪寿也是满脸喜光，他看着淑珍，说，咱这一步，走对了。不管咋讲，住的地方、用的地方，宽敞了，亮堂了。淑珍马上又担忧道，都说这地方人厉害，咱来了，也没看见啥人过来找别扭。纪洪寿还是那句话，新社会了，怕啥？我是工人阶级，工人阶级领导一切。只要共产党掌权，我啥都不怕！

纪洪寿眼下要做两件事，一件事搭个遮阳棚子，屋里热得实在待不住人；另一件事想在门前开块地，种上一些花草，出来进去好看。纪洪寿看见空地，不想空着，总想种上点啥东西。他不像乡下人想种一些吃食，他想种上好看的花草。

纪洪寿找来木料、油毡还有竹竿，摆开架势，又是拉锯又是刨木料，他希望快点搭好遮阳厦子，屋子里一台"吱吱"

作响的老电扇，热气根本吹不走。

纪洪寿干着活儿，不知道啥时候一个中年女人站在不远处，也不说话，只是远远地盯着看。纪洪寿没当回事，以为对方闲来无事看个热闹，再说了人家又是女人，于是照旧"叮叮当当"干自己的活儿。可是过了一会儿，他抬头擦汗时，发现那个女人还没走，依旧插着手，倚在一棵大槐树上，像是母狮子盯着壮硕的公羊。纪洪寿自从年轻时在芦台遭遇杨菊子，从那以后再不与陌生女人对眼，即使街坊邻居他也是客气地打个招呼，从不多说一句废话。但是这个女人不一样，纪洪寿用余光扫了扫，发现这个女人不像没事来看热闹的，她好像真有啥事。于是纪洪寿假装擦汗休息，停下手里的活儿，干活时被人盯着，特别不舒服。

见到纪洪寿停下手里活儿，那个女人挪动步子，水上漂一样走到他面前。纪洪寿要是还不对视，那就属于不礼貌了，于是抬头正眼望去，原来女人是院子里的邻居。

纪洪寿住的这个大院，由两个院子合并起来，可是住户并不多。紧邻纪家的那户人家，是一个姓白的孤老婆子，白老婆儿家与纪家隔着一个厨房，偶尔白老婆子跟淑珍说点家常话，然后一瘸一拐回屋去了，好半天也不出屋，不知道在屋子里做啥。据说白老婆子解放前开茶馆，能说会道，嘴巴一刻不闲着，解放后嘴巴就像上了锁，再也不说话了。北屋方向有三间，两间屋子住人，一间屋子常年锁着，里面黑咕隆咚，核心扒着门缝看过，回来跟爸爸说里面都是圆柱子的包装物，里面包裹着啥东西，核心也说不清楚。院子东向只有一户人家，一个身材矮小、走路带风的女子，从纪家搬来那天起，就没见过她男人，她带着一个七八岁的调皮捣蛋的小男孩。南向的房子没有人住，一溜儿三间青砖房子，窗户上的玻璃全都砸碎了，窗户和门被木板条子横七竖八钉死。核心也去看过那三间破窗户破门的房子，回来说里面堆满了大小不一的玻璃管，有的碎了，有的没碎，核心还爬到里面拿出来一根完好的玻璃管，有一尺多长，拧成一个奇特的形状。洪寿看了半天，也猜不出来这根玻璃管子是做啥用的，叮嘱核心把管子送回破屋子，核心嘴上答应着，也不知道后来送没送回去。

这位老姐姐，有啥事吗？纪洪寿把铅笔别在右耳上，向这位住在北屋的女子客气道。

女人瘦高挑儿，脸色儿焦黄，还有好多黑褐斑；脑门上、脖子上有着深紫色印迹，看得出来，是用手指头使劲儿揪成的形状和颜色。她操着本地与外地杂交的口音问，你要搭房子？

洪寿回身指了指，说，搭个遮阳棚子，西晒，屋里待不住。

女人忽然蛮横道，不能搭！不能搭！

纪洪寿吓一跳，当即愣住了，猛然想起当年城里七号院陈铁嘴的霸道，心想住北屋的人，男人女人咋都这么气势汹洄？毕竟是初来乍到，纪洪寿只好笑着说硬话，自家屋子，搭个遮阳棚子为啥不能？

脸色焦黄的女人五十多岁，自始至终一脸严肃，讲出的话带着锋利的玻璃碴子，她质问道，这是公产房，搭棚子损坏公物！懂吗？

纪洪寿竟然被问住了，转念一想我又不是推倒重来，不过是在外面搭个遮阳的棚子，这跟公产房有啥关联？洪寿实在搞不懂眼前这个女人的思路。女人见自己的质问起到作用，精神抖擞地逼问道，你从哪儿来的，跟姓岳的嘛关系？你是嘛出身？

纪洪寿一时没反应过来"姓岳的"是谁，再一琢磨才猛然想起来，女人讲的"姓岳的"，就是跟他换房子的这户人家。

纪洪寿说，我跟她换房子认识的……对了，这跟我搭遮阳棚子有啥关系？

脸色焦黄女人一口咬定道，有关系，关系大了！

纪洪寿猛然意识到，之前亲朋好友们对他搬家的担心是有道理的。他的两个计划第一个才开始，棚子还没搭起来就遇上了麻烦。他知道硬撑不是好办法，毕竟初来乍到，对方又是中年妇女。这可咋办呀？纪洪寿要给自己台阶下，即使现在不做了也要体面收场。他伸了伸懒腰，看了看骄阳，大声说道，太热了，不干了。脸色焦黄女人见他不干活了，倒是没有得寸进尺，马上转身回去了。纪洪寿收拾着木料、竹竿还有干活的工具，心里盘算着下一步如何应对。

吃完晚饭，太阳还没有下山，照旧精神抖擞，天还是亮堂堂的。屋子晒了一下午，热气腾腾的，比蒸包子的笼屉还热，根本待不住人，稍微站一会儿，汗水"哗哗哗"往下淌，地上都有水洼儿。核心和小琴早就结伴去老院玩去了。洪寿打开桌子上的旧电扇，风片噪声很大地转动起来，可吹出来的风都是湿漉漉的热风，他关掉电扇，拿个小板凳坐到外面。红头涨脸的淑珍还在里里外外地忙碌，不时用毛巾擦一把脸上汗水。洪寿心里起急，这么热可是受不了。

天，终于慢慢黑下来，淑珍这才停住手，拿了个小马扎坐在屋外。

淑珍说快点把遮阳棚子搭起来吧，太难受了。洪寿没讲下午被脸色焦黄女子打扰的事，他觉得跟老婆讲实在是太丢面子，也让她担惊受怕，本来搬家的事她就犹豫。

淑珍又说，下午你咋不干了？早点搭起来早点凉快呀。洪寿还是没接话，这会儿他看到北屋走出来一个男人，个子不高，比那个脸色焦黄女人个子矮些，走路有点踮脚，身子向前探，这种走路姿势的人，称作"水上漂"。洪寿猜想肯定是脸色焦黄女人的男人，两口子走路姿势都一模一样，只不过男人比女人"漂"得厉害些。纪洪寿脑子一热，走上前，拦住了"水上漂"男子。

纪洪寿说，这位师傅慢走，我说句话。我这不才刚搬来几天，一直想要拜访院子里的邻居，谁都不认识，就从您这开始吧，我们认识一下，我姓纪，有啥做得不对的地方，还得请您多帮助。

"水上漂"原本闷头走路，好像想着啥事，突然被纪洪寿拦住，显得有些受惊吓，再看对方高过自己半头，体格也壮实，更是有些恼怒。他看也不看纪洪寿，绕过纪洪寿，丢下一句"神经病"，快快地"漂"走了。纪洪寿怔在原地，不过他很快缓过神儿来，自嘲地笑了笑，回到屋门前。

淑珍问他，你跟人家说话，人家怎么不理你？洪寿实话实讲，不理就不理，可能我哪儿都比他好吧。淑珍"扑哧"一声乐了，马上又说，不把麻烦事顺干净，正事干不了呀。洪寿笑起来，自语道，有了。

第二天，洪寿下班后直接去了居委会，他要跟居委会报告，把自己家情况说明了，看看有没有自救的办法。

居委会不远，在一幢二层小楼的旁边。纪洪寿回忆起解放前他来"三不管"听玩意儿，见过这幢小楼。他没进去过，只知道当时里面霓虹灯闪烁不停，不知道里面是做啥的。现在这座灰色小楼，一楼是茶叶铺，二楼好像是仓库。

居委会里面特别热闹，嘈杂声比夏夜的蛤蟆坑还要热闹。纪洪寿进去，一眼看见院里那个脸色焦黄女人也在，她看见纪洪寿进来，立刻把脸扭过去，仿佛有着几辈子的深仇大恨。

纪洪寿站在屋子中央，问谁是主任，他有事情要讲。

坐在办公桌后面的一个胖墩墩的老年女人，眼睛看向纪洪寿，用两根不断摆动的手指头向他晃了晃，问他有啥事。纪洪寿一步走到桌子前，问道，您是主任？您贵姓？

老年女人有着一副明亮的圆眼镜，又因为是侧着脸看纪洪寿，所以圆眼拉长了，变成了一双明亮的长眼。她警觉地盯着纪洪寿，没有回答自己姓啥，依旧再问纪洪寿，你有啥事？

纪洪寿说，我是二号院的，新搬来的，搬来七八天了。

在圆眼睛和长眼睛之间不断变换形状的主任，继续看着纪洪寿，似乎等待着他继续讲下去。这时候，屋内其他人没一个看纪洪寿的，继续在乱糟糟地讲话。

纪洪寿看了一眼脸色焦黄女子，他本来想说自己搭建遮阳棚子的事，可是转念一想，还是不讲的好，最后只是客气说道自己刚搬来，好多事还要请居委会多多照顾，要是有做到做不到的地方，还请居委会指出来。

主任情绪已经舒缓下来，她原来一直坐着，这会儿站起来，看了看纪洪寿身上的蓝色工作服，说，你应该早点过来，好了，知道了，你回去吧。

纪洪寿没想到对方也不问具体事由，就这么两句话非常简单地把他打发了，回到家跟淑珍讲了过程。淑珍倒有主见，说，这不就是等于打过招呼了，好了，接着搭棚子吧。洪寿吸了口气，倒有主意，笑呵呵道，不就是再热几天吗？再等等，再看看形势怎么发展。猛然间洪寿又想起来啥事情，拍着自己脑门，着急地说，这家搬的，怎么忘刷烟筒了，这要是过完这个夏天，烟筒肯定都锈了，还得买新的，明天得快点刷出来。淑珍连忙劝洪寿，说是明天她来刷。洪寿拦住她，你别刷，你等我吧，你刷不干净，哪点地方刷不干净，那就是一个洞，一截烟筒就废了。淑珍瞪了洪寿一眼，不高兴地说，好心等不来好报，好好好，等你刷！等你刷！

搬家后，爹娘日子不好过，儿女也不好过。

核心大哭一场后还是转学了，但也是心不在焉，礼拜天还是回老院，跟陈大伟他们一起玩。淑珍也回老院去了，得知那个"姓岳的"在新家倒是过得幸福快乐，特别是有春发大娘特别照顾，不再受邻居欺负。淑珍回来后跟洪寿说起来，再想起来他们在这里的遭遇，禁不住抹起眼泪，埋怨洪寿，家里窄巴就窄巴吧，搬啥子家呀，这可倒好，搭个棚子都有人插手管。洪寿不在乎，说，我不偷不抢，又是工人阶级，不怕，总有一唱雄鸡天下白的那一天。

这一天是礼拜天，洪寿决定重新开工，继续搭建遮阳棚子。干了不一会儿，北屋那个脸色焦黄女子又出来了，纪洪寿用余光瞅着她，他已经决定好了，只要她再发难，他就迎头痛击。可是发现脸色焦黄女子压根没朝这边看，径直走向大门外面。纪洪寿心中纳闷，这回咋连瞅都不瞅一眼了？淑珍听了洪寿的话，也是觉得奇怪，这次没人来阻拦，但又后怕，莫非是等到架子搭好了再强迫拆除？洪寿一摆手，说，管他呢，搭好再说。

没有啥事能难住心灵手巧的纪洪寿，他只用了三个礼拜天，将近十米长的遮阳棚子就做好了。淑珍说，找个人帮你一把，得搭上去呀！洪寿眨巴了下眼睛，武断道，找谁呀？我看核心最合适，让核心帮我。淑珍说，他还小，瘦胳膊瘦腿的，他能做得了啥？洪寿强硬道，还小呀，在乡下已经下地干活了，让他干！

三间屋子的遮阳棚子，纪洪寿分成了三截儿，而且在房檐下面打好挂钩儿，下面再钉好能插进竹竿的铁管子，把竹竿棚子挂到挂钩上，尺寸正好严丝合缝。没太阳的时候，棚子折叠、依靠在墙上；下午太阳来了，再把棚子拉下来。

核心给爸爸当小工打下手，干了一会儿，稚嫩的双手就起了大血泡。核心两手互抱着，嘟起嘴巴，不住地朝血泡吹气。洪寿用余光扫了一眼，立刻转过头去，继续使唤着儿子。核心跑进屋，把爸爸的一副白色线手套找出来戴在手上，继续搬运杂物。洪寿看在眼里，眉梢上跳跃起舒心的笑纹。

这一天，洪寿下班回来，淑珍让他坐下。洪寿看见淑珍脸庞通红，不知道发生了啥事，连忙问她咋的了。淑珍说，我今天回老院了，你猜我知道了啥？洪寿摇头。淑珍激动地说，春发大娘告诉我，这儿的居委会去人调查咱俩去了。洪寿瞪大眼睛，反问道，调查？淑珍说，是呀，调查咱俩出身，调查咱俩有没有做过坏事，嘿呀，春发大娘把咱俩夸了一通。洪寿伸长脖子，连着好几声"哦"，这才明白为啥没人阻碍搭建遮阳棚子，而且出来进去的邻居们，目光似乎也变得友善了不少。淑珍说，幸亏老院居委会，要么咱们还真没法在这住。洪寿梗起脖子道，咱是根正苗红，啥也不怕。

因为腰杆子硬了，洪寿又开始下一步整理花池子。他带着儿子核心，在窗户下面，挖出了一块长条形的土坑；又带着簸箕、煤铲，跟核心上马路捡拾马粪。农村进城送菜送粮的马车特别多，有的马屁股后面带着粪兜子，有的没有粪兜子，马一边走一边扬起尾巴拉屎，冒着热气的马粪，很快被后面的车辆压成饼子。洪寿立刻指挥核心用小煤铲铲起来，放进簸箕里，不一会儿工大簸箕就满了，回到家立刻把马粪搅拌在土里。洪寿还特意让淑珍买来鱼，把鱼肠子掏出来、鱼头剁下来埋在土里，用铁锹好一顿搅拌，再盖上塑料布，下午太阳正好西晒，很快臭味便从塑料布缝隙中发酵出来。把土养肥了，洪寿又不知从哪儿搞来草茉莉、葫芦还有向日葵的籽，埋进发酵后的土里，每天定时浇水。不长时间，花池子繁花似锦，大葫芦个子老大，向日葵蹿得老高老高的，一时间进到院子来的人，都会驻足在花池子前，一番品头论足。夜幕降临，洪寿、淑珍坐在花池子前，一边喝茶一边乘凉。每当这时候，洪寿总会问淑珍，咋样，比在城里好吧？不管咋讲，地方宽敞了。淑珍撇嘴道，都是你对。

洪寿下班后，来到厂子后院草棵子茂盛的地方，给核心抓来蛐蛐儿、树牛子，有一次在水塘里还抓来两只青蛙。核心高兴坏了，立刻端过来大木盆，放上水，把青蛙一只腿拴上一根细绳子，放在大木盆里；又找来一块木板放在水里，把青蛙放在木板上面，鼓动着青蛙跳水。

爸爸，厂子里怎么啥都有？核心问道，工厂是不是一个大花园？

洪寿得意地笑起来，趾高气扬道，那当然了，我们工厂呀就是一座大花园，可好了，以后你长大了也要进工厂。你去了，保你不想走了。

核心咬着嘴唇，用力点点头。那一刻，核心的眼前已经幻化成花草繁茂、鸟虫遍布、水面粼粼的花园工厂的场景。

第九章

一

已是初秋季节，睡觉舒服起来，身上盖件毛巾被，不冷不热地睡得特别香甜。窗外花池子里茁壮的向日葵，正是最好看的时节，已经成熟结籽了，淑珍还把成熟的籽送给院里的邻居。对她板着脸的邻居比过去好多了，大都冲她友好地笑着。脸色焦黄的女人姓焦，也朝淑珍友善地笑了笑。平日不笑的焦女人，长相倒还说得过去，可是这一笑却把淑珍吓坏了，参差不齐、焦黄颜色的满口牙齿，看着就让人想呕吐。

淑珍回家对洪寿说，人家不笑那是有原因的。洪寿躺在床上抱着半导体听李玉和唱"临行喝妈一碗酒"，突然被淑珍打断了，侧身问她，你这是说谁了？啥原因呢？淑珍说，北屋姓焦的，笑起来像鬼笑。洪寿说，哪也不挨哪儿。淑珍说，我刚才给她家送点葵花籽，她一笑，满嘴的爆米花，这辈子都没见到过这么恶心的嘴这么恶心的牙。洪寿"哦"了一声，总结道，看来过去冤枉人家了，人家不笑那是遮丑。淑珍笑道，你总是帮助别人找理由，她不笑，还不是把你吓得半夜睡不着觉？洪寿把半导体关了，起身道，我要不是这样说服我自己，我早气死、吓死了，还能活蹦乱跳地活到现在？

五十岁后的纪洪寿，变得越发恋旧了，特别喜欢跟过去的老友见面，说说话、聊聊天，每句话都带着"啊、呀、唉"，虽说略带伤感，可那是幸福的伤感。就说纪青玉吧，这几天洪寿总是念叨。纪洪寿跟纪青玉虽说一个厂子上班，两人却很少见面。纪青玉在钢板库，一刻离不开，不能来人取料见不着人呀。纪洪寿也是忙，班组一下子增加了那么新工人，生产任务也比过去多，他一直想抽时间去后院看看纪青玉，又总是想着反正在一个厂子，见面机会总会有的。就这么拖着拖着，忽然听到一个坏消息，纪青玉的老伴死了。纪洪寿听到消息后，下班没回家，第一时间去吊唁。天津卫和宁津的老例儿一样，白事不隔夜，只要听到死人的信儿，必须得马上去。见面后，发现纪青玉没有太大悲伤，似乎这些年老伴的虚弱不堪还有整日抱着中药罐子，已经把纪青玉折磨得疲惫无力了，也是盼着老伴快点走，省得受罪了，如今他也一身轻了。

可令纪洪寿没想到，纪青玉老伴死后一个月，纪青玉竟然又结婚了，还亲自上门邀请纪洪寿和刘淑珍参加他的二婚仪式。这一次纪青玉很得意，娶了一个没结过婚的身体健康的大姑娘，比他小了十多岁。可是纪洪寿只看了一眼，心中就"咯噔"一下。这大姑娘满脸横丝肉，烟卷一根接一根抽，说话声音还特别粗，不看人只听声音，还以为是男人在说话，看人的时候不面对，斜着眼睛看人，目光先是从头到脚，再从脚到头，光是这眼神就让人不寒而栗。

吃完喜面回到家，洪寿边脱中山装边说，青玉这个媳妇可是不好惹呀。淑珍也有同样感觉，叹口气说，青玉真是多余呀，这么大岁数了，还有一闺女一儿子，走这一步有嘛用？洪寿把中山装挂在衣架上，又整理了一下衣摆处，摇头道，不知道青玉咋想的，多么聪明的人，怎么犯这错儿？我看呀，将来准得出事！淑珍也附和道，我看也是。

洪寿和淑珍的预言和担忧很快就应了验。纪青玉结婚还不到一个月，新媳妇的娘家哥哥和弟弟就来了，个个都是膀大腰圆的壮小伙，说是这个新姐夫欺负姐姐，还说姐夫欺骗姐姐，把年龄说小了好几岁。慌张的纪青玉想要解释，可是娘家兄弟根本不听，要让他赔偿，纪青玉想要息事宁人，把存了好几年的二百块钱存折拿了出来，被娘家哥哥一把夺过去，立刻放进贴胸的口袋里。纪青玉以为这事过去了，哪承想转过天来，娘家哥哥和弟弟，带人拉来了一辆大型平板车，把纪青玉家里值钱东西都给搬走了。

洪寿心疼道，青玉这辈子攒下的好东西都给拉走了，带铜活儿的樟木箱子，三个好箱子呀，全给搬走了；还有两件皮筒子，口外的好皮子，也都给卷走了。

淑珍惊慌道，这是不过日子了？

谁知道呢！洪寿叹气道，纪老妹早就反对哥哥走这一步，听说新嫂子还没过门就跟小姑子犟上了，纪老妹不登门哥哥家，一赌气还把鞋店关了，躲在小屋里不出来，整日不见人。

淑珍担忧道，这可咋说的，好日子不好好过，这一家子就……完了？

洪寿遗憾地说，青玉新媳妇没工作，这要是在工厂，有个正经八百的工作，找她领导去说理呀。这可好了，找谁说理去？没工作没领导！就怕遇上这样的人，没办法呀。

淑珍也是赞同洪寿的分析，两人替纪青玉惋惜，可又帮不上啥忙。

纪青玉家的风波过去没多久，这一天晚上十点多了，洪寿和淑珍刚刚躺下，忽然响起砸门声，一声比一声重。淑珍吓得脸色煞白，洪寿鲤鱼打挺坐起来，大喊一声"谁呀"，随后听到外面带着哭腔说，纪伯伯，我是小江呀，我爸走了，我爸走了。

纪洪寿"哎哟"一声，自语道，砸门就没好事，老顾……走了，这是怎么说的。纪洪寿赶紧把搭在脚头上的外衣披在身上，身子一出溜，麻利地下了床。淑珍也赶紧手忙脚乱地穿衣服，仗着外衣和裤子盖在脚底下，穿起来方便。小琴和核心也给吵醒了，洪寿让他俩盖好被子，又把他和淑珍的被子摞起来，挡住外面的视线。

纪洪寿打开门，看见顾小江戴着白帽子，胳膊上戴着黑纱，鞋面上缝着一块白布，缝得不太结实，从后面翻到前面去了，盖住了脚尖，感觉像是舞台上小丑的造型，看得纪洪寿心里不好受。

顾小江"扑通"一声跪下来，磕头报丧，纪洪寿赶忙给他扶起来。顾小江懂事地说，纪伯伯，砸门有点重。纪洪寿手一摆，砸门报丧，这是规矩，没事的。随后，马上问老顾的死因。其实不问，纪洪寿心里也明白，肯定跟肺有关系。果不其然，顾小江说他爸肺部长了大瘤子，挤压得喘气都困难，后来瘤子像是长了脚，跑遍了全身上下。

纪洪寿眼圈红了，眼泪在眼圈里打转转儿，说，这么晚了，我现在也去不了啦，明天上班也没请假，叮我一定要送老顾的。说着，给淑珍使了使眼色，淑珍心领神会，转身到了衣柜前，翻腾了半天，拿出五块钱给了顾小江。顾小江眼含热泪接过钱，又要跪下磕头，被纪洪寿一把拽住胳膊，轻拍了他的后背。

纪洪寿问，埋在哪儿？

顾小江平静下来，抽泣地说，我爸讲了，他要坚决响应政府号召，火化。顾小江眼圈红了，再次抹了眼泪，又说，闭眼前我爸有个要求，把一支口哨给他带上，跟他一起走。纪洪寿不解地问，带上口哨？啥口哨？顾小江说，我爸说那个口哨是他带领十万人游行时吹的口哨，他这辈子最心爱的物件。纪洪寿怔了一下，眨巴着眼睛努力回想，像是猛然想起什么，赶忙不住地点头。

顾小江还要继续给亲戚朋友报丧，纪洪寿也不留他，只是叮嘱他大晚上的，路上一定小心。

屋里一阵沉默。

淑珍问洪寿，人家死了都是带着金银宝贝，这个老顾却要带着口哨。顾大江领导过万人游行？那可不简单呀！洪寿惨然笑道，我不是跟你讲过吗？哪儿十万人呀，他就是一个方队的领队，嘴巴里含了一个口哨，喊上两句"一二三"。淑珍还是不解，问，那老顾咋讲十万人呢？洪寿说，那次游行我也参加了，哪有十万人？三千人。三千人分成了三十个方队，你算算一个方队多少人？淑珍虽说不识字，算个数却是特别快，嘴巴嘟囔着，不一会儿就算出来了，朗声道，一个方队一百人，对吧？洪寿笑道，是呀，带着一百个人喊上两句口号，这算个啥呀？老顾每次跟我说起那次游行，说一次，人数就会往上涨一次，见我不纠正，下次又不自主地多讲了人数，一来二去的，他自己都相信了自己的话，最后变成了领导过十万人游行。淑珍听了，禁不住苦笑起来，一个劲儿说，这个老顾呀，真是让人捉摸不透。洪寿却是长叹一声，说，老顾跟我那死爹一个样，一辈子图个嘴巴痛快，两只手从大到老也没个长进。

这个漫长的秋天，纪洪寿总是感到心窝里像是坠上了一块大石头，坠得他心累、身子累、脑仁疼。从初秋开始，纪洪寿认识的人就开始死去，到了晚秋时节，胖姥姥也走了。

胖姥姥是在睡梦中走的，早上老杨去敲门，没人吱声；再敲，还是没声音。已经对胖姥姥生活了如指掌的老杨，终于大胆地推开了屋门。胖姥姥晚上睡觉不锁门，为的就是有啥事老杨能进屋帮助照料。老杨进屋才发现，胖姥姥身子已经僵硬了。

纪洪寿和刘淑珍给胖姥姥送行。看到床板上盖着白布单子的胖姥姥，淑珍惊讶得捂住嘴巴，原本那么胖乎乎的圆身子，即使后来瘦了，可也不至于缩成了小孩子一样的小身子。淑珍感觉自己都能把胖姥姥一只手托起来。她不敢掀白布单子，害怕控制不住自己情绪。鞠完躬，淑珍又主动磕了头，把二十块钱给了旁边陪跪的蒋再堂。当着洪寿和淑珍的面，没有陪跪的田乃英把钱从蒋再堂手里拿去了，掖进了自己口袋，还用手在口袋外面仔细地按了按。哭红了双眼的老杨，偷眼看见了田乃英抢钱的场景，往后缩了缩身子，使劲儿瞪了瞪田乃英的后背，又赶紧把目光收回来。

纪洪寿和刘淑珍告辞，蒋再堂和田乃英把他们送到小胡同口，站住不送了；老杨则是默默地把他们送到街上。

秋风强劲，地上满是枯黄的落叶，被风吹得一路小跑，很快就没了影儿。右臂戴着"红小兵"袖章的一队小学生，整齐地排着队；走在队伍前头的，是上身穿着白衬衣蓝褂子、下

身是蓝裤子的高个子男生，他双臂伸直，高举着一面鲜艳的
红旗。

等到喊着"一二一"的小学生们过完马路，洪寿和淑珍
才走过去。两人不由自主回过头，发现老杨还站在原地看着他
们。纪洪寿停住脚步，朝老杨挥挥手，意思是让他回去。可是
老杨依旧站在那里，像块大石头一动不动。纪洪寿只好转身，
他不敢回头看，就像当年离开宁津老家不敢回头一样，他怕自
己站不住摔倒了。

淑珍也不敢回头，只是担心地问，老杨以后怎么办呢？

洪寿摇摇头，说，再堂不着调呀，那个乃英也不是省油
的灯，这两人能容下老杨？

淑珍倒是有自己看法，口气强硬道，老杨服侍胖姥姥一
辈子了，蒋家大事小事哪样不是老杨跑在前面？老杨年岁也不
小了，蒋家不能把人家赶走，怎么也得给老杨留个窝呀，让他
走，他去哪儿？

洪寿忽然"哼"了一声。淑珍扭脸，不解地看着洪寿，
捉摸不透他的"哼"是啥意思。

过了十几天，蒋家过去的老邻居老杜，恰巧在南市菜市
场碰见刘淑珍。老杜早先在"上权仙"打杂，解放后留下来，
在改了名的淮海影院卖电影票，住在影院附近的福安街上，跟
淑珍那是再熟悉不过了。淑珍正是从老杜嘴里知道了老杨的情
况，回到家马上讲给了洪寿。倒不是蒋再堂、田乃英赶走老

杨，而是老杨主动离开蒋家。不过这个"主动"，仔细想想，也是被逼无奈。

听老杜讲，说是胖姥姥丧事过后，蒋再堂马上试探地问老杨，说他和乃英都年轻，不用人照顾，问老杨有啥想法。老杜感慨道，蒋再堂这叫先下手为强，知道老杨在蒋家忙碌了几十年，万一有啥子想法呢？没想到，老杨朗声道"有想法，有想法"。老杜绘声绘色地讲起来，这句话可把蒋再堂吓坏了，倒退了好几步，后脑勺差点撞到墙上。可没想到，老杨说的"有想法"，是要求把摆在桌子上的山石送给他。蒋再堂回不过神儿，说好好好，转脸去跟田乃英讲了，田乃英猜测说"莫非山石里面有金银有首饰"。两口子要瞅瞅山石里面有啥东西，蒋再堂拿起榔头，在田乃英鼓动下，一榔头敲开了山石……里面啥都没有。蒋再堂倒有办法，抱着碎成两半的大山石跟老杨说，不小心把山石给摔了，这是咋说的。老杨把山石紧紧地抱在胸前，对蒋再堂说，我还以为摔成八瓣了，摔两半还能粘上，要是摔八瓣可就粘不上了。老杜讲话特别有现场感，仿佛当时他就在现场，他说蒋再堂吃惊地看着说话不笑的老杨。在蒋再堂深刻的印象中，永远都是说话时笑、不说话时也笑的老杨，绝对是一个小眼睛的人，这会儿才看得真真的，说话时不笑、不说话时也不笑的老杨，原来是个大眼睛的人！老杨说完，抱着胖姥姥的大山石，昂首阔步地走了。挺直身板的老杨，比过去高大了不少，走得威武，把窄小的过道全给堵住了，完全挡住了外面的阳光，蒋再堂愣怔在狭窄的过道，好半天都没缓过神儿来。

纪洪寿听完淑珍的转述，叹了口气，激动地对淑珍说，我多少次劝说老杨，早点离开南市车厂，进工厂当工人多好呀！老杨人又聪明，说不定现在已经是八级工了。

淑珍没有顺着洪寿话讲，说，人家老杨心眼好，不舍得扔下胖姥姥，没有老杨，胖姥姥早死了。人家老杨有情有义。

洪寿顿了顿，忽然轻蔑地"哼"了一声，说，那倒不是，我看呀他身上有奴性，愿意侍候人，愿意被人使唤。

淑珍吃惊地看着洪寿，急了说，你怎么这么讲人家老杨？人家招你惹你了？你讲话怎么这么狠呢？

洪寿继续说，还好，胖姥姥死了，他也甩了奴性，算是做了一回堂堂正正的男子汉。

淑珍不言语了。

过了一会儿，淑珍似乎又想起往事，说，这都是多年前的事了，蒋家来了一个客人，胡子留得老长，大光头锃亮锃亮的。光头大胡子指着客厅中的条案说，这怎么摆了个山石呢？应该摆"东平西静终生太平"呀！蒋老爷看了看胖姥姥，胖姥姥笑而不语。光头大胡子忽然闭了嘴，东拉西扯地说起其他事。

洪寿问淑珍，东平西啥的……是咋回事？

淑珍目光拉长了，继续回忆道，过去有钱人家讲究着呢，要在条案上摆三样东西。从东到西要摆花瓶和镜子。在花瓶和镜子中间，要摆上座钟。这叫东平（瓶）、西静（镜），中间的座钟，是终生（钟声）太平。

洪寿笑道，你还是个巫婆哩。

淑珍不笑，都是老例儿，管用。

洪寿不屑道，迷信，封建迷信！

淑珍据理力争道，你想想咱家的摆设，你还记得咱家"连三桌子"上摆着啥吗？洪寿用手揉了揉红肿的鼓眼泡，认真想了想，想起当年家里"连三桌子"上的摆设：左边一个花瓶，右面一个镜子，中间是一个座钟。那个花瓶被洪寿当作"四旧"，在一个没有月光的晚上用烂布包裹好，无声地摔碎了，扔到了胡同口的垃圾箱里。

洪寿想着往事，吃惊地看着淑珍，没想到这些老例儿她都去做了，却始终没有告诉过他。淑珍说，胖姥姥家的条案上，以前是按老规矩摆放的，后来啥都不摆了，摆上了个大山石。洪寿嘟囔道，摆东西跟人品有啥关系，还是人的事。淑珍说，跟你讲不清，不讲了。

这年秋天，纪家认识的亲戚朋友中，不少人都去世了。

到了年根底下，又一个死讯传来，很久没来蹭饭的朱长久来了，戴着黑纱，进门磕头报丧，说他爹死了。朱长久说"死"字时，倒是没有太过悲伤，仿佛在讲别人家的事。毕竟是自己的外甥，淑珍拉着朱长久的手，眼泪"哗哗"流，不住地用手背抹眼泪。

朱长久低着头，把手从姨的手里收回来，瓦刀脸上挂着不好意思的红，他屁股还没坐稳，站起来说还要去别处报丧。淑珍没有跟洪寿对眼神，直接从柜子里拿出十块钱，使劲儿掖到朱长久手里，还看着朱长久说，明天我们一早就过去，送一送你爹。

朱长久走了，淑珍直接问不言不语的洪寿，是不是嫌弃她给钱给多了。洪寿抖着双手说，家里的钱还不是你做主？淑珍来了一句，我姐家的事，我就这么一个姐姐，不管咋讲，也要敞亮点。洪寿有些不高兴，说，话扯远了，我没说啥呀，你咋这么想？

第二天一大早，纪洪寿和淑珍去了姐姐刘淑红家吊唁，发现淑红鼓着两只红眼泡，头发蓬乱着，脸上像是落了一层灰，仿佛刚从倒塌的破房子里跑出来的。姐妹俩几句话过后，淑珍还是惦记朱长久，如今老朱走了，长久这孩子咋办？淑红这才告诉妹妹，长久已经找到一份工作，在一家无线电厂做临时工，没有粮食定量，只有工资，一个月八块钱。淑珍这才恍然明白总是见不到朱长久的原因，马上又在心里埋怨朱长久，找着了工作，怎么早不告诉我这个惦记你的姨呢？虽说心里这样想，但是埋怨的话没有讲，担心洪寿回家又要借题发挥，埋怨她总是自作多情。淑珍这会儿强装笑脸，拉着姐姐的手，继续嘘寒问暖，委屈、心寒还有埋怨，全都打掉牙往肚里咽了。

二

　　纪洪寿去刘子昌家里，哪承想礼拜天他都不在家。他老婆在家，看上去情绪有些低落，有气无力地说老刘还没下班呢。刘子昌老婆姓鲁，过去两口子之间称呼"孩子他爹"和"孩子他娘"，后来刘子昌当了大领导，两口子之间称谓也变了，平日在家两口子都是"老刘"和"老鲁"地叫，纪洪寿来刘子昌家里，也就跟着刘子昌的习惯，称呼他老婆"老鲁"。

　　老鲁眼睛发直，纪洪寿感觉不对劲儿，再问她咋的了。这一问不要紧，老鲁"呜呜"地哭起来，两只粗手上下翻飞抹眼泪。刘子昌两个闺女都没在家。他老婆这一哭，把纪洪寿吓坏了，忙问发生了啥事。

　　老鲁平日里不爱讲话，只要刘子昌的朋友或是同事来了，她一定带着孩子出去。后来孩子大了，上学的上学、上班的上班，老鲁也会出去，不在屋里听话，她去院里的邻居家坐一会儿，等听到老刘送客人走了的声音，她再迎上去说两句"再来呀"的客气话。要是来人在家里吃饭，老鲁就会提前回来做饭。老鲁不会炒菜，也不爱吃米饭，家里一年四季吃面食。刘子昌曾经不止一次夸赞老鲁，她本事可大哩，会做三十多种面食呢，等我退休了，我就和老鲁开个山西风味面馆，保准顾客盈门。

眼下见到老鲁只是抹眼泪，一句话不讲，纪洪寿感到刘子昌出事了。眼见着社会上好多当干部的人都出事了，莫非刘子昌也……纪洪寿正要再问，老鲁终于说话了，她说老刘不当领导了，到酱油厂当工人去了。说完，又像小孩子一样"呜呜"哭起来。纪洪寿问老鲁，老刘去的哪家酱油厂？老鲁说，在西站那块儿，红钟酱油厂。纪洪寿安慰了老鲁几句，起身告辞，说找个机会去找老刘。

纪洪寿转天下班后，没回家，直接去找刘子昌。从北仓工业区到西站倒是不远，纪洪寿脚踏车蹬得飞快，他总是感觉自己有着使不完的劲儿。

老鲁没有告诉准确地址，大概她也不知道，纪洪寿有办法，既然是酱油厂那就闻着味儿去找吧。他围着西站绕了一圈，来到东面，酱油味变得更冲了，纪洪寿抬头一看笑起来，原来"红钟酱油厂"的白底红字大牌子就在眼前。这才猛然想起来老朱活着时跟他讲的事，老朱当年从胜芳来到天津卫，第一个谋生的地方就是这个厂子，从这里学到本领后，才在东楼地区逐渐发达起来，最后有了自己的酱货铺子。

纪洪寿皱着眉毛，自己跟自己说，把脑袋拴在裤腰带上的老刘呀，你怎么跑这儿上班来了……纪洪寿长呼一口气，稳稳神儿，走上前去，敲了敲门卫室的窗户，里面一个正在打瞌睡的老头打开窗户，问他做啥。纪洪寿说找人，随后讲了刘子昌的名字，还把自己工作证递过去。门卫探出脑袋，脖子比鹅还要长，上下左右看着纪洪寿，又缩回脖子，仔细看纪洪寿工作证，问他跟刘子昌啥关系，找他做啥。

纪洪寿说跟刘子昌是老战友，好久没见了，过来看看他。门卫眨巴着眼睛，又问，你去他家看他不也成吗？纪洪寿话来得快，说是今天正好路过，进去看看老战友。门卫又把纪洪寿工作证翻来覆去看了几遍，这才把油渍麻花的大本子拿过来，让纪洪寿在上面登记。一番烦琐手续之后，才终于让纪洪寿进去。一旦同意进去了，门卫忽然变得特别柔和，特意走出门卫室，指着厂区大道，详细指点说，从这里直走，到前面左拐，再往前走，就看见包装车间了，到那儿就能找到刘子昌。纪洪寿连声感谢，心里乐个不停，天津卫人指路真有意思，从来不讲东西南北，只说左右前后。纪洪寿早就领教过了，可今天一点不想笑，只想快点见到刘子昌。

纪洪寿顺着门卫指引方向走，很快就到了包装车间。车间门口冷冷清清，只有一个身穿蓝色工作服、戴着蓝色工作帽、嘴上戴着白色口罩的工人，正在费力往小推车上装酱油瓶子。六个酱油瓶子装在一个木条钉好的箱子里，只要一搬动，瓶子就会互相碰撞，发出"哐哐哐"的声音。

纪洪寿走过去问，师傅您忙着呀？向您打听个人。

那个人停住装货，扭脸看着纪洪寿，一把摘下来从耳朵绕到下巴上的口罩。纪洪寿怔了怔，立刻认出来，眼前这个人就是刘子昌！

刘子昌倒是很平静，看着纪洪寿惊掉下巴的表情，轻松地笑起来，还反问道，你这是看怪物哩？纪洪寿双手握住刘子昌的手，声音哆嗦地问，你这是……怎么到这上班来了？刘子昌说，昨晚我听老鲁讲了，我就知道你今天得来，你这心里咋就存不住事呀？纪洪寿眼泪在眼圈里直打转儿，他强忍着不让眼泪掉下来。刘子昌左右看了看，劝慰道，快回去吧，完不成任务还得加班。纪洪寿知道刘子昌让他快走的目的，是不想让他问缘由。可是纪洪寿偏要问，你到底因为嘛事落魄？刘子昌微笑不讲。纪洪寿其实已经猜测出来，肯定还是当年"晋泰昌"事件，地下党都被抓走了都被判刑了，最后全都死在狱中，为何你刘子昌抓走就没死呢，最后还给放回来了？纪洪寿追问道，是不是那件事？刘子昌苦笑道，快走吧，哪天你去我家，让老鲁给你做莜面栲栳栳，老鲁新学来的，可好吃哩。纪洪寿说，我是工人阶级，啥都不怕，我给你去反映。刘子昌沉下脸，你快走，我不需要！你要是擅自做事，我跟你没完！纪洪寿知道刘子昌讲出这样的粗语，就是为了让他死心，不要管他的事。纪洪寿还想坚持，左右一看，发现有人在远处盯着他们，为了不给刘子昌找麻烦，也就只好推车离开。离开前，他再一次攥住刘子昌的手，使劲儿摇了摇。纪洪寿能够感觉出来，刘子昌也非常用力地攥着他的手。

纪洪寿推着脚踏车，他不骑上去，故意走得慢些，这样他的背影就能在刘子昌视线中多停留一会儿。纪洪寿有过这样的体验，在最苦难时候，特别期盼能够看到亲人或是好友，哪怕是背影也好，只要看一眼，再多看一眼，心里就会特别安慰。

这时候，他听见刘子昌跟人说，我亲戚路过，进来看看我，没啥事呀。纪洪寿那一刻心里发酸，双脚无力，他骗腿上了车，突然使劲儿蹬起来。纪洪寿一边蹬车，一边心里想，怎么才能帮助他呢？虽说不能到处为他诉苦，不能给他找麻烦，可既然他说我是他亲戚，那就经常去看他，也是对他有个安慰，直到有一天他答应我去替他申冤！

纪洪寿回到家，跟淑珍讲了刘子昌下放到酱油厂上班的事，怒气道，这不就是林冲发配吗？不管咋讲，刘子昌也是对革命有过功劳的人，咋能受到这样的对待！淑珍叹口气道，啥个世道，我也不相信刘子昌是叛徒。

洪寿和淑珍两口子为刘子昌能做的事，也就是淑珍做点好吃的，让洪寿给送到刘子昌家里去。淑珍嘱咐洪寿，你可不要再到刘子昌厂子去，千万不要给他找麻烦呀。洪寿倒是听老婆的话，强忍内心的冲动不去酱油厂。有好几次已经到了酱油厂大门口，站了一会儿，又郁闷地回来了。回到家垂着脑袋，好半天都不吱声。知夫莫如妻，淑珍只是瞅了一眼，就知道洪寿去了哪里，继续叮嘱道，咱帮不了他，可也不要给他惹事呀，是吧？洪寿仰脸看着屋外，一言不发，他脖子上的青筋绷了起来，像是一条条鞭子一样马上要甩出去。

天气热了，街面上身强力壮的小伙子已经穿上单裤单褂了，有的还把袖口挽到胳膊肘上面，脸膛也是红红的，感觉身体里的血液都在燃烧。

这一天，玉华回家跟妈妈讲，我在路上碰上老院王白猫闺女了，她说在海河边看见纪玉玲搞对象了，正跟对象在河边溜达，两个人身子挨得特别近。淑珍深问，玉华不知道具体情况。玉华还说，之前也知道大姐搞对象，问大姐，大姐不讲，玉华回忆说只是知道对象好像姓孙，大概叫孙大力。玉华惋惜道，大姐闭口不讲，大姐嘴巴真是紧。

淑珍把玉玲搞对象的事讲给洪寿。洪寿说，以前听小琴起哄过，原来是真的？淑珍说，以前在胖姥姥家，见过摔跤的张大力，如今这个孙大力，莫非也是个摔跤的？洪寿不屑地笑道，叫大力的人，就一定摔跤呀？你这咋想的？淑珍疑惑道，哪天得让玉玲把这个孙大力领家来，咱们得替她把把关。

从那天以后，玉玲只要回来，淑珍就会拉住她，让她把孙大力带家来，一次、两次、三次，玉玲实在经不住妈妈唠叨，最后答应下来，哪天歇班把孙大力叫家里来。

又过了些日子，纪洪寿、淑珍终于见到玉玲对象孙大力，心里当即惊了一下。孙大力穿着黑色弹力衫，留着小黑胡子，脸膛黝黑；脚上是一双白色球鞋，推着一辆锰钢的跑车。孙大力倒是格外尊敬洪寿、淑珍，用纯正的天津话规规矩矩地叫了"伯父、伯母"。纪洪寿让他坐，孙大力身子板正地坐在凳子上，双腿微微叉开，双手放在膝盖上。

淑珍问，你家里几口人呀？

坐在孙大力旁边的玉玲，轻轻用手碰了一下他胳膊，走神儿的孙大力马上答道，家里三口人，家父、家母上班。

你是独生子呀。淑珍点点头，说，挺好的。

玉玲看见妈妈脸上的表情，也情不自禁笑起来。

洪寿问道，你在哪儿上班呀？

孙大力答道，钢丝绳厂，干装卸。

洪寿说，玉玲老舅也在钢丝绳厂，叫蒋再堂，开吊车的，你认识吗？

孙大力连说"认识认识"，似乎还想说啥，被玉玲拽了拽衣角，于是赶紧闭上嘴巴。

洪寿对着玉玲说，你别总拽小孙，你让他说嘛。随后又问道，听说你是练摔跤的？

孙大力连忙摆手道，伯父这是抬举我，我就是玩玩。

玉玲再次接上话头，小孙还会画画呢，家里有齐白石的画册。他画的猿猴特别像真猴儿。

你会画画？洪寿进一步问道。

不等孙大力回答，玉玲抢先答道，他用手指头画，还用棉花画。

孙大力非常拘谨地坐了一会儿，玉玲示意他该走了。于是，孙大力礼貌站起来，向伯父伯母告别；又指着桌上的两盒糕点和一袋苹果，说，也没啥买的，一点心意。淑珍说着"买啥东西呀"之类的客气话，洪寿也跟着"是呀是呀"的客气，孙大力悄悄地抹了脸上的汗水，在玉玲目光示意下，客气地离开。

玉玲把孙大力送走，过了好半天才回来。回屋后，笑吟吟地坐在爸妈面前，等待爸妈的意见。玉玲先把眼光看向爸爸，洪寿摆手道，听你妈的。淑珍问，谁给你介绍的？玉玲干脆道，嗯，同事。淑珍说，你骗我，跟我说实话。玉玲喃喃道，还用问吗？淑珍脸色白了，自言道，我让你讲。玉玲又把求救的目光转向爸爸。洪寿把话挑明了，是你老舅介绍的吧？玉玲不说话了。淑珍气得脸色煞白，着急道，我就知道是这样。玉玲抹起眼泪，央求道，妈，小孙人好，老舅介绍的怎么不成？洪寿不想看着大闺女委屈，帮腔道，你回去让小孙穿上工作服怎么了？装卸工就得有个装卸工的样子，还用棉花画画，还骑个跑车，不像个样子！玉玲一个劲儿点头。淑珍还是阴沉着脸不言语。玉玲再次把求救的目光投向爸爸，洪寿用眼神向淑珍方向递了递，玉玲苦着脸，不敢看妈妈。

因为搞对象的事，玉玲赌气不回来了。洪寿蹬着脚踏车去玉玲宿舍，玉玲看见爸爸，眼泪"哗哗哗"地流，把一条手绢都给抹湿了。洪寿说，你妈妈也是为你好，你怎么不回家了呢？玉玲说，我看不出来她怎么为我好，不就是因为老舅介绍的吗？我们俩在一起，跟老舅有啥关系，又不跟老舅住在一起。爸爸，你就明说吧，你同意不同意？洪寿说，他这个打扮我不喜欢，不像个工人，像个小玩闹。玉玲说，我跟他说了，别穿鸡腿裤了，让他穿工作服，小孙也答应了，也不骑跑车了，准备买一辆"二八"飞鸽车。洪寿说，把那个小胡子也得剃了，小小的年纪还留小胡子。玉玲说，他显老，留胡子倒是不显眼。既然您不爱看，他听我的，我让他剃他就剃，让他剃干净。洪寿高兴起来，那你啥时回家？这个礼拜回去，好不好？玉玲终于破涕为笑，连忙点头答应。

大闺女的事刚刚处理完，三闺女的事又来了。纪玉华上班特点，一刻不能坐，八小时沿着一排机器来回走，随时发现断了的线头要立刻接上，不马上接上，就会有残品。这还不算，还得"三班倒"，时间久了，本来就体格不好，导致右腿静脉曲张得厉害，不长时间又有了胃下垂的毛病。原本玉华脸小，被胃口闹得吃不下东西，人瘦了，脸显得更小了，比烧饼都大不了多少。玉华想要调工作，可是没有接收单位，最后只能走"对调"这条路。"对调"不比调工作省心，织带厂是集体性质的小厂子，也得找集体性质的小厂子，才能完成"对调"，要是能"对调"来一个男工人，织带厂得便宜，领导就会批得快，要是同样"对调"来一个女工，双方厂子领导都会兴致不高，双方厂子批得就会慢，有时好几年才能"对调"成功。玉华找爸爸想办法。洪寿说你要我想办法，我找谁去呀？玉华带着哭腔说，你不是认识刘叔吗？你不是认识那个姓胡的大领导吗？洪寿急了，立刻怒斥道，瞎讲啥呀，乱讲！玉华没想到爸爸突然急了，脸色都变了，委屈得捂住脸"呜呜"地哭起来。淑珍指责洪寿着啥急呀，闺女的事能管就管，不管也不用着这么大急呀。洪寿毫不示弱道，你这个三闺女怎么变成不讲理的人了，她瞎讲啥呀？咋想到"走后门"这个馊办法？淑珍更急了，立刻指责洪寿道，你说是我闺女，难道不是你闺女？洪寿嘟囔道，养闺女就是麻烦，说轻了不管用，说重了就抹眼泪！玉华听见爸妈吵起来了，抹了眼泪，背起书包走了。淑珍喊着"你去哪儿呀"，玉华也不回头，推起放在胡同里的车子，歪歪扭扭地骑走了。

玉华工作的事还没利落，搞对象的事把洪寿又给惹急了。小琴总是跟玉华作对，还把偷听来的事讲给爸妈。小琴说，玉华搞对象了。洪寿急问小琴，说清楚点，到底咋回事？她不是忙着"对调"吗，怎么又搞起了对象？胃下垂没事了？静脉曲张没事了？淑珍听到了，也急着凑过来，让小琴快点说清楚，到底咋回事。小琴说，那男的在橡胶机械厂上班，保全工，玉华说人长得特别帅，可就是不务正业，整天打扑克、下象棋，还爱好体育，说是捣花砖、玩吊环。淑珍拉住小琴的胳膊，问谁给介绍的。小琴说，好像是她同事……介绍的吧。洪寿皱着眉头，不解道，咋跟大的一样，又搞了个爱体育的？小琴挤眉弄眼道，爸，你是不知道现在搞对象的行情，长得要像演员，身体要像运动员。

洪寿叹口气道,这是谁给定的呢?接着又说,还好,橡胶机械厂是个国营,这还算不错。还有那个孙大力,也是国营厂子。这就知足吧。

淑珍忽然低头不语,也不知道心里想啥事。小琴把玉华的事抖落完,幸灾乐祸地去玩了。还没走出去,就被洪寿喊住了,你个小小年纪,怎么竟是盯着搞对象的事?记住了,写好功课,别总是闲白!

三

玉玲自从生完孩子便始终住在娘家。之前在妈妈的压力下,她与孙大力一会儿和好,一会儿分离;和好的理由仿佛乱点鸳鸯谱,分离的原因比猪八戒背媳妇还要乐和。就这样鸡飞狗跳地折腾了两三年,终于还是走到一起了。其实,混乱的原因还是在玉玲身上,自己没主意,邻居说两句,同学来三句,最后回家都讲给妈妈,淑珍听了就开始"武力干涉",总是从孙大力的小胡子开始,再说起他的长相和打扮,最后再说到酗酒打人这个大问题。孙大力则是定力十足,主打一个没皮没脸,永远就是一句话,"我就是死也要跟玉玲死在一起"。玉玲只要说分手,孙大力不分场合,"噗"的一声跪下来;玉玲吓得蹦起来,心疼他膝盖,赶紧把他拉起来,流着眼泪说,膝盖摔碎了，人就瘫了！孙大力扬着长满粉刺疙瘩的脸，毫不在乎道，人没了，要膝盖有啥用？玉玲低下头，抹起眼泪。玉玲带着热气的眼泪和孙大力钢筋铁骨的膝盖有机地结合在一起，总是在关键时候起到化学反应。也不知道孙大力到底跪下了多少次，也不知道玉玲流了多少次热泪，最后玉玲对爸妈讲，我就跟他吧，这辈子是好是坏……我认了。被玉玲婚事折磨得筋疲力尽的淑珍叹口气，不解道，你到底图他啥？闺女你记住了，打女人的男人，永远靠不住。你爸着急起来，脾气也是暴，可他从来没动过手指头。玉玲永远不提孙大力动手打她的事，而是转换角度说，孙大力他啥都会，还会做饭，做的饭特别好吃，能把白菜帮子炒出来炖肉的味道。淑珍赌气地来了一句，你就替他吹吧，你干脆找个厨子，那不更好吗？玉玲又哭起来，妈，你不懂，你不懂呀，我就跟他吧，我认了！

玉玲好说歹说，淑珍极不情愿地答应了，洪寿早想开了，撂下一句话，将来是你们在一起过日子，愿意跟他就跟他吧。

玉玲终于跟剃了小胡子、不骑跑车、不穿鸡腿裤的孙大力结婚了，转过年来生了个儿子，如今儿子大井已经四个多月了。不知为啥，最近大井给睡颠倒了，白天睡，晚上不睡，一直折腾到凌晨才慢慢睡着。

这一天的凌晨时分，大井终于睡着了，玉玲刚打了个盹儿，忽然间地动山摇，像是被人拽来拽去、颠来颠去、推来搡去。玉玲猛地睁开眼，这才感觉大地在抖动着，仿佛自己身体还有周边的一切全都碎裂了，她紧紧地抱着大井，大声地叫喊起来。大井也被妈妈搂得太紧，哇哇地哭起来。

这时候，淑珍和洪寿也全都被震醒了，上正常班的玉华也醒了，只有酣睡的小琴最后一个醒来，坐在床上，揉着眼睛问大家，你们这是做啥呀，这才几点呀？玉华气得来了一句，死丫头，地震了！

洪寿走出屋子，发现天空发红，下着小雨。因为他们院子最宽敞，很快邻居们都聚集到他们院子来了，有的穿着衣服，有的身上只有一条大红裤衩，还有的人披着一个花被单，裹得严严实实的，大概里面的身子光溜着。不过没人关注这些，全都睁着惊恐的双眼。这时又发生震动，人们集体发出惊恐的叫声，随后再也不敢在院子里待着了，全都跑到马路上。所有人见面，全都在机械地重复 句话"地震了，地震了"。洪寿带着一家人躲到马路上，与身边的人们一起等待着天亮，好像只有天亮了，心才能静下来。

天终于亮了。但是小震始终不断。一会儿传来一阵"震了，震了"的喊叫声，一阵躁动之后，才慢慢安静下来；不一会儿，大地继续晃动，紧接着又是喊叫声不断。

纪洪寿让淑珍和三个闺女站好了，远离墙壁和树木，他要回到院子里看看。淑珍不让他回去，抓着他的胳膊，指甲已经掐进肉里去了。洪寿小声对淑珍说，得回去拿点衣服呀。说着，指了指抱着大井的玉玲，孩子冷呀。淑珍声音颤抖着，不住地叮嘱洪寿要小心。洪寿说，放心吧，我死不了，我命大！

洪寿像个小偷一样蹑手蹑脚地回到院子里。他没敢进屋，站在地势高的地方，先把屋子看了一遍，又伸长脖子看了一遍，除了屋顶上压着油毡的几块砖头掉下来，倒是看不出来屋子有倒塌的迹象。他琢磨着一定要进屋看一看，再顺便给孩子大人拿几件衣服，正要往前走，身后猛然响起一声断喝"不要命了，回来，别进屋"，纪洪寿回头一看，原来是邻居万大刀。

万大刀住在邻院，个子得有一米八几，光头，长得有点像"小人书"里面的鲁智深，他早先在"三不管"耍把式。纪洪寿刚搬来时，他跟纪洪寿走对面，用膀子扛过纪洪寿，感觉动作不大，像是不小心碰了一下，却把纪洪寿扛了个大趔趄。纪洪寿知道这个人故意找碴儿，没理他。后来万大刀从居委会那里得知，新搬来的这户人家是正派人家，男人是老工人，还是国营大厂里的劳动模范，态度立刻大变，再见面从老远跟纪洪寿打招呼"纪师傅，上班去呀"，纪洪寿不计前嫌，也很快跟万大刀熟络起来。万大刀给纪洪寿看过一张照片，是万大刀解放前撂地练把式时拍下来的，周围还有看热闹喝彩的一众看客。万大刀悄悄告诉纪洪寿，当年他手上这把大刀有八十斤。随后万大刀"嘿嘿"笑道，比鲁提辖手里的那根禅杖还要重。解放后，万大刀在国营大厂拖拉机厂上班，是个锻造工。自从知道纪洪寿也在国营大厂，便有了惺惺相惜的劲头。

万大刀像是看见一把大刀从天上劈下来，着急道，危险呀，绝对不能进屋！纪洪寿哭巴着脸说，得给孩子拿点衣服呀！万大刀想了想，说，这样吧，我门口有块门板，我现在去拿。我顶着门板陪你进屋，万一掉下块砖头，总比砸脑袋好吧？纪洪寿感动道，那就谢谢万师傅了。万大刀嘴巴一撇，真像是鲁提辖一样豪爽道，咱都是国营大厂的，客气个啥呀。

万大刀走后不一会儿，果然顶着一块门板来了，就像是顶着海绵板一样轻松自若，招呼道，纪师傅来，站在我身边，咱俩进去。

纪洪寿轻轻地推推屋门，发现已经严重变形，推不开了。万大刀说，咋样，要是傻推，房子还不得塌了？纪洪寿嘴上应着，还是不死心，继续慢慢用力，两扇门"吱吱"响着，随着落下尘土，有了一点缝隙。纪洪寿继续小心推门，"吱吱扭扭"地终于推开了半扇门。万大刀侧着身子，让纪洪寿猫腰下蹲，两个人侧身进了屋。

纪洪寿抓紧时间，把柜子打开，拿出淑珍和孩子们的外衣放在床上，迅速用被单给包裹起来。这时候，感觉有呛鼻子的味道传过来，纪洪寿听到簌簌的声响，四下里巡视，发现墙角处有细土在往下落。

万大刀喊道，纪师傅，快走！纪洪寿也感到危险，背起包裹，缩在万大刀的门板下面，急速向门口走。这时候，已经有砖头瓦块砸在万大刀头顶着的门板上，发出噼里啪啦的声音，到了屋门口，纪洪寿身子向下缩，万大刀把门板稍微倾斜一下，两个人连滚带爬出来，几乎就在同一时间，两间屋的房顶"轰"的一声塌下来了，立刻腾起来呛鼻子的烟尘。由于始终下着小雨，尘土很快被雨丝镇压了下去。

万大刀把门板立在地上，出神地看着倒塌的房屋。纪洪寿背着大包裹，感动得一句话都说不出来。万大刀豪笑道，命大福大，以后有好日子，纪师傅呀！

在连续的余震中，好多貌似坚挺的房子陆陆续续地倒塌了。不能总在露天地里待着，各家各户开始搭建临时棚子，用床铺当作地基，床帮四角绑上竹竿、细木棍，再用麻绳子四面挂起来布帘，就算是一个临时小窝了。可是这个窝只能睡觉，没有活动空间，最多也只能躺上去两个人，家里剩下的人还是没地方住。后来有的人家又用砖头把床铺架高，在地上铺上塑料布或是凉席，再在塑料布或凉席上面铺上被褥，这样床铺下面也能睡人了。

纪洪寿看不起这样的"窝"，没有一点技术含量，风一吹、雨一刮，被当做"窗户"的布帘、被褥全都打湿了，哪里还能睡得了？纪洪寿不想建这么简单、这样简陋的"窝"，眼下天热还能凑合着，可是天津卫不知道有多少房子倒塌了，一时半会儿根本翻盖不了。天再冷点可咋办呀？

纪洪寿想要建正式一点的房子，万大刀听说了，鼓动纪师傅快点拿出好办法，算是给大家树立一个样板，大家伙再按照你纪师傅的办法走。纪洪寿把自己想法讲了，万大刀立马说"能成，能成"。

万大刀把纪洪寿的想法告诉了街坊邻居。邻居们看见过纪师傅搭建的遮阳棚子，也看见过他修建的花池子，觉得纪师傅手巧，做活儿地道，所以都过来伸手帮助，让他快点把"样板"建起来，大家伙也没有袖手旁观，纷纷送过来建房子的材料。

"安胶皮"送过来一堆不透明的厚塑料布。"安胶皮"解放前拉胶皮车，身子骨特别结实，但是腿脚受过伤，走路不利索，解放后在煤店卖煤球，家家户户都认识"安胶皮"，后来想要把"安胶皮"改名"安煤球"，可是没叫起来，最后依然还叫"安胶皮"。"耿修脚"送过来两捆旧油毡。"耿修脚"岁数比纪洪寿大，在家里开了专治脚病的诊所，算是继承了他爹的修脚本领，鸡眼、灰指甲、甲沟炎之类的脚病，"耿修脚"手到脚病除，生意非常好。解放后，"耿修脚"也进工厂当了工人，他白天在制锁厂上班，晚上回来给街坊邻居治脚病，人缘也是特别好。就连同院的脸色焦黄女子和她男人，也送过来一大捧大号铁钉子，说，纪师傅呀，你看看用得上吗？搭房子总得钉钉子是吧？

纪洪寿平时有个节俭的好习惯，遇到一些木棍子、小竹竿、三层板之类的旧东西，他舍不得扔掉，全都捡起来捆好，存放在犄角旮旯，还有存了不少的竹竿，再加上他把遮阳棚子拆了，又有了不少的用料，如今统统都派上了大用场。

在距离二号院不远的街边上，他用木棍子当作立柱和大梁，竹竿当作横梁，用八号铅丝把"立柱、大梁"和"横梁"绑牢靠，算是把屋子的框架建好了；再用细铁丝把"三层板"绑在"屋子"的下部，在一人以上高的地方，改用塑料布包裹；房顶那就好办了，把油毡铺在上面，一间类似暖房一样的屋子算是盖好了，比所有人的"屋子"都要实用好看。更令邻居们惊讶的是，纪师傅还留有两个小窗户，三层板做的，用两个合页连上，推窗、关窗自如。邻居们一边参观，一边请求纪师傅给他们建个小房子。

三号院一个女邻居，绰号"石三两"，说话大嗓门，头发永远抹着闪亮发光的头油。她看着纪师傅的小屋子，看了好几遍，唱起来了自编唱词的"纪师傅盖小屋"的评戏。纪洪寿从别人嘴里倒是知道"石三两"，她过去在"三不管"大棚子里唱评戏，最拿手的唱段是"陈三两爬堂"，她唱得声情并茂，能把大老爷们唱得扑簌簌地掉眼泪。解放后"石三两"在街办小医院上班，负责清扫小医院的卫生，还捎带脚烧个小锅炉，算是有了挣工资的职业。如今在"石三两"评戏的宣传下，"纪师傅小屋"让他在东兴市场一带出了大名，参观并且要求纪师傅帮忙建小屋的呼声越来越响亮。纪洪寿对于邻居们的要求全都答应，他一边参加厂里的"抗震救灾"，一边利用业余时间帮助邻居搭建小房子，这样每天连轴转地干下来，累得他睡觉时一个劲儿地"哎哟"。

洪寿做事总是想着以后，他出来进去、上班下班，开始收集碎砖头。这天从单位回来，从书包里掏出两块碎砖头，放在"屋子"外面。淑珍问他做啥，洪寿头也不抬地说，有用。淑珍说，过去垫床脚，你用的就是碎砖头。洪寿继续头也不抬地说，总提过去那点事有意思吗？淑珍不言语了。

洪寿把捡来的碎砖头集中起来，今天垒一点，明天垒一点，一点一点把"木棍竹竿房"，又变成了"小砖房"。这还不算，又把一间小房子扩建成了两间，房子中间还留了一个小门，成为令人羡慕的"连二间"，不仅家里的孩子大人佩服，街上的人见了也都驻足参观。

洪寿跟淑珍得意道，我还是那句话，这世上所有的事都难不倒手艺人。

淑珍没有恭维，也没有打击，只是笑着，一直笑着。最后转了话题说，你还是想想小琴的工作吧。

本来是过完今年的暑假，初中毕业的小琴开始分配工作了。可是大地震搅乱了正常程序，一直过完"十一"节，学校才开始操办学生的分配。

小琴早就回家来讲，她可能不用"上山下乡"了，可也没有正式定下来。这天，小琴踩着瓦砾去学校拿回分配单，高兴地把分配单拿给爸妈看，原来小琴被分配到了外贸局。

淑珍不敢相信这是真的，这是要跟外国人做生意呀，你不会外语，外国人讲话你也听不懂，这可咋办呀？洪寿丝毫不着急，稳重道，既然把你分到外贸局，那就肯定有办法，要相信国家。小琴激动得声音都抖了，说，我们班这次分配工作都特别好，我那个同桌分到了"市政"。淑珍问道，市政？做啥的？小琴得意道，这还用问呀，市政，不就是市政府吗？淑珍哑巴着嘴说，市政府？那可是好地方，领导上班的地方。洪寿感慨道，小琴呀，你得感谢共产党呀，本来你是应该"上山下乡"的，这可好，不仅分配了工作，还去了外贸局，啧啧。小琴经过女大十八变的洗礼，如今已经出落成大姑娘，扎着两个向上翘的"小抓鬏儿"，满脸高兴道，明天就到局里报到。说完，哼着"太阳最红毛主席最亲"，蹦跳着去找同学玩去了。

第二天小琴从外贸局报到回来，脸上一派迷茫，蔫拉吧唧的。淑珍问闺女，你脸色不好看，哪不舒服？小琴犹豫道，报到时又给了我一张字条。说着，把盖着公章的字条递给了妈妈。淑珍说，我又不识字，你就告诉我咋回事吧。小琴说，不在局里，让我去包装公司报到。淑珍呼出一口大气，说，公司多好呀，你刘叔过去不也是在公司吗？局呀公司呀一样呀，将来都是领导呀，咱家这是积了哪辈子德呀。小琴眨眨眼睛，转脸高兴起来，自语道，公司就公司吧。

转天，小琴又去包装公司报到，回来后，脑袋又耷拉下来，脸色比昨天还难看。

洪寿身穿工作服带着土进门来，刚才他帮助"石三两"

搭建房子。洪寿一边洗手一边说，公司也好呀，这有啥不高兴的？小琴忽然哭起来，说，不是在公司，还给我们往下分，给我分到了仓库。说着，把一张巴掌大的字条扔在小凳子上，洪寿把一双湿手在裤子上蹭了蹭，拿起字条细看，上面写着"外贸局包装公司静海县良王庄仓库"。洪寿把报到单慢慢放到桌子上，沉吟片刻，用心问，这么远怎么上班呢？小琴嘟囔道，说是坐班车去。洪寿一拍大腿，道，多好呀，不用蹬车子，坐班车有好处，只要上了班车，那就等于进了厂，路上开多长时间都不算迟到，是不是这样？小琴有气无力地点点头。在爸爸的一番劝说下，小琴眉头逐渐舒展开来，又说起她的同桌男同学，报到后才知道，原来"市政"不是市政府，是市政公司，是给马路铺沥青的。淑珍也在一旁柔声细语开导道，女孩子家的在仓库好呀，安全，不用风吹日晒。只要是在脑瓜顶上有盖儿的地方上班，那就是好工作。

过了三天，小琴正式上班了，本应该高兴才是，可每天回来都是眉头紧锁，像是窝藏了天大的委屈。搞了对象的三姐玉华，总是冷眼瞅着这个经常与她吵架的妹妹，想要问妹妹小琴咋回事，又担心小琴误认为她幸灾乐祸，于是转脸恳求妈妈，问问小琴上班了，怎么总是闷闷不乐，搞得自己像个欧也妮·葛朗台。淑珍立马训斥道，你这是哪儿对哪儿呀，怎么还有外国人掺和？我告诉你玉华，你可不能看那些外国的黄色书籍，出了事没人帮你。玉华扑哧一乐，说，妈，不识字就是不成，您得学习识字。淑珍怒斥道，我不认识字，还不是照样把你们五个喂饱了，拉扯大了？你们一个个没有少鼻子少眼睛，胳膊腿儿全都齐全，咋了？嫌我不识字了？

淑珍嘴上说话狠，其实心肠软，马上找机会问四闺女，到底出了啥事。这一问才知道，原来仓库周边都是庄稼地，孤零零的一座仓库，外面没有人声，都是狗叫声，偶尔还有羊叫和牛叫。说是坐班车，其实就是带棚子的大卡车。进了仓库才发现头发里面、脖领子里面、耳朵里面都是脏土。唯一还让小琴稍感安慰的是，她没有下仓库干装卸，领导让她在交换台工作。可是也有烦恼，经常遭到装卸工坏小子们的骚扰，有的坏小子故意敲她交换台的门，敲完后躲起来，几次下来吓得她一个人锁上门，只要听见敲门声就会吓得瑟瑟发抖，一个人一天躲在屋子里，上个厕所都不敢出去。

淑珍心里发慌，听上去那么好听的外贸局，怎么一来二去的，竟变成这个样子？这跟"上山下乡"有何区别？于是赶紧把小琴的情况告诉了整天帮邻居盖房子的洪寿，看看有啥好办法。

哪知道，第二天早上，洪寿要跟小琴一起去上班。小琴惊讶道，爸爸，你跟我上班？洪寿拿起一个印有"百货大楼"图案的人造革书包，说，是呀，看看你的工作环境。小琴不解道，哪有爸爸跟闺女上班的？洪寿严肃道，那怎么了？走。洪寿动作有些过大，甩起来的书包碰在小桌上，立刻发出非常可疑的响声。淑珍忙问洪寿，你书包里放的啥？脸色阴沉的洪寿不说，却被淑珍一把抢过去，由于动作过猛，书包猛地磕在淑珍肚子上，疼得她哎哟一声蹲下来，一边捂住肚子，一边忙不迭地拉开拉链，原来书包里面竟是一把磨得贼亮的大菜刀！

淑珍大喊道，你这是做啥呀？

小琴也吓坏了，脸色惨白，蹲下身子抱着妈妈哭了起来。

淑珍慢慢站起来，对着洪寿着急道，你这么大岁数了，咋跟个愣头小子一样做事呢？用得着带菜刀吗，你去找他们单位领导，说说情况不就得了？怎么，还用菜刀呀？还要杀人呀？

小琴带着哭腔说，我不用你们管！说完，抱着书包，扭头跑出去。

洪寿没有去追闺女，一屁股坐在小凳子上，身子歪了一下，碰在屋子的"墙壁"上，把纸壳子一样的小屋子碰得晃悠一下，随后长叹一口气。

四

时间过得比纪洪寿的脚踏车不知道快了多少倍。纪洪寿记得在厂子里参加庆祝打倒"四人帮"的大会，犹如昨天的事，今天在半导体里听到十一届三中全会召开的消息，这才恍

第九章

419

然想起来，打倒"四人帮"已经过去两年时间了。

自费订了天津报纸的洪寿，拿着报纸，跟淑珍说，世界要有大变化了，咱们的日子也要有变化了。淑珍说，变化不变化我不知道，我就知道日子一定会越过越好。说完，指着屋子说，前两年还是木棍竹竿塑料布的屋子，现在不是变成砖头的了吗？洪寿抖着《天津日报》笑个不停，说，这算啥，这还不是临建棚子，我听说咱这片要盖楼，要把"三不管"的老窝子东兴市场来一个翻天覆地大变化，将来还要楼上楼下、电灯电话。淑珍撇嘴道，你还电话了，你又不是领导，有了电话打给谁？洪寿不甘心道，我是技术骨干，厂长见了我，也要从老远打招呼，主动过来握着我的手问寒问暖。淑珍嘲笑道，人家厂长是看你年岁大了，那是尊敬你。洪寿严肃起来，摆手道，不跟你饿饿了，告诉你一个好消息，老刘解放了，官复原职，家里分了新房子，楼房，三大间呀。淑珍急问，你见到他了？洪寿说，他给我打电话了，昨天下班后我直接去他家了。淑珍埋怨道，那你回来咋没讲？洪寿说，忙得忘了。淑珍高兴道，老刘人好，好人不应该倒霉，这不就时来运转了？好人肯定会有好报的。

过了几天，刘子昌登门看望纪洪寿，两个老朋友再一次拥抱在一起，互相捶打着后背。淑珍好几年没看见刘子昌，赶紧烧开水、沏茶水，还把刚买来的沙窝萝卜洗干净，切成小片放在碟子里，快步端到桌子上。

刘子昌瘦了，可是精气神儿好，说起来纪洪寿去西站外酱油厂去看望他的场景，一个劲儿地感慨道，那会儿只有你去看我，让我牢记一辈子。纪洪寿抓着刘子昌的手，说，算个啥呀，你还跟我客气呀？我是看你这个人好，又不是看你做啥官。刘子昌大笑道，你要是那样人，我也就不跟你讲这话了。

在亲热的聊天中，纪洪寿才得知原来的调料公司一分为二，分成蔬菜公司和副食品调料公司。官复原职的刘子昌，眼下已经正式出任副食品调料公司党委副书记。

刘子昌坐在纪洪寿自己做的简易沙发上，拍着木扶手，兴奋地说，现在社会上开始"拨乱反正"，国家走在正道上了，以后日子也会越来越好了。

纪洪寿开心地笑起来，实话实讲道，我早就有这个预感，看来这是真的呀！

刘子昌再次攥住纪洪寿的手，开心地说，放心吧老伙计，我们一起努力干，一定要把日子过好！

刘子昌官复原职还有搬新家的事，纪洪寿真是替老伙计高兴，高兴过后也没觉得是多大的事，但是没想到这件事在孩子们中间激起波浪。

小琴下班回来，吃完晚饭后，从书包里拿出一张表格，坐在桌子前开始填表。纪洪寿正好站在她身后，下意识看了一眼，发现在填写父亲、母亲的"职业"一栏时，小琴忽然停住了，咬着钢笔帽，似乎在犹豫。

洪寿提醒道，犹豫啥呀，不会填了，你爸啥职业都忘了？

小琴回过头，像是开玩笑又像是一本正经，说，您要是处长、科长多好呀。

洪寿愣了一下，随即骄傲道，你爸可是七级工，我还有三年多退休，退休前肯定是八级工。

小琴手里的钢笔在拇指、食指和中指间飞速旋转着，她撇了一下嘴巴，说，八级工、十六级工，那也是工人，不是干部。

洪寿怔了一下，吸口气，生气道，干部咋了，工人又咋了？你爹是工人，可厂长见了我，离老远伸手跟我握手。

小琴"哼"了一声，不屑道，厂长跟您握手这事您都提多少遍了，我耳朵都起茧子了，那又怎么样，你不是还得听领导的？领导让你干啥你就得干啥，是不是？

洪寿吃惊地瞪大眼睛，他没想到闺女竟是这想法，心里竟是这样看待他。

小琴见爸爸不言语，更来劲儿了，继续嘟囔道，您要是像刘叔那样的大干部，我还用得着去仓库？早留在公司了，说不定还能留在局里了！

洪寿使劲儿瞪着小琴的后背，本来已经抬起胳膊、举起巴掌，最后还是慢慢放下了，他披上衣服，转身走出屋子。正进屋的淑珍问他去哪里，洪寿说，出去转转，闷得慌。在关门的一瞬间，就听淑珍问小琴，你刚才说了啥，让你爸爸不高兴了？小琴声调高起来，我说的都是实情，我爸不是总讲人要实话实讲吗？我就是实话实讲，难道错了？

纪洪寿一个人在大街上溜达。本就不太宽的街面上，搭建了太多的临建棚子，有好多房子都是碎砖头搭建的，看上去摇摇欲坠，好像马上就要倒塌。天热时显得特别杂乱拥挤，眼下已经进入冷风劲吹的冬季，倒是不显得那么杂乱了。从临建棚出来进去的人们，脸上看不到任何沮丧的神情，相反双眼中倒是有着明亮的憧憬，说着"晚上吃嘛了"的问好。

纪洪寿不知道自己要去哪里，一阵接一阵的冷风吹来，想起几十年前他从宁津老家初到天津卫时的样子，那时候他背着一个铺盖卷，心情慌乱地走在陌生的街道上……如今四十年过去了，眼前的变化太大了……可是我的变化呢，洪寿不断地问自己，就像用拳头擂自己的胸脯。前几天，玉华也跟妈妈嘟囔，说是对调工作家里也没帮上忙，都是自己跑下来的。虽说就是那么几句挂在嘴边上的牢骚话，玉华说过去，大概她自己也都忘了，可是洪寿听了这话，却像有根鱼刺扎在嗓子眼里，吞又吞不进去，吐又吐不出来；又像是吃了不舒服的东西，肠胃翻滚绞痛得难受。只要想起来这码事，心里就会别扭，他忽然感受到了孩子们的悄然变化，他们不再用崇拜的眼神看他，不再话里话外地为他而骄傲，不再认为他是一个无所不能的爸爸，而是一个可有可无的人……纪洪寿感到悲凉，比当年纪老

第九章

423

大纪老二看不起他还要悲凉，他感到不可理解，闺女怎么这样看呢？但是纪洪寿没对谁讲过这些憋屈的事，就是面对刘子昌时他也没讲。

在街上走到很晚，洪寿才带着一身寒气回屋来。淑珍问他去哪儿了，洪寿说，随便走走，睡觉吧。淑珍说，烫吗？洪寿说，烫。

一大木盆热水放在脚下，洪寿龇牙咧嘴地烫脚时，淑珍又说起玉燕"病退"的事。淑珍说，玉燕临走时跟我讲，大队干部早就跟他们知青撂下话，只要有医院证明，大队马上给他们户口页。洪寿疑惑道，不是已经把肝炎证明给她寄去了吗？淑珍疑问道，那玉燕咋来信不说个明白，还说争取成功？洪寿叹口气道，你还没琢磨明白呀？这就是走个过场，国家是让孩子们都回来。淑珍坐立不安。洪寿用毛巾擦着脚，笑道，你闺女你还不了解？玉燕就是个慢转儿，不着急不着慌，你等着吧，过年前肯定带着一张大胖脸回来。淑珍忍不住笑起来，还重复着洪寿的话，大胖脸，大胖脸。

洪寿洗完脚，披上衣服，要把洗脚水倒外面去。淑珍忙说，你别着凉，我给你倒去。洪寿笑道，昨晚上没倒水，一晚上冻上了。说完，又掀开大水缸上面的木盖子说，昨天早上我看见上面一层冰碴儿。淑珍督促洪寿已经烫完脚了，就别在地上待着哩，快点上床别着凉，然后穿好衣服去倒洗脚水。

夜已经深了。

淑珍见洪寿不时翻身，用手捅了他后背，问他咋还没睡。洪寿说，睡不着。淑珍说，孩子们说啥，你别往心里去，自己的孩子。洪寿叹口气，不解道，咋就嫌我不是干部了？淑珍坐起来，说，哪天我说说他们，养他们容易吗？看看他们脑袋，一个个多圆？没有梆子没有瘪，满月前一个小时换一个姿势睡；看看他们一个个的，腿多直，小时候都给他们绑腿了，要么长大了都是罗圈儿腿；还有呢，吃饭没有吧唧嘴的，还不都是小时候板过来的。洪寿笑起来，你这么一讲，倒是没气了，我一个乡下穷小子，走到今天这地步，应该知足了。淑珍已经躺下了，还不解气，又来了一句，哪天我挨个训他们，让他们知道锅是铁打的！洪寿"嘿嘿"笑道，都是闺女，我说重了不好，还是你来讲，顺情。

离过年还有一个礼拜，玉燕在爸妈的焦急等待中终于回来了。胖胖的脸上溢着厚厚的笑意，三个红白条编织袋装得鼓鼓的。淑珍诧异道，咋这么多东西呀？玉燕高兴道，永远不回去了，还不都带回来？淑珍惊问道，大队批了？玉燕继续自己的思路，说，再也不用回去了，从今天开始我又变回城里人了。说着，从怀里掏出来一个信封，慢慢打开来，把户口页还有大队证明展现在桌子上，让爸爸妈妈看个够。

淑珍拿着玉燕的户口页，双手微微发抖，当即流下眼泪。洪寿也是眼睛红了，不住地点头，双唇翕动着，似乎在心里自言自语。

纪玉燕"病退"回来，这年过得全家都高兴。可是出了正月，玉燕刚回来时的新鲜劲儿过去了，吃完老城厢有名的钙奶元宵，脸上笑容随之消退。

玉燕在家闲来无事，每天帮助妈妈买菜做饭；玉玲儿子大井三天两头有病，总是跟领导请事假，总是耽误上班也不是办法，跟妈说，二姨在家，帮着我们看看孩子吧。"闲人"玉燕也不好说别的，理所应当地担起了照看外甥的任务。一段时间下来，玉燕脸上更是没笑模样了。跟她一起"病退"回来的战友，有的家里很快帮助找着了工作，有的还搞了对象结了婚，还有的已经肚子大了，等着生宝宝了。

有一天，玉燕跟妈妈说话间，忽然说爸爸要是干部的话，她早就找到工作了。要是玉华、小琴讲，淑珍就会马上训斥两句，可是玉燕这样讲，她就不好训了。于是，淑珍在心里替玉燕解释，也就是话赶话吧。哪承想，恰好又被刚下班回来的洪寿听到了。淑珍偷眼瞅，见洪寿一声不吭，脸色难看，知道洪寿又生气了。

转天，玉燕带大井出去玩，淑珍劝解洪寿说，玉燕这些年不容易，知青点知青全都走了，就剩下玉燕一个人，她是最后一个离开的。洪寿腮帮子一鼓一鼓的，想说啥又不知道该咋讲。淑珍没有去安慰洪寿，也没有指责玉燕不懂事，更没有像那天晚上跟洪寿讲的要教训几个闺女。

转过天来，淑珍再次回到老院，找到春发大娘，希望帮助二闺女找个临时工作，在家闲着不是办法，钱挣得多少没关系，有个事做就好。虽说春发大娘年岁大了，已经不是街道居委会主任，可是当了一辈子主任为他人做好事，谁都给她面子，只要是街道上能办下来的事，照样能说得上硬话，大家照样买账。春发大娘一口应了，没过几天，亲自上门告诉刘淑珍，老婶子呀，玉燕工作找着了，你还记得咱们街道上的那个手套厂吗？就是南市老舅上班的那个手套厂？对对，就是那家，现在规模比过去又大了。

春发大娘说，让玉燕闺女去那儿上班吧，我跟厂长说好了，说完，又左右看着，问二闺女玉燕去哪儿了。

淑珍拉着春发大娘的手，一个劲儿感谢，说，玉燕带着玉玲儿子大井去公园玩去了。

春发大娘也是实在人，拉着淑珍手说，你早就该找我，哪能让闺女在家待这么长时间呀？可不能像你这样，在家里当一辈子家庭妇女呀。

淑珍说，我就这么回事了，这一大帮孩子，当年想出去上班也走不开呀！接着又问起春发大娘两个"上山下乡"的儿子情况。

春发大娘意气风发地说，春发想回来，我没让他回来，他听我话，在遵义扎根了，结婚成家了。

淑珍不解道，这是为啥呀？孩子想回来，你就让他回来吧。

第九章

427

春发大娘严肃起来，摇着脑袋说，不成，都回来做啥？回一个就够了，春早回来了。

淑珍这才缓口气，你呀，偏心。春早回来在哪儿了？

春发大娘说，在河北区的一家机械厂上班，他没啥技术，又是下乡回来的，在锅炉房烧锅炉。不过春早这孩子心思大，想法多，将来比他哥本事大。

淑珍和春发大娘只要见面就会聊起来没完，两个人又说起曾经熟悉的人，说这个"走了"，那个"走了"，每当说起一个"走了"的熟人，淑珍都会下意识"呸呸呸"，做出朝地上吐唾沫的动作。

春发大娘立刻纠正道，你还这么迷信呀？人死如灯灭。淑珍不好意思起来，急忙解释说这不是老例儿嘛，这么多年习惯了。春发大娘不依不饶道，那你也得改，以后可不能这样了。淑珍被说得不好意思，脸都红了，只得连声点头"好好，听你的"。

到了吃午饭时间，淑珍留春发大娘吃完饭再走，永远风风火火的春发大娘哪儿坐得住呀，告诉淑珍明天让玉燕去手套厂，找厂长报到，千万别忘了。说完，还跟以前一样，身子偏着，一路小碎步走了，只不过步子比以前慢了些。淑珍站在街上，直到看不见春发大娘的背影，才慢慢回屋。

尽管是街道小厂，但是玉燕也特别高兴，她在家待得实在是腻烦了。玉燕不会骑车，每天坐公交车去上班，下了公交车，甩开大脚板走。这家手套厂比当年蒋再堂上班时的规模又大了，已经有一百多名工人了，厂子还把旁边闲置的一处查封的大院子合并进来，改造成为生产车间。如今不再生产其他手套，专门为工厂生产"劳保手套"。厂长天天脸上笑开花，如今"劳保手套"供不应求，原因就是重型企业纷纷上马，迎来企业的春天。这样一来，围绕工厂企业需要的相关产品太多了，就是打扫工地的大扫帚，都比前几年增加了产量和销量。

玉燕上班第一天，立刻就有一个老年妇女过来跟玉燕搭讪。你不认识我吧？我可认识你老舅。玉燕愣了一下，忙问对方是谁。老年妇女说她姓陶，玉燕赶紧喊一声"陶师傅"。"大扯子"陶大娘还在上班，只不过不在生产线上，负责干一些后勤的零碎活儿。陶大娘看着玉燕说，跟你娘倒是眉眼像。玉燕惊喜道，陶师傅，您还认识我妈？陶大娘意味深长地笑道，特别熟呢，你娘的娘家事我都知道。玉燕立刻拉着陶大娘的手，诚恳地说，我刚来，不熟悉，您可得多帮助我呀。陶大娘鬼魅地笑道，帮你没问题，你得回去问你娘，你娘要是不答应，我咋帮你呢？搞不好还帮出来仇人呢！玉燕感觉陶大娘说这话时，好像有些不对劲儿，眼睛后面还有一双眼睛。

玉燕回家后，马上跟妈妈说起陶大娘。淑珍怔了一下，惊诧道，她都多大岁数了，咋还赖在厂里呢？玉燕解释说，陶大娘可好了，还说跟您和老舅都认识。淑珍侧着身子，不让玉燕看见自己的脸，淡淡道，以后你离她远点。玉燕不解，再问为何。淑珍讥讽道，满嘴跑火车，"串老婆舌头"。玉燕辩解道，挺热情的。淑珍不想多说，急忙扯起别的话题。

这天玉燕下班，她要从鼓楼走到南马路再坐公交车，在南马路车站等公交车时，忽然有个男子喊她"小燕子，小燕子"，玉燕愣住了，四下里寻看，心想这是谁呀？还喊我小名？

喊小燕子的男子走过来。玉燕急忙看上去，对方年岁不大，穿着绿军裤、戴顶绿军帽，个子高高的，身材消瘦。走到近前，玉燕看见男子背着一个印有"百货大楼"图案的"马桶形"人造革背包，头发剃得特别短，显得精精神神的，不眨眼地看着纪玉燕。

不认识我了？男子笑呵呵的，调皮地朝着玉燕眨眼睛，再想想我是谁？给你半分钟时间。

玉燕感觉在哪儿见过这个人，可一时想不起来。对方还是不说话，继续看着她，固执地等着玉燕想起来。这时，玉燕忽然想起来了，大喊一声，你是马春早吧？春早，对吧？

被喊作"马春早"的男子这才朗笑道，玉燕，你可真是贵人多忘事，把我这个好邻居都忘了。在南门东小学上三年级时，有一次咱俩一起去上学，我还帮你背过书包呢。玉燕脸红了，说，小时候的事你还记得，你脑子可真好。马春早笑道，跟你有关的事，我都记着。玉燕怔了一下，脸更红了。

这时候，玉燕等的公交车来了，她不上车，还要跟马春早再说会儿话。就这样，玉燕放走了三辆公交车，站在公交车站，在人来人往的嘈杂声中，跟马春早说了好长时间的话。第四趟车来时，在马春早的催促下，玉燕才终于上了公交车，车子启动了，马春早依旧站在站牌下面，朝着玉燕挥手。

玉燕回到家时，天已经黑透了。淑珍只好重新热饭，问她怎么下班这么晚。玉燕低头说，今天加班。淑珍"哦"了一声，让她快点吃饭。主食米饭，一盘炒紫菜头。玉燕吃饭，两次把筷子掉到地上。淑珍问她想啥了，吃个饭还不专心？玉燕忙说"没啥没啥"，赶紧加快吃饭速度。淑珍奇怪地看着玉燕，心想莫非那个姓陶的"大扯子"又跟玉燕说啥是非话了？

也就是从那天开始，玉燕下班一天比一天晚。淑珍问她，怎么总是加班呀？玉燕永远都是欢天喜地的一句话，我有啥办法？淑珍奇怪道，加班咋还这么高兴？玉燕忍不住，继续笑着。淑珍嗔怒道，你是吃了喜鹊尻尻了吧？

这一天，淑珍跟洪寿说闲话，咱家现在最忙的人，你猜是谁？洪寿不知何事，忙问道，谁最忙呀？淑珍疑惑道，玉燕呀，天天加班，一天比一天晚，加班回来也不累，像是吃了喜鹊尻尻，自己跟自己笑。洪寿纠正道，你说错了，咱家现在最忙的是泰民。淑珍奇怪道，你咋不喊核心了，在家里还喊大名？洪寿严肃道，核心今年十六了，跟我当年从宁津出来一个岁数，成年了，不能喊小名了，从今天开始你我都要喊他大名，喊他泰民。淑珍"扑哧"笑道，识字不多，你还真讲究。洪寿正经道，过日子不讲究咋成？跟识字多少没啥关系。

爸爸洪寿说得对，高一学生纪泰民，眼下确是纪家最忙碌的人。每天早上五点半起床，晚上十二点了还舍不得睡觉，即使这样每天带着黑眼圈，还是大喊时间不够用。洪寿那天偶然看到泰民写在小笔记本上的雄心壮志——"前进清华，前进北大"，泰民还用钢笔把这八个字描得粗粗的壮壮的，仿佛雄赳赳气昂昂的八个战士。

洪寿悄悄跟淑珍说，我看泰民这个劲儿头，一定能考上大学。淑珍好像只是担心儿子身体，担忧道，你没看他嘴唇发白眼圈发青吗？洪寿不以为然道，大小伙子没事，不吃苦哪来的甜呀？随后又自语道，泰民真要是考上大学，那可是在老纪家拔头筹了，南门外那几个孩子，青玉的闺女儿子，还有南门东老院那边，没有一个大学生，就看我们家泰民的了。淑珍被洪寿憧憬得合不拢嘴，也是断定儿子能考上大学，可是喜庆的话刚一撂下，还是担心儿子得病，琢磨着要给儿子补养身体。洪寿依旧不当回事，就是一句话，煮鸡蛋、煮鸡蛋，吃鸡蛋最有营养，我看呀泰民就是缺鸡蛋，当年你坐月子时才吃了两个鸡蛋，补，吃鸡蛋。淑珍听了，禁不住笑起来，过了一会儿，还是禁不住笑。洪寿揶揄道，我看是你吃了喜鹊屁屁吧，你还说玉燕吃了，肯定是你吃了！

这一天，玉燕没加班，回来得特别早。吃完晚饭，要跟爸爸说说事。洪寿见闺女一本正经，忙问啥事。"病退"回来的玉燕，说话变得直来直去，我不想在手套厂了，那个姓陶的"大扯子"天天跟我说咱家的事，烦死我了，我想离开！洪寿不接玉燕后半句话，顺着前半句说，你理那个"大扯子"做啥，听蝲蝲蛄叫还不种庄稼呢。玉燕继续说，爸爸您不是总讲，要上班就得去国营大厂吗？我也想去国营大厂。说完，扬着不再胖嘟嘟的脸，充满期待地看着爸爸。洪寿明白玉燕的心思。最近一些工厂企业已经有了动作，"上山下乡"回来没有工作的子女可以顶替父母上班，父母可以提前退休。玉燕没有明说"顶替"，还是因为泰民的缘故。前几天为了防止玉燕说出来"顶替"的事，洪寿故意当着玉燕的面说，泰民要是考不上大学，将来还能顶替我上班，我正好80年退休，他正好80年高中毕业，这是老天爷给安排的呀。洪寿本以为上次说完了，而且还说得那么直接，料想玉燕不会张嘴了，没想到玉燕突然又讲这件事。

玉燕知道爸爸心里咋想的，于是再次直截了当说，核心要考大学，将来大学毕业当干部，对吧？你有四个闺女，三个闺女都有着落了，就剩下我一个了，我不能一辈子在街道小厂工作呀！

洪寿吃了一惊，不承想四个闺女中最听话最懂事的二闺女，竟然这样毫不留情地逼问他，心里特别生气，口气变得异常坚硬，说，泰民要是考不上大学呢？

玉燕不由分说道，核心一定能考上，他这么用功肯定能考上。

洪寿摇头否定，啥事没有个万一呢，万一考不上呢？你让他一个男孩子在家待着呀？

玉燕见爸爸如此强硬，低下头没言语。转过天来，早上上班前，玉燕对妈妈说，今天晚上加班，不用等我吃饭了。

淑珍忧虑道，你可不要多想，你爸他……

玉燕强装笑容，可是眼泪在眼圈里打转转儿，说，妈，这件事过去了，不提了。说完，提起"人造革"挎包就走了。淑珍追出去，对着玉燕背影说，早点回来，还是在家吃饭吧。玉燕没回答，头也没回，加快了脚步。

手套厂生产任务特别紧，天黑了才下班。"大扯子"陶大娘一边洗脸，一边跟纪玉燕说，哪天你请我吃肉包子，我接着给你讲故事，听说你老舅生了个大胖闺女？你看去了吗？长得像谁呀？纪玉燕看也不看陶大娘，嘴上说着"好好"，扭头快步离开。

纪玉燕走到远离手套厂的一家粮店前面，粮店已经关门了，门口冷清没人。纪玉燕看见马春早推着脚踏车早就等在那了，她前后左右看了看，立刻跑了过去，迅速坐在车子后座上。马春早说了句"坐好了"，立刻蹬起车子，脚踏车直奔海河边。

两个人来到检阅台对面的河边上，玉燕从后座上蹦下来，活动着有些发麻的双腿。马春早把车子立好，想了想，又把车子锁上。两人站在栏杆前，肩并着肩，静静地望着夜幕下的海河。河面已经结冰了，一些学生在冰面上打闹着、奔跑着，欢笑声传得很远。

好点了吗？马春早关心地问。

早就过去了。纪玉燕说。

你是姐姐，把机会让给弟弟，这是应该的。马春早小声劝慰道，我知道你不想待在手套厂，想要早点离开，可不能占用核心的前途。你说对吗？再说了，不管你有没有工作，我都不在意。

好了，不提了不提了，我现在想通了。纪玉燕笑起来，转脸看着马春早，问，你复习得怎么样了？

马春早说，撂下书本这么多年了，再拾起来实在是难呀。不过，再难我明年也要报考，一定要把它考下来。将来没有学历、没有文化肯定不成。

纪玉燕倒是深有感触，说，你讲得对，我爸就凭着认识的那几个字进了国营大厂，我爸总是讲要是不认识那几个字，他还得在小鞋铺绱鞋呢，肯定进不了"大国营"，现在也不会七级工。

马春早一把握住纪玉燕的手，问，有没有信心，你也复习，跟我明年一起考？

纪玉燕任凭马春早握着她的手，摇头道，我是考不了啦，不费那工夫了。我盼着你能考上，可是……可是你要是考上了，你可不能当陈世美。

马春早把纪玉燕的手攥得更紧了，发誓道，玉燕你放心，我们将来永远不分离，一辈子待在一起。

纪玉燕忽然"哎哟"起来，马春早吓坏了，忙问怎么了。纪玉燕抽回手，活动着手指头，嗔怪道，你把我手攥疼了，骨头节都要断了。马春早一迭声地说着"对不起"，纪玉燕扭脸笑起来。

马春早突然伸出手臂，从侧面抱住纪玉燕，纪玉燕吓得浑身哆嗦，想要挣脱出来，可心里这么想着，身体却是不给劲儿，没有一点挣脱的动作，好像还上前凑了凑。

这时候，刚才还在冰面上玩耍的那群小学生，不知道什么时候顺着堤坡爬上岸来了，看见两个拥抱在一起的男女，在旁边起哄道"抱了，抱了，再来个亲嘴"。

纪玉燕赶忙对马春早说，快点走，躲开这帮坏小子。马春早笑道，好，听娘子的。纪玉燕"啪"地打了他胳膊一巴掌。

那群小学生又在旁边起哄开了，围着他俩拍巴掌，继续喊着"亲个嘴"。玉燕催促马春早快点走。马春早倒是不着急，似乎特别享受这种起哄，他笑呵呵地开了锁，推起脚踏车，不紧不慢地走起来。

五

    纪洪寿的三个徒弟真是给师傅争气，在全市电焊大赛全都拿了奖。杨伟东跟严红艳拿了一等奖，李明光拿了三等奖。这一下不得了，一个小小的班组竟然出了三个获奖者，绝对是大新闻。电视台记者举着摄影机、报社记者拿着小本子和照相机，一起来到车间采访三个获奖者。三个人说完比赛经过，异口同声道"要是没有我们纪师傅，我们不可能获奖，是纪师傅让我们懂得了工人就要干一行爱一行，只有学好技术，只有掌握技术，才能干好工作"，听到三个获奖者异口同声讲他们的师傅，记者们小声嘀咕起来，随后开始满车间寻找纪师傅。

    其实，纪洪寿早就蹲在剪板机后面，看着徒弟们接受采访，高兴得双手不住地搓着，忽然听见记者们要采访他，心里发慌，想要继续躲藏，没想到刚站起来准备转移阵地，身后已经站着杨伟东，他朝众人招呼着"师傅在这了"，这一招呼不要紧，严红艳、李明光带着记者们马上撒丫子跑过来，立刻把纪师傅团团围住。摄影机对着他，照相机对着他，好几个小本子举在他眼前，让他谈谈是怎么培养出来这么优秀的电焊工，三个徒弟不可思议地在一场比赛中全都获奖，这是怎么做到的。

说吧，纪师傅，快说吧；纪师傅，您就别客气了，快说吧；我们还得回去整理材料，还要剪辑，您就别耽误时间了，快说吧。

在一迭声的催促中，脸红耳赤的纪洪寿还想挣扎拒绝，三个徒弟已经把他双手按在下面，不让他用手阻挡镜头。纪洪寿连声喊着"不成不成，我得换身衣服，不能给我徒弟们丢脸"。纪洪寿这样一喊，记者们发现纪师傅工作服的确破旧，于是把摄影机、照相机放下来，纪洪寿趁机走开，杨伟东最了解师傅，朝众人挤挤眼睛，在后面紧跟着师傅，其他人也是浩荡地跟在后面，重新回到班组里。

纪洪寿眼见实在是躲不过去了，只好换了一身新工作服，这才腼腆地面对镜头。纪洪寿不说自己，依旧说着几个徒弟，再次把挂在嘴边上的真理，用文雅点的词儿又讲了一遍——"工人就得学好技术，没有技术就不是工人阶级，只有把技术学好了，才对得起国家发给的工资"。

记者们还想让纪师傅讲点大道理，纪洪寿摇头说要讲就实话实讲，虚头巴脑的话讲不出来。看看时间不早了，记者们只得作罢，临走前又告诉纪洪寿和他的徒弟们，过两天电视台和广播电台的新闻节目就会播出来，请师傅们注意收看收听。

当天晚上纪洪寿回到家，刚进门就把接受记者采访的事讲给了淑珍。淑珍平静地说，咱家没有电视机，咋看？洪寿笑道，死心眼呀，听半导体呀。随后又骄傲道，明天早上的天津新闻，你给我记着点，听听我讲的道理。淑珍讽刺道，不用听，知道你那几句话，有技术就是大爷，没技术就是孙子，一个人干啥就得吆喝啥……是不是这些话？洪寿严肃道，你就是有好话不会好说。淑珍撇了嘴，脸上却是掩藏不住的笑意。

淑珍话不中听，行动紧跟着，第二天早上准时准点，提醒洪寿快听半导体。其实根本不用提醒，每天早上的中央新闻和天津新闻洪寿都会准时听，今天还要把声音调得高。不过这天早上电台播送的天津新闻，只有纪洪寿三个徒弟的采访录音，没有他这个师傅的。

淑珍说，能不能小点声，再大声没用，没有就是没有。脸色尴尬的洪寿，用无所谓的语调说，我这三个徒弟讲得不错，有水平。又说，我压根就不想接受采访，是他们几个鼓捣的，满车间追着我才采访的。淑珍不想打击他，马上表扬三个徒弟，说，你这三个徒弟讲得真是好，你不白教他们，也懂得尊老爱幼，过年过节还都来看你，都是有心的孩子。洪寿这才舒展开来一张笑脸，自夸道，那当然了，你得看谁教出来的。强将手下无弱兵！

洪寿以为不再播放采访他的消息，没想到第二天早上，他把金黄色的窝头细细掰碎了，放在"锅巴菜"里，用筷子拌了拌正要吃，忽然广播里传来他的声音：工人就得学好技术……只有把技术学好了，才对得起国家发给的工资。

洪寿怔了一下，立刻扔下筷子，快速把半导体音量调大，

第九章

439

一直调到震耳朵的音量，还喊着让淑珍快点听，随后又让淑珍把屋门敞开，大声说，别敞一扇呀，都敞开，都敞开！

淑珍不解道，敞开门干啥呀？

洪寿连珠炮似的喊道，我是要人听见，技术永远死不了，不管到啥时候，没有技术就是不成，有技术就是大爷！工人不比干部差，人人都去当干部了，谁当工人呢？一个厂子总得有干活的工人吧？不能都是坐办公室的干部吧？

淑珍先是摇头，然后点头，随后立定稍稍驼背的身子，不眨眼地看着洪寿，眼睛里闪烁亮光。

坏事、好事都一样，都是脚跟脚地来，有一件就会有第二件。之前传了好长时间东兴市场盖楼房的消息，终于得到正式验证，居委会、房管站书面通知原住户要在原址盖楼房，两年以后搬回来，随后便是登记、核验、签字一系列的手续。手续全部完结后，洪寿和淑珍才坐下来，不约而同地呼出一口大气，意味着两年之后他们就要住进楼房了。

洪寿拨拉了一下淑珍的胳膊，说，你要给我承认错误，我多少年前就说将来能够"楼上楼下，电灯电话"，你还笑话我，现在咋样？马上就要"楼上楼下"了。以后家家户户还会用上电话。等着吧，瞧好吧。

说话说话，碰我胳膊做啥？淑珍嗔怪道，得意啥？不是还没住上吗？

洪寿连忙赔不是，对不起，对不起。

淑珍说，这辈子你对不起我的事多了。

洪寿连忙检讨道，别说了别说了，不就是家具吗？这个事你都说一辈子了，咱现在不是越来越好了吗？将来肯定给你打一套新家具。

给我新家具，你不用呀？咋变成我的了？淑珍忽然摆手道，好了好了，不提了。说说你的生日吧，今年要给你过个生日，过个五十八岁生日。

洪寿不理解，问，你不是不知道，我啥时候过过生日？再说了，要过也得五十九呀，五十八是个啥日子？

淑珍说，你这张脸都上电视了，电匣子里都有你声儿了，你现在是远近闻名的电焊专家，那不得庆祝庆祝吗？今年过，明年再过。

哦，明白了，好，听你的，过！洪寿挽起袖子，高兴得又唱了一段《赵氏孤儿》："我魏绛闻此言如梦方醒……"

淑珍不声不响地筹备洪寿的生日。虽说还有两个月，可这是洪寿第一次过生日，她发誓一定要办得热热闹闹的，想起男人这辈子也是不容易，如今晚年了应该让他好好享受，好好高兴了。

还是那句老话，有日子的事总是来得快，想慢下来都不成。这一天，洪寿五十八岁生日终于来到了。

淑珍一大早起来，带着四个闺女忙活，快到中午时，已经做完了四个凉菜、四个热菜和一个汤。凉菜有撒上细姜丝和醋的松花蛋、斜切得薄薄的粉肠和腊肠、炸得火候恰好又撒上一点细盐的炸花生，还有咬起来发出"咯吱咯吱"响声的拌海蜇；热菜有四喜丸子、熬带鱼、元宝肉、烧茄子；热汤是肉末儿冬瓜汤。淑珍炒菜时特意放了点"味之素"，更把菜味提升了一个档次。

大姑爷孙大力、未过门但已经明确恋爱关系的准姑爷马春早，还有处于恋爱阶段的玉华对象小张都来了。小张是第一次进纪家门，要说长得真是好看，特别像演《侦察兵》的大明星王心刚。姑爷和准姑爷全都带来祝寿的礼品，有"桂顺斋"的"小八件"和"大寿桃"、"国光"大红苹果、黄香蕉、直沽高粱酒，还有淑珍点名的金丝枣酒……全家人拼凑了两个圆桌子，地方小没办法，只能肩膀挨着肩膀。闺女们姑爷们跃跃欲试，挨个站起来向爸爸纪洪寿敬酒祝寿。

穿着"的确良"白衬衫、灰色隐条涤纶裤子、"八带"皮凉鞋的纪洪寿，在众人的敬酒祝寿中，脸膛很快就像红脸关公了，高兴得嘴巴始终没合上。

别看大姑爷孙大力最是正牌，却因为跟玉玲结婚前后的种种风波，始终不敢造次张扬，只是点头称是。又因为爱喝酒，趁人不注意时，自己还会偷偷喝一杯，可是每次都逃不过玉玲的火眼金睛，她在桌子底下狠狠拧一下他大腿，可是也就管一小会儿，过一会儿他继续偷喝。俊俏的小张第一次进门，虽说有个好工种，机床厂的电工，可始终不敢多说话，只是用一张俊俏的笑脸面对每个人，也包括未来的小舅子纪泰民。只有马春早最放松，他跟纪家人早就认识，再加上他始终关心国家大事，还能说会道，是桌面上调节气氛的人。

酒过三巡，马春早告诉纪伯伯，昨天娘娘宫一带好热闹呀，办起了热闹的皇会。纪洪寿说他从半导体里听到了娘娘宫皇会的消息，说是北京和河北胜芳的老会也都来了，于是又借着酒劲儿，兴致勃勃地说起来1936年的天津皇会。

纪洪寿用淑珍早已摆在桌边上的小白毛巾擦了一下嘴，感慨道，那时候我刚到天津卫，没见过这么热闹的皇会。打头的队伍从娘娘宫出来，到中午时最后面的队伍才刚冒头，大街小巷都是看热闹的人，那会儿日本鬼子马上就要打进天津卫了，办一场热闹的皇会，也算是给咱天津老百姓加油打气呗。

不仅关心天津大事，同样关心国家大事的马春早说，我们国家马上要有大变化了，好多过去认为错误的事和错误的人，恐怕都要纠正了。

淑珍接过话头，对着马春早说，可不是嘛，你妈妈从居委会主任，现在变成"红娘"了。天天跑媒拉纤的，你说是不是变化大了？

全家人都大笑起来。

马春早脸红道，我妈就是这么个脾气，不能在家待着，一会儿都待不住。我看"红娘"还真适合她。我们家现在都变成办公场所了。

第
九
章

玉玲见马春早出风头，桌子底下用手紧捅孙大力，让他站起来赶紧给爸爸敬酒，说上几句话。只要能跟喝酒沾边的事，孙大力倒是积极，他赶紧站起来，举起酒杯，说，我给姥爷敬杯酒，福如东海，寿比南山。

在孙大力带动下，第二轮敬酒又开始了，马春早和小张也都站起来，继续给老丈人敬酒。高兴的纪洪寿来者不拒，全都干杯了，每干一杯酒，就会感叹一番生活中的大变化。

唇上已经有了黄色髭须的纪泰民，忽然问起爸爸，为何每年正月初一早上，要带着他和姐姐去给南门外拜年。

小琴也想起来这码事，接着问到底咋回事。

洪寿用巴掌抹了一下嘴巴，淑珍看了他一眼，他又赶紧用桌上的小白毛巾擦嘴。他看着孩子们，借着酒劲一字一句地说，我就是想让当年看不起我的人，看看我已经一大家人了，有儿有女，日子过得好哩！

淑珍撇嘴道，自己的日子自己过，让别人看个啥？

洪寿当着姑爷的面有些不好意思，解释说，现在我可不这样做了，想想，那时候也是小家子气，较那个劲儿没啥意思。

玉华和小琴这会儿站在爸爸立场上，说，妈妈你不能总是当着外人面说我爸爸。

淑珍不解道，这哪有外人呀，不都是家里人吗？

这句话说得大家都开心地笑起来。随后孙大力、马春早和小张又分别站起来，继续开始恭敬地敬酒，赞叹"姥爷""纪伯伯"还有"伯父"技术好、身体好，将来活到一百岁肯定没问题。

纪洪寿对"身体好""一百岁"没啥感触，他特别爱听"技术好"这句话，所以酒也喝得格外豪爽。其实他酒量不大，尽管他酒杯很小，也就一钱多一点，但也是架不住喝得快，这会儿已经有些醉意了。

玉玲赶紧招呼大家不要喝了，快点吃饭，她担心再这么喝下去，她家孙大力肯定要喝多了。要说纪玉玲最忙，大儿子大井还有二儿子小二，两个小子不停地走动打逗，还要时刻注意孙大力的动向，哪句话要是没搭好茬儿，与另两个准姑爷闹起来那可是大麻烦了。

一切还好，生日宴顺顺利利结束了，自始至终全都和和气气的。这时候已经傍晚了。姑娘和姑爷帮着收拾完了，坐了片刻就都告辞了。

淑珍让洪寿躺床上歇会儿，他不歇，非要泰民陪他出去遛弯儿。淑珍拗不过，只好叮嘱儿子，路上小心你爸。泰民觉察出来爸爸要单独跟他说点话，也就让妈妈放心，他陪爸爸出去走一会儿，马上就回来。

北方九月的傍晚，依旧有着夏天的状态。大小伙子还有半大老爷们，照旧穿着跨栏背心走在大街上；还有人凑在刚刚亮起来的路灯下谈天说地，个个都抢着说话，争论得面红耳赤;街边上"砸六家"的吆喝声此起彼伏,看热闹的人把个小牌桌围得严严实实,里面的人一边擦着满脸汗水,一边用手掌拍着牌桌,发出"两个大王,管得了吗"的叫嚣声。

泰民搀着脚步踉跄的爸爸还没走几步,就站住了,忙问爸爸有啥事要讲,别走了,一会儿回不去了。洪寿笑道,好小子,聪明,知道我有话跟你讲。泰民笑道,我还知道你要问我啥。

纪洪寿看着已经高过自己一头的儿子,声音有些哆嗦地问,我再问你最后一句,顶替还是……不顶替?

纪泰民看着眼珠发红的爸爸,语气坚定道,爸,我不想进工厂,我也不想当工人,我要考大学,将来我要当干部。

因为酒后的缘故,又是在路灯下,看不出来爸爸此刻是高兴还是沮丧。但是纪泰民也能猜测出来爸爸的心情,应该没有沮丧,可也没有高兴,是那种说不清道不明的状态。

纪洪寿不眨眼地看着心爱的儿子。

爸,让我二姐顶替吧,她有了正式工作,马上就能结婚了。纪泰民还是之前的语气,他看着爸爸的眼睛,继续说,我不后悔。爸爸,真的,我不后悔。

好,不遛了,咱回家。纪洪寿使劲儿捏了捏儿子的小臂,转身就往回走。纪泰民还想接着搀扶爸爸,可是纪洪寿慢慢拉下来儿子的手,脚步忽然变得轻快起来。纪泰民紧紧地跟在爸爸身后,因为爸爸步子迈得太大太快,纪泰民几乎小跑着跟在爸爸的身后。

第二天上班，纪洪寿找到车间主任，说了自己要提前退休、让闺女顶替自己的请求。

主任比纪洪寿年岁小不少，过去是段长，铆工出身，提拔上来两个多月。新主任倒是不惊讶，厂子里、车间里有不少这样的情况。主任只是关切地问，纪师傅呀，真是想好了？纪洪寿说，想好了。主任又问，你退休前最少还能涨一级，这提前退休，工资可就少一级呀！纪洪寿语气坚定，没关系。主任再问，想好了让闺女顶？纪洪寿笑道，想好了，给闺女。主任似乎还要问啥，可能还是不放心或是觉得有些可惜，最后又啰唆道，跟家里也都说好了？纪洪寿表情放松，说，想好了，没问题。

纪洪寿准备提前退休让闺女顶替的事，班组也都知道了，大家伙虽说心有不舍，但也都特别理解，只是几个徒弟有些寡欢。严红艳快人快语道，纪师傅，您这就走了，还没见过您的"盲焊"呢！严红艳这样一说，犹如油锅滴进水，杨伟东、李明光也跟着问，很快其他同事也都吵吵起来，说是想要看纪师傅的"盲焊"。几个年老的同事回忆道，上次目睹纪师傅的"盲焊"，那还是七八年前的事了。

纪洪寿也决定要用"盲焊"方式跟同事们告别。同事们听后也特别兴奋，一传十、十传百，三百多人的车间，似乎都在期盼着这一天快点来到。有日子的事来得都特别快。这一天吃完午饭，好多人提前围拢到电气焊二组周边，一边议论着一边等待着纪洪寿上阵。已经快到十一月了，除了早上和晚上有些凉意，中午时分依旧很热，年轻力壮的小青年照旧还是单裤单褂，即使这样脸上依旧有汗水。

此时，操作平台周围已经里三层、外三层围了上百人，倒是一点声音都没有，身边人喘息的声音旁边人都能听到。车间主任也来了，担心打扰纪师傅"表演"，没有上前，躲在外围悄悄观看。

纪洪寿特意换了一身新的藏青色工作服，头戴用红色胶皮挡住视线的电焊帽子，右手焊枪、左手焊丝。他蹲下来，先在一块铁板上试焊一下，徒弟杨伟东蹲在不远处的电流柜前，右手按在旋钮上，在纪师傅"左一点"或是"右一点"的指挥下，不断调整着电流大小。随后"盲焊"正式开始，只见纪洪寿用手慢慢摸索着眼前的焊料，像是母亲抚摸新生的婴儿，随后轻轻地呼出一口气，按下焊枪的控制开关，只见耀眼的弧光亮起来，好多同事早就提前备好面罩，这会儿举起面罩观看。只见纪师傅右手的焊枪缓缓平移，左手有节奏地一点点添丝……三十多秒后，弧光收起，焊接结束。纪洪寿还没有摘下手套和面罩，原本静寂的周围忽然响起雷鸣般的掌声。一条精美的"鱼鳞纹"出现在大家面前，宽度、厚度完全一样。

杨伟东、李明光、严红艳还有其他进厂不久的年轻工人，目瞪口呆之后，每个人显得异常兴奋，特别敬佩、羡慕师傅的手艺。

跟纪洪寿一起干活十多年的老朱师傅，用手指着"鱼鳞纹"焊缝说，你们要是不信尺寸，去找技术员用尺子量，宽度和高度保证不差分毫。又说，照相拍照，保证焊缝里面没有一丝毛孔。

老朱师傅似乎意犹未尽，想要借机让青年工人受教育，他继续对着众人高声说道，大家都知道，按照等级标准，焊缝分为一级、二级和三级，数字越小，焊缝质量要求越高，我告诉大家吧，纪师傅的焊缝标注是最高等级的零级！

人群中再次爆发掌声与喝彩声。

表情平静的纪洪寿，用杨伟东递上来的毛巾擦着额头上的汗珠儿，说，为啥要练"盲焊"呢？可不是为了显摆，为了出风头。大型水轮机组焊接，总会遇到视线遮挡看不到焊缝的情况，咋办？这时候就得"盲焊"了。得熟悉焊丝与焊枪顶端钨极的距离，咱们干焊工的都知道，这可是以毫米计算的，钨极与焊件之间距离绝对不能超过一毫米。

有个年轻工人插上一嘴，纪师傅，怎么掌握这个一毫米距离呢？

纪洪寿耐心道，因为视线遮挡，用不上眼睛，只能依靠手上的感觉，得仔细听焊丝燃烧时声音的变化。没有其他办法，一个字，练！也不要发愁，只要肯下功夫，肯定能练成"盲焊"！

下午上班的铃声响起来，大家才议论着终于散去。

纪洪寿把铁皮柜子清理干净，跟班组同事挨个握手告别。杨伟东、李明光和严红艳，坚持把师傅送到厂子大门外。纪师傅走得很远了，三个徒弟沉默着回厂里。

退休后的纪洪寿照样闲不住，每天都到东兴市场楼房工地走一走，找个有太阳的地方蹲下来，远远地看着脚手架还有忙碌的工人，看上两三个小时，还舍不得走开。

这一天，纪洪寿穿好制服式蓝棉袄，蹲在一片洒满阳光的沙子堆上，继续看着盖大楼的工人们。一辆辆大卡车载着四孔板运过来，戴着柳条帽的工人，吹着哨子，指挥吊车从汽车上卸板子，然后再往楼上吊板子。

一个白胡子老头也在散步，看见沙子堆上的纪洪寿直勾勾地盯着工地，凑过来问他看嘛呢。纪洪寿听口音，知道对方是"老天津卫"，也学着天津腔回答道，我住在这呀，两年以后就回来了。

白胡子老头抄着手说，我在电台大院住，跟这儿隔着一条马路，赶不上拆迁了，恐怕这辈子也住不上大楼了。纪洪寿赶紧从沙子堆上出溜儿下来，走上前安慰道，不一定不一定，说不准您那儿这几年也得盖大楼。

话说多了，白胡子老头听出来纪洪寿的天津口音不纯正，问道，你是哪儿的人呀？

纪洪寿实话讲了，还讲了搬来东兴市场的经过。

你是好命呀，赶上这拨儿了。白胡子老头不再抄手，一个劲儿羡慕。话题一转，又问道，你知这东兴市场的房子，当年是谁盖的吗？

纪洪寿摇摇头。

白胡子老头说，天津卫凡是带"东兴"字头的，过去都是李纯的地产。李纯知道吗？天津人，当过好几个地方的大督军，后来得了神经病死了，在天津他还有个祠堂呢，现在是南开文化宫，里面可大着哩，跟个宫殿一样。

白胡子老头是个话痨，从"东兴"的来历，又扯起了李纯的故事，还说这个李纯在天津卫留下三句话，涝了吃船，旱了吃盐，不旱不涝吃庄田。

见纪洪寿眨巴着眼睛，不明白他的这些老话，白胡子老头又把三句话讲解了一番，随后抄起手来感叹道，过去这些有钱人呀，不管遇上多大的难事，天灾人祸都难不倒他们，照样过着嘴上抹油的肥日子。

纪洪寿没有兴趣听白胡子老头絮絮叨叨，截住话头，说起当下，那都是过去的事了，就说现在吧，大地震不也没难倒咱们吗？

白胡子老头不住地点头称是，突然来了一句，听你说话，就知道你当干部，思想觉悟高。

纪洪寿实话实讲道，老工人老工人，退休了。

白胡子老头朝纪洪寿竖起大拇指，赞叹道，您这是客气了，一看呀你就是个干部，没错儿。

纪洪寿连连摆手，快点跟白胡子老头告别。

纪洪寿每次从东兴市场工地回来，总是显得兴致勃勃的，打了鸡血一样亢奋。可是半个月过后，再从工地回来，情绪开始低沉起来。

淑珍问他咋了，洪寿"唉"了一声说，不能天天这样呀，这样下去胳膊腿儿非得生锈不成。淑珍问他，你还想咋样？退休了可不就是养老呗？洪寿苦笑了一下，没再强词夺理。

纪洪寿叹气过后没几天，这天傍晚时分正要吃饭，徒弟杨伟东来家里看望师傅。

纪洪寿特别高兴，亲自给杨伟东倒了一杯水，杨伟东马上站起来，双手接过去，然后缓慢坐下来。他没有把屁股完全坐在椅子上，只坐了一半，身子向前稍倾，说道，纪师傅，我这次来，有好几件事要向您汇报。

纪洪寿说，退休了，你还汇报个啥？

杨伟东马上站起来，着急说道，师傅，您到啥时候都是我师傅。

淑珍在一旁看了，忙对杨伟东说，杨子，你师傅就是这点不好，说话总是扫人兴。

杨伟东黑黑的脸稍微红了一点，说，师母，我师傅就是这样，我就当作打是疼骂是爱。

杨伟东的话化解了尴尬。

淑珍笑起来说，好了，你们是一家子，我不管了。又说，杨子，一会儿别走了，吃完饭再走。

杨伟东还要跟师母客气，被纪洪寿拉住，让他快说说有啥事。杨伟东兴奋地告诉纪师傅，有三件事要说。纪洪寿睁大眼睛听着，两只手互相搓着，最后十指交叉在一起。

杨伟东涨红了脸，说，第一件事，主任让我告诉您，希望您能接受返聘继续上班，一切待遇不变；另外一件事，厂里的订单越来越多，咱们车间比以前更忙了，前几天打报告给厂子，准备自主招收落榜大学生，设立铆焊专业，学习两年后直接分到车间工作，学习期间按工龄计算。

纪洪寿高兴起来，挑起大拇指，说，这招儿好，招收落榜大学生当工人，这主意好呀，车间工人素质又会提高一大截。我当年在厂子里，识几个字都被当成宝儿，你们这拨儿都是初中生，下面是高中生，将来就会是大学生了。

杨伟东被纪师傅说得也是格外兴奋，不过很快忐忑起来，我们这拨人将来得落后了，才是个初中生，上学那会儿也没好好上过几天，不是学工就是学农，要么就是出去拉练。

慌个啥呀，不要发牢骚。纪洪寿摆手道，一代要比一代强。哦，对了，你不是说三件事吗，还有一件呢？

黑脸的杨伟东，这会儿脸更红了，双手搓着。纪洪寿督促道，咋跟个大姑娘似的，快说呀！

杨伟东这才吞吐地讲，师傅，我接了您的班。

纪洪寿怔了一下，忙问，当组长了？

杨伟东紧张地点点头。

纪洪寿给了徒弟一拳，连说了好几句"好"。

得到表扬的杨伟东，屁股越发靠前，只坐了椅子一条边，后背与椅子背之间，再站上个小孩子都绰绰有余。他激动地恳求道，师傅，您一定得回去返聘，多帮帮我。一下子领导这么多人，还有好多老师傅，我紧张得睡不着觉了。

纪洪寿朗声道，没问题，刚才不是说了，我一定回去。说完，转身对老伴淑珍高喊道，今天要和伟东喝两盅。我跟伟东商量个日子，选个良辰吉日回去上班。杨伟东笑起来，师傅，您哪天回去哪天就是良辰吉日，不过我有个建议，您就一月一号上班，新年第一天，多好。

纪洪寿眼睛一亮，立刻站起来，翻看挂在墙上的月历牌，自语道，嗯，这主意好，明年一号，还差四五天，我正好准备准备。

杨伟东站起来，一把握住师傅的手，好好，那就定一月一号。

杨伟东不吃饭，淑珍还要挽留。

洪寿实话实讲，让他走吧，留他吃，他也吃不踏实。

杨伟东得到师傅理解，高兴地走了。

酒瓶子、酒盅都摆好了，洪寿独自喝了两小盅"直沽高粱"。等到桌面收拾利索了，已经晚上十点多了，可是洪寿依旧没有睡意；又过了一会儿，洪寿洗洗睡下了，担心影响淑珍，也不敢来回翻身，就那么直挺挺躺着，直到很晚才慢慢合上眼。

第二天，洪寿起得特别早，就像当年第一天去红卫橡胶厂上班一样，先把脚踏车擦拭干净，链条上了机油；把已经拿回家来的工作服、绝缘鞋、鹿皮手套打好包，用麻绳子捆好，夹紧在后车座上；把饭盒、半导体放进新书包里，又把新书包放在车把上，试试长度是否适合。

淑珍已经做好了早饭，馒头、酱豆腐还有喷香的小米稀饭。洪寿不吃，放进书包里两个大馒头，他说要吃厂子门口的花生米，一毛钱一包，个大，喷香。淑珍说，馒头凉呀。洪寿说，放在暖气片上烤烤，有点热乎气就成，吃热的嗓子不舒服。淑珍又看着他身上的短棉袄，问他咋不穿个大棉袄，路上冷呀！洪寿说，啥时你看我穿过大棉袄？蹬起车子来不方便，短衣好，不挡腿。淑珍搓着手，再次嘱咐道，退休的人了，慢点蹬，出一身汗，着凉。洪寿嘴上应着，头也不回地走出临建棚子，打开脚踏车的车锁。

已经一月份了。早上五点来钟天还很冷呢，冻鼻子冻耳朵，纪洪寿却是感觉浑身着火一样。出了城区，西北风顶着来，可照旧很快到了京津公路，身边都是骑车上班的工人，人一多，感觉冷风也软了。二十多年前这条路两边还都是野草疯长的荒地，如今有了工厂的厂房，间或还有一些红砖民宅，虽然还有狗叫和公鸡叫，但已经感觉不那么荒僻了。

纪洪寿跟年轻时一样，脚踏车越蹬越快，快到感觉不是双脚在蹬车子，像是车子装了马达，自己往前跑。天快亮时，已经来到高峰路上。上到这条路，也就意味着进入北仓工业区。路上的工人更多了，宛如一支赛车大军，还不时传来"哦哦"或是"呵呵"的练嗓子的吆喝声。喜鹊、麻雀还有其他不知名的小鸟在树枝上短暂栖息，叽叽喳喳叫着，忽然飞起来，集体飞到很远处，不一会儿又集体飞回来。

纪洪寿用牙拽下棉手套，弯下身子，拉开"人造革"提包的拉链，把包里的半导体打开听早上的新闻。要是不听早上的新闻，身子骨会难受一天，就连肠胃都不舒服。这时，广播里传来中美正式建立外交关系的新闻，纪洪寿弯下身子，再次把手伸进包里，把半导体音量又调大了一点。

这时候，旁边有人喊他，师傅，哪个厂的？

纪洪寿扭头看去，不知道啥时候身边多了一位跟他年龄差不多的男人，戴着一顶深蓝色棉帽子，脖子上围着一条浅褐色毛围脖，两只棉手套中间连着一根细绳子，细绳子挎在脖子上。这一身装束跟纪洪寿一模一样。

"天发"的，纪洪寿答道，又问，你呢？

"天重"的。男人笑答，随后又问，刚才听广播，咱们和大老美建交了。这位师傅问你个事，这基辛格七八年前就来咱们这了，这么多年过去了，咋才跟大老美建交呢？这么多年了，做嘛了？

纪洪寿似乎从来没琢磨过这么大个儿的事，当即被问愣了，于是实话实讲，知不道呢！

男人"哦哦"了两声，过了一会儿，朝纪洪寿摆摆手，双脚快速蹬起来，瞬间不见了，淹没到了喧闹的车流中。

纪洪寿目光直视着前方，在心里不住地问自己，这是咋个回事呢？又拍了一下车把，自语道，还是识字少、见识短，还得接着识字呀。

2023 年 12 月 30 日首改

2024 年 2 月 14 日再改

第九章

457

图书在版编目（CIP）数据

赶路 / 武歆著；-- 北京：作家出版社，2025.1.
ISBN 978-7-5212-3182-3

Ⅰ．I247.5

中国国家版本馆 CIP 数据核字第 2024ER0568 号

赶路

作　　者：武　歆
责任编辑：朱莲莲
封面设计：意匠文化·丁奔亮
出版发行：作家出版社有限公司
社　　址：北京农展馆南里 10 号　　　邮　　编：100125
电话传真：86-10-65067186（发行中心）
　　　　　 86-10-65004079（总编室）
E-mail:zuojia @ zuojia.net.cn
http://www.zuojiachubanshe.com
印　　刷：唐山嘉德印刷有限公司
成品尺寸：145×210
字　　数：286 千
印　　张：14.375
版　　次：2025 年 1 月第 1 版
印　　次：2025 年 1 月第 1 次印刷
ISBN　978-7-5212-3182-3
定　　价：68.00 元